BROKEN PLAYBOY

EIN BUCH DER WINDSOR ACADEMY

LAURA LEE

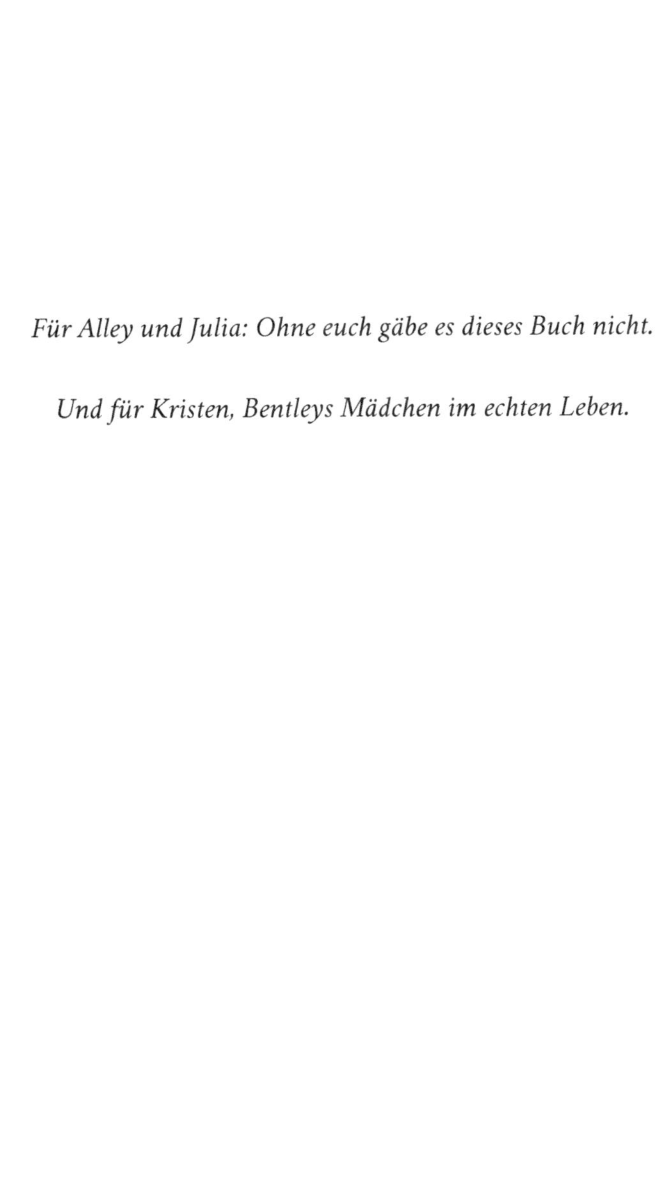

Für Alley und Julia: Ohne euch gäbe es dieses Buch nicht.

Und für Kristen, Bentleys Mädchen im echten Leben.

KAPITEL EINS

Bentley

„Die Familie möchte sich bei allen bedanken, die sich heute hier versammelt haben, um das Leben von Carissa Lynn Marquart zu feiern. Um Abschied von einer jungen Frau zu nehmen, die viel zu früh von dieser Erde gegangen ist. Um einander in eurer Trauer über den Tod von Miss Marquart zu unterstützen ..."

„Gott, ist das lahm."

Ich blicke nach rechts, wo das Mädchen steht, das ich fast mein ganzes Leben lang geliebt habe. Die Sonne wird von dem Armband reflektiert, das sie immer trägt, während sie eine Strähne ihres langen, blonden Haares hinter ihr Ohr steckt.

„Was ..." Ich gestikuliere in Richtung all der schwarz gekleideten Leute um uns herum. „Aber, du ..."

Carissa hebt fragend eine zarte Braue. Bist doch tot?"

Ich schlucke und sehe zu, wie der polierte Holzsarg in sein Grab gesenkt wird. „Ja."

Ihre vollen Lippen verziehen sich zu einem Grinsen. „Ja. Der Teil ist irgendwie scheiße, nicht wahr? Damit kann ich meinem Traum, dass wir eines Tages heiraten und für immer zusammen sein werden, wohl endgültig begraben."

„Ich weiß nicht ..." Ich schüttle den Kopf. „Ich verstehe das nicht. Wie kannst du hier sein?"

„Weil ich es dir sagen musste."

„Mir was sagen ..." Meine Augen fallen zu, als heiße Lust meine Wirbelsäule hochschießt. Ich stelle meine Füße fester auf den Boden, damit meine Beine nicht nachgeben. „Fuuuuuck."

„Bentley, pass auf."

Meine braunen Augen treffen auf babyblaue. „Hm? Was hast du gesagt?"

Ein gellender Schrei zerrissen die Stille. Ich schaue auf und sehe die Schwester meines besten Freundes, Ainsley, die sich an meinen anderen besten Freund klammert, als hinge ihr Leben davon ab.

Carissa nickt den Trauernden zu. „Sie sind deinetwegen hier."

Ich stöhne, als warme, feuchte Lippen auf meine Haut treffen. Als eine Zunge die Ader an der Unterseite meines Glieds nachzeichnet. Ich lehne mich mit dem Rücken gegen den Baumstamm und blicke auf einen Kopf mit langem, schwarzem Haar hinunter.

Was soll der Scheiß?

Ich versuche, sie wegzuschieben, aber stattdessen wickeln sich ihre Locken um meine Faust, während sie anfängt, auf und ab zu wippen und mit genau der richtigen Stärke zu saugen.

Verdammt noch mal, ist die gut.

„Das ist deine Schuld, Bentley. Alles ist deine Schuld."

Ich beobachte, wie das geheimnisvolle Mädchen meinen Schwanz wie eine Professionelle bearbeitet und versuche, einen Blick auf ihr Gesicht zu erhaschen, aber meine Augen scheinen sich nicht fokussieren zu können.

„Bentley!" schreit Carissa. „Sieh mich an!"

Ich wende meine Aufmerksamkeit wieder ihr zu, meine Sicht ist vollkommen klar. Carissa ist so verdammt schön, dass es manchmal fast wehtut. Und diese Schönheit ist hundertprozentig natürlich. Sie hatte nie das Bedürfnis, es all den Plastikmädchen in unseren Kreisen gleichzutun. Sie ist zierlich, aber sie hat lange, schlanke Muskeln, die durch jahrelanges Balletttraining gestählt worden waren. Ihr Haar hat den perfekten goldblonden Farbton, der gut zu ihrer cremefarbenen Haut und ihren hellblauen Augen passt. Sie könnte leicht ein Model sein, wenn sie größer wäre und sich für so etwas interessieren würde.

Ich grinse sie auf die für mich typische Art an, die ihr immer den Atem raubt. „Was hast du gesagt?"

„Das." Sie nickt in Richtung des Mädchens, das vor mir auf den Knien liegt. „Deshalb ist das alles deine Schuld."

Wir sehen beide einen Moment lang zu, wie das Mädchen mir einen bläst. Ich werde nicht mehr viel länger durchhalten.

„Was meinst du? Du hast doch gesagt, dass wir uns mit anderen Menschen treffen müssen. Um uns die Hörner abstoßen zu können."

Rissas Augen füllen sich mit Tränen. „Ich habe es nicht so gemeint. Ich wollte zu dieser Party kommen, um dir zu sagen, dass ich es nicht so gemeint habe. Ich hatte es satt, mich zu verstellen, Bent. Ich wollte niemanden außer dir. Aber dann habe ich dich mit ihr gesehen."

„Ich wollte auch niemanden außer dir, Riss. Aber du hast deut-

lich gemacht, dass du kein Interesse an einer Beziehung hast, bis wir auf dem College sind. Du hast mir gesagt, ich solle mich mit anderen Mädchen treffen. Woher sollte ich wissen, dass du das nicht wirklich ernst gemeint hast? Ich kann verdammt nochmal keine Gedanken lesen."

Ich schaue wieder auf den dunklen Haarschopf hinunter, während sich meine Eier zusammenziehen. „Oh, Scheiße, Süße, ich komme gleich."

Die Nägel des geheimnisvollen Mädchens bohren sich in meinen Hintern, während sie mich näher zu sich zieht und stöhnt, dass sie genau dort bleiben will, wo sie ist. Überwältigende Lust durchströmt meinen ganzen Körper, als ich in ihrem Mund explodiere. Sie massiert weiter gierig meinem Schwanz und lässt mich die letzten Zuckungen überstehen, bevor sie meine Ladung schluckt. Gott, ich schwöre, dass ich fast ein zweites Mal gekommen wäre.

Carissa schnieft. Als ich zu ihr aufschaue, kullern Tränen über ihre Wangen.

„Riss-„ Ich greife nach ihr, aber sie zieht sich zurück, bevor ich sie berühren kann.

„Es ist deine Schuld, Bentley! Ich habe mich umgebracht, weil du mein Herz in Millionen Stücke zerrissen hast!" Sie streckt ihre Hände aus. „Deshalb bin ich in der Nacht weggelaufen. Deshalb habe ich versucht, jemanden zu finden, der dich ersetzen kann." Rissa lacht. „Das habe ich ja prima hinbekommen."

Ein Raunen geht durch die Menge der Trauernden, als unsere Stimmen lauter werden.

Das Mädchen vor mir steht auf. Ich lege meine Arme um ihren Rücken und schmiege mein Gesicht an ihren Hals. Verdammt, sie riecht unglaublich gut, nach Backwaren oder so. Plötzlich verspüre ich das Bedürfnis, jeden Zentimeter ihrer Haut mit meiner Zunge zu erkunden.

„Wovon redest du?", frage ich. „Ich kenne das Mädchen doch gar nicht."

Carissa stößt ein spöttisches Lachen aus. „Doch, das tust du, Bent. Sieh sie dir an. Sieh sie dir richtig an."

Als ich den Blick von ihr abwende, kann ich das Gesicht des Mädchens endlich erkennen. Mein Gott, sie hat die hübschesten Augen, die ich je gesehen habe. Sie sind leuchtend blaugrün, was eigentlich nicht so ungewöhnlich ist, aber sie hat einen ähnlichen Teint wie ich, sodass die helle Farbe besonders gut zur Geltung kommt. Auf ihrem Nasenrücken hat sie ein paar Sommersprossen, die ich aus irgendeinem Grund sehr sexy finde. Eigentlich ist alles an ihr sexy. Sie ist viel größer als die meisten Mädchen in unserer Schule; ich schätze sie auf 1,70 m oder 1,80 m. Ihre Lippen sind voll, sie hat Kurven an den richtigen Stellen, und wenn sie lächelt, raubt es einem den Atem.

„Bentley!" schreit Carissa.

Das andere Mädchen runzelt die Stirn und weicht zurück.

„Warte!" Ich greife nach ihr. „Geh nicht weg. Warte einen Moment."

Sie schüttelt den Kopf und geht ein paar Schritte zurück.

„Hast du mich gehört, Bentley?!" Carissa zerrt an meinem Arm. „Ich bin deinetwegen tot!"

„Scheiße." Ich richte mich in meinem Bett auf und fahre mir mit der Hand übers Gesicht.

Es war nur ein verdammter Traum. Das ist nicht wirklich passiert.

Mann, das war heftig. Ich atme ein paar Mal tief durch, bis sich der Nebel in meinem Schädel lichtet. Dann stoße ich meine Decke von mir und gehe in mein Badezimmer.

Nachdem ich die Dusche angestellt habe, ziehe ich meine Boxershorts aus, putze mir die Zähne und lasse das Wasser einen Moment warm werden. Ich stelle mich unter die Brause, ich weiß nicht einmal, wie lange, und lasse mir den Traum durch den Kopf gehen.

Das war kein Traum. Es war ein verdammter Albtraum.

Ich habe seit Monaten nicht mehr von Carissa geträumt. In gewisser Weise war es schön, sie wiederzusehen, aber gleichzeitig hat es mich fertig gemacht und alte Wunden aufgerissen. Technisch gesehen waren wir nie zusammen, aber wir hatten oft Sex und es waren definitiv Gefühle auf beiden Seiten im Spiel. Sie war diejenige, die darauf bestand, dass wir es mit anderen Partnern treiben, aber wir hielten diese Gelegenheitsficks völlig getrennt von unserer Beziehung. Oder Nichtbeziehung. Was auch immer das war.

Ich bleibe unter der Dusche, bis das Wasser kalt ist, bevor ich mich abtrockne und in meinen begehbaren Kleiderschrank gehe, um mich für die Schule anzuziehen. Ich hasse es, jeden Tag eine lahmarschige Uniform tragen zu müssen, aber wenigstens ist sie hochwertig – die verwöhnten Arschlöcher an unserer Privatschule würden nichts anderes akzeptieren. Außerdem sehe ich darin verdammt gut aus, wenn ich das mal so sagen darf. Nach einem kurzen Blick in den Spiegel schnappe ich mir die Schlüssel für meinen Porsche von der Kommode und gehe los.

„Bent, Schatz, willst du nicht frühstücken?"

Ich bleibe im Foyer stehen, als ich die Stimme meiner Mutter höre. Seit wann ist sie wieder zurück?

„Hey." Ich lasse zu, dass sie mich umarmt. „Wann bist du nach Hause gekommen?"

Meine Mutter lächelt. „Vor ungefähr einer Stunde. Ich habe den Nachtflug genommen."

„Hm. Ich wusste nicht, dass du so schnell wieder da sein würdest."

Sie gluckst. „Bentley, ich habe dir meine Reisepläne geschickt, so wie ich es jedes Mal tue, wenn dein Vater und ich die Stadt verlassen. Hast du die E-Mail überhaupt aufgemacht?"

Ich zucke mit den Schultern und mache mir nicht die Mühe zu antworten, weil sie die Antwort ohnehin schon kennt. „Wie geht es allen?"

„Toll. Obwohl deine Großeltern nicht aufhören wollten, mich damit zu nerven, wie lang es her ist, dass sie dich gesehen haben. Wir sollten in den Frühjahrsferien hinfliegen. Ich glaube, es wird uns guttun, ein wenig an unserer Mutter-Sohn-Beziehung zu arbeiten, bevor du dich in die echte Welt hinauswagst."

„Vielleicht."

Sie rollt mit den Augen. „Oh, sag mir nicht, dass du wie dein Vater wirst."

Meine Mutter ist halb hawaiianisch und auch da aufgewachsen, also ist sie mit der dortigen Kultur sehr vertraut. Ich glaube nicht, dass es ihr jemals gefallen hat, in dem Chaos von LA zu leben, aber sie kommt damit klar, weil sie meinen Vater sehr liebt. Allerdings fliegt sie alle paar Monate nach Maui, um ihren Teil der Familie zu besuchen. Mein Vater begleitet sie nur selten, denn als Workaholic treibt ihn das langsame Tempo des Insellebens in den Wahnsinn.

Ich bin mir ziemlich sicher, dass der Mann gestresster ist, wenn er mit meiner Mutter am Strand liegt, als wenn er achtzig Stunden pro Woche als Finanzinvestor arbeitet. Sie sind wirklich sehr gegensätzlich, aber aus irgendeinem Grund funktioniert ihre Beziehung. Ich glaube, ich bin der einzige Highschool-Schüler, den ich kenne, der einigermaßen normale Eltern hat.

Ich lächle. „Nein, ich sehe kein Problem mit dem Aloha-Lifestyle. Ich finde ihn sogar verdammt cool."

Meine Mutter runzelt die Stirn. „Bentley Fitzgerald! Pass auf, was du sagst."

Ich werfe ihr einen schiefen Blick zu. „Mama, ich bin achtzehn."

„Und du wohnst in meinem Haus, also wirst du dich an meine Regeln halten."

Ich beuge mich hinunter, um sie auf die Wange zu küssen, bevor ich zur Haustür gehe. „Dann ist es ja gut, dass ich nur noch ein paar Monate bis zum Abschluss habe, oder? Bald bist du mich los."

Sie schüttelt den Kopf. „Klugscheißer."

„Mutter! Deine Sprache!" Ich keuche theatralisch.

„Okay, okay, ich verstehe, was du meinst." Meine Mutter stützt eine Hand auf ihre Hüfte. „Willst du nichts essen?"

Ich schüttle den Kopf. „Ich muss zur Schule. Ich werde mir dort etwas holen."

Zum Glück ist das Essen im Windsor der Hammer. Ganz im Ernst. Ich glaube, sie haben Drei-Sterne-Köche, die die Menüs da zubereiten.

„In Ordnung. Hab einen schönen Tag, Schatz."

Ich winke ihr halbherzig zu, als ich aus der Tür trete. „Ja."

Auf der kurzen Fahrt zur Schule sage ich mir, dass der Traum nichts zu bedeuten hat. Dass es einfach die Art und Weise ist, wie mein Verstand mit meiner Trauer fertig wird. Aber ich weiß, dass das nicht wahr ist. Ich weiß, dass es einen verdammt guten Grund gibt, warum sich diese Gedanken letzte Nacht in mein Unterbewusstsein geschlichen haben, und es gibt nur eine Person, die dafür verantwortlich ist: Die verdammte Sydney Carrington. Die Neue. Die Tochter des Schulleiters.

Mein größter Fehler.

KAPITEL ZWEI

Sydney

„Mist, ich komme zu spät, wenn ich mich nicht beeile“, murmle ich vor mich hin.

Ich ziehe meinen Blazer and und werfe ich einen letzten Blick in den Spiegel auf meine neue Uniform. Wie meine alten Schulklamotten ist sie auf eine gewisse *Gossip-Girl*-Art schick, nur mit einem rot-schwarz-weißen Farbschema anstelle von Cambridges Smaragd, Marineblau und Gold. Ich kann auch nicht behaupten, dass mir der kokette karierte Rock oder die halterlosen Strümpfe nicht gefielen. Genauso wenig wie die Mary Janes aus Leder mit den hohen Absätzen, die meine Waden fantastisch aussehen lassen. Ich streiche mir eine Locke hinters Ohr, schnappe meine Tasche und mache mich auf den Weg zur Tür.

Als ich durch die Eisentore der Windsor Academy fahre, atme ich tief durch und spreche mir noch einmal Mut zu.

Vielleicht war das gestern eine Ausnahme. Vielleicht ist es gar nicht so schlimm, wie es an meinem ersten Tag den Anschein hatte. Wem mache ich etwas vor? Ich kenne mich mit verwöhnten Teenagern eigentlich aus, aber ich würde schwören, dass die Schüler hier schlimmer sind als alle anderen, denen ich je begegnet bin. Gestern hatte ich den ganzen Tag das Gefühl, dass man mich unter einer Lupe betrachtet. Alle haben auf mich herabgeschaut. Ich habe aufgehört zu zählen, wie oft mich gehässige Mädchen angestarrt oder die Nase über mich gerümpft haben, als ich sie zur Begrüßung angelächelt habe.

Gestern hat keine einzige Person in meinem Alter mit mir gesprochen. Sie haben zwar leise *über* mich gesprochen, aber nie *mit* mir. Nur weil ich keinen Treuhandfonds habe, der darauf wartet, ausgezahlt zu werden, heißt das nicht, dass ich minderwertig bin, aber es scheint, als ob diese Arschlöcher das noch nicht mitbekommen haben. Der Klassenkampf ist echt, Mann.

Das Einkommen meiner Eltern ist mehr als anständig, aber es reicht trotzdem nicht weit in Los Angeles, wo die Lebenshaltungskosten obszön hoch sind. Wir sind beileibe nicht arm. Wir haben ein schönes Haus in Woodland Hills, das sehr gepflegt ist und in einer sicheren Gegend liegt. Aber wir leben in einer modernen Ranch mit drei Schlafzimmern aus der Mitte des Jahrhunderts und nicht in einer grandiosen Villa wie diese Arschlöcher. Mein Audi Q5 ist fast zehn Jahre alt und hat hunderttausend Kilometer mehr auf dem Tacho als die nagelneuen Fahrzeuge mit einem Mindestwert von einhunderttausend Eiern, die auf den Schülerparkplätzen stehen. Gestern bin ich mit meinem Vater zur Schule gefahren, also haben wir auf dem Lehrerparkplatz geparkt, wo die anderen Fahrzeuge eher mit unserem vergleichbar sind. Aber heute, als ich neben einem mattschwarzen, ultra-schicken Auto parke, von dem ich nicht einmal weiß, was es ist, wird mir klar, wie sehr mein Gebrauchtwagen heraussticht – leider nicht gerade auf eine positive Art.

Gott, ist das ätzend.

Ich war vollkommen glücklich auf der Cambridge Prep. Jetzt, mitten in meinem letzten Schuljahr, muss ich von vorn anfangen. Alles nur, weil mein Vater beschlossen hat, einen neuen Job an seiner geliebten Alma Mater anzunehmen. Ich habe ihn angefleht, mich in Cambridge zu lassen, aber er war so verliebt in die Vorstellung, dass ich an derselben Schule wie er meinen Abschluss mache, dass er nicht nachgeben wollte.

Bis zum Abschluss sind es nur noch ein paar Monate hin und die Entfernung zwischen den beiden Schulen und unserem Haus ist fast identisch. Außerdem war mein jährliches Schulgeld bereits vollständig bezahlt, weil mein Vater als Angestellter einen so hohen Rabatt bekam. Aber er *hat darauf bestanden,* dass ich trotzdem nach Windsor wechsle, und was mein Vater will, bekommt er üblicherweise auch.

Es gibt viele privilegierte Kinder an der Cambridge Prep, aber die Schule vergibt jedes Jahr Dutzende von Stipendien, sodass die Schüler/innen aus unterschiedlichen Verhältnissen kommen. Meinem Vater zufolge hat die Windsor Academy *noch nie* Stipendien für weniger begünstigte Kinder vergeben und wird *es* wahrscheinlich auch nie tun. Die Schule ist stolz auf ihr *selektives Aufnahmeverfahren,* was auch immer das heißen mag. Ich persönlich halte das für eine schicke Umschreibung dafür, dass *sie sich für etwas Besseres halten.*

Ich bemühe mich, hocherhobenen Hauptes aus meinem Auto zu steigen. Ich komme jedoch nur zwei Schritte weit, bevor ein silberner Porsche 911 Turbo mich fast über den Haufen fährt und auf dem Platz auf der anderen Seite des schwarzen Autos zum Stehen kommt. „VIBEZ" von DaBaby schallt über den Parkplatz, als der Fahrer die Tür öffnet und den Motor abstellt. Dieser Idiot kann vielleicht zwar nicht Autofahren, aber er hat einen guten Musikgeschmack.

Als der Fahrer aussteigt, bestätigt sich meine Vermutung, dass ein Mann hinter dem Steuer sitzt. Er überragt sein Fahrzeug deutlich und gewährt mir einen Blick auf breite Schultern, die sein weißes Hemd gut ausfüllen. Als der Idiot sich umdreht, um den Mann anzusprechen, der aus dem schwarzen Sportwagen steigt, bleibe ich jedoch aus einem ganz anderen Grund wie erstarrt stehen.

Das Erste, was ich denke, als sein fesselnder Blick aus braunen Augen den meinen trifft, ist: *„Verdammt, sieht der gut aus.* Das Zweite ist: *„Oh mein Gott, ich dachte, ich würde ihn nie wieder sehen.* Und drittens: *Warum sieht er so aus, als würde er mich am liebsten umbringen?*

Ganz im Ernst. Und warum?

Ich stehe da und bin sprachlos, während der Typ neben ihm mich über seine Schulter hinweg ansieht, bevor er sich hinunterbeugt und etwas zu seinem Beifahrer sagt. Ich presse meinen Körper gegen mein Auto, als sich die seltsame Tür neben mir nach oben öffnet und eine bildhübsche Brünette herausklettert. Sie schenkt mir ein kurzes Lächeln, bevor sie sich zu den beiden Jungs gesellt, die auf der anderen Seite des Fahrzeugs auf sie warten. Der schlechteste

Autofahrer aller Zeiten hat dabei nie aufgehört, mich anzustarren.

Glotzen trifft es wohl eher.

Die Brünette berührt ihn am Arm, was ihn aus dem Konzept zu bringen scheint, denn er schaut zu ihr hinunter und schüttelt den Kopf, bevor er davonstapft. Sie und der andere Typ beeilen sich, ihn auf dem Weg in Richtung des Hauptgebäudes einzuholen. Das gleiche Gebäude, in das auch ich gleich gehen werde, da mein erster Kurs in drei Minuten beginnt.

Na, toll.

Die restlichen Schüler, die immer noch auf dem Parkplatz herumlungern, schauen mir hinterher und ziehen Gesichter, als ich mich auf den Weg zur Lincoln Hall mache. Was soll's. Wenn diese Leute nicht meine Freunde sein wollen, auch gut. Ich brauche sie nicht. Wenn sie sich für etwas Besseres halten, nur weil sie die Kreditkarten von Mama oder Papa in ihrem Portemonnaie haben, dann ist das eben so. Aber ich werde mich nicht vor ihnen verkriechen. Solange sie sich nicht mit mir anlegen, werden wir kein Problem haben. Wenn sie es doch tun … nun, sagen wir einfach, ich habe keine Angst davor, mich zu wehren.

Zum Glück befindet sich meine Klasse in der Mitte des ersten Flurs, sodass ich nicht in Stöckelschuhen durch die Gänge rennen muss, um es rechtzeitig vor dem Gong zu schaffen. In der Schule hat gestern Morgen eine Versammlung stattgefunden, in der mein Vater als neuer Schulleiter vorgestellt wurde, also ist das die einzige Klasse, an der ich nicht teilnehmen konnte. Die Sitzordnung schien gestern nicht festgelegt worden zu sein, also gehe ich direkt zum Lehrerpult.

Feine Linien bilden sich um ihren Mund, als sie lächelt. „Willkommen zu Statistik, Miss Carrington.“

„Äh, danke.“ Ich streiche mir eine widerspenstige Locke hinters Ohr. „Gibt es hier einen festen Sitzplan oder kann ich jeden beliebigen Tisch nehmen?“

Sie neigt ihren Kopf nach links. „Wir haben einen Plan. In der vierten Reihe von hinten ist ein freier Platz mit Ihrem Namen drauf.“

„Danke.“

Ich tue so, als würde ich die abfälligen Kommentare nicht hören, während ich mich dem angegebenen Tisch nähere. Die Brünette vom Parkplatz sitzt an dem Schreibtisch hinter mir, also lächle ich sie kurz an, bevor ich meine Tasche an den Stuhl hänge.

Sie stupst mich leicht an der Schulter an, kaum dass mein Hintern den Stuhl berührt. „Hey. Ich bin Jazz.“

Ich drehe mich um und sehe sie an. „Sydney.“

Sie klemmt ihre Unterlippe zwischen die Zähne. „Ich weiß. Ich war gestern bei der Versammlung dabei, als dein Vater dich vorgestellt hat.“

Ich merke, wie ich rot anlaufe, als ich mich daran erinnere, dass ich vor der ganzen Schule aufstehen musste und versucht habe, mich unter dem Blick der Anwesenden nicht zu verkrampfen. „Ja, das war ein Riesenspaß. Es gibt nichts Besseres, als am ersten Schultag so zur Schau gestellt zu werden.“ Ich sehe sie misstrauisch an, als sie kichert, und frage mich, was ich davon halten soll. Sie scheint nett zu sein, aber ich habe aus früheren Erfahrungen gelernt, dass nicht alles so ist, wie es scheint. „Jazz, hm? Magst du die Musik?“

„Das ist die Abkürzung für Jasmine.“

Ich nicke verständnisvoll. „Ah.“

Ich lasse es dabei bewenden, aber das Mädchen versteht den Wink nicht. Ich frage mich, ob ich etwas zwischen den Zähnen habe, denn sie sieht mich an, als wollte sie etwas sagen, aber sie hält sich zurück.

Sie murmelt einen Fluch, bevor sie endlich wieder spricht. „Hör zu, Sydney. Ich weiß, wie es ist, die Neue zu sein. Glaub mir, wenn ich sage, dass *es scheiße ist*. Die meisten Leute hier sind …“

„Anmaßende Arschlöcher?“, unterbreche ich sie.

Sie lacht und in diesem Moment bemerke ich, wie viel Aufmerksamkeit wir bereits auf uns gezogen haben. Alle Sitze sind besetzt und fast alle Anwesenden schauen in unsere Richtung. „Ja. *Genau*. Ich hatte mir vorgenommen, mich da rauszuhalten, aber …“

Die Glocke läutet. Ich muss nach vorn drehen, während ich mich frage, was Jazz sagen wollte. In den nächsten fünfundvierzig Minuten höre ich der Lehrerin zu und versuche, mitzukommen. Zum Glück war der Lehrplan an meiner alten Schule ebenfalls ziemlich anspruchsvoll, sodass es mich nicht viel Mühe kostete, dem Unterricht zu folgen.

Nach dem Ende der Stunde legt Jazz im Vorbeigehen ein gefaltetes Blatt Papier auf meinen Schreibtisch. „Hier.“

Ich nicke auf das kleine weiße Quadrat. „Was ist das?“

„Meine Nummer.“ Sie weicht aus, um nicht über den Haufen gerannt zu werden. „Ich nehme es dir nicht übel, wenn du sie nicht benutzt, aber wenn du dich mal zum Mittagessen treffen und weiterreden willst, schick mir eine SMS.“

Danach folgt sie den anderen aus dem Klassenzimmer. Als ich selbst in den Flur trete, sehe ich Jazz, die von demselben Mann, mit dem sie zur Schule gefahren ist, in eine Umarmung gezogen wird. Er kommt mir bekannt vor, aber ich komme nicht gleich darauf, woher. Gut, wenn man einen reichen Schnösel gesehen hat, kennt man sie alle. Als ob Rich Boy meinen Blick gespürt hätte, dreht er seinen Kopf und starrt mich direkt an. Ich muss zugeben: Der Typ ist verdammt attraktiv, aber auch ein bisschen unheimlich. Okay, vielleicht sogar *mehr* als nur ein bisschen unheimlich. Sein Blick bleibt auf mir haften, während er sich zu Jazz hinunterbeugt und etwas sagt. Sie blickt kurz über ihre Schulter, bevor sie sich wieder zu ihm umdreht. Ihre Diskussion wird lebhafter und, wenn ich mich nicht irre, auch *hitziger*. Ich komme mir blöd vor, weil ich hier so herumstehe und zusehe, wie sie sich streiten, also mache ich mich auf den Weg zur zweiten Stunde.

In dieser Klasse gibt es keine zugewiesenen Sitzplätze, also nehme ich einen der beiden leeren Tische im hinteren Bereich und ziehe mein Chromebook heraus. Während ich meine Anmeldedaten eintippe, nimmt jemand den Platz neben mir ein. Ich schaue aus Neugierde auf und erstarre, als ich erkenne, wer es ist.

„Hey." Ich schenke ihm ein schüchternes Lächeln und entscheide mich dazu, ein großes Mädchen zu sein. „Brantley, richtig? Ich bin Sydney. Erinnerst du dich an mich? Ich meine … von vorhin?"

Seine Kiefermuskeln arbeiten, während er mich weiter anstarrt, ohne ein Wort zu sagen.

Wir haben uns einmal auf einer Party im zweiten Studienjahr getroffen, aber jetzt frage ich mich wirklich, ob er sich daran erinnert. Ich kann mich selbst nicht an alles erinnern, was an diesem Abend passiert ist, weil mir immer noch übel wird, wenn ich nur daran denke, aber ich erinnere mich daran, dass ich mit ihm geflirtet und *viel* gelacht habe, zwischen ein paar *richtig tollen* Küssen. Er muss gestern gefehlt haben, denn ihn hätte ich auf keinen Fall übersehen. Der Kerl ist eine wandelnde, sprechende Lustfalle. Wenn er sich nicht daran erinnern kann, mich getroffen zu haben, würde ich lügen, wenn mich das nicht verletzt. Ich dachte wirklich, wir hätten uns in dieser Nacht gut verstanden. Ich habe in den letzten zwei Jahren mehr als ein paar Mal an ihn gedacht und war enttäuscht von mir selbst, weil ich damals gegangen bin, ohne nach seiner Nummer zu fragen.

Brantley antwortet immer noch nicht, also fuchtle ich mit der Hand vor seinem Gesicht herum. „Ähm … Hallo? Hast du mich gehört?"

Er starrt mich an, als ob ihm meine Existenz gegen den Strich gehen würde.

Was hat der Kerl für ein Problem?

„Doch so höflich?" Ich schaue nach vorn und versuche herauszufinden, was hier eigentlich los ist. „Okay, vergiss es. Vergiss, dass ich überhaupt was gesagt habe."

„Ich heiße *Bentley*", sagt er schließlich. „Nicht *Brantley*."

Ist er deshalb so sauer? Habe ich sein wertvolles Ego verletzt, weil ich den Namen verwechselt habe? Mensch, Kumpel, mach mal halblang; ich war nah genug dran.

„Aha", murmle ich. „Tut mir leid, dass ich dich belästigt habe, *Bentley*. Kommt nicht wieder vor."

Ich spüre, wie sich sein Blick in mich bohrt, was gleichermaßen erregend und irritierend ist. Scheiße. Wahnsinnig sexy, aber ein totaler Idiot. Warum muss ich mich so sehr zu ihm hingezogen fühlen?

„Gut." Er lacht und senkt seine Stimme. „Sieh zu, dass du

dich daran hältst. Ich bin über meine Hurenphase hinweg, also ist das ein hoffnungsloser Fall, Süße."

Ich drehe mich blitzartig zu ihm um. „*Wie bitte?!* Hast du mich gerade *Hure* genannt?" Ich flüstere genauso wie er, aber ich achte darauf, dass meine trotzdem nicht zu überhören ist.

Der Vollidiot zuckt mit den Schultern. „Wenn die lockere Muschi passt …"

Mir fällt die Kinnlade runter. „Was glaubst du eigentlich, wer du bist?"

„Haben wir das nicht gerade besprochen?" Bentley grinst mich abfällig an. „Da du offensichtlich ein bisschen langsam von Begriff bist, also hier zum Mitschreiben: Ich heiße *Bentley*. Versuch, meinen Namen nicht zu brüllen, wenn du nachher bei der Arbeit bist. Ich bin mir sicher, dass das dem Verlierer, der dich bezahlt, nicht gefallen dürfte."

Meine Nägel bohren sich in meine Handflächen, während ich meine Fäuste balle und gleichzeitig versuche, ihn mit meinem Blick zur Hölle zu schicken. Dieses Arschloch ist jedoch in keinster Weise beeindruckt. Er scheint sich sogar darüber zu amüsieren, was mich nur noch wütender macht. Als ich kurz davor bin, auszuflippen, läutet die Glocke und der Unterricht beginnt.

Den Rest der Stunde gebe ich mir alle Mühe, das Arschloch zu meiner Linken zu ignorieren und dem Unterricht zu folgen, in dem es ironischerweise um menschliches Verhalten und sexuelle Anziehung geht. Viel Erfolg habe ich dabei nicht. Ich muss mich immer wieder fragen, warum Bentley so gemein zu mir ist. Ich habe das Gefühl, dass ich etwas falsch gemacht habe, aber mir fällt beim besten Willen nicht ein, was seine Feindseligkeit rechtfertigen würde. Vielleicht ist er einfach von Natur aus ein Idiot. Vielleicht war sein Charisma auf der Party nur ein Produkt meines Alkoholkonsums und meines schlechten Gedächtnisses. Vielleicht hat er aber auch einen Zwilling namens Brantley und ist es leid, ständig mit ihm verwechselt zu werden. Die letzte Möglichkeit ist etwas weit hergeholt, aber was weiß ich schon?

Ich schaue auf die Uhr. Ich kann es kaum erwarten, von hier zu verschwinden, sobald der Gong läutet, aber der Arsch neben mir kommt mir zuvor. Er steht vor allen anderen auf und stürmt auf die Tür zu, als würde sein Arsch in Flammen stehen.

Und was für ein schöner Arsch das ist. Verdammt noch mal! Halt die Klappe! Scheiß Hormone.

Scheiße. Warum habe ich plötzlich das Gefühl, dass ich gerade ein riesiges Fass mit bescheuerten Würmern aufgemacht habe?

KAPITEL DREI

Bentley

Um die Mittagszeit, fühle ich mich, als würde ich gleich aus
der Haut fahren. Ich brauche dringend einen Joint oder
einen Drink oder irgendetwas, das mir hilft, mich zu
entspannen. Ich überlege, ob ich mir in einem leeren Klassenzimmer einen blasen lassen soll – denn seien wir mal
ehrlich, es ist hier nicht schwer, eine willige Frau zu finden –,
aber nur kurz. Dann erinnere ich mich daran, dass einfache
Muschis nicht mehr diesen Effekt auf mich haben. Um
ehrlich zu sein, war das noch nie der Fall, aber ich habe viel
länger so getan, als ich sollte, damit die Leute keine Fragen
stellen. Damit sie nicht zu tief graben. Damit sie es nicht
erkennen.

Die Leute erwarten von mir, dass ich der Klassenkomiker
bin. Der Weiberheld. Derjenige, der immer Lust hat, zu
ficken oder sich zu besaufen. Sie wollen definitiv nicht mit

einem Verlierer abhängen, der sich fühlt, als würde er ziellos durchs Leben treiben. Das Arschloch, das wahnsinnig eifersüchtig auf seine besten Freunde ist, weil sie ihre Seelenverwandten gefunden haben. Der Mann, der für den Tod des einzigen Mädchens verantwortlich ist, das er je geliebt hat.

Der Typ, der sich an den meisten Tagen wünscht, dass er stattdessen gestorben wäre.

„Scheiße", murmle ich und wische mir mit den Händen über das Gesicht.

„Bent! Bleib stehen!"

Ich bleibe abrupt stehen, als ich die Stimme meines Kumpels Kingston höre. Ich drehe mich um und sehe ihn und Reed, meinen anderen Bruder im Geiste. Beide beäugen mich vorsichtig, als würden sie mich gleich therapieren wollen oder so. Das ist der Nachteil, wenn man jemanden in seinem Leben hat, der einen so gut kennt. Ich bin davon überzeugt, dass diese Arschlöcher oft meine Gedanken lesen können, und oft genug ist das nicht zu meinen Gunsten. Vor allem an Tagen wie heute, wenn ich besonders aufgewühlt bin.

Ich hebe mein Kinn zur Begrüßung. „Was gibt's?"

Kingston nickt mit seinem Kopf nach rechts. „Warum gehen wir heute nicht außerhalb des Campus essen? Nur wir drei."

Ich verenge meine Augen. „Warum?"

Versteh mich nicht falsch, ich bin immer für ein Mittagessen außerhalb des Campus zu haben, besonders wenn wir zu In-N-Out gehen, aber die Tatsache, dass Jazz und Ainsley nicht mitkommen, macht mich stutzig.

„Warum wohl?" Reed hängt seinen Arm um meinen Nacken. „Weil wir Hunger haben."

Ich ziehe die Augenbrauen hoch, weil ich ihm diese blödsinnige Antwort nicht abnehme. „Was ist mit den Mädchen?"

„Was soll mit ihnen sein?" Kingston zuckt mit den Schultern. „Sie sind durchaus in der Lage, sich ihr eigenes Essen zu besorgen."

Okay, jetzt *weiß* ich, dass etwas nicht stimmt. Kingston Davenport würde jede wache Minute mit Jazz verbringen, wenn es nach ihm ginge. Scheiße, sie leben schon zusammen und spielen Mama und Papa für ihre kleine Schwester, aber er kann immer noch nicht genug von ihr bekommen. Ich glaube hundertprozentig, dass er sich chirurgisch mit ihr verbinden lassen würde, wenn das möglich wäre. Ich kann es ihm nicht verübeln; Jazz Rivera sieht spektakulär gut aus, und Gott weiß, dass sie es nicht leicht hatten, so weit zu kommen. Aber der Typ ist achtzehn und geht auf die Vierzig zu, und er könnte nicht zufriedener sein.

Ich schiebe ihn weg. „Verpiss dich, Kumpel. Warum sagst du mir nicht, was *wirklich los ist*? Am besten, du sagst es mir, während wir in der Schlange stehen, denn ich habe das Frühstück ausgelassen und muss etwas essen. Wir sind schon spät dran und die Auswahl an Gerichten wird immer übersichtlicher, je länger wir hier stehen."

Kingston zieht an der Rückseite meines Blazers, als ich mich auf den Weg zum Speisesaal mache. „Komm schon, Bent. Ich erkläre es dir unterwegs."

Ich schüttle ihn ab. „Was ist dein Problem, Alter? Ich habe keine *Lust* auf eine Spritztour. Ich will verdammt noch mal *essen*." Ich zeige auf die Doppeltüren, die nur drei Meter entfernt sind. „Und hinter diesen Türen gibt es jede Menge verdammt gutes Essen."

„Bentley, geh da *nicht* rein. Nicht, ohne vorbereitet zu

sein." Diesmal ist es mein anderer Freund, der das Wort ergreift, und wenn man bedenkt, dass Reed Prescott kein Mann ist, der *jemals* etwas ohne Grund sagt, lässt mich das nachdenklich werden.

Ich lehne mich gegen den polierten Mahagonischrank und verschränke die Arme vor der Brust. „Und? Will einer von euch beiden mir das endlich erklären?"

Beide Jungs werfen einander einen vielsagenden Blick zu. Ich vermute, Davenport hat den sprichwörtlichen Kürzeren gezogen, denn er bekommt einen seltsamen Gesichtsausdruck, kurz bevor er die Bombe fallen lässt.

„Jazz hat jemanden eingeladen, an unserem Tisch zu essen. Eine Tussi aus ihrer ersten Klasse."

„Und?" Ich sehe das Problem nicht. Die Tische im Speisesaal bieten Platz für acht Personen und wir sind zusammen nur fünf.

Kingston zieht an den Spitzen seiner aschblonden Haare, etwas, das er immer tut, wenn er angespannt ist. „*Und* es ist jemand, den du nicht in deiner Nähe haben willst. Ich habe Jazz gesagt, sie soll sich da raushalten, aber … du kannst dir sicher vorstellen, wie gut das geklappt hat."

Ich starre ihn an und entschlüssele seine kryptische Aussage. Als es mir klar wird, marschiere ich auf die Türen zu. „Oh, verdammt, nein." Ich werfe ihm einen vorwurfsvollen Blick zu. „Sag mir bitte, dass sie nicht getan hat, was ich glaube, dass sie getan hat, Kumpel."

Kingstons Antwort ist nicht mehr nötig, denn nur einen Moment später betreten wir drei den Speisesaal und ich habe freie Sicht auf unseren Tisch. Wie jeden Tag sitzen Ainsley und Jazz dort und essen zu Mittag, aber heute sitzt eine dritte Person auf dem Stuhl rechts von Jazz. Der Stuhl, auf dem ich normalerweise sitze. Ich beobachte schockiert, wie die drei über wer weiß was plaudern und lachen, als wären sie schon seit Jahren beste Freundinnen.

Ich knirsche so stark mit den Zähnen, dass ich mich wundere, dass sie nicht brechen. „Was. Zum. Teufel.“

Kingston streckt seinen Arm aus, als ich losstürme, und hält mich auf. „Beruhige dich, Kumpel. Du willst doch nicht da rübergehen und eine Szene machen.“

„Und ob ich das Will.“ Ich lache bitter. „Ich liebe Jazzy zu Tode, Mann, aber wir beide wissen, dass sie eine Grenze überschritten hat, und ich werde nicht so tun, als ob das in Ordnung wäre! Was hat sie sich nur dabei gedacht?“

„Sie hat darüber nachgedacht, wie beschissen es ist, die Neue zu sein, und …“ Kingston nickt den beiden zu. „Es scheint, als würden sie sich gut verstehen. Du weißt, dass weder Jazz noch Ains viel Glück damit hatten, weibliche Freunde zu finden.“

„Ja, weil die meisten Mädchen hier eifersüchtige, kleinliche Schlampen sind“, mischt Reed sich ein.

Als ob sie uns spüren könnten, drehen sich alle drei Augenpaare in unsere Richtung. Als Ainsley und Jazz ihre Partner entdecken, lächeln sie strahlend, bevor ihre besorgten Blicke auf mich fallen. Das dritte Mädchen kneift ihre wunderschönen Augen zusammen, als sie meinen Blick bemerkt.

Jesus. Habe ich ihr gerade wirklich ein Kompliment gemacht?

Wenigstens habe ich den Scheiß in meinem Kopf behalten, aber trotzdem. Ich mag das nicht. Diese Schlampe ist der Feind. Ich kann es mir nicht leisten, das zu vergessen.

„Scheiß drauf.“ Ich schüttle den Kopf. „Ich bin raus.“

„Kumpel, warte!“, ruft Kingston.

Die beiden Arschlöcher folgen mir in den Flur.

Reed flucht leise vor sich hin. „Bent, du kannst nicht immer abhauen, wenn du sie siehst. Du wirst deinen Abschluss nicht schaffen."

Als ich gestern Sydney auf der Versammlung zum ersten Mal gesehen habe, konnte ich nicht schnell genug aus der Schule verschwinden. Ich brauchte Zeit, um die Flut von Erinnerungen zu verarbeiten, die dabei hochgekommen sind.

„Damit das klar ist: Ich musste in der zweiten Stunde *direkt neben ihr* sitzen und bin nicht abgehauen." Ich knalle meine Handflächen gegen die schweren Holztüren, die zum Parkplatz führen. „Ich weiß, dass ich nichts dagegen tun kann, dass sie hier ist, vor allem, wenn man bedenkt, wer ihr Vater ist. Und als ich sie heute Morgen auf dem Parkplatz gesehen habe, war ich soweit, mich damit abfinden zu können."

Aber als ich im Psychologieunterricht neben ihr saß, fiel mir ein, dass sie aus der Nähe noch viel schöner als in meiner Erinnerung ist. Wie leicht es sein kann, sich in ihren meergrünen Augen zu verlieren, fasziniert davon, wie sie sich von ihrer hellbraunen Haut abheben. Daran, dass sie die einzige Person auf der Welt ist, die genau weiß, warum ich mich selbst so sehr hasse.

Ich schüttle den Kopf und verdränge diesen Gedanken in die hintersten Winkel meines Gehirns, wo er hingehört.

„Bent-", beginnt Kingston von Neuem.

Ich halte meine Hand hoch, um ihn zu unterbrechen. „Wenn Jazz darauf besteht, die verdammte Sydney Carrington zu unserer Fünfergruppe einzuladen, kannst du auf mich verzichten. Entweder sie oder ich."

Kingstons Lippen werden schmal. „Kumpel. Das ist nicht fair."

Ich öffne meine Autotür und schaue ihm direkt in die Augen. „Ich kann das nicht, Mann. Hör zu. Ich will dich nicht in eine schwierige Situation bringen, aber ich *kann es* einfach nicht. Also tu, was immer du tun musst, damit Jazz und Ainsley es verstehen. Wenn du es nicht schaffst … nun, dann weiß ich auch nicht. Finde einfach einen Weg, damit sie es verstehen. *Bitte, Davenport.*"

Ich mag den Knoten nicht, der sich in dem Moment in meinem Hals bildet.

Seine Augen hüpfen einen Moment lang zwischen meinen hin und her, bevor er nickt. „Ich werde es versuchen."

Ich gleite hinter das Lenkrad und starte die Zündung. „Ich bin gleich wieder da. Ich muss … Ich muss nur mal kurz durchatmen."

Ich fahre durch die Tore von Windsor, ohne ein wirkliches Ziel zu haben. Ich kurble die Fenster herunter und lasse mir den Fahrtwind um die Nase wehen, während ich durch die kurvenreichen Straßen fahre und viel schneller abbiege, als ich wahrscheinlich sollte. Aber ich weiß, wozu dieses gute Stück deutscher Maschinerie in der Lage ist, und obwohl ich an den meisten Tagen unglücklich bin, bin ich nicht selbstmordgefährdet. Ich würde Carissas Andenken *niemals* auf diese Weise entehren. Ich hasse es einfach, tagein, tagaus mit diesen Schuldgefühlen leben zu müssen. Ich weiß ehrlich gesagt nicht, wie viel ich noch ertragen kann, ohne den Verstand zu verlieren.

Als ich merke, wo ich bin, halte ich am Straßenrand an und stelle den Motor ab. War ja klar, dass ich hier landen würde, ohne nachzudenken. Zum Glück habe ich immer eine Tasche mit Sportkleidung im Kofferraum, falls es mich mal wieder zum Ballspielen zieht. Ich nutze mein Auto als Sichtschutz, um mich schnell umzuziehen und mache mich auf den kurzen Weg über den Feldweg, der zum Topanga Lookout führt. Als meine Füße über den Rand der bunten Plattform hängen, schaue ich hinunter und erinnere mich an das letzte Mal, als ich hier gewesen bin. Rissa liebte es, in der Umgebung von Los Angeles zu wandern, und ich liebte es, ihre Haut in ihren winzigen Trainingsklamotten glänzen zu sehen, also begleitete ich sie bei jeder Gelegenheit. Das hier war einer ihrer Lieblingsplätze. Wir saßen genau hier, an dieser Stelle und sahen zu, wie die Sonne über dem Tal unterging, nur ein paar Tage bevor alles vorbei war. Bevor das Leben, wie wir es kannten, nicht mehr dasselbe sein würde.

Bevor ich Sydney Carrington traf ... der Faktor, der den Stein ins Rollen brachte.

KAPITEL VIER

Sydney

Als die ersten Töne von Hoziers „Take Me to Church"
ertönen, atme ich tief ein und lasse die eindringliche
Melodie in meine Seele eindringen. Meine Muskeln werden
von den Emotionen des Textes erfasst und bringen meine
Glieder dazu, sich wie von selbst in einer Reihe von langen
Linien, Sprüngen, Drehungen und Wirbeln zu bewegen. Ich
erzähle mit meinem Körper eine Geschichte von Unterdrü-
ckung und Respektlosigkeit. Verbitterung und Scham. Sinn-
lichkeit und Sehnsucht nach Intimität.

Das ist der Grund, warum Lyrical mein Lieblingstanzstil
ist. Du kombinierst die Anmut und Athletik von Ballett mit
der Geschmeidigkeit von Jazz, aber auf eine Weise, die
gleichzeitig die Leidenschaft hinter dem Lied vermittelt. Um
die Choreografie richtig auszuführen, musst du all dein
Herzblut in sie stecken. Deine Seele muss buchstäblich auf

die Bühne *fließen*. Wenn du dich zu sehr auf die Technik konzentrierst, übersiehst du das Wesentliche. Du verpasst die Schlüsselkomponente, die dem Tanz Leben einhaucht.

Als das Lied endet, nehme ich mir einen Moment Zeit, um mich zu sammeln, bevor ich aufstehe und mich an mein kleines Publikum wende.

„Und? Was hältst du davon?"

„Es ist *perfekt*, Syd", versichert mir meine beste Freundin Cameron. Ihr blonder Pferdeschwanz schwingt hin und her, während sie auf den Zehenspitzen herumhüpft. „Die Los Angeles School of Performing Arts wird dich nach *diesem* Vortanzen auf *keinen Fall* ablehnen."

Mein Blick wandert zu meiner Mutter. „Was meinst du?"

Meine Mutter legt eine Hand gegen ihre Brust, ihre dunkle Haut hebt sich wunderbar von dem hellen Rosa ihres Trikots ab. „Es war absolut umwerfend." Sie hält ihren Unterarm parallel zum Vinylboden und zeigt mir die feinen Härchen, die sich aufgerichtet haben. „Schau. Ich habe eine Gänsehaut. Du solltest es auch für dein Solo bei unserem Frühlingskonzert verwenden."

Ich schnappe mir ein Handtuch vom Hocker nebenan und wische mir das Gesicht ab. „Ja, vielleicht."

Meine Mutter war früher eine professionelle Ballerina – und zwar eine ziemlich erfolgreiche. Aber nach einem furchtbaren Unfall, der mehrere Knochenbrüche und anschließende Operationen zur Folge hatte, setzte sie sich zur Ruhe, zog zurück nach Kalifornien und eröffnete schließlich ihr eigenes – dieses – Studio. Ich lerne hier tanzen, seit ich laufen kann. Meine Stärken liegen eindeutig in den Bereichen Lyrik, Hip-Hop und Jazz, aber auch Ballett und polyrhythmischer Stammestanz sind nicht zu verachten.

Trotz meines natürlichen Talents habe ich keine Lust, in einem professionellen Tanzensemble mitzumachen. Ich weiß nicht … vielleicht liegt es daran, dass ich aus erster Hand weiß, wie anstrengend das für deinen Körper ist. Ich weiß, was meine Mutter durchgemacht hat, welchen Zeitaufwand und welche Opfer sie gebracht hat, wie ihre Lebensträume auf dem Höhepunkt ihrer Karriere von einem Moment auf den anderen zerplatzt sind … das scheint es mir nicht wert zu sein. Versteh mich nicht falsch, ich *liebe es* zu tanzen, aber meine wahre Freude liegt im Unterrichten und Choreografieren. Ich möchte die LASPA besuchen, einfach wegen des Ansehens, den mir ein Abschluss an einer so angesehenen Akademie verschaffen würde, wenn ich eines Tages dieses Studio übernehmen oder vielleicht hinter den Kulissen von Film und Fernsehen arbeiten möchte.

Eine Glocke läutet über der Eingangstür. Durch die großen Sichtfenster kann ich sehen, wie die Schüler zum nächsten Kurs kommen. Meine Mutter unterrichtet dienstagabends Barre für Erwachsene, weil das eine beliebte Sportart ist und sie zudem meint, dass etwas Abwechslung guttut.

„Die Pflicht ruft", flötet meine Mutter und scheucht Cam und mich aus dem Raum. „Warum geht ihr zwei nicht essen oder so? Ich mache hier dicht, wenn der Unterricht vorbei ist."

Ich ziehe die Brauen hoch. „Bist du sicher?"

„Ja", sagt meine Mutter. „Alles andere ist für heute Abend schon erledigt. Ich schließe die Haustür ab, wenn der letzte Schüler fertig ist, und sobald der Unterricht zu Ende ist, folge ich ihnen auf den Parkplatz."

„Okay." Ich beuge mich vor und küsse sie auf die Wange.

Ich komme bei der Körpergröße eindeutig nach meinem Vater. „Danke, Mom. Wir sehen uns dann zu Hause."

Sie lächelt. „Tschüss, Mädels."

Ich drücke auf den Knopf an meinem Schlüsselanhänger, um mein Auto zu entriegeln. „Worauf hast du Appetit?"

Cam zuckt mit den Schultern. „Sushi?"

Ich nicke. „Passt."

Unser Lieblings-Sushi-Restaurant befindet sich in einem nahegelegenen Einkaufszentrum, also hüpfen wir in meinen Audi und machen uns auf den kurzen Weg von Woodland Hills nach Calabasas, während wir mit Megan Thee Stallion und Queen Bey darüber rappen, ein Wilder zu sein.

„Bitch, you my boo" (Schlampe, du meine Süße), zeigen wir beide aufeinander, halb singend, halb lachend, wie wir es an der Stelle des Liedes immer tun.

Im Restaurant angekommen, bestellen Cam und ich direkt eine Auswahl Sushi-Röllchen und fangen sofort an zu essen, kaum dass die Teller auf dem Tisch stehen.

„Und, wie war dein zweiter Tag?", fragt Cameron mit dem Mund Krabben.

„Besser, denke ich. Ich habe neue Freunde gefunden." Ich runzle die Stirn. „Glaube ich zumindest."

Sie gluckst. „Was heißt das, *du glaubst zumindest?*"

Ich seufze. „Das sind diese beiden Mädchen, Ainsley und Jazz, die erstere steht total auf Ballett. Du hättest sie sehen sollen, als ich ihr erzählt habe, wer meine Mutter ist. Sie war, als hätte sie sich total in mich verguckt. Es war matisch. Sie bewirbt sich gerade an der LASPA, genau wie ich. Im Großen und Ganzen scheinen sie beide ziemlich entspannt zu sein. Es war erfrischend, andere Schülerinnen zu treffen, die nicht ständig aufgeblasen durch die Gegend laufen."

„Was ist dann das Problem?"

Ich überlege, wie ich es erklären soll. „Erinnerst du dich an die Verbindungsparty, auf der ich im zweiten Semester war? Die, auf der meine Cousine Lindsey, ähm … du weißt schon."

Cam verzieht angewidert das Gesicht. „Gott, ich hasse diese Schlampe. Es tut mir leid; ich weiß, dass du mit ihr verwandt bist, aber was sie getan hat, ist absolut unverzeihlich, Syd."

„Sehe ich ja auch so, Süße. Immer, wenn wir auf denselben Veranstaltungen sind, gehe ich ihr aus dem Weg, damit ich ihr nicht *aus Versehen* den Hals umdrehe und meiner ganzen Familie erklären muss, warum."

Sie nimmt einen Schluck Wasser. „Warum reden wir eigentlich über die Verrückte? Was hat das mit meiner Frage über deine neue Schule zu tun?"

Ich beiße mir auf die Lippe. „Weil … die beiden Mädchen, die ich vorhin erwähnt habe, anscheinend eng mit dem Typen befreundet sind, mit dem ich auf der Party rumgemacht habe."

Ihre blauen Augen weiten sich. „Und was ist daran schlimm? Das bedeutet, dass du jetzt weißt, wer er ist. Ich dachte, du hättest gesagt, er sei total heiß."

„Das ist er auch. Eher noch heißer, als ich es in Erinnerung hatte. Gott, *so unglaublich* heiß. Aber … nein, das ist *nicht* gut." Ich schüttle den Kopf. „Der Kerl hat ein Aggressionsproblem. Aus welchem Grund auch immer, er strahlt übelst Hass aus. *Richtig* übel."

Zwischen Camerons hellbraunen Augenbrauen bildet sich eine Falte. „Warum?"

„Da weißt du genauso viel wie ich." Ich tupfe etwas

Wasabi auf mein Sushi und stecke es mir in den Mund. „Er ist in meinem Psychologiekurs und er war heute Morgen unglaublich fies. Ich habe ihn nur gegrüßt und gefragt, ob er sich an mich erinnert, und er ist sofort in den Arschlochmodus übergegangen. Er hat mich Hure genannt."

Cam keucht. „Wie bitte?!"

Ich nicke. „Unglaublich, oder?"

Cam winkt abweisend mit der Hand. „Also, der Typ ist ein Idiot. Wie auch immer. Scheiß auf ihn. Das heißt aber nicht, dass du nicht mit einigen seiner Freunde befreundet sein kannst."

Ich zeige mit meinen Stäbchen auf sie. „Siehst du, das ist die Sache. Ich glaube nämlich, das *könnte* ein Problem sein. Ich habe die Windsor-Hierarchie noch nicht ganz durchschaut, aber ich habe den Eindruck, dass der Vollidiot – sein Name ist übrigens Bentley – ganz oben steht. Ich wollte nicht komisch wirken und Jazz oder Ainsley fragen, aber ich weiß, dass er jemand Wichtiges ist. Du hättest sehen sollen, wie die anderen Schüler ihn und seine Freunde beobachtet haben. Außerdem ist der Junge ganz schön arrogant. Ich habe ihn zwischen der dritten und vierten Stunde auf dem Flur gesehen. Er läuft herum, als hätte er den längsten S im Schritt und schert sich einen Dreck darum, was andere über ihn denken."

Cam wackelt mit den Augenbrauen. „Und, hat er den längsten S im Schritt?"

„Wir haben vor *Jahren* mal geknutscht." Ich werfe ihr einen schiefen Blick zu. „Glaubst du wirklich, ich wüsste, wie gut er bestückt ist?"

„Es war einen Versuch wert." Sie zuckt mit den Schultern.

„Ich verstehe immer noch nicht, warum du dich dorthin versetzen lassen musstest."

„Meine Mutter und ich haben versucht, es ihm auszureden, aber du weißt ja, wie störrisch mein Vater sein kann, wenn er sich etwas in den Kopf gesetzt hat.

Cam schmollt. „Nun, ich vermisse dich. *Alle* vermissen dich."

„Ich bin sicher, bei Olivia ist das *nicht* der Fall."

Sie rümpft ihre freche Nase. „Die Schlampe kann gerne eine Tüte Schwänze mit einer Portion verschwitzter, haariger Eier essen."

Ich lache. „Danke für dieses farbenfrohe – und ekelerregende – Bild."

Cameron zwinkert. „Jederzeit, Babe."

„Genug von mir. Was gibt's Neues bei dir?"

„Ähm … meine Mutter hat wieder einen neuen Freund, aber ich habe ihn noch nicht kennengelernt. Wir sind morgen Abend mit ihm und seinen Kindern zum Essen verabredet. *Wahnsinnig* toll." Sie wedelt mit imaginären Pom-Poms in der Luft herum.

Ich ziehe die Augenbrauen hoch. „Hat sie nicht gerade erst mit diesem Darren Schluss gemacht?"

„Sie behauptet, das hier sei *etwas ganz Besonderes*." Sie rollt mit ihren babyblauen Augen. „Ich glaube, sie waren in der Highschool zusammen, aber sie haben sich aus den Augen verloren. Offensichtlich ist *er* derjenige, der abgehauen ist. Wer weiß das schon bei ihr? Sie könnte sich an den ersten Kerl klammern, der Augenkontakt hergestellt hat. Du weißt, dass meine Mutter sich ohne einen Mann in ihrem Leben nicht komplett fühlt."

Ich schüttle den Kopf. „Alte, schlag mich, wenn ich jemals so werde."

Cams Vater ist schon ihr ganzes Leben lang von der Bildfläche verschwunden. Das arme Mädchen musste zusehen, wie ihre Mutter eine toxische Beziehung nach der anderen durchlitt, nur weil sie Angst vor dem Alleinsein hatte.

„Ein tolles Vorbild, oder?" Cam spricht spöttisch ein paar Oktaven höher. „Du kannst alles sein, was du willst, Cameron. Nur der Himmel ist die Grenze … solange du einen Mann hast, der sich um dich kümmert."

Als Cameron und ich dreizehn Jahre alt waren, haben wir uns geschworen, nie so zu werden wie ihre Mutter. Dass wir zu starken, kämpferischen Frauen heranwachsen würden, die sich von niemandem etwas gefallen lassen. Zum Glück war da *meine* Mutter, die uns in die richtige Richtung führte. Daphne Reynolds wusste von klein auf, dass sie Tänzerin werden wollte, aber als schwarzes Mädchen aus Compton, das von einer alleinerziehenden Mutter großgezogen worden war, die kaum über die Runden kam, standen die Chancen nicht wirklich gut. Aber sie weigerte sich zu glauben, dass sie nicht alles erreichen konnte, was sie sich vorgenommen hatte.

Meine Mutter hatte nicht einmal eine formale Tanzausbildung, bis sie ein Stipendium für eine Akademie der darstellenden Künste gewann, und das allein aufgrund ihres Talents und ihrer Entschlossenheit. Dort arbeitete sie länger und härter als alle anderen, um ihr Handwerk zu perfektionieren. Als die Juilliard School sie rief, ergriff sie die Gelegenheit, was schließlich zu einer unglaublichen Karriere beim New Yorker Ballett führte.

„Na dann … viel Glück morgen Abend. Ich hoffe, es wird nicht allzu schlimm.“

Cameron lacht. „Danke. Gehst du am Freitag mit mir zur Party von Skyler Roosevelt?“

„Sie ist die Schülerin, die in Malibu wohnt, richtig? Die mit den roten Haaren?“

„Ja.“ Cam nickt. „Ich habe gehört, ihr Haus ist unglaublich und liegt direkt am Strand.“

„Weißt du, ob Zach da sein wird?“ Ich nehme einen letzten Bissen, lehne mich in meinem Stuhl zurück und warte auf ihre Antwort.

Sie verzieht das Gesicht. „Wäre es schlimm, wenn ich Ja sagen würde?“

„Nein.“ Ich schüttle den Kopf. „Ich will nur vorbereitet sein.“

Cam richtet sich auf ihrem Stuhl auf. „Ja, ich bin mir ziemlich sicher, dass er das sein wird. Ich habe gehört, Austin und Sky sind der Hammer.“

„Gut“, seufze ich. „Aber ich werde nicht die Klappe halten, wenn dieser Idiot mich anfleht, ihn wieder zurückzunehmen.“

Zach Harper ist mein Ex, der sich weigert, zu akzeptieren, dass es vorbei ist, und Austin McCarthy ist sein bester Freund. Der eine geht selten ohne den anderen irgendwohin.

„Hältst du *jemals* deine Klappe?“

Ich kann mir eine Grinsen nicht verkneifen. „Ab und zu schon.“

Sie prustet. „Klar, Syd. Wenn du meinst.“

„Ach, leck mich doch, du Schlampe.“ Ich schubse sie weg und lache.

„Hey! Du solltest deine neuen Freunde einladen. Das

wäre eine gute Gelegenheit für mich, sie unter die Lupe zu nehmen."

„Ich denke, es kann nicht schaden, zu fragen." Ich zucke mit den Schultern.

„Okay, abgemacht." Cam tupft sich den Mundwinkel mit einer Serviette ab. „Du fragst die Windsor-Mädchen, ob sie mitkommen wollen und überlegst dir dann, was du anziehen wirst, damit Zach Harper den Tag bereut, an dem er beschlossen hat, ein treuloser Widerling zu sein."

„Hast du gerade wirklich ‚den Tag bereuen' gesagt?"

„Und ob ich das habe." Sie wirft mir einen ihrer „*Was willst du dagegen tun?*"-Blicke zu.

Ich kichere. „Gott, ich liebe dich."

„Ich liebe dich auch, Schlampe." Cam lächelt. „Ich werde dich noch mehr lieben, wenn du heute die Rechnung übernimmst. Ich werde nicht vor Freitag bezahlt."

Ich schüttle den Kopf und krame genug Geld heraus, um die Rechnung zu bezahlen. „Gut. Aber du bist beim nächsten Mal dran, und ich akzeptiere *kein* Taco Bell."

„Du bist so anstrengend." Sie streckt mir die Zunge raus. „Du hast Glück, dass du einen tollen Vorbau hast, sonst würde ich mir deinen Scheiß nicht gefallen lassen."

Ich rolle meine Serviette zu einem Ball und werfe ihn nach ihr. „Du bist so eine Idiotin!"

„Ohne mich wüsstest du doch gar nicht, was du tun sollst." Cameron strahlt und zeigt ihre perlweißen Zähne.

Aber sie hat recht. Cam war mein Rettungsanker, als ich eine ziemlich harte Zeit durchgemacht habe. Ohne dieses Mädchen in meinem Leben wäre ich tatsächlich verloren.

KAPITEL FÜNF

Bentley

Na großartig. Genau das, was ich brauche, um diesen beschissenen Tag abzurunden. Ich atme tief durch, als ich neben dem weißen Range Rover in meiner Einfahrt vorfahre. Meine Schultern versteifen sich, als die Fahrerin aussteigt und sich gegen das Auto lehnt. Meine Scheinwerfer erfassen sie und ich kann das Mitleid in ihrem Gesicht sehen, während sie darauf wartet, dass ich aussteige. Ich will von niemandem Mitleid, schon gar nicht von *diesem* Mädchen.

Sie ist die stärkste und widerstandsfähigste Person, die ich je kennengelernt habe. Es gab eine Zeit, in der ich dachte, sie wäre diejenige, die mich aus meinem schuldbeladenen Elend herausholen könnte. Ich dachte, ich würde mich in sie verlieben und dass sie vielleicht eines Tages dasselbe fühlen könnte. Dann, nach einer der heißesten Nächte meines

Lebens, wusste ich, dass ich keine Chance hatte, weil die Frau Hals über Kopf in meinen besten Freund verliebt war und er dasselbe für sie empfand.

Ich drücke den Knopf, um den Motor abzustellen und steige aus meinem Porsche, bereit, mich der Musik zu stellen.

„Was machst du hier, Jazz? Ich bin mir ziemlich sicher, dass es gegen die Regeln verstößt, ohne Führerschein unbegleitet herumzufahren."

„Hat Kingston es dir nicht gesagt? Ich habe meinen Führerschein am Samstag bekommen."

Ich schüttle den Kopf. „Ob du es glaubst oder nicht, Davenport erzählt mir nicht alles."

„Das ist sowieso egal." Sie verlagert nervös das Gewicht. „Können wir reden?"

Ich lache spöttisch. „Lieber nicht."

Ich kann in der Außenbeleuchtung sehen, wie niedergeschlagen sie wirkt, und muss mich daran erinnern, mich davon nicht beeindrucken zu lassen.

„Bentley, bitte."

Ich schüttle den Kopf. „Nicht heute Abend, Jazzy. Ich kann das jetzt nicht."

Das Mädchen ist locker einen halben Meter kleiner als ich, aber sie wirkt unbezwingbar, wenn sie sich aufrichtet und mich so anstarrt. „Ich hatte nicht vor, diese Karte zu ziehen, Bentley, aber du zwingst mich dazu. Ich glaube mich zu erinnern, dass ich *dir* eine Chance gegeben habe, dich zu rechtfertigen, obwohl du mir keinen Grund dazu gegeben hast. Du könntest mir wenigstens die gleiche Höflichkeit erweisen."

Verdammt noch mal.

Ich hasse es, wenn sie recht hat, was, wenn ich ehrlich bin, fast immer der Fall ist.

Ich seufze tief. „Gut, aber ich brauche eine Zigarette, also lass uns nach hinten gehen."

Jazz nickt und folgt mir den Weg an der Seite des Hauses entlang. Ich führe sie um den Pool herum in die private Grotte, in der sich unser Whirlpool befindet. Die einzige Beleuchtung hier ist der sanfte blaue Schein unter dem Wasser. Perfekt.

„Was machst du da?", fragt Jazz, als ich anfange, mich auszuziehen.

„Entspann dich, Jazzy Jazz. Ich versuche nicht, dich zu verführen, ich will nur baden." Ich krame den kleinen Metallkoffer und ein Feuerzeug aus meiner Tasche, bevor ich meine Hose herunterlasse. „Ich lasse sogar meine Boxershorts an, um deine wertvolle Tugend zu schützen."

„Ich glaube, wir wissen beide, dass dieses Schiff schon vor langer Zeit abgefahren ist, Bent."

Ich grinse. „Nein, Baby, das glaube ich nicht. Du bist immer noch ein guter Mensch. Du magst es nur ab und zu schmutzig. Daran ist nichts falsch."

Jazz lächelt sanft, während sie ihre Schuhe und Socken auszieht und ihre Jogginghose bis über die Knie hochschiebt, bevor sie sich hinsetzt und ihre Füße in den Whirlpool taucht. Sie beobachtet mich, während ich mir eine Selbstgedrehte in den Mund stecke und sie anzünde. Beim Ausatmen lasse ich meinen Kopf auf den Sims fallen und hoffe, dass das Gras seine Wirkung eher früher als später entfaltet. Ich werde es für dieses Gespräch brauchen.

„Nein, ich will nichts." Jazz schüttelt den Kopf, als ich ihr den Joint anbiete. „Können wir uns jetzt unterhalten?"

Ich nehme noch einen Zug und winke mit der Hand ab. „Ich weiß ja, dass du nicht gehst, ohne zu sagen, weswegen du hier bist."

„Zunächst einmal tut es mir leid, dass ich Sydney zum Mittagessen eingeladen habe, Bent. Es tut mir wirklich leid, weil ich wusste, dass es dir etwas ausmachen würde, aber ich möchte, dass du dir anhörst, warum ich es getan habe."

Beim dritten Zug halte ich den Rauch noch ein bisschen länger in meinen Lungen, bis der Rausch sich endlich bemerkbar macht. Ich schließe meine Augen, während mein Kopf wieder auf den Beton sinkt, und warte darauf, dass sie weitermacht.

„Als ich gesehen habe, wie die Arschlöcher von Windsor sie behandelt haben, konnte ich nicht einfach daneben sitzen und nichts sagen. Ich weiß, dass du dich kaum an die Nacht erinnern kannst, in der du sie kennengelernt hast, aber sie scheint wirklich cool zu sein. Du hast offensichtlich etwas in Sydney gesehen, als du dich mit ihr getroffen hast. Ich denke, wenn du ihr einfach eine Chance geben würdest …"

Ich halte meine Hand hoch. „Ich werde dich genau hier unterbrechen, Jazzy. Wenn ich in dieser Nacht *etwas* in ihr gesehen habe, dann waren es ein paar tolle Titten und Blowjob-Lippen. Das war's. Ich werde Sydney Carrington *niemals* eine Chance geben. Ich will sie nicht in meinem Leben haben."

„Warum nicht?"

Weil ich war nicht annähernd so abgefuckt war, wie die Leute denken, und ich erinnere mich an *alles in* der Nacht, in der wir uns kennengelernt haben.

Ich schüttle den Kopf. „Das spielt keine Rolle."

„Von wegen, Bent!" Jazz wirft ihre Hände hoch. „Du

musst mir schon etwas Besseres liefern, denn ich mag sie und Ainsley auch. Wir wollen mit Sydney abhängen und sie besser kennenlernen."

„Wie schön für euch beide." Ich spotte. „Wenn ihr euch zu dritt die Muschi leckt, hätte ich nichts dagegen, mir ein paar Videos anzusehen, aber ich werde trotzdem nicht in die Nähe von Sydney Carrington gehen."

„Sei kein Arschloch, Bent."

„Ach, was ist denn los, Baby? Bist du es leid, Hausfrau zu spielen? Kümmert sich mein Junge nicht um deine Bedürfnisse?" Ich greife meinen Schwanz durch die Shorts, der zugegebenermaßen durch den heißen Mädchendreier, den ich mir gerade vorgestellt habe, hart geworden ist. „Weißt du, wenn du etwas davon willst, musst du nur fragen. Wir müssen es Kingston nicht einmal sagen. Ich weiß, dass du schon immer darauf gewartet hast …"

Ich bin nicht einmal überrascht, als Jazz mit dem Fuß austritt und mir Wasser ins Gesicht spritzt, um meinen Joint zu löschen. Ich weiß, dass das daneben war und ich habe es wirklich nicht so gemeint, aber ich konnte einfach nicht anders.

Sie zeigt mit einem Finger auf mich. „Ich lasse dir das durchgehen, weil ich weiß, dass du verletzt bist, aber glaube nicht, dass du noch einmal damit durchkommst. *Nicht* cool, Bentley." Jazz seufzt schwer. „Sydney hat uns erzählt, wie du dich heute in der zweiten Stunde verhalten hast. Wie du sie genannt hast."

Ich versuche, den feuchten Joint wieder anzuzünden, aber es ist ein hoffnungsloser Fall, also werfe ich ihn weg. „Gut zu wissen, dass sie nicht nur eine verlogene Hure ist, sondern auch eine Petze."

„Komm schon, Bentley." Jazz wirft ihre Hände hoch. „Das bist doch nicht du! Was geht nur in deinem Kopf vor, dass du dich so verhältst?"

Scheiße. Manchmal hasse ich es, wie scharfsinnig sie ist. Jazz erkennt, wenn jemand Blödsinn redet, schon aus zwei Kilometern Entfernung.

„Warum hören wir nicht auf mit dem Scheiß und du sagst mir einfach, was du von mir willst? *Was zum Teufel* willst du von mir, Jazz?"

Jazz schiebt ihren Hintern über den Beton, bis sie direkt neben mir sitzt. „Ich will, dass du mit mir redest, Bentley. Wenn nicht mit mir, dann mit Kingston oder Reed, oder sogar mit einem Therapeuten. Du kannst nicht weiterhin dir selbst – oder Sydney – die Schuld an Carissas Tod geben."

Ich lache bitter auf. „Verdammt, ich kann nicht."

„Sei nicht so ein sturer Esel." Sie streckt die Hand aus und kneift mich ganz fest.

„Au!" Ich reibe mir den Arm und kneife die Augen zusammen. „Was zum Teufel?"

Die Spitzen ihrer schokoladenfarbenen Haare tauchen ins Wasser, als sie sich weit genug herunterbeugt, um mir ins Gesicht zu schauen. „Hör mir zu, Bentley. Ich weiß, dass das, was Carissa erlebt hat, schrecklich war, und niemand sollte so etwas durchmachen müssen. Aber egal, was in der Nacht auf der Verbindungsparty passiert ist, es ist nicht deine Schuld. Carissas Tod geht auf ihr Konto. Nicht auf deines. Nicht auf das von Sydney. Nur auf ihr eigenes."

Ich schaue weg und hasse die feigen Tränen, die mir in die Augen steigen. „Du warst nicht dabei, Jazz. Du hast keine Ahnung, wovon du redest."

Sie versucht, mein Kinn zu sich zu drehen, aber ich

wehre mich. Nach ein paar fehlgeschlagenen Versuchen flucht Jazz, wirft ihre Schlüssel auf den Boden und steigt voll bekleidet direkt vor mir ins Wasser.

„Verdammt noch mal, Bentley, sieh mich an!“

Als ich schließlich meinen Blick in ihre Richtung wende, sehe ich, dass sie fast genauso kaputt aussieht, wie ich mich fühle. „Ach, Mädchen …“

Sie hält ihre Hand hoch und unterbricht mich. „*Wage es nicht,* mir zu sagen, dass ich es nicht verstehe, denn du *weißt,* dass ich es verstehe. Meine Mutter ist gestorben, weil sie versucht hat, etwas Gutes für mich zu tun. Wäre sie an diesem Tag nicht zu meinem Vater gegangen, wäre sie zweifellos noch auf der Welt. Wenigstens hatte ich fast achtzehn Jahre mit ihr. Belle hatte nicht einmal die *Hälfte* davon. Glaubst du, ich fühle mich nicht jedes Mal schuldig, wenn ich meine Schwester ansehe? Jedes Mal, wenn sie mir Fragen über das Aufwachsen mit unserer Mutter stellt, weil sie, obwohl es erst sechs Monate her ist, so jung ist, dass sie es fast schon wieder vergessen hat? Ich tue mein Bestes, aber das ist etwas, womit ich für den Rest meines Lebens leben muss.“

„Jazz …“

„*Halt die Klappe.* Ich bin noch nicht fertig.“ Sie blickt mich aus ihren braunen Augen an. „Wenn man das alles bedenkt und die Emotionen beiseite lässt, *weiß* ich, *dass* ich nichts hätte tun können, um es zu verhindern. Es war die Entscheidung meiner Mutter, und sie hatte Konsequenzen. *Wirklich beschissene Konsequenzen.* Trotzdem war es *ihre* Entscheidung, die zu ihrem Tod geführt hat, genau wie Carissas Entscheidung zu dem ihren geführt hat. Hör auf, dich wie ein verdammter Märtyrer zu verhalten, Bentley.“

Ich schüttle den Kopf. „So einfach ist das nicht."

Jazz zieht mich zu sich heran und da ich auf der Bank sitze und sie steht, ruht mein Kopf an ihrem Unterleib. „Ich habe nie gesagt, dass es einfach ist, Bent. Aber du musst aufhören, dich zu quälen. Und du musst aufhören, es an einem Mädchen auszulassen, das es nicht verdient hat."

Ich schlinge meine Arme um ihre Taille und halte sie fest, denn manchmal braucht man einfach eine Umarmung, und das ist einer dieser Momente. Ich weiß, dass Jazz versucht, mich aufzumuntern, aber sie versteht es wirklich nicht, denn sie kennt nur die halbe Wahrheit. Keiner von ihnen kennt die ganze Geschichte. Und ich habe eine Scheißangst davor, dass sie merken, dass ich gar kein Märtyrer bin, wenn Sydney Carrington ihnen erzählt, was in dieser Nacht wirklich passiert ist. Dass ich sehr wohl Schuld habe.

Dass ich der wirkliche Bösewicht in dieser Geschichte bin.

KAPITEL SECHS

Bentley – Zwei Jahre früher

„Heilige Scheiße.“

Verdammt, die ist zum Umfallen geil.

Reed folgt meinem Blick und betrachtet die Gruppe von Studentinnen, die an der gegenüberliegenden Wand steht. „Was?“

Ich nehme einen Schluck aus meiner Bierflasche und scheine meinen Blick nicht abwenden zu können. „Die, die das Delta Pi-Top trägt. Das Mädchen ist echt heiß.“

„Auf jeden Fall.“ Er nickt. „Machst du es?“

Ich zucke mit den Schultern. „Ich wüsste nicht, warum nicht. Ich meine, laut Rissa *sollte* ich das doch tun, oder?“

Körperlich gesehen ist das Delta Pi Mädchen so ziemlich das genaue Gegenteil von Carissa. Der eifersüchtige Teil von mir will sie deshalb noch mehr. Jeder Kerl, mit dem Carissa außer mir je zusammen war, hatte helle Gesichtszüge und einen kalifornischen Surfer-Touch. Manchmal frage ich mich ernsthaft, ob das der Typ Mann ist, auf den sie eigentlich steht, und das ist der wahre Grund, warum sie sich weigert, eine monogame Beziehung mit mir einzugehen.

Ich bin viel zu nüchtern, um den mitfühlenden Blick zu ertragen, den er mir zuwirft. „Dude …“

Ich schüttle den Kopf. „Auf keinen Fall, Kumpel. Nichts von dem Scheiß heute Abend. Ich bin hier, um mich zu besaufen und ein bisschen Spaß zu haben. Ich werde mit ihr reden. Warum kommst du nicht mit mir? Weißt du, die kleine Brünette zu ihrer Rechten sieht ein bisschen aus wie Ain …“

„Sag’s nicht, Mann.“ Reeds Augen verengen sich.

Ich lache. „Wo ist das Problem, Kumpel? Es ist ja nicht so, dass sie es *wirklich* ist, also würdest du keine deiner lahmarschigen Regeln brechen.“

Reed kippt den Rest seines Bieres hinunter und stößt sich von der Wand ab. „Okay, gut. Dann wollen wir mal.“

Ich krame das Tütchen aus meiner Tasche und ziehe eine Kapsel heraus. Reed hebt fragend die Augenbrauen, als ich eine schlucke.

„Molly“, erkläre ich und halte ihm die Tüte hin. „Willst du auch eine, mein Herr?“

Er greift in das Tütchen und holt eine Pille heraus. „Woher hast du die?“

Ich nicke in Richtung Grady Anderson, dem zukünftigen Politiker, der wie ein Idiot in der Ecke steht. Ich habe ihn letztes Jahr durch einen gemeinsamen Freund auf der Windsor kennengelernt. Ich war schockiert, als ich herausfand, was er beruflich macht. Ich schwöre, der Kerl ist ein Genie mit dieser Tarnung. Wer würde jemals vermuten, dass er Highschool-Schüler im Großraum LA mit dem besten Dope versorgt? Er hat den unschuldigen Schönling-Look perfektioniert. Was auch immer du willst, Grady oder einer seiner Kollegen aus dem Knast kann es dir normalerweise besorgen.

Reed nickt verständnisvoll. „Ich wusste nicht, dass er jetzt auch auf Verbindungspartys geht."

Ich zucke mit den Schultern. „Sieht so aus."

Oder habe ich Grady gegenüber erwähnt, dass ich hierherkomme und er viel Geld verdienen kann, wenn er das auch tut. Was soll ich sagen? Das hat mir den zusätzlichen Stopp erspart.

Ich nick in Richtung der Objekte Begierde. „Komm schon, Mann. Da sind ein paar hübsche Mädchen, mit denen wir reden müssen.

Ich bleibe abrupt stehen, als ich Hot Girl nahe genug gekommen bin, um ihre wunderschönen Augen zu sehen. Sie ist offensichtlich gemischter Herkunft wie ich, aber während meine braunen Augen einige Nuancen dunkler sind als meine Haut, sind ihre Augen deutlich heller, und die leuchtend blaugrüne Farbe verleiht ihnen einen fast überirdischen Effekt. So eine Farbe habe ich noch nie gesehen. Jedenfalls nicht bei einem Menschen.

„Wusstest du, dass deine Augen genau die Farbe des Ozeans haben, dort, wo Blau in Grün übergeht?"

„Was?" Sie lacht.

Ich kratze mich am Kopf und fühle mich direkt wie ein Volltrottel. „Äh …"

Normalerweise bin ich deutlich geistreicher. Reed muss sich das Gleiche fragen, denn seine Mundwickeln zucken, während er die süße Brünette bearbeitet. Es scheint, als müsste er sich heftig zusammenreißen, um nicht über meine Dummheit zu lachen. Was zum Teufel ist los mit mir? Vielleicht liegt es daran, dass ich mich noch nie mit einer College-Braut eingelassen habe.

Nun, das wird sich heute Abend ändern, wenn ich etwas dazu zu sagen habe.

„Du hast etwas über meine Augen gesagt, aber das kam so schnell, dass ich nicht sicher bin, ob ich dich richtig verstanden habe." Besagte Augen glitzern amüsiert, während sie einen Schluck aus ihrem roten Partybecher nimmt.

Verdammt, sogar ihre Stimme ist sexy. Sie ist zweifelsohne weiblich, klingt aber auch ein wenig rau.

Anstatt meine Aussage zu wiederholen, lasse ich meinen Blick langsam über ihren Körper gleiten, um mein Interesse deutlich zu machen. Ihr Kopf befindet sich auf Höhe meines Mundes. Ich bin 1.80m, also ist sie für ein Mädchen überdurchschnittlich groß. Sie hat wirklich eines der einzigartigsten und attraktivsten Gesichter, die ich je gesehen habe. Kein Mädchen konnte in meinen Augen *jemals* mit Rissa aufnehmen, wenn es um Schönheit geht. Aber … warum habe ich den Eindruck, dass dieses Mädchen eine Ausnahme sein könnte?

Weil sie es ist, sagt die Stimme in meinem Hinterkopf. *Sie ist absolut umwerfend.*

Ich habe den irrationalen Drang, die verstreuten Sommersprossen auf ihrem Nasenrücken zu küssen. Mein Blick wandert weiter über die hohen Wangenknochen, die vorwitzige Nase und die vollen Lippen, die wie zum Schwanzlutschen gemacht sind. Ich muss meinen Schwanz zwingen, sich zusammenzureißen, als mein Blick unter ihr zartes Schlüsselbein zu einem Paar mehr als handlicher Titten wandert. Ich bin mir fast sicher, dass sie echt sind, denn sie ist nicht so dünn wie die meisten Mädchen, denen ich in L.A. begegnet bin. Die hyperengen Jeans dieses Mädchens können ihre muskulösen Oberschenkel und Hüften nicht verbergen, wofür ich allerdings sehr dankbar bin. Dass sie durchtrainiert ist, sieht man auch an ihren straffen Armen und dem kleinen Stück steinharter Bauchmuskeln, das unter dem Saum ihres weißen Tanktops herausschaut, aber sie hat definitiv Kurven, die ich unbedingt erkunden möchte.

„Hallo?" Sie winkt mit der Hand vor meinem Gesicht. „Jemand zu Hause?"

Endlich schaffe ich es, mich aus der Trance zu reißen, in die sie mich versetzt hatte. Ich zeige ihr mein bestes, höschenschmelzendes Grinsen. „Wie heißt du, meine Schöne?"

Sie lacht mich wieder aus, was *nicht* die Reaktion ist, die ich normalerweise bekomme, wenn ich jemanden anmache. „Wow ... das ist also deine Masche?"

Ich runzle die Stirn. „Ich verstehe nicht."

„Na ja, zuerst die kitschige Bemerkung über meine Augen ..." Sie rollt mit selbigen. „Und dann, anstatt dir schnell etwas Originelleres einfallen zu lassen, kommt nur ein Lahmes *Wie heißt du, meine Schöne?*" Sie wirft mir einen kurzen Blick zu. „Du siehst OK aus, das muss ich dir lassen. Aber ich bin nicht daran interessiert, mit jemandem zu chillen, der ein großes Vakuum zwischen den Ohren hat. Tut mir leid, Kumpel."

Nachdem sie mir einen herablassenden Klaps auf die Wange gegeben hat, dreht sie sich um und gibt mir einen fantastischen Blick auf ihren perfekt herzförmigen Hintern frei, während sie in Richtung Küche geht.

Ich bleibe mit offenem Mund zurück, um zu verarbeiten, was gerade passiert ist. Ich komme erst wieder zu mir, als Reed – der sonst so *stoische Reed* – *anfängt,* vor Lachen zu brüllen.

Ich drehe meinen Kopf zu ihm. „Hat sie mich gerade … einen Idioten genannt?"

Reed nickt. „Ja, das hat sie. Ich mag sie."

Ich maule ihn an. „Ach, leck mich doch, Mann. Du hast ja schließlich auch nicht gerade ein Tor geschossen."

„Das liegt daran, dass dein erbärmliches Gefasel mich abgelenkt hat. Was ist denn los, Mann? Ich habe dich noch nie so nervös gesehen, wenn es um ein Mädchen ging."

„Woher soll ich das wissen?" Ich lache und ziehe meine Minipfeife und eine Tüte mit Blüten aus meiner Tasche. „Wie auch immer. College-Bräute sind extrem schlecht für mein Ego. Ich muss eine rauchen."

Reed lacht wieder. „Mein Gott, Bent, wie viele Sorten Drogen hast du denn herein geschmuggelt?"

Ich werfe ihm einen schiefen Blick zu. „Mach weiter so, und du bekommst nix davon ab."

Er hebt kapitulierend seine Hände. „Ich nehme alles zurück."

„Aha."

Ich schaue mich um und suche nach den anderen Leuten, mit denen wir hergekommen sind. Ich bin mir ziemlich sicher, dass ich das Gesicht verziehe, als ich Kingston und seine Freundin Peyton auf der Couch sitzen sehe. Sie scheinen sich über etwas zu streiten. Ich kann sie nicht hören, aber ihre Herumfuchtelei und Kingstons Blick sind ein guter Indikator dafür, dass ihre Unterhaltung alles andere als angenehm ist. Gott, ich hasse diese Schlampe wirklich.

Kingston macht gerade eine verrückte Zeit durch. Alles, was er in letzter Zeit tut, ist, sich zu besaufen, an illegalen Untergrundkämpfen teilzunehmen oder zu ficken. Peyton *ist* verdammt heiß und nach allem, was ich gehört habe, ist sie im Bett für fast alles zu haben, also nehme ich an, dass sie zumindest für Letzteres geeignet ist. Ich bin mir aber nicht sicher, ob es das wert ist, sich mit ihrem verwöhnten Arsch herumzuschlagen. Habe ich schon erwähnt, wie sehr ich sie hasse?

Nachdem meine reizenden Freundinnen Molly und Mary Jane aufgetaucht sind, bin ich in viel besserer Stimmung als bei meiner Ankunft hier. Ich würde sogar sagen, dass es mir *richtig gut* geht. Reed und ich haben es uns in den letzten dreißig Minuten auf der Couch gemütlich gemacht, während eine andere Gruppe von Studentinnen ihre Lapdance-Künste vorführt. Ich kann nicht sagen, dass ich die Aufmerksamkeit an sich hasse, aber ich schaffe es kaum, mehr als einen halben hochzubekommen, obwohl sich so viele Ärsche an meinem Schoß reiben. Das ändert sich schlagartig, als ich Lil' Miss Attitude in der Mitte des überfüllten Raums entdecke, die ein paar beeindruckende Hip-Hop-Moves zum Besten gibt.

„Das Mädchen weiß, wie man das schüttelt, was ihre Mama ihr vererbt hat", murmle ich vor mich hin.

„Was ist los, sexy?", fragt die betrunkene Tussi Nummer eins mit weinerlicher Babystimme. „Hast du etwas gesagt?"

Ich streichle ihre Hüfte. „Nein, Baby. Aber wenn ich

schon deine Aufmerksamkeit habe, warum drehst du dich nicht um und bewegst dich ein bisschen nach links?"

Fraglos kommt sie meiner Aufforderung nach und zeigt mir ihren Rücken, bevor sie sich wieder an meinem Schwanz in der Jeans zu schaffen macht. Während Drunk Girl ihr Ding durchzieht, beobachte ich Miss Pretty Eyes, die sich an ihrer süßen Freundin von vorhin reibt. Die beiden sehen aus, als würden sie das Leben in vollen Zügen genießen, mit glasigen Augen und Dauergrinsen, während sie miteinander tanzen. Als der Song zu „Skin" von Rihanna wechselt, springe ich schneller von der Couch, als es mit dem ganzen Gras in meinem Körper möglich sein sollte. Ich bekomme kaum mit, wie Twerky Tina mir hinterher meckert.

Mit ein paar langen Schritten durchquere ich den Raum und gehe hinter Pretty Eyes in Position. Sie versteift sich, als ich ihre Hüften mit meinen Händen umfasse und meine Vorderseite gegen ihren Rücken drücke, aber es ist nur eine Frage von Sekunden, bis sich ihr Körper an meinen schmiegt. Wir bewegen unsere Hüften ein paar Augenblicke lang im Takt, bevor ich meinen Mund an ihr Ohr lege.

„Verrätst du mir jetzt deinen Namen?"

Ich bin mir ziemlich sicher, dass sie kurz gestöhnt hat, aber es ist ein bisschen zu laut hier drinnen, um sicher zu sein.

„Wenn du dich weiter so bewegst, könnte das passieren." Sie dreht ihren Kopf zurück und zeigt mir ein breites Grinsen. „Zeig mir, was du drauf hast."

Ich grinse. „Gerne, Schatz."

Kingston und Reed machen sich ständig über mich lustig, aber ich liebe es einfach, auf Partys zu tanzen, weil ich mich bewegen kann. Außerdem weiß ich genau, dass Mädchen das mit Sex verbinden. Wenn du so willst, ist das ein Vorgeschmack darauf, wie sehr ich ihre Welt rocken werde, wenn wir uns einmal ausgezogen haben. Ich glaube, dass ich meiner Zeit in dieser Hinsicht ein bisschen voraus bin, denn der Ansatz hat noch nie versagt. Es ist noch nicht einmal zwei Jahre her, dass Riss und ich uns gegenseitig entjungfert haben, aber ich schaue viele Pornos und habe viel Übung darin. Es gibt nicht viel auf dieser Welt, was mir mehr Spaß macht, als ein Mädchen zum Orgasmus zu bringen.

Meine Hände wandern über ihren Körper, wobei ich darauf achte, keine der wirklich guten Stellen direkt zu berühren, aber *verdammt*, ich will es so sehr. Ich glaube, ich habe noch nie mit jemandem getanzt, die so groß ist, aber als sie einen Schritt zurück macht und mein Schwanz plötzlich zwischen festen Arschbacken statt an ihrem Rücken liegt, kann ich mich nicht beschweren. Gott, dieses Mädchen und ich sind so perfekt aufeinander abgestimmt, dass es schon nicht mehr wahr ist. Ich hatte noch nie eine so schnelle Verbindung zu jemandem, und dabei haben wir kaum ein Wort gesprochen. Ich kann sehen, dass sie es genauso genießt wie ich. Möglicherweise sogar noch mehr.

Bei Rissa verstehe ich das nicht. So besessen sie auch vom Ballett ist, es ist die *einzige* Art von Tanz, die sie mag. Carissa hat ansonsten kein Interesse an irgendwas, bei dem es darum geht, sich im Takt zu bewegen oder auch nur den Augenblick zu genießen. Ihr geht es nur um anmutig gestreckte Gliedmaßen, perfekt ausgeführte Drehungen und sorgfältig ausgearbeitete Choreografien. Daran ist nichts auszusetzen. Sie *ist* eine unglaubliche Ballerina; ich nenne sie nicht umsonst meine kleine Tänzerin. Ich könnte Carissa stundenlang zusehen – und habe das auch schon getan. Aber das hier

… was ich gerade mache … mit an Pretty Eyes reiben … mich von ihrer sexuellen Energie nähre … bis zu diesem Moment war mir nicht klar, wie viel mir abgeht.

Es gibt viele Dinge, die du wegen Carissa verpasst, erinnert mich meine innere Stimme.

Fuck.

Warum denke ich in diesem Moment überhaupt an sie? Ich habe ein wunderschönes Mädchen in meinen Armen, das sich immer bessesr anfühlt, je länger das Lied dauert. Als Pretty Eyes sich im Takt des Textes auf den Boden gleiten lässt, sich umdreht und langsam meinen Körper hochklettert, könnte ich denjenigen küssen, der die Musik auflegt. Ich stöhne auf, als ihre Titten über meinen sehr bereiten Schwanz streichen. Ich komme fast auf der Stelle, als ich mir vorstelle, wie ich meine Erektion zwischen sie schiebe.

Als Pretty Eyes wieder auf den Beinen ist, schlingt sie ihre Arme um meinen Nacken. Unsere Lippen sind nicht mehr als einen Zentimeter voneinander entfernt, während sich ihre üppigen Kurven gegen meine harten Konturen drücken. Sie riecht unglaublich gut, wie ein Donut-Laden oder so. Ich glaube, ich wollte noch nie in meinem Leben jemanden so sehr verschlingen.

Ich halte ganz still, als sie sich auf die Zehenspitzen stellt und ihren Mund an mein Ohr presst. „Ich heiße Sydney. Mein Name ist Sydney.“

Ich schlinge meine Arme um ihre Taille und flüstere in ihr Ohr. „Bentley.“

Sydney keucht, als meine Finger mit ihren Arschbacken flirten. „Willst du mit mir etwas trinken gehen und dich ein bisschen abkühlen, Bentley?“

Ich glaube zwar nicht, dass irgendetwas das Feuer

zwischen uns löschen kann, aber wir sind beide vom Tanzen verschwitzt, also könnten wir beide wahrscheinlich eine Pause gebrauchen.

„Klar. Ich glaube, im Hinterhof gibt es ein paar Sitzgelegenheiten. Wollen wir nachsehen?“

Sie nickt und löst sich aus meiner Umarmung. Ich muss mich davon abhalten, die Hand auszustrecken und sie wieder an mich zu ziehen. Reed grinst mich fies an, als er sieht, wie Sydney und ich in Richtung Küche gehen, wo der ganze Schnaps lagert. Ich grinse zurück, als ich die Davenport-Kopie auf seinem Schoß sitzen sehe. Ich schätze, er hat sich entschieden, noch einen Versuch zu wagen und hat dieses Mal tatsächlich gepunktet.

Ich lache, als ich sehe, wie irritiert Kingston bei ihrem Anblick Kingston wirkt. Ich bin mir sicher, dass er genau weiß, warum Reed hinter diesem Mädchen her ist. Der Kerl ist schon seit einer geraumen Weile in Kingstons Zwilling – oder *seine kleine Schwester*, wie er sie nennt – verknallt. Reed will es aber nicht zugeben, obwohl es für jeden in unserem Freundeskreis mehr als offensichtlich ist. Irgendwann wird aber auch Reed merken, dass nur noch das Original zählt.

„Was darf’s sein?“ Ich hebe eine Flasche Wodka hoch. „Schnaps? Wein? Bier? Sieht aus, als hätten sie von allem ein bisschen.“

Sydney kramt in der Kühlbox und holt sich einen Ananas-Cider. „Meine Cousine hat mir gesagt, dass ich von niemandem außer ihr offene Getränke annehmen darf.“

„Deine Cousine?“ Ich sehe sie fragend an.

„Ja, meine Cousine, Lindsey. Sie ist hier irgendwo und trifft sich wahrscheinlich gerade mit einem Typen.“ Sydney öffnet ihre Flasche und nimmt einen Schluck. Ich sehe ihr zu uns telle mir vor, wie sich ihre Lippen um etwas viel Dickeres wickeln. „Oder ein Mädchen. Oder vielleicht beides gleichzeitig."

Ich lache und öffne auch eine Flasche. „Sie klingt spannend."

Sie bekommt die bezauberndsten Falten zwischen den Brauen. „Oder so."

Ich deute auf den griechischen Schriftzug auf ihrem Shirt und verweile einen Moment auf ihren Brustwarzen. „Du bist also ein Delta Pi Mädchen? In welchem Jahr bist du?"

Sydney schaut kurz verwirrt auf ihr Oberteil hinunter. „Oh. Ähm … Ich bin im zweiten Jahr. Und du?"

„Auch." Ich lächle. „Hast du einen festen Freund?"

Sie streicht eine Locke hinter ihr Ohr. „Nein. Du?"

„Nichts Festes." Ich schüttle den Kopf. „Jetzt, wo wir das aus dem Weg geräumt haben …"

Ihre meerblauen Augen werden ganz groß, als ich mich ihr nähere und sie an den Schrank drücke. Sie zittert, während ich mit meinem Nasenrücken an ihrem Hals entlangfahre. Wahrscheinlich sind es die Mollys in meinem Körper, aber ich kann nicht aufhören, dieses Mädchen zu berühren. Sie fühlt sich einfach zu gut an.

Sydney keucht, als meine Hand seitlich in ihre Taille greift und unter ihr Baumwollhemd rutscht. „Bentley, was machst du da?"

„Deine Haut ist so weich." Meine Lippen streichen über ihre Kieferpartie. „Ich liebe es, dich zu berühren." Ich greife nach ihrem Hintern und ziehe sie dicht an mich heran. „Willst du, dass ich aufhöre?"

Ihre Titten drücken gegen meine Brust, als sie ihren

Rücken durchdrückt. Ich brauche alle Überwindung, um mein Gesicht nicht in ihnen zu vergraben. „Nein.“

Ich knabbere an ihrer Ohrmuschel. „Gut. Denn ich möchte dich wirklich weiter anfassen.“

Sydney stöhnt auf, als meine Zunge sich herausschleicht und über ihr zartes Ohrläppchen leckt. „Bentley?“

„Mmm?“

„Küss mich.“

Ich ziehe mich mit einem Lächeln zurück. „Das musst du mir nicht zweimal sagen.“ Wenn ich in ihre blauen Augen schaue, sehe ich in ihnen das gleiche Verlangen, das auch in meinen Adern brennt.

In dem Moment, in dem sich mein Mund auf ihre weichen Lippen presst, verliere ich endgültig die Selbstbeherrschung. Ich höre zwar vage das laute Gelächter oder die Idioten, die uns im Hintergrund anfeuern, aber die meiste Zeit nehme ich nur noch Sydney wahr. Der Vanilleduft, der von ihrer Haut weht. Der süße Geschmack von Ananas auf ihrer Zunge. Die Sanftheit ihrer Kurven, die sich an mich schmiegen.

Ich habe das noch nie jemandem gegenüber zugegeben – nicht einmal den Jungs – aber Carissa ist das einzige Mädchen, das ich bisher auf den Mund geküsst habe. Für mich ist Küssen zu intim; ich war nicht bereit, diesen Teil von mir einer anderen Person zu schenken. Aber von dem Moment an, als dieses Mädchen es erwähnte, konnte ich an nichts anderes mehr denken. Ich bin mir nicht sicher, wie viel Zeit vergeht, bis wir wieder Luft holen. Als wir es schließlich tun, sind Sydneys Lippen geschwollen und ich schätze, meine sind es auch.

Keiner von uns beiden sagt ein Wort. Ich lege meine Stirn

an ihre und atme ein paar Mal tief durch. Die Chemie zwischen uns sprengt alle Grenzen, aber dieses Mädchen hat etwas an sich, das weit über körperliche Anziehung hinausgeht. Ich bin mir sicher, dass ich später alle möglichen verwirrenden Gedanken darüber haben werde, aber im Moment erlaube ich mir, mich in diesem Moment zu verlieren. Mich in Sydney zu verlieren.

KAPITEL SIEBEN

Sydney

„Hey, am Freitagabend findet eine Party statt und ich habe mich gefragt, ob du und Ainsley kommen wollt. Ein Mädchen aus meiner alten Schule hat uns eingeladen. Sie lebt in Malibu, direkt am Strand."

Jazz' braune Augen leuchten auf. „Ja? Ich glaube, das könnte ich schaffen. Vielleicht könnten wir uns bei Ainsley und mir zu Hause treffen. Wir wohnen auch in Malibu am Strand. Je nachdem, wo das Mädchen wohnt, können wir vielleicht sogar zu Fuß gehen."

„Ohne Scheiß?" Ich starre sie überrascht an. „Ich kann mir nicht vorstellen, direkt am Strand zu wohnen. Das muss ziemlich krass sein."

„Kein Scheiß." Sie nickt. „Wir leben noch nicht lange dort, und es ist viel kleiner als die meisten andren Häuser am Strand, aber ich liebe es."

„Meine Freundin Cameron geht auch mit. Wäre es okay, wenn ich sie mitbringe?“

„Natürlich“, antwortet Jazz. „Ich möchte sie gerne kennenlernen.“

Ich halte einen Finger hoch. „Warte. Du hast gesagt, *dein und Ainsleys Haus*, also in der Einzahl. Ihr beide lebt zusammen?“

„Das tun wir“, bestätigt Jazz. „Kingston und meine kleine Schwester auch. Eigentlich ist Belle, meine Schwester, nur sonntags bei uns, aber sie hat ihr eigenes Zimmer, weil ich gerade versuche, das teilweise Sorgerecht für sie zu bekommen.“

Ich bin mir sicher, dass ich genauso verwirrt aussehe, wie ich mich fühle, während ich versuche, das Puzzle zusammenzusetzen „Es tut mir leid, aber was ist mit deinen Eltern?“

Sie seufzt. „Das ist eine wirklich lange Geschichte – vielleicht erzähle ich sie dir später einmal – aber unsere Eltern gibt es nicht mehr. Nun, Belles Vater schon da, aber er ist kein richtiger Elternteil, also zählt er nicht wirklich. Kingston hat etwas Geld aus seinem Treuhandfonds genommen und dieses Haus gekauft, damit wir alle zusammenleben können. Wir sind alle achtzehn, also stand dem nichts im Weg.“

Ich brauche einen Moment, um das zu verdauen. „Wow. Du und dein Freund seid also wirklich zusammen. Euch beiden ist es wirklich ernst, was?“

„So ernst, es überhaupt geht.“ Sie lächelt sanft. „Ich weiß, auf den ersten Blick mag es verrückt erscheinen, aber … Kingston und ich mussten schon in jungen Jahren sehr schnell erwachsen werden. Wir sind zwar erst achtzehn, aber unsere Lebenserfahrung hat deutliche Spuren hinterlassen. Wenn du uns besser kennenlernst, wirst du feststellen, dass Kingston manchmal etwas anstrengend sein kann mit seinem Beschützerinstinkt, aber dafür gibt es einen guten Grund."

Die Glocke läutet und beendet damit unser Gespräch vorläufig. Nach Unterricht vorbei ist, zieht sie mich zur Seite, während wir auf den Flur hinaus gehen.

„Hey, da ist noch etwas, das ich dir sagen wollte."

„Und was?", frage ich.

Jazz kaut auf ihrer Unterlippe. „Ich weiß, dass Bentley Fitzgerald in deiner nächsten Klasse ist, und … ähm … falls er … ich weiß nicht …"

„…einen riesigen Stock im Arsch hat?", schlage ich vor.

Sie grinst. „Ja … genau. Bitte, nimm es ihm nicht übel. So ist er nicht wirklich, und ich arbeite daran. Aber … behalte das im Hinterkopf, okay?"

Ich nicke und bemerke, dass ihr Freund uns aus der Ferne beobachtet. Mann, das mit dem Beschützerinstinkt war kein Witz. Er sieht aus, als wäre er bereit, für sie auf Leben und Tod zu kämpfen, wenn es nötig wäre. Habe ich schon erwähnt, dass mir der Kerl ein bisschen unheimlich ist? Denn das ist er wirklich. Aber ich müsste lügen, wenn ich behaupten würde, dass ihn das nicht noch heißer macht.

Ganz offensichtlich habe ich ein Problem.

Ich seufze. „Ich werde das im Hinterkopf behalten, aber nur als Vorwarnung – ich bin kein Fußabtreter. Wenn er sich ohne ersichtlichen Grund wie ein Arsch aufführt, werde ich ihn nicht einfach gewähren lassen."

„Das erwarte ich auch nicht von dir, und ehrlich gesagt glaube ich, es würde mir sogar Spaß machen, dich mit ihm kämpfen zu sehen." Sie zuckt mit den Schultern und lächelt. „Bentley braucht eine Frau, die sich nicht alles gefallen lässt."

„Einen Moment." Ich mache eine Auszeit-Geste mit meinen Händen. „Wer sagt, dass ich daran interessiert bin, seine Frau zu werden?"

Ihre Augen weiten sich. „Äh … so habe ich das nicht gemeint. Ich wollte nur …"

„Jazz, du kommst noch zu spät zur zweiten Stunde, wenn wir uns nicht beeilen." Kingston schlingt eine Hand um ihre Taille und beäugt mich misstrauisch.

Verdammt, der Junge ist leise. Ich habe nicht einmal bemerkt, wie er den Flur durchquert hat.

„Hey, ich bin Sydney." Ich winke ihm lahm zu.

Er reckt sein Kinn vor. „Kingston Davenport."

„Oh, ich weiß *alles* über dich, Kingston Davenport." Ich schmunzle, als sich seine Augen verengen. „Sehen wir uns beim Mittagessen, Jazz?"

Sie gluckst. „Klingt gut."

Ich lächle vor mich hin, als ich höre, wie Kingston Jazz fragt, was das alles sollte. Ich lächle immer noch, als ich zu meinem Psychologiekurs komme, bis ich sehe, dass nur noch ein Tisch frei ist, natürlich der direkt neben Bentley, dessen Nachname anscheinend Fitzgerald ist.

„Scheiß auf mein Leben", murmle ich.

Ein Blick aus tiefbraunen Augen bohrt sich in mich, während ich zum hinteren Teil des Klassenzimmers schlendere. Ich lasse mich aber nicht einschüchtern und starre zurück. Ich gehe sogar noch einen Schritt weiter und wiege meine Hüften ein wenig. Mir bemerke, wie seine Augen jede meiner Bewegungen verfolgen und die unverkennbare Hitze in seinem Blick. Ich setze mich auf meinen Platz und starre geradeaus, ohne den Arsch zu meiner Rechten zu beachten. Cameron würde mir gratulieren, weil ich so eine knallharte Schlampe bin. Ich sollte ihr gleich eine SMS schicken und es ihr sagen.

Sein düsteres Kichern, während meine Daumen über den Bildschirm meines Telefons fliegen, lässt mir die Nackenhaare zu Berge stehen. „So willst du es also haben, hm?"

Ich drehe meinen Kopf und ziehe eine Augenbraue hoch. „Wie bitte? Hast du etwas gesagt?"

Cams Antwort lässt mein Handy vibrieren und als ich nach unten schaue, muss ich lachen.

GSAZ: *Jim und Pam aus dem Büro senden ein High-Five-GIF*

Ich antworte ihr, bevor ich mich dem Idioten wieder zuwende.

Ich: *High-Five-GIF von Amy Poehler und Tina Fey*
GSAZ: *Hailee Steinfeld woo GIF*

„Wer zum Teufel ist G-saz?", knurrt Bentleys tiefe Stimme neben mir.

Ich spotte. „Du hast wirklich keine Manieren, oder? Hat dir deine Mami nie beigebracht, dass es unhöflich ist, zu lauschen? Das gilt auch für SMSe, weißt du."

„Das ist keine Antwort auf meine Frage."

„Erstens: Wenn ich deine Frage nicht beantworten *will*, *muss* ich das auch nicht tun." Ich verdrehe die Augen, als ein kollektives Keuchen durch den Raum schallt. „Aber zweitens, da ich mich heute in Geberlaune fühle, werde ich es dir trotzdem sagen. Es heißt nicht G-say. Es heißt G-S-A-Z, wie in *„Größte Schlampe aller Zeiten"*. Auch bekannt als meine beste Freundin."

Wenn ich es nicht besser wüsste, würde ich schwören,

dass er sich ein Grinsen verkneifen muss. Das muss ich mir aber eingebildet haben, denn als ich blinzle, ist er wieder Mr. Sexy Vollidiot.

Ich tue so, als würde ich nicht bemerken, wie sein Blick auf meinen Mund fällt, während ich meine Lippen befeuchte. Und ich bemerke *definitiv* nicht, wie seine Zungenspitze herausfährt und die Geste nachahmt. Keiner von uns beiden sagt ein Wort. Wir starren uns gute dreißig Sekunden lang an, bevor die Glocke läutet und so den Bann bricht. Danach sehen wir nur noch stur geradeaus und ignorieren den jeweils anderen für den Rest des Unterrichts. Als der nächste Gong ertönt, bin ich diesmal die Erste, die zur Tür hinausgeht. Ich traue mich nicht, mich umzudrehen, aber ich könnte schwören, dass seine Augen die ganze Zeit auf meinen Hintern gerichtet waren.

Auf dem Weg zum Literaturunterricht frage ich mich, warum die anderen Schüler so reagiert haben, als ich Bentley widersprochen habe. Es ist fast so, als ob mein Mut sie schockiert hätte. Er ist ganz offensichtlich eine große Nummer hier, aber als ich den vielen seltsamen Blicken und dem Getuschel auf dem Flur ausweiche, frage ich mich, ob ich seinen Einfluss vielleicht doch unterschätzt habe. Ich beschließe, Jazz einfach danach zu fragen. Bis jetzt scheint sie ziemlich offen gewesen zu sein, und was habe ich schon zu verlieren?

∼

Als es Zeit für das Mittagessen ist, mache ich auf dem

Weg zum Speisesaal eine kurze Pinkelpause. Als ich die Toilette verlasse, ziehe ich mein Handy aus der Tasche, um Jazz eine SMS zu schicken und ihr zu sagen, dass ich gleich da bin. Während ich die Nachricht tippe, sehe ich nach unten, sodass ich keine Chance habe, mich auf den Aufprall vorzubereiten. In der einen Sekunde tippen meine Daumen noch auf dem Bildschirm herum, und in der nächsten fliegt mein Handy über den weißen Marmorboden, während ich vorwärts stolpere.

„Blöde Schlampe“, verhöhnt mich ein Mädchen. „Jetzt bist du nicht mehr so tough, oder?“

Instinktiv strecke ich die Arme aus, was ich schnell bereue. Beim Aufprall schreie ich vor Schmerz auf und umklammere mein schmerzendes Handgelenk. Alles geht rasend schnell. Bis ich mich von dem Schock des Angriffs erholt habe und aufschaue, ist niemand mehr in der Nähe, den ich beschuldigen könnte. Nur ein paar kleine Gruppen von Schülern, die sich über mich lustig machen. Ich will auf keinen Fall, dass sie mich weinen sehen, also schnappe ich meine heruntergefallene Tasche und mein Handy, stehe auf und versuche, nicht zusammenzuzucken, als dabei ein scharfer Schmerz durch meinen Unterarm schießt.

Mein Handgelenk tut verdammt weh, also schlucke ich meinen Stolz hinunter und mache mich auf den Weg zum Büro der Krankenschwester, um mir dort einen Eisbeutel zu besorgen. Als ich ihr erkläre, was passiert ist, ruft sie sofort meinen Vater an, der nur eine Minute später in der Krankenstation auftaucht. Er muss gerannt sein, denn er atmet heftig. Meiner Meinung nach ist das eine Überreaktion, aber ich kann ihm nicht vorwerfen, dass er sich Sorgen macht.

Auch wenn wir nicht immer einer Meinung sind, ist er ein toller Vater.

„Sydney, was ist passiert?" Mein Vater deutet auf mein linkes Handgelenk, um das gerade ein Eisbeutel gewickelt ist.

Ich rekapituliere den ganzen Vorfall für ihn und beobachte, wie sein Gesichtsausdruck schnell von Besorgnis zu Wut wechselt.

„Das ist inakzeptabel", schimpft er. „Warum sollte dich ein Mädchen einfach so angreifen?"

Ich schüttle den Kopf. „Wie ich schon sagte, war ich mit mir selbst beschäftigt, als ich das Bad verlassen habe. Wer auch immer es war, kam sozusagen aus dem Nichts. Und ich habe ehrlich keine Ahnung, warum."

Die sorgfältig gestylten blonden Haare meines Vaters stehen ab, nachdem er sich mit der Hand über den Kopf gestrichen hat. „Das ergibt keinen Sinn. Hattest du irgendwem Streit, etwas, von dem ich wissen sollte?"

„Nein, Papa."

Er sieht mich skeptisch an. „Bist du sicher? Fällt dir kein einziges Mädchen ein, das aus irgendeinem Grund sauer auf dich wäre? Keines, das in den letzten Tagen … wütend auf dich war?"

Ich hole tief Luft, als mir ein Gedanke kommt. Sicher, es gab diese Woche eine ganze Reihe gehässiger Kommentare, aber nichts, was auf ein persönliches Problem mit mir hindeuten würde. Es *gibt* jedoch eine Person, die *definitiv* ein Problem mit mir hat, auch wenn ich nicht weiß, warum. Diese Person hat allerdings so gar nichts Weibliches an sich. Würde Bentley Fitzgerald ein anderes Mädchen auf mich hetzen? Ist ihm *so etwas* zuzutrauen?

„Woran denkst du?“, hakt mein Vater nach. „Ich kann sehen, wie es in deinem Kopf arbeitet, Sydney.“

„Es ist nichts“, lüge ich. „Ich war nur etwas abwesend.“

Er seufzt. „Schatz, ich kann nicht helfen, wenn …“

„Papa, es ist nichts. Wirklich nicht. Kannst du nicht einfach die Aufnahen der Sicherheitskameras überprüfen oder so?“

„Das werde ich bestimmt“, versichert er mir. „Aber wenn es direkt vor der Damentoilette passiert ist, werden wir leider nichts finden. Die Kameras sind aus Gründen der Privatsphäre bewusst nicht auf die Türen gerichtet.“

„Na, das ist ja furchtbar praktisch“, brumme ich.

„Hör zu, Sydney. Warum nimmst du dir nicht den Rest des Tages frei? Ich werde deinen Lehrern Bescheid geben, warum du fehlst, und sie können dir deine Aufgaben über das Klassenportal schicken. Ich denke, wir sollten mit dir ins Krankenhaus fahren und Röntgenbilder machen lassen, um sicherzustellen, dass nichts gebrochen ist. Ich werde deine Mutter anrufen und …“

„Auf keinen Fall.“ Ich schüttle den Kopf. „Wenn ich zeige, dass ich Angst habe, wird diejenige, der das getan hat, nur ermuntert, es noch einmal zu versuchen.“

Er schaut mich betroffen an. „Schatz …“

„Dad, ich sagte *nein*.“ Ich bewege mein Handgelenk und unterdrücke dabei den Schmerz. Gott, ich will gar nicht daran denken, welche Auswirkungen das Tanzen haben wird, wenn es nicht schnell heilt. „Schau. Es geht mir gut.“

Er reibt sich die Schläfen. „Ich schwöre, manchmal bist du deiner Mutter zu ähnlicher, als gut für dich ist.“

Mein Mund verzieht sich zu einem Grinsen. „Ich fasse das als Kompliment auf.“

„Das solltest du auch." Sein Blick wird weicher. „Deine Mutter ist etwas ganz besonderes."

Oh Mann! Sie sind so verliebt, dass es manchmal fast schon eklig ist.

„Mir geht's gut, Papa. Ich schwöre es. Vielleicht ist jemand aus Versehen gegen mich gestoßen und hat mich aus dem Gleichgewicht gebracht."

Das glaube ich allerdings selbst nicht, und wenn ich den Gesichtsausdruck meines Vaters richtig deute, geht es ihm genauso.

„Gut", räumt er ein. „Aber wenn es *weitere* Vorfälle gibt, egal, wie klein, werde ich mich einmischen. Wenn du mich als deinen Vater nicht eingreifen lässt, muss ich das als Direktor der Akademie tun. Versprichst du mir, dass du es mir sagst, wenn noch etwas passiert?"

Ich nicke. „Versprochen."

Als mein Vater mich auf die Stirn küsst, bevor er wieder zur Arbeit fährt, hoffe ich inständig, dass ich dieses Versprechen nicht brechen muss.

KAPITEL ACHT

Bentley

„Hey, Arschloch. Wir müssen uns unterhalten."

Ich drehe mich um, als Kingstons Stimme ertönt. Ich nicht einmal, bevor mich seine Faust im Gesicht trifft.

„Scheiße." Ich reibe meinen schmerzenden Kiefer.

Seine Nasenlöcher blähen sich auf. „Du hast es verdient und das weißt du auch."

„Ich bin mir dessen bewusst." Ich bewege meinen Kiefer von einer Seite zur anderen und teste, ob er weh tut. Mann, der Kerl kann ganz schön zuschlagen. „Hast du mich deshalb gebeten, dich vor dem Mittagessen zu treffen? Damit du es hinter dich bringen kannst? Hat es funktioniert?"

Kingston lacht. „Ich weiß es nicht. Hast du vor, jemals wieder so einen Scheiß zu Jazz zu sagen?"

Ich bewege meinen Kopf als Antwort langsam von links nach rechts.

„Gut." Er nickt. „Dann hat es funktioniert."

„Es tut mir wirklich leid, Mann. Ich habe es nicht so gemeint."

Kingstons goldgrüne Augen hüpfen zwischen meinen hin und her. „Bring deinen Scheiß in Ordnung, Bent, denn ich habe das Gefühl, dass Sydney nicht aus unserem Leben verschwinden wird. Jazz und Ains haben sie wieder zum Mittagessen eingeladen. Sie lieben dich, Mann, aber in dieser Sache werden sie nicht nachgeben. Sie sehen etwas in ihr, das sie wirklich mögen. Du weißt, wie selten das ist. Und seien wir mal ehrlich: Du verhältst dich wirklich wie ein Arsch."

„Ich weiß." Ich atme tief durch. „Ich weiß auch, dass es nicht fair ist, dass ich euch da mit reinziehe. Ich war nur … vielleicht etwas überrumpelt."

„Also, alles klar?" Er hebt die Brauen.

„Ich denke schon." Ich zucke mit den Schultern.

Er mustert mich sorgfältig und versucht offensichtlich, meine Gedanken zu lesen.

„Hör zu, Kumpel. Ich verlange nicht, dass es dir gefallen muss, aber ich bitte dich, es ihnen zuliebe geschehen zu lassen. Schaffst du das?"

Ich habe wirklich keinen blassen Schimmer. Seit Jazz gestern Abend mein Haus verlassen hat, denke ich ununterbrochen darüber nach. Ich weiß nur, dass nicht die Zeit mit den wenigen Menschen verlieren will, die mir wichtig sind, weil die verdammte Sydney Carrington beschlossen hat, Teil unserer Gruppe zu werden.

„Ich werde mir keine Mühe geben, nett zu ihr zu sein. Das Beste, was ich anbieten kann, ist … kein Arschloch zu sein. Aber auch da kann ich nichts versprechen."

Ich denke, ich komme mit der Situation klar, solange Sydney nicht anfängt, in der Vergangenheit herumzuwühlen. Wenn das passiert, kann ich für nichts garantieren.

Kingston kämmt sich mit den Händen durch sein Haar. „Ich versteh das nicht, Mann. Ich weiß, dass Sydney dich an eine Nacht erinnert, die du lieber vergessen würdest, aber es scheint fast so, als hättest du ein persönliches Problem mit ihr. Als ob sie etwas getan hätte, was dich ausflippen lässt oder so.“

Ich überhöre tunlichst die indirekte und antworte darauf nichts.

„Bent? Was übersehe ich hier?“

Es war ja klar, dass er es nicht dabei belassen würde.

Ich stöhne auf. „Was?“

„Was ist los?“ Kingston runzelt die Stirn. „Hat die Neue etwas getan, das dich derart verärgert hat? Denn soweit ich mich erinnere, habt ihr euch an dem Abend *sehr gut verstanden*. Ich kann mich sogar daran erinnern, dass du dir hinterher Vorwürfe gemacht hast, weil du sie nicht nach ihrer Nummer gefragt hast, weil du sie so sehr mochtest. Erst als wir erfahren haben, was mit Riss passiert ist, war das Thema durch.“

Ich lache bitter auf. „Entschuldige, dass ich nicht mehr darüber reden wollte, wie sehr ich ein Mädchen bumsen wollte, während ich gleichzeitig dabei war, eine Beziehung zu retten, die wegen mir unrettbar kaputt war.“

Er schaut mich betroffen an. „Bentley. Es ist nicht deine S …“

Ich halte eine Hand hoch. „Sag's nicht, verdammt. Ich habe das schon mit Jazz diskutiert. Ohne mich wäre Carissa nie auf dieser Party gewesen. Und *wegen* mir ist sie aus dem Zimmer gerannt und direkt in Schwierigkeiten geraten."

„Du hast nichts Falsches getan, als du in dieser Nacht mit Sydney rumgemacht hast", argumentiert er. „Rissa hat dir gesagt, du sollst dir jemand anderen suchen. Ich war *dabei*, als sie das gesagt hat; sie hätte sich nicht klarer ausdrücken können. Außerdem hattest du keine Ahnung, dass sie überhaupt auf der Party war. Wenn du das gewusst hättest, hättest du sofort mit Sydney Schluss gemacht und wärst zu Carissa gegangen."

Dazu fällt mir nichts mehr ein. Nein, das stimmt nicht. Mir fällt sogar *sehr viel* dazu ein, aber ich will nichts mehr sagen.

Ich stoße mich von der Backsteinmauer ab, an die ich mich gelehnt hatte. „Können wir jetzt bitte essen gehen? Ich bin am Verhungern."

Davenport nickt in Richtung der doppelten Glastüren, die in die Bibliothek führen. „Willst du einen Happen im Café essen?"

Windsor verfügt nicht nur über einen erstklassigen Speisesaal, sondern auch über ein Café in der Bibliothek. So gerne ich es auch vermeiden würde, ich weiß, dass ich mich zusammenreißen und es hinter mich bringen muss. Ich tue niemandem einen Gefallen, wenn ich das Unvermeidliche hinauszögere.

„Nein, Kumpel. Was du heute kannst besorgen, das verschiebe nicht auf morgen, stimmt's?"

Er klopft mir auf den Rücken. „Ich bin bei dir, Mann."

Als wir die Lincoln Hall betreten, setze ich meine allgegenwärtige *„Ich bin ein eingebildetes Arschloch"*-Maske wieder auf, während Kingston pflichtbewusst seine *„Ich hasse Menschen, redet nicht mit mir"*-Maske aufsetzt. Ich atme tief durch, als wir die Türen zum Speisesaal öffnen, und meine Augen suchen sofort nach einer bestimmten Person. Als ich sie nicht an unserem Tisch sehe, wandert mein Blick hinüber zur Buffetreihe. Ich runzle die Stirn, als ich sie auch dort nicht sehe, obwohl ich mir nicht sicher bin, warum, denn eigentlich sollte ich erleichtert sein.

Kingston und ich stellen uns für das Essen an und holen uns Tabletts von der Bedienung.

„Ich dachte, du sagtest, Jazz hätte sie zum Mittagessen eingeladen."

Er wählt eine Schüssel mit orangefarbenem Hühnchen und Reis, während ich einen lecker aussehenden Cheeseburger auf einem Brezelbrötchen wähle. „Stimmt."

Ich richte meinen Kopf zurück zu unserem Tisch, an dem nur Jazz, Ainsley und Reed sitzen. „Wo ist sie dann?"

Mein bester Freund zuckt mit den Schultern. „Keine Ahnung. Ich schätze, wir werden es gleich herausfinden."

Nachdem wir unsere Tabletts beladen haben, machen Kingston und ich uns auf den Weg zum Tisch und nehmen unsere üblichen Plätze auf beiden Seiten von Jazz ein.

Jazz stubst mich mit der Schulter an. „Ich bin froh, dass du gekommen bist, Bent."

„Wo ist deine neue beste Freundin?" Okay, das kam jetzt etwas schärfer rüber, als ich beabsichtigt hatte. Nach dem Blick, den Kingston mir zuwirft, würde ich sagen, dass er mir recht geben würde.

„Sie ist nicht meine neue beste Freundin. Ich kenne sie kaum." Sie rollt mit den Augen. „Aber um deine Frage zu beantworten: Deine Vermutung ist so gut wie meine. Ich habe ihr vor etwa fünf Minuten eine SMS geschrieben, aber ich habe immer noch keine Antwort erhalten. Vielleicht hat sie beschlossen, mit ihrem Vater zu Mittag zu essen.“

Ich lache. „Warum überrascht es mich nicht, dass die verdammte Sydney Carrington Papis Liebling ist?“

„Sei nett, oder ich nenne dich ab sofort Bentley-Fitzgerald“, schimpft Ainsley von gegenüber. „Nebenbei bemerkt: Viele Menschen hätten *gerne* eine gesunde Beziehung zu ihren Eltern. Ich glaube, du hältst das manchmal für selbstverständlich.“

Ich beiße in meinen Burger, um nicht zu antworten, denn jetzt fühle ich mich endgültig wie ein Vollidiot. Ainsley, Kingston und Jazz sind alle Waisen und Reeds Eltern sind überkritische, konservative Arschlöcher. Seit sie seine Schwester ihretwegener Bisexualität verstoßen haben, meidet er Gespräche mit ihnen, wo es nur geht. Meine Eltern sind zwar oft wegen der Arbeit meines Vaters weg, aber sie sind total in Ordnung.

„Tut mir leid“, murmle ich mit vollem Mund.

Jazz hält einen Finger hoch, als ihr Telefon von seinem Platz auf dem Tisch surrt. Als sie es entsperrt, versteife ich mich, als ich sehe, von wem die eingehende Nachricht ist. „Sie sagt, sie wurde aufgehalten.“

„Wodurch?“, fragt Ainsley.

„Keine Ahnung. Hat sie nicht gesagt.“ Jazz zuckt mit den Schultern und tippt eine Antwort ein, bevor sie ihr Telefon wieder auf den Tisch legt.

Reed schwingt seinen Arm über die Rückenlehne von Ainsleys Stuhl. „Warum sieht es so aus, als würde sich ein blauer Fleck auf deiner Wange bilden?“

Jazz sieht mich an und keucht auf. Ich habe nicht mehr in den Spiegel geschaut, seit Kingston mir eine verpasst hat, aber es ist ziemlich empfindlich, also bin ich mir sicher, dass es einen sichtbaren Fleck gibt. „Verdammt, Kingston, du hast doch gesagt, du würdest nur mit ihm reden wollen!"

„Wir *haben* geredet", argumentiert er. „Stimmt's, Bent?"

Ich grinse. „Genau."

„Ihr zwei seid echt Idioten", schimpft Jazz. „Bentley, du solltest das wirklich kühlen."

Ich stoße sie mit meiner Schulter an und fühle mich plötzlich ein bisschen leichter. „Nein, Kleine. Es ist alles gut. Ich habe den Schmerz verdient."

Ihre vollen Lippen zucken. „Ja, das stimmt allerdings. Aber du solltest es trotzdem kühlen."

Die Enge in meiner Brust lockert sich ein wenig, als Jazz ihren Kopf an meine Schulter legt. Das hier ist mein kleines Stückchen Normalität. Wir fünf machen uns gegenseitig fertig, weil wir wissen, dass keiner von uns dem anderen etwas Böses will. Diese Leute sind nicht nur meine Freunde, sie sind meine Familie. Ich weiß nicht, was ich tun würde, wenn ich das jemals verlieren würde.

Ich versuche, heimlich einen Blick auf Jazz' Handy zu werfen, während sie ihre Antwort auf eine weitere Nachricht eintippt. Ich bin wohl doch nicht so raffiniert, wie ich dachte, denn sie wirft mir einen schrägen Blick zu, bevor sie auf die Senden-Taste drückt.

„Du neugieriger Arsch. Wenn du wissen willst, was ich Sydney schreibe, kannst du auch einfach fragen."

Ach, scheiß drauf. Jetzt bin ich ohnehin schon erwischt worden.

„Und was hast du geschrieben?"

Ich kneife die Augen zusammen, als Jazz ein kleines, siegessicheres Lächeln aufsetzt. „Ich habe sie gefragt, ob sie nach der Schule abhängen will, aber leider unterrichtet sie von vier bis sieben."

Eine Falte bildet sich zwischen meinen Augenbrauen. „Was soll das heißen, sie *unterrichtet?* Was zum Teufel unterrichtet sie denn?"

Jazz zögert einen Moment, aber ich kann mir nicht erklären, warum. „Äh … tanzen."

Ah. *Das* ist der Grund.

„Du willst mich wohl verarschen", murmle ich.

Das überrascht mich allerdings nicht. Es ist zwar schon zwei Jahre her, aber ich kann mich immer noch genau daran erinnern, wie gut sich Sydneys Körper auf der Tanzfläche bewegt hat.

Ainsleys Augen leuchten auf. „Hör zu – ihre Mutter war eine professionelle Ballerina. Eine *unglaubliche* sogar. Ich schaue mir ihre alten Auftritte immer wieder auf YouTube an. Ihr gehört das Studio im Woodland Hills Plaza. Oh mein Gott, wenn ich Madam Rochelle nicht so sehr lieben würde, würde ich sofort wechseln. Daphne Reynolds ist eine Legende. Sie hat eine wirklich inspirierende Geschichte darüber, wie sie von einem armen Mädchen aus Süd-LA zur jüngsten Prima Ballerina des New York Ballet wurde.

Ich hatte keine Ahnung, dass sie zurück nach Kalifornien gezogen ist. Kannst du dir das vorstellen? Sie war die ganze Zeit in der Nähe! Wie auch immer … Sydney unterrichtet dort drei Tage in der Woche. Aber seltsamerweise nicht Ballett. Sie sagt, dass sie einspringen kann, wenn sie muss, aber das ist nicht wirklich ihr Ding."

Ainsley hat fast ihr ganzes Leben lang trainiert, um eine

professionelle Ballerina zu werden, aber sie schränkt sich nicht ein, wie Carissa das getan hat. Sie liebt alle Arten von Tanz. Gott, jetzt weiß ich, dass Sydney auch dann nicht verschwinden wird, wenn sie länger hier ist. Ains wird sie allein deshalb in ihrer Nähe behalten wollen. Ich weiß, dass sie es vermisst, jemanden zu haben, mit dem sie ihre Leidenschaft teilen kann. Ich merke mir, Sydney arbeitet, nur für den Fall, dass ich ihr sagen muss, den Mund zu halten.

Ainsley wendet sich an Jazz. „Hast du herausgefunden, um wie viel Uhr die Party am Freitag steigt?"

„Welche Party?", frage ich.

Kingston und Reed beobachten mich misstrauisch und ich habe das Gefühl, dass mir die Antwort nicht gefallen wird.

Jazz setzt sich aufrecht hin. „Sydney hat Ains und mich zu einer Party eingeladen, die jemand von ihrer alten Schule schmeißt. Sie ist nur fünf Häuser von unserem entfernt, also werden wir alle am Strand entlang dorthin gehen."

Ich schaue Kingston und dann zu Reed an. „Wollt ihr beide mitkommen?"

Reed schüttelt den Kopf. „Nein. Sie machen einen Mädelsabend daraus. Wir haben daran gedacht, bei Kingston abzuhängen, damit wir in der Nähe sind, falls sie es sich anders überlegen. Bist du dabei?"

„Ich melde mich bei dir."

Ich fange an, mein Essen förmlich zu inhalieren, weil die Pause fast vorbei ist und ich diese Unterhaltung sowieso nicht fortsetzen will. Ich tue so, als würde ich nicht bemerken, wie sie alle besorgte Blicke miteinander wechseln. Warum habe ich plötzlich das Gefühl, die Bindung zu meinen engsten Freunden zu verlieren? Verdammt, als ob es nicht schon Scheiße genug wäre, ständig das fünfte Rad am Wagen zu sein.

Ein weiterer Grund, warum Sydney Carrington verschwinden muss. Jetzt muss ich nur noch herausfinden, wie sich das anstellen lässt.

KAPITEL NEUN

Sydney – Zwei Jahre früher

„Sydney!", trällert Lindsey. „Ich habe dir noch einen meiner Aphrodite-Cocktails mitgebracht!"

Bentley lockert seinen Griff um mich, damit ich den Plastikbecher von meiner Cousine entgegennehmen kann. „Danke. Die Dinger sind echt lecker."

Lindsey lächelt verschmitzt, als sie den Mann hinter mir mustert. „Und wen haben wir hier?"

Bentleys tiefes Glucksen jagt mir einen Schauer über den Rücken. „Ich bin Bentley. Ich habe … interessante Dinge über dich gehört, Lindsey."

Meine Cousine zwirbelt einen Zopf um ihren Finger. Die eingeflochtenen rosa Fäden heben sich deutlich von ihrem schwarzen Haar ab. „Ach, echt? Nur Gutes, hoffe ich."

Ich nehme einen Schluck von meinem Getränk. „Ich habe

ihm gesagt, dass du wahrscheinlich irgendwo einen Dreier hast.“

„Nee, das hat sich erledigt.“ Sie schmollt. „Aber die Nacht ist ja noch jung.“

Bentleys Atem wärmt meinen Nacken, als er lacht. Wahrscheinlich ist er überrascht von meiner Direktheit oder dem Mangel an Scham in Lindseys Antwort. Man sollte meinen, dass meine Bemerkung meine Cousine in Verlegenheit bringen würde, aber ich wusste, dass das nicht der Fall sein würde. Ich habe kein Problem damit, dass meine Cousine so locker mit Sex umgeht. Solange sie dabei sicher ist und es einvernehmlich geschieht, kann Lindsey vögeln, mit wem sie will, ohne dass ich sie dafür verurteile. Allerdings scheint sie sich an dem Mangel an Sex in *meinem* Leben zu stören, auch wenn ich ein paar Jahre jünger bin als sie. Ich schwöre, das Mädchen hat es sich zur Aufgabe gemacht, dass ich gevögelt werde.

Ich lehne mich an Bentley, als er mit einem Finger über meinen nackten Arm streicht. Der Junge kann nicht aufhören, mich zu berühren, und ich könnte nicht behaupten, dass mich das stört. Er hat zwar noch keine wirklich intimen Stellen berührt, aber ich glaube auch nicht, dass ich etwas dagegen hätte, wenn wir ungestört wären. Ich war noch nie so auf einer Wellenlänge mit jemandem wie heute Abend mit ihm. Es ist, als würde jede kleine Liebkosung, jeder Atemzug, jeder Kuss dadurch verstärkt. Als stünden alle Nervenenden in meinem Körper unter Strom. Das Verrückteste von allem ist, dass ich das Gefühl habe, ihn schon seit Jahren zu kennen, nicht erst seit Stunden.

Lindsey lächelt und hebt ihre eigene Tasse. „Gut, dann lasse ich euch zwei jetzt allein. Trinkt aus!“

Ich hebe meinen Becher. „Du auch, Linz.“

„Geht es nur mir so, oder war das seltsam?“

Ich drehe mich um und sehe Bentley an. „Es geht nicht nur dir so. Aber so ist sie nun mal.“

Er streckt seine Hand aus und streicht mir ein paar Haare aus dem Gesicht. Ich schließe meine Augen und gebe mich seiner Berührung hin. Als ich sie wieder öffne, starrt mir Bentley in die Augen, als wäre er einem großen Geheimnis auf der Spur.

„Was ist mit dir los?“

Ich beiße mir auf die Unterlippe. „Was meinst du?“

Bentley zieht meine Lippe frei und zeichnet die Konturen mit seinem Finger nach. „Warum will ich dich so verdammt gerne küssen? Ich will nicht …“ Er schüttelt den Kopf. „Das ist nicht normal für mich.“

„Was meinst du? Du küsst nicht gerne?“ Ich lächle. „Denn ich muss sagen, du bist verdammt gut darin.“

Er zeigt ein Megawattlächeln, das seine verdammt sexy Grübchen noch mehr zur Geltung bringt. „Ich küsse gerne. *Sehr* gerne sogar. Aber …“

„Aber *was?*“

„Aber … vor heute Abend gab es nur ein Mädchen, mit dem ich das gemacht habe. Du bist erst das zweite Mädchen, das ich jemals auf den Mund geküsst habe.“

„Das fällt mir schwer, zu glauben.“ Ich schaue ihn kritisch an. „Versteh mich nicht falsch, aber du siehst nicht so aus, als ob dir der weibliche Körper fremd wäre.“

Seine Mundwinkel zucken. „Ich habe nicht gesagt, dass ich mich mit dem weiblichen Körper nicht auskenne. Nur, dass ich Küsse auf den Mund meistens vermieden habe.“

„Was verschafft diesem geheimnisvollen Mädchen und mir dann das Glück?"

Bentley senkt seinen Kopf und küsst meinen Kiefer. „Carissa – das ist ihr Name – war mein erstes Ein und Alles. Ich kenne sie schon fast mein ganzes Leben."

Ich schnappe nach Luft, als er sich in Richtung meines Nackens bewegt.

„*Du* bist … umwerfend, witzig, bodenständig, verdammt *sexy* und … Ich weiß nicht, wie ich den Rest in Worte fassen soll. Ich glaube, ich habe einfach das Gefühl, dass du mich verstehst. Ich weiß, das klingt blöd, wenn man bedenkt, dass wir uns gerade erst kennengelernt haben, aber so kann ich es eben am ehesten ausdrücken."

„Das klingt gar nicht so schlecht." Ich stöhne, als er den Träger meines Tanktops zur Seite schiebt und mir einen Kuss auf die Schulter drückt. „Hey, Bentley?"

„Hmm?"

„Sollten wir nicht versuchen, etwas zu finden, wo wir ungestörter sein können?"

Er richtet sich zu seiner vollen Größe auf und wirft mir wieder einen dieser durchdringenden Blicke zu. „Ja?"

Ich nicke. „Ja."

Er nimmt meine Hand und führt mich in Richtung der Rückseite des Hauses. „Ich glaube, ich habe da eine Kellertreppe gesehen. Lass uns mal nachsehen."

Ich halte ihn an, als wir an einem Mülleimer vorbeikommen. „Warte mal kurz." Ich kippe den Rest meines Getränks herunter und werfe den Becher in den Müll. Bentley tut dasselbe mit seinem Bier, dann schon wir wieder auf dem Weg.

Der Keller ist genauso voller Leute wie das Hauptgeschoss, also sehen wir uns im oberen Stockwerk um und stoßen auf eine verschlossene Tür nach der anderen. Sogar vor den Badezimmern gibt es kilometerlange Schlangen. Mann, dieses Haus ist riesig; es kommt uns vor, als wären wir ewig herumgelaufen.

„Scheiße", murmelt Bentley frustriert, als auch die letzte Tür, die wir überprüfen, verschlossen ist.

Er nimmt seine Baseball-Kappe ab und fährt sich mit der Hand über sein kurz geschnittenes Haar, bevor er sie wieder aufsetzt. Bentley geht voran, zurück zum Erdgeschoss. Wir haben uns mit der Tatsache abgefunden, dass Privatsphäre so gut wie unmöglich scheint. Ich bin viel enttäuschter, als ich zugeben möchte. Je länger die Nacht dauert, desto mehr habe ich das Gefühl, dass ich verrückt werde, wenn er mich nicht berührt. Ich habe noch nie zuvor eine so starke Anziehungskraft verspürt.

Bentley zeigt mit dem Kinn in Richtung Küche. „Magst du noch etwas trinken?"

Ich lächle, als ein neues Lied anfängt zu spielen. „Ich habe eine bessere Idee."

Bentleys Grübchen vertiefen sich, als ich ihn auf die provisorische Tanzfläche ziehe. „Die Idee gefällt mir."

In einem Meer von sich windenden Körpern verlieren wir uns im sinnlichen Beat. Eines ist verdammt sicher: Der Junge weiß, wie man tanzt. Es ist selten, dass ich außerhalb des Studios meiner Mutter jemanden treffe, der sich so bewegen kann wie Bentley. Und um ehrlich zu sein: In einem Studio tanzt niemand so wie *er*. Ich schwöre, die Lust, die sich gerade zwischen uns aufbaut, könnte jede gebärfähige Frau im Umkreis von fünf Kilometern schwängern.

Es fühlt sich an, als hätte Bentley vier Paar Hände, als er

mit ihnen jeden Zentimeter meines Körpers abtastet. Ich bekomme eine Gänsehaut, meine Brustwarzen werden schmerzhaft hart und mein Höschen schamhaft feucht. Ich schließe die Augen und stimme mich auf den Songtext ein. Als Ariana Grande davon singt, sich wie eine gefährliche Frau zu fühlen, schwöre ich, dass ich das Gefühl habe, jedes Wort käme direkt aus meinem Kopf. Irgendetwas an diesem Jungen weckt in mir den Wunsch, auf jede erdenkliche Art und Weise ein böses Mädchen zu sein.

Als Bentleys Hände über die Unterseite meiner Brüste streichen, beschließe ich, genau das zu tun. Ich drehe mich in seinen Armen und ziehe seinen Mund auf den meinen. Unser Kuss ist berauschend, erfüllt von einer verrückten Verzweiflung, wie ich sie noch nie erlebt habe. Es gibt nichts Sanftes daran. Unsere Zähne prallen aufeinander, unsere Zungen duellieren sich, unsere Hände wandern umher und finden Halt, wo immer sie können.

Ich stöhne auf, als er seine Faust um meine Locken schlingt und kräftig daran zieht. Bentley zieht meinen Nacken in einem steilen Winkel zurück, sodass sich meine Wirbelsäule krümmt. Seine Lippen wandern an meinem Hals entlang, über mein Schlüsselbein bis hin zu meinen Brüsten. Meine Hand greift nach vorn und reibt seine beeindruckende Erektion durch seine Jeans hindurch. Sein Stöhnen vibriert gegen meine Haut, als er sein Gesicht in meinem Ausschnitt vergräbt.

Ein Gefühl von Bedürftigkeit durchströmt mich, weil ich genau in dieser Sekunde mehr von ihm will. Als Bentleys große Hand unter mein Hemd kriecht und meine Brust berührt, knicken meine Knie ein. Sein anderer Arm legt sich um mich und hält mich hoch, während sein Daumen durch die Spitze meines BHs über meine Brustwarze streicht.

„Gott, Syd."

„Ich weiß", keuche ich.

Ich merke gerade noch, wie der Song zu „Bom Bidi Bom" wechselt, während wir unsere Körper im Takt des neuen Rhythmus bewegen. Ich muss Nick Jonas Recht geben. Jeder von Bentleys Küssen, jede Berührung *ist* wie ein Hit, und ich habe das Gefühl, dass ich niemals genug davon bekommen werde. Der Rest der Welt ist verschwunden. Es gibt nur noch ihn und mich und das Inferno, das zwischen uns lodert. Ich fühle mich, als würde ich schweben, berauscht von diesem unglaublichen Gefühl und habe es nicht eilig, jemals wieder runterzukommen. Ich brauche mehr von ihm; ich kann es nicht ertragen, noch einen Moment länger ohne ihn zu sein, also greife ich nach seiner Gürtelschnalle und öffne den Knopf seiner Jeans. Seine braunen Augen weiten sich, als ich auf die Knie sinke und den Reißverschluss nach unten ziehe. Als ich in seine schwarze Boxershorts greife und seinen mehr als beeindruckenden Schwanz herausziehe, läuft mir das Wasser im Mund zusammen, ich will ihn unbedingt probieren.

„Scheiße, Schatz, bist du sicher, dass du das tun willst?" Er packt meine Haare und zieht sie mir aus dem Gesicht.

Ich lächle zu ihm hoch. „Im Moment gibt es nichts, was ich mehr will."

KAPITEL ZEHN

Sydney

„Da wären wir." Unsere Lyft-Fahrerin stellt ihr Auto in der Einfahrt von Jazz und Ainsley ab.

„Danke." Nachdem ich ihr ein Trinkgeld gegeben habe, klettern Cameron und ich aus dem Ford Escape der Dame.

Jazz hat gesagt, dass wir heute Abend in ihrem Gästezimmer schlafen können, wenn wir etwas trinken wollen. Ich wollte aber eine Alternative haben, falls Cam und ich uns dabei nicht wohlfühlen, und ich wollte mein Auto nicht hier stehen lassen. Ich kenne diese Mädchen seit weniger als einer Woche. Sie scheinen cool zu sein, aber frühere Erfahrungen haben mich sehr vorsichtig werden lassen, wenn es darum geht, wem ich mein Vertrauen schenke.

„Das ist ja niedlich", sagt Cam, als sie die Fassade des Hauses betrachtet.

Die Sonne ist schon untergegangen, aber die Vorderseite

des Hauses ist gut beleuchtet. Das kleine Haus im spanischen Stil ist genau so, wie ich es mir nach dem, was Jazz mir erzählt hat, vorgestellt habe.

„Allerdings."

„Sie leben also wirklich nicht bei ihren Eltern?"

Ich schüttle den Kopf. „Nö."

„Was hat es damit auf sich?"

Ich zucke mit den Schultern. „Jazz sagte, dass sie mir vielleicht alles irgendwann mal erzählen wird, aber ich habe das Gefühl, dass es keine angenehme Geschichte ist. Nicht gerade ein Gespräch, mit dem man beim Kennenlernen das Eis bricht."

Wir sehen uns kurz den kleinen Innenhof an der Seite an, bevor wir läuten. Einen Moment später schwingt die dunkle Holztür auf, und auf der anderen Seite steht eine lächelnde Ainsley.

„Hey, Sydney." Ainsley blinzelt ein wenig. „Du musst Cameron sein. Ich bin Ainsley."

„Stimmt." Cam lächelt. „Schön, dich kennenzulernen, Ainsley."

Ainsley tritt zur Seite, um uns einzulassen, und gestikuliert in Richtung der kleinen Treppe an der Seite. „Jazz sollte gleich unten sein."

Die Eingangstür führt in etwas, das wie der Hauptwohnbereich aussieht. Die hellgrauen Sofas sind stilvoll, aber bequem, und die Hartholzböden rustikal. Am gegenüberliegenden Ende des Raumes befindet sich ein übergroßer Torbogen mit schönen kobaltblauen Fliesen als Begrenzung. Dazwischen befindet sich eine ganze Wand mit Fenstern und Flügeltüren, durch die tagsüber vermutlich viel natürliches Licht einfällt.

„Möchtest du eine Führung?", fragt Ainsley.

„Klar", antworten Cam und ich unisono.

Ainsley führt uns einen Flur entlang, den ich zuerst nicht bemerkt habe, und zeigt uns drei der vier Schlafzimmer des Hauses sowie zwei Badezimmer. Cam wirft mir einen fragenden Blick zu, als wir zu dem Prinzessinnenzimmer kommen, das offensichtlich einem Kind gehört. Ich nehme mir vor, ihr später zu erzählen, was ich über Jazz' kleine Schwester weiß. Wir durchqueren das Wohnzimmer und kommen in eine hübsche Küche mit weißen Schränken oben, marineblauen Schränken unten und Arbeitsplatten aus Hartholz dazwischen. Die Küche ist mit einem weiteren Wohnbereich verbunden, in dem ein riesiger Fernseher an der Wand hängt und mehrere Spielkonsolen stehen. Eine schwarze Ledercouch mit passenden Sesseln auf jeder Seite nimmt den größten Teil des kleinen Raumes ein. Dieser Bereich ist unglaublich maskulin und steht in krassem Gegensatz zum Rest des Hauses, das im Boho-Stil gehalten ist.

Ainsley rollt mit den Augen. „Mein Bruder hat Anspruch auf dieses Zimmer erhoben. Wenn Bentley und Reed zu Besuch kommen, hängen die Jungs normalerweise hier ab. Jazz und ich durften den Rest des Hauses dekorieren, aber dieser Raum gehörte ganz Kingston, daher wirkt er auch wie eine Männerhöhle."

„Total." Ich lache, werde aber schnell wieder ernst, als mir etwas einfällt und mache mir selbst Vorwürfe, weil ich nicht früher daran gedacht habe. „Glaubst du, sie werden heute Abend hier abhängen?"

Die Anwesenheit von Bentley Fitzgerald würde meine Entscheidung, hier zu übernachten, definitiv beeinflussen.

Jetzt muss ich nur noch herausfinden, ob pro oder kontra. Er hat sich diese Woche zwar wie ein totaler Arsch verhalten, aber aus irgendeinem Grund kann ich die Anziehungskraft nicht vergessen, die in der Nacht, als wir uns kennengelernt haben, zwischen uns war. Dank meiner Cousine kann ich mich vielleicht nicht mehr an vieles erinnern, was an diesem Abend passiert ist, aber daran erinnere ich mich.

„Kingston wohnt hier, also wird er bestimmt da sein. Reed auch, weil er an den Wochenenden fast immer bei uns ist." Ainsley knabbert an ihrer Unterlippe. „Was Bentley angeht … Ich weiß es ehrlich gesagt nicht. Die drei sind zwar meistens zusammen, aber …"

„Aber *was?*"

„Aber er weiß, dass Jazz und ich mit dir abhängen, deshalb wird er vielleicht wegbleiben."

Ich zucke mit den Schultern, als Cam mir einen *„Was soll das?"*-Blick zuwirft. „Ich verstehe nicht, warum er mir gegenüber so feindselig ist. Wir waren vor zwei Jahren *einmal* zusammen und haben uns bis zu dieser Woche nicht wieder gesehen. Soweit ich mich an diese Nacht erinnere, schien es zwischen uns zu funken, aber seit ich bei Windsor angefangen habe, ist genau das Gegenteil der Fall. Der Typ tut so, als würde er mich hassen. Ich zerbreche mir den Kopf, aber ich kann mir keinen Reim darauf machen. Ist er immer so ein Arschloch?"

Ainsley neigt ihren Kopf zur Seite. „Eigentlich das genaue Gegenteil. Alle mögen Bentley. Es ist fast unmöglich, es nicht zu tun."

Ich lache. „Das kann ich kaum glauben."

Sie seufzt. „Bent hat in den letzten zwei Jahren eine Menge durchgemacht. Manchmal … besonders in letzter

Zeit ... Ich glaube, macht ihm das zu schaffen. Es fällt ihm schwer, der unbekümmerte Typ zu sein, für den ihn alle halten."

„Ich erwarte nicht, dass er ein sorgloser Typ ist. Oder irgendetwas anderes, wirklich." Ich schüttle den Kopf. „Ich möchte nur wissen, warum er mich so sehr zu hassen scheint."

Ich will auch immer noch herausfinden, ob er etwas damit zu tun hatte, dass das Mädchen mich zu Boden gestoßen hat. In den letzten Tagen bin ich ihm komplett aus dem Weg gegangen. Ich habe mich so früh wie möglich in die zweite Stunde geschleppt, um nicht neben ihm sitzen zu müssen, und mittags habe ich im Büro meines Vaters gegessen. Jedes Mal, wenn ich Bentley sah, egal ob im Psychologieunterricht oder in der Pause, starrte er mich auf eine für mich unerklärliche, bedrohliche Weise an. Als ich den Köder nicht schluckte, schien ihn das nur noch mehr zu reizen.

„Hey, Leute."

Als ich Jazz' Stimme höre, schaue ich auf und sehe sie unter dem Bogen stehen, der in die Küche führt. Sie sieht wie immer umwerfend aus, mit ihren langen dunklen Haaren und ihrem goldenen Teint, aber heute Abend hat sie etwas ganz Besonderes an sich. Ich weiß nicht ... es ist fast so, als würde sie innerlich strahlen. Einen Moment später taucht Kingston hinter ihr auf und gibt ihr einen kräftigen Klaps auf den Hintern, während er sich auf den Weg in die Küche macht und direkt auf den Kühlschrank zusteuert. Ich muss schmunzeln, als ich feststelle, dass dieses *Leuchten* höchstwahrscheinlich auf Geschlechtsverkehr zurückzuführen ist, wenn man sich seinen Blick oder seine unordentlichen Haare ansieht.

Gott, ich würde es lieben, wenn mich eines Tages jemand so ansehen würde. Als könnten sie nie genug bekommen, egal, wie lange das letzte Mal her ist.

„Jazz." Ich nicke mit dem Kopf in Richtung Cam. „Das ist meine Freundin, Cameron."

Jazz' Gesicht strahlt sie herzlich an. „Hey, Cameron."

Cam lächelt ebenfalls. „Hey, zurück."

Kingston schnippt den Deckel von dem Gatorade, das er gerade aus dem Kühlschrank geholt hat, und macht keine Anstalten, sich vorzustellen.

Jazz schüttelt den Kopf. „Und dieser asoziale Arsch ist Kingston."

Camerons Mundwinkel zucken. „Einen Moment, Kumpel. Du musst uns nicht gleich deine ganze Lebensge-schichte auf einmal auftischen."

„Ohne Scheiß", stimme ich zu. „Wir haben Zeit, Kumpel. Entspann dich."

Wir machen uns auf Kingstons Kosten lustig, während Ainsley Cam ihre Hand zum Abklatschen hinhält.

Heilige Scheiße, das bringt ihn tatsächlich zum Lächeln. „Ja, ihr werdet gut miteinander auskommen." Jazz holt sich einen Kuss bei ihm ab, bevor er den Raum verlässt. „Seid vorsichtig und habt Spaß. Schickt mir eine SMS, wenn Ihr es euch anders überlegt habt und wir vorbeikommen sollen."

„Das tun wir", verspricht sie und schließt für einen Moment die Augen, als er sie festhält und ihr etwas ins Ohr flüstert.

Verdammt, die hats echt voll erwischt.

Jazz neigt ihren Kopf in Richtung einer weiteren Flügeltür in der Küche. „Es wäre einfacher, dorthin zu kommen, wenn wir einfach am Strand entlang gehen würden. Ich habe vorhin angerufen um sicherzugehen, dass das Haus, in dem die Party stattfindet, einen direkten Zugang zum Strand hat."

Wir sind alle vier ziemlich ähnlich gekleidet: Jeans und modische Stiefel ohne Absätze. Jazz und ich haben uns für weite, schulterfreie Tops entschieden, während Ainsley und Cam Kurztops tragen, die genau über dem Bauchnabel sitzen. Ich finde es gut, dass sie nicht das Bedürfnis hatten, sich aufzudonnern, wie es viele Mädchen in unserem Alter tun. Es ist Ende Januar, aber wir sind in Südkalifornien, also sind die Temperaturen noch mild und wir brauchen keine Jacken, solange wir nicht zu lange draußen sind. Zumindest so lange der Alkohol unsere Bäuche wärmt. Wir gehen alle durch die Tür auf die große, erhöhte Terrasse und die Treppe hinunter zum Strand.

„Erzähl mir von den Leuten, die wir da treffen werden", sagt Jazz, während wir in Richtung Skylers Haus gehen.

Ich hole tief Luft und atme die salzige Luft einer leichten Brise ein.

„Es sollten hauptsächlich Schüler von meiner alten Schule, Cambridge Prep, sein. Vielleicht auch ein paar Absolventen von früher. In Cambridge gibt es viele Stipendiaten" – Cam hebt die Hand, um zu zeigen, dass sie eine davon ist – „also ist dieser überhebliche Scheiß unter den Schülern nicht so extrem ausgeprägt, wie das bei Windsor der Fall zu sein scheint. Es gibt definitiv Ausnahmen von der Regel, aber im Großen und Ganzen reißen sie sich zusammen." Ich erschaudere, als ich merke, wie abwertend ich klinge. Jazz und Ainsley sind so bodenständig, dass ich fast vergessen habe, dass sie stinkreich sind. „Tut mir leid, ich wollte nicht wie ein Miststück klingen. Ich wollte nicht andeuten, dass alle Leute mit Geld Idioten sind. In Cambridge gibt es viele Arschlöcher – sie sind nur nicht so sehr auf den Klassenunterschied fixiert, denke ich. Sie sind einfach Arschlöcher, weil sie das sein wollen."

Jazz lacht. „Sydney, du hast keinen Grund, dich zu entschuldigen. Mädchen, ich bin in Watts aufgewachsen und habe dort bis vor sechs Monaten gelebt. Ich kenne mich mit Klassenunterschieden *gut* aus."

Ich schaue sie erstaunt an. „Wirklich? Meine Mutter ist in Compton aufgewachsen, also habe ich viel Zeit in der Gegend verbracht. Meine Oma und meine Tante Chelle wohnen immer noch dort, ein paar Blocks vom Walmart entfernt."

„Die Welt ist klein. Ich habe regelmäßig in diesem Laden eingekauft. Wer weiß? Vielleicht habe ich sie dort sogar mal gesehen." Jazz zeigt mit dem Daumen auf Ainsley. „Ehrlich gesagt sind Ains und die Jungs die einzigen Menschen, die ich bei Windsor kennengelernt habe, die den Wert eines Menschen nicht an seinem Bankkonto festmachen."

Ainsley legt ihren Arm um Jazz' Schulter. „Ich liebe dich, Mädchen."

„Ich liebe dich auch", antwortet Jazz.

„Ach, du musst dich nicht ausgeschlossen fühlen, Syd. Ich liebe dich mehr als alle Schokolade und Milchkaffees der Welt." Cameron versucht, ihren Arm um meine Schulter zu legen, aber weil ich gut zehn Zentimeter größer bin, muss ich mich dafür zur Seite neigen.

„Verdammt, das ist eine Menge Liebe."

Wir brechen alle in Gelächter aus, als ich stolpere und Cam mit mir zu Boden reiße.

„Lass mich los, du Schlampe!", schreit sie halb, halb lacht sie. „Jetzt habe ich Sand an unaussprechlichen Stellen!"

Ich stehe auf und strecke meinen Arm aus, um ihr aufzuhelfen. „Bist du neuestens eine Drama-Queen?"

Cam schnaubt, während sie sich abbürstet. „Alte, wenn ich Sand in meiner Ritze haben will, möchte ich einen *viel* besseren Grund dafür haben als deinen tollpatschigen Arsch. Ich werde nie verstehen, wie jemand, der auf der Tanzfläche so viel Talent hat, sonst so ungeschickt sein kann."

„Was?", lacht Ainsley. „Wie ist das möglich?"

Ich zucke mit den Schultern. „Keine Ahnung, aber es stimmt schon. Ich habe ein Talent dafür, gegen Wände zu laufen und über absolut nichts zu stolpern."

„Wie vor ein paar Tagen, als du in der Schule vor der Toilette gestürzt bist und dich am Handgelenk verletzt hast?" Jazz deutet auf das besagte Handgelenk.

Heute Morgen habe ich den Ace-Verband abgenommen, aber sie hat ihn im Unterricht gesehen und mich gefragt, was passiert ist. Ich habe ihr aber nicht verraten, dass ich geschubst wurde, denn ich habe einen ihrer Freunde unter Verdacht.

„Ja." Ich lache unbeholfen und nicke in Richtung des Hauses, in dem ein Haufen Teenager auf der Terrasse herumlungert und versuche verzweifelt, das Thema zu wechseln. „Ich schätze, das ist Skys Haus."

„Ja", bestätigt Jazz. „Das ist das fünfte Haus, von meinem aus gezählt."

„Worauf warten wir dann noch?", fragt Cam. „Lasst uns sehen, was es zu saufen gibt."

„Ihr müsst Cam entschuldigen. Sie ist noch jung, deshalb

ist sie von der Aussicht auf Alkohol für Minderjährige immer noch übertrieben begeistert."

Cam schlägt mir mit dem Handrücken auf den Arm. „Ach, halt die Klappe, Syd. So viel jünger bin ich auch wieder nicht, ich werde im Oktober achtzehn."

Ich lache. „Aber du bist nun mal die einzige Minderjährige hier."

„Du bist noch in der Unterstufe?", fragt Ainsley.

„Ja." Cam deutet mit dem Kinn in Richtung der Partygäste. „Aber ich garantiere dir, dass ich heute Abend nicht die einzige sein werde. Skyler, das Mädchen, das die Party schmeißt, ist auch minderjährig, genau wie viele ihrer Freunde."

„Und in diesem Sinne …" Ich steige die Treppe zur Terrasse hinauf. „Lass uns reingehen, ja?"

KAPITEL ELF

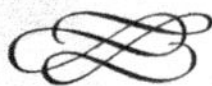

Sydney

Die Party ist bereits in vollem Gange, als wir eintreffen. Es ist das typische Treffen reicher Kinder – viel Haut, Alkohol, fragwürdige Aktivitäten und laute Musik. Cam und ich grüßen einige Leute, die wir kennen, während wir uns auf den Weg in die Küche machen, weil jemand erwähnt hat, dass dort die Getränke stehen.

„Ich trinke nur aus Behältern, die ich selbst öffnen kann", erkläre ich, während ich die Kühlboxen durchstöbere und versuche, etwas zu finden, das mir gefällt.

Jazz nickt. „Ich auch. Ich habe einmal eine schlechte Erfahrung gemacht und seitdem bin ich besonders vorsichtig."

Ich müsste lügen, wenn ich sagen würde, dass mich das nicht neugierig macht, aber ich habe nicht vor, meine

Leichen im Keller auszugraben, also werde ich auch sie nicht darum bitten.

„Ich eigentlich auch." Ainsley schnappt sich eine White Claw und reicht Jazz eine zweite. „Irgendein Arschloch hat mal versucht, einen Roofie in meinen Becher zu schütten. Ich habe es nicht getrunken – Gott sei Dank – aber ich hätte es tun können, wenn Reed aufgepasst und dem Kerl den Arsch versohlt hätte."

Ich stoße ein erschrockenes Lachen aus. „Wirklich? Reed wirkt so … zurückhaltend. Ich kann mir nicht vorstellen, dass er einen Streit anfängt."

„Oh ja." Ainsley nickt heftig. „Bent und mein Bruder waren auch beteiligt. Es war eine verrückte Nacht, in mehr als einer Hinsicht."

Laute Rufe lenken unsere Aufmerksamkeit auf das Wohnzimmer, wo ein Mädchen auf dem Couchtisch hockt und ihr aschblondes Haar herumwirbelt, während sie mit dem Hintern wackelt.

„Ist das Kelsey Cartwright?" Ich nicke in Richtung der Dancing Queen.

Cams Lippen kräuseln sich. „Sicher. Die Bitch ist zweifelsohne stinkreich."

Wir vier suchen uns eine leere Ecke, um unser Gespräch fortzusetzen.

„Also, ich muss dich das fragen. Wie läuft das in der Schule?"

„Was meinst du?", fragt Jazz.

„Nun …" Ich brauche einen Moment, um zu überlegen, wie ich es formulieren soll. „Du weißt doch, dass es an jeder Schule eine soziale Hierarchie gibt, oder? Die Sportler, Streber und gemeinen Mädchen erkenne ich schon von

Weitem, aber ich weiß nicht, wo du und deine Freunde hingehören. Ich habe den Eindruck, dass ihr alle irgendwie wichtig seid."

Weder Jazz noch Ainsley entgeht die Tatsache, dass ich Bentley Fitzgerald auslasse, aber sie sind so nett, mich nicht darauf anzusprechen.

„Nun … die Dynamik hat sich ziemlich verändert, seit Jazz aufgetaucht ist." Ainsley kichert.

Eine Falte bildet sich zwischen meinen Augenbrauen. „Wie das?"

Jazz seufzt. „Um es kurz *zu* machen: In Windsor gibt es seit langem ein archaisches Herrschaftssystem in der Schülerschaft. Jedes Jahr werden drei Jungs und drei Mädchen zu den Königen und Königinnen der Schule gekrönt, was sie praktisch unantastbar macht. Die sechs regieren von ihrem Thron aus und lassen niemanden sonst in ihren sozialen Kreis. Niemand wagt es, sie zu hinterfragen; alle folgen ihnen einfach wie hirnlose kleine Schafe. Dieses Jahr war … anders."

„Was hat sich geändert?" Cam nimmt einen großen Schluck von ihrer Limonade.

Ainsley zuckt mit den Schultern. „Ich meine, ich denke, das System gibt es immer noch, aber … anders. Zumindest, bis wir unseren Abschluss machen. Peyton Devereux, eine der diesjährigen Königinnen, wurde in den Winterferien auf ein Internat in Paris verlegt. Gott sei Dank, denn diese Schlampe ist völlig durchgeknallt. Was die Jungs angeht … Ich kann nicht sagen, dass sie den Machttrip nicht genießen, aber sie haben auch keine Angst davor, die Dinge etwas aufzurütteln; und da kommen Jazz und ich ins Spiel."

„Was meinst du?", frage ich.

„Mein Bruder Bentley und Reed sind in diesem Jahr die Könige. In den vergangenen Jahren waren die Könige und Königinnen in der Regel ein Paar. Manchmal hatten sie ein lockeres Verhältnis, manchmal eine richtige Beziehung. Dieses Jahr fing auch so an, aber die Jungs haben das schnell wieder aufgegeben. Nachdem die Sache mit Peyton in die Hose gegangen war, beschlossen die Jungs, die beiden verbliebenen Königinnen, Imogen Abernathy und Whitney Alcott, ihr eigenes Ding machen zu lassen, solange sie sich nicht mit Jazz oder mir anlegen. Die ganze Situation hat einen ziemlichen Skandal ausgelöst." Ainsley unterstreicht den letzten Satz mit einem Augenrollen.

„Hm." Mir fällt nichts mehr ein, was ich dazu sagen könnte.

„Wie auch immer …" Jazz winkt abweisend mit der Hand. „Jetzt, wo du die Kurz-Version bekommen hast, sage ich dir, dass du dich von Bentley nicht abschrecken lassen solltest, nur weil er ein König ist oder so. Ich bewundere Bent sehr. Er ist einer meiner Lieblingsmenschen auf dieser Welt, aber sein Verhalten ist nicht in Ordnung , und er weiß verdammt gut, wie ich zu dem Thema stehe. Das heißt aber nicht, dass ihn das dazu bringt, sich zurückzuhalten. Also wenn er dich anpöbelt, gibst du ihm das sofort zurück. Er muss ohne Zweifel wissen, dass du nicht vor ihm kuschen wirst."

Ich grinse. „Ich glaube, da musst du dir keine Sorgen machen."

Ainsley lacht. „Und genau deshalb mögen wir dich."

„Hey, und was ist mit mir?" Cam wimmert. „Ich fühle mich außen vor …" Sie runzelt die Stirn, als etwas ihre Aufmerksamkeit erregt. „Das kann doch nicht wahr sein. Was zum Teufel macht *er* hier?"

Mein Kopf schwenkt in die Richtung, in die Cameron, Jazz und Ainsley starren.

„Wer?", frage ich.

Cam verschränkt ihre Arme vor der Brust. „Hayden Knight."

„Wer ist Hayden Knight?"

„Der Sohn des neuen Freundes meiner Mutter und ein Scheißkerl."

Meine Augenbrauen heben sich. „Der, der sich neulich beim Abendessen wie ein totaler Idiot verhalten hat?"

„Genau der", bestätigt sie.

„Er sieht so alt aus wie wir. Geht er auf eure Schule?", fragt Ainsley.

„Gottseidank nicht." Cam schüttelt den Kopf. „Er ist auch in der Mittelstufe, aber auf der Beverly Prep, denn laut seines Vaters haben sie eine der besten Footballmannschaften der Gegend. Offensichtlich ist der Wichser ziemlich begabt."

Jazz lächelt wissend, als sie sieht, wie angestrengt Cameron ihn anstarrt. „Er ist auch heiß, das muss man ihm lassen."

Cam mag diesen Hayden zwar nicht mögen, aber sie kann nicht leugnen, dass sie sich zu ihm hingezogen fühlt. Sie sieht aus, als würde sie darüber nachdenken, ob sie ihm eine reinhauen oder sich über ihn hermachen sollte.

„Das ist aber auch so ziemlich alles, was er zu bieten hat." Cameron legt den Kopf in den Nacken und trinkt den Rest ihres Getränks „Ich werde ihm mal meine Meinung sagen. Bin gleich wieder da."

Ainsley, Jazz und ich schauen amüsiert hinter Cameron her, während sie zu ihm hinüber stapft. Man merkt, dass Hayden nicht erfreut ist, sie zu sehen. Die beiden Jungs, die neben ihm stehen, wirken genauso amüsiert aus wie wir und scheinen ihn wegen irgendetwas aufzuziehen. Ich bin so gefesselt von dem Drama, das sich vor mir abspielt, dass ich selbst nicht auf meine Umgebung achte. Als dann die eine Person, die ich absolut nicht sehen wollte, auf mich zukommt, fahre ich vor Schreck zusammen.

„Syd. Können wir reden?"

Ich seufze und wende mich an meinen Ex Zach. „Lieber nicht. Danke."

Er versucht, meinen Arm zu greifen, aber ich ziehe ihn rechtzeitig weg. „Komm schon, Sydney. Nur ein paar Minuten." Er lächelt frech in Jazz und Ainsleys Richtung. „Alles klar? Ich bin Zach."

Jazz' Mund verzieht sich zu einem Grinsen. „Ich würde ja sagen, dass es schön ist, dich kennenzulernen, aber … du scheinst ein ziemlicher Idiot zu sein,also lieber nicht."

Ich muss laut loslachen. Verdammt, ich mag dieses Mädchen wirklich.

Zach starrt Jazz an, bevor er seine Aufmerksamkeit wieder mir zuwendet. „Sydney, bitte."

„Gut. Du hast fünf Minuten." Ich wende mich an meine Begleiterinnen. „Ich bin gleich wieder da. Ist es für euch in Ordnung, allein hierzubleiben?"

„Ja", antworten Ainsley und Jazz gleichzeitig.

Ich gehe in Richtung der hinteren Terrasse, ohne zu schauen, ob Zach mir auch folgt. Auf der Terrasse selbst sind viel zu viele Leute, also gehe ich die Treppe hinunter, die zum Strand führt. Auch dort sind noch Leute, aber wir haben doch etwas mehr Privatsphäre. Ich gehöre nicht zu der Sorte Mensch, die gerne die Aufmerksamkeit von Klatschtanten auf sich zieht.

Ich stütze meinen Fuß gegen einen der Stützpfeiler der Terrasse. „Was willst du, Zach? Ich glaube, ich habe mich ziemlich klar ausgedrückt, als ich sagte, dass ich nie wieder mit dir sprechen will."

Ich wende meinen Kopf ab und schaffe es gerade noch, seinen Lippen auszuweichen. „Ich vermisse dich, Baby."

Ich drücke meine Hand auf seine Brust, um ihn etwas zurückzudrängen. „Das ist nicht mein Problem."

Er fingert an einer meiner Locken herum. „Komm schon, Sydney. Ich habe mich schon eine Million Mal entschuldigt."

Ich schlage seine Hand weg. „Und du kannst es noch eine Million Mal sagen. Es ist mir egal und ich akzeptiere deine beschissene Entschuldigung nicht."

Das Licht, das durch die Ritzen der Terrasse fällt, reicht gerade aus, um die Wut in seinem Gesicht zu. „Sei keine Schlampe, Syd."

Ich lache. „Wow. Du hast gut reden! Hau ab, Zach. Ich habe keine Lust mehr auf dieses Gespräch."

Er drückt sich wieder an mich und gibt diesmal nicht nach, als ich erneut versuche, ihn wegzustoßen. „Scheiße, ich vermisse deinen Geruch." Er presst mich gegen den Pfeiler und drückt seine Nase in meinen Nacken. „Ich vermisse, wie du dich anfühlst." Er kommt mir immer näher, bis unsere Körper eng aneinander stehen, und ich seine Erektion an meiner Hüfte spüre.

„Zach, lass mich los."

Sein warmer Atem riecht nach Whiskey und er gibt ein dunkles Glucksen von sich gibt. „Komm schon, Sydney. Vermisst du mich nicht auch?"

Ich versuche, ihn wieder wegzustoßen, aber er packt meine beiden Handgelenke und drückt sie an meine Seite. Mein linkes Handgelenk ist immer noch ziemlich wund, also wimmere ich ein wenig, als er zudrückt.

„Zach, ich meine es ernst. Geh. Verschwinde. Du hast deine Chance bei mir verspielt, als du beschlossen hast, deinen Schwanz in jemand anderen zu stecken."

„Sydney, Sydney, Sydney." Er stöhnt, als er seinen Ständer noch mehr gegen mich presst. „Du weißt, dass Olivia mir nichts bedeutet hat. Ich war besoffen, und sie war ein warmes Loch. *Du* bist mein Mädchen. Ich will *dich*, nicht sie."

„Du musst total besoffen sein, wenn du denkst, dass ich immer noch dein Mädchen bin."

Ich winde mich, aber sein Griff ist zu fest. Ich bin selbst nicht schwach, aber Zach ist stämmig. Er hat locker zwanzig Kilo mehr Muskelmasse als ich. Allerdings ist dieses Verhalten nicht typisch für ihn. In dem Jahr, in dem wir zusammen waren, hat er nie versucht, mich körperlich zu unterdrücken. Er war beileibe kein Gentleman, aber er war auch nicht gewalttätig. *Es muss daran liegen, dass er nicht gerne verliert*, sagt mein Verstand.

„Warum rufst du Olivia nicht einfach an? Ich bin sicher, dass sie mehr als bereit wäre, deinen Schwanz zu befeuchten."

„Ich muss sie nicht anrufen. Sie ist im Haus. Wenn ich Olivia wollte, könnte ich sie *haben*. Das hat sie heute Abend schon sehr deutlich gemacht." Er passt seinen Griff an, sodass er meine beiden Handgelenke mit einer Hand festhält, während er mit der anderen mein Top nach unten schiebt und meine Schulter noch mehr entblößt, damit er meine nackte Haut küssen kann. „Komm, Baby, lass uns ein leeres Zimmer suchen. Ich werde deine Muschi so gut lecken, dass du das kleine Malheur mit Liv ganz schnell vergessen wirst.“

„Vergiss es. Ich sage es dir nur ungern, Kumpel, aber du bist nicht annähernd so großartig, wie du denkst, wenn es ums Muschilecken geht.“

Er beißt mich in die Schulter, sodass ich aufschreie. „Pass auf, was du sagst.“

„Zach, ich mache keinen Witz und ich hebe *nicht auf*, was du weggeworfen hast. Falls ich mich vorher nicht klar ausgedrückt haben sollte: Ich will nicht, dass du mich anfasst *oder* mit mir redest. Mir wäre es am liebsten, wenn ich deinen betrügerischen Arsch nie wieder sehen würde.“ Ich kämpfe heftiger, denn dieses Arschloch macht mir jetzt wirklich Angst. Dieser Biss hatte nichts Spielerisches mehr an sich. „Jetzt lass mich los.“

„Du verdammte Schlampe“, spuckt er aus. „Offensichtlich muss ich dir eine Lektion erteilen …“

„An deiner Stelle würde ich mir das gut überlegen“, knurrt eine tiefe Stimme. „Ich glaube, die Dame hat gesagt, sie will, dass du loslässt.“

Ich keuche und drehe schnell den Kopf, nur um Bentley Fitzgerald zu sehen, der mit einem finsteren Gesichtsausdruck neben uns steht.

Zach lässt mich los und tritt einen Schritt zurück, wobei er sich aufplustert. „Willst du mich jetzt verarschen, Sydney? Du triffst dich jetzt mit diesem Typen? Von allen Kerlen in L.A. hast du *diesen* Typen gewählt?“

Bentley sieht genauso verwirrt aus, wie ich mich fühle. „Bist du okay, Syd?“

Ich reibe meine schmerzenden Handgelenke und ignoriere das warme Gefühl in mir, als er mich fast liebevoll mit meinem Spitznahmen anspricht. „Ja, mir geht's gut."

Bentley schaut hinauf auf die Terrasse. „Vielleicht solltest du reingehen und deine Freunde suchen. Ich kümmere mich um den hier."

Oh, verdammt nein.

Ich weiß seine Hilfe zwar zu schätzen, aber ich kann auch nicht vergessen, was für ein Arschloch er die ganze Woche über war, und auch nicht, dass er das Mädchen geschickt hat, um mir wehzutun. Er muss lernen, dass ich keine Angst davor habe, meine eigenen Kämpfe auszufechten.

Ich verschränke meine Arme vor der Brust. „Nochmal, *mir geht's gut.*" Mein Tonfall macht die Botschaft klar: *Jetzt verschwinde hier.*

Zach ballt die Fäuste an seinen Seiten. „Du bist ein echtes Miststück, weißt du das?"

Ich stütze meine Hände in die Hüften. „Was soll das heißen?"

„Der einzige Grund, warum ich mit dir ausgehen wollte, war, weil du heiß bist und ich dachte, du wärst eine sichere Nummer. Austin hat versucht, es mir auszureden, weil du in der Schule so eine frigide Schlampe warst, aber ich hatte die Beweise ja direkt vor Augen. Mein Bruder war in dieser Studentenverbindung, Syd. Er hatte mich zu dieser Party eingeladen. Ich habe alles in Farbe gesehen, *mit meinen eigenen Augen!*" Zach streckt Bentley seine Hände entgegen. „Wie konnte es sein, dass du dich so zierst, nachdem ich gesehen habe, was du mit *dem da* mitten in einem überfüllten Raum gemacht hast? Ich meine, wenn du so etwas in der Öffentlichkeit machst, *musst* du doch auc*h* im Bett ein Freak sein, oder? Ich fühle mich total verarscht."

Bentley versteift sich neben mir und ich frage mich, was das zu bedeuten hat, aber ich habe im Moment Wichtigeres zu tun.

„Was zum… Wovon redest du eigentlich? Ich habe noch nie *etwas* mit *irgendjemandem* in der Öffentlichkeit gemacht. Was für Beweise glaubst du denn zu haben?"

„Ach ja, richtig, du hast keine Ahnung, oder? Denn das war dieselbe Nacht, in der deine Cousine deine Drinks aufgemischt hat. Vielleicht ist das mein Problem. Vielleicht kommt deine innere Schlampe nur zum Vorschein, wenn du unter Drogen stehst."

Bentley stürzt sich auf ihn. „Du Scheißkerl."

Ich stelle mich zwischen die beiden Arschlöcher und bin fest entschlossen, herauszufinden, was zum Teufel hier los ist. Das Publikum, das sich inzwischen um uns versammelt hat, ist mir dabei völlig egal.

„Bentley, halt dich da raus. Das ist *mein* Problem, nicht deins."

Bentleys Kiefermuskeln zucken vor Verärgerung, aber er ist klug genug, den Mund zu halten.

„*Sag es mir*, Zach."

Er lacht. „Nein, ich glaube nicht, dass ich das tun werde. Du wirst es früh genug herausfinden und ich werde es verdammt genießen, wenn es so weit ist. Bis später, Syd. Ich werde mal sehen, was Liv so treibt."

Bentley stürzt sich wieder auf ihn, als Zach weggehen will, aber ich packe ihn von hinten am Hemd. „Das ist er nicht wert."

Bentleys Nasenlöcher blähen sich. „Einen Scheiß ist er."

Ich verenge meine Augen. „Warum habe ich das Gefühl, dass du weißt, wovon Zach gesprochen hat?"

„Und du nicht?" Er starrt mich einen Moment lang an. „Ernsthaft? Du hast *keine* Ahnung?"

Ich reibe mir die Schläfen und spüre, dass ich Kopfschmerzen bekomme. „Ich weiß, du kennst mich nicht, aber ich bin keine Lügnerin. Bei mir bekommst du, was du vor dir siehst, und ich mag keine Spielchen."

Bentley verschränkt die Hände hinter dem Kopf und beginnt, auf und ab zu gehen. „Ich glaube das einfach nicht."

Ich werfe meine Hände hoch. „Du glaubst *was* nicht? Was ist denn los?"

„Ich nehme an, als Nächstes wirst du sagen, dass du noch Jungfrau bist", murmelt er. Als ich kein Wort sage, fällt ihm die Kinnlade herunter. „Du bist noch Jungfrau?!"

Hinter uns erklingen Gekichere, die mich daran erinnern, dass wir Publikum haben.

Ich packe ihn am Arm und ziehe ihn von der kleinen Menschenmenge weg, wobei ich die Energie, die zwischen uns knistert, völlig ignoriere. „Erstens geht dich das überhaupt nichts an. Zweitens, wenn ich es wäre – was ich nicht zugeben werde – wäre es auch nicht schlimm."

Ich kann sehen, wie sein Verstand Überstunden macht, aber ich habe keine Ahnung, was in seinem Kopf vor sich geht.

„Sydney, ich …"

„Da bist du ja, du Schlampe!" Cameron rennt die letzten Stufen hinunter, Jazz und Ainsley direkt hinter ihr. „Wir haben dich überall gesucht."

Jazz' Augen tanzen zwischen Bentley und mir hin und her, zweifellos spürt sie die Spannung in der Luft. „Alles in Ordnung hier?"

Als weder Bentley noch ich ein Wort sagen, meldet sich

Cam. „Syd? Geht es dir gut? Ich habe Zach vor ein paar Minuten gesehen und er wirkte total sauer.“

„Ja, mir geht's gut“, versichere ich ihr. „Aber weißt du was? Ich habe keine Lust mehr auf die Party. Ich habe Kopfschmerzen.“ Ich ziehe mein Handy aus der Gesäßtasche und öffne die Lyft-App, um eine Fahrt zu bestellen. „Was dagegen, wenn wir jetzt nach Hause fahren, Cam?“

„Nein, Liebes. Das ist völlig in Ordnung.“

„Du kannst gerne zu uns nach Hause kommen“, schlägt Ainsley vor. „Ich besorge dir ein paar Tabletten und wir können einfach nur abhängen. Filme gucken oder so.“

Ja, klar. In Bentleys Gegenwart kann ich mich auf keinen Fall entspannen. Ich habe das Gefühl, dass er nicht die Absicht hat, sich zu verabschieden, und deshalb muss ich das tun.

„Danke, aber ich bin gerade nicht in der besten Stimmung. Können wir es auf ein anderes Mal verschieben?“

Ainsley nickt. „Klar.“

„Sydney …“ Bentley versucht es erneut.

Ich halte meine Hand hoch. „Nein, nein. Nicht jetzt. Ich habe genug Bullshit für heute Abend erlebt.“

Ich hake mich bei Cameron unter und gehe auf die Treppe zu. „Ich habe eine Fahrt bestellt. Wir gehen einfach durch das Haus und treffen den Fahrer draußen. Er ist gleich da, also müssen wir uns beeilen. Wir sprechen uns später, Jazz. Okay?“

„Okay. Schick mir eine SMS, damit ich weiß, dass du gut nach Hause gekommen bist.“

Ich nicke. „'Kay. Nacht. Tut mir leid, dass ich mich so aus dem Staub mache.“

„Das ist schon in Ordnung“, sagt Ainsley.

Als Cameron und ich uns durch die Menge der betrunkenen Teenager schlängeln, bin ich nicht im Geringsten überrascht, als ich Zach und Olivia auf einer Couch knutschen sehe. Wenn ich mir anschaue, wie sie sich in ihrem kurzen Rock an ihm reibt, machen sie vielleicht sogar mehr als nur rumzuknutschen. Bevor ich durch die Vordertür verschwinde, zeige ich ihnen den Mittelfinger.

Cameron zupft mich am Ärmel, während wir am Ende der Einfahrt auf unsere Fahrt warten. „Kannst du mir sagen, was das alles sollte? Ich schätze, Mr. groß, dunkel und grüblerisch war Bentley, oder?"

"Klar", seufze ich. „Und ganz ehrlich, ich habe keine Ahnung, was gerade passiert ist. Nicht im Geringsten."

KAPITEL ZWÖLF

Bentley

„Komm, Bent, lass uns zu mir nach Hause gehen." Jazz hakt sich bei mir unter, als wir am Strand entlang gehen. „Was machst du eigentlich hier?"

„Ich wollte die Party nicht stören oder so." Ich schüttle mich sanft aus Jazz' Griff, damit ich einen J aus meiner Tasche holen und anzünden kann. Ich brauche ein paar Versuche wegen des Windes, aber schließlich schaffe ich es.

„Warum warst du dann dort?", fragt Ainsley. „Wo kommst du überhaupt her?"

Ich nehme einen langen Zug. „Von dir zu Hause."

„Seit wann warst du da?" Jazz packt mich wieder am Arm, als hätte sie Angst, dass ich weglaufe oder so. „Wir sind noch nicht sehr lange weg."

Ich zucke mit den Schultern. „Kingston hat vielleicht

erwähnt, in welche Richtung ihr gegangen seid, und ich bin vielleicht in diese Richtung gelaufen, als ich zum Rauchen rausging."

Ainsley stellt sich vor mich und lässt mich innehalten. „Warte mal. Du hast gesagt, du wärst nicht dort gewesen, um die Party zu stören, aber du bist absichtlich zu dem Haus gegangen, in dem die Party stattfindet? Du widersprichst dir selbst, Bent."

„Scheiße. Halt das mal." Ich reiche Ains den Joint und krame in meiner Tasche, bis ich finde, was ich suche. Da es dunkel ist, kann ich ihre Gesichter nicht genau erkennen, aber ich vermute, dass sie beide die Stirn runzeln, als ich zwei Pillen einwerfe und sie schlucke. Ich hole mir den Blunt von Ainsley zurück und nehme noch einen großen Zug.

„Was hast du gerade eingeworfen?"

Ich kann die Besorgnis in Jazz' Ton nicht ausstehen. Sie scheint zu denken, dass ich ihr Problem bin, das sie lösen muss, aber sie wird schwer enttäuscht sein, wenn sie endlich erkennt, dass ich ein hoffnungsloser Fall bin.

„Entspann dich. Das sind nur ein paar Xannies."

„Warum hast du Xanax? Woher hast du das überhaupt? Und solltest du es wirklich gleichzeitig mit Gras einnehmen?"

„Mein Gott. Was zum Teufel ist das? Eine Quizrunde?" Ich drücke den Joint mit der Unterseite meines Schuhs aus und stecke ihn zurück in den Metallkasten. „Tut mir leid, Mama. Besser so?"

Ainsley seufzt. „Bentley, was ist los mit dir?"

Ich nehme meine Baseballmütze ab und drehe sie um, bevor ich sie mir wieder auf den Kopf setze. „Das ist keine große Sache. Ich habe in letzter Zeit Probleme mit dem Schlafen und die Tabletten helfen mir, mich zu entspannen."

„Macht das Gras nicht das Gleiche?", fragt Jazz.

Ich spotte. „Nicht, wenn man so wie ich eine Toleranz dafür entwickelt hat."

Ein Schauer läuft mir den Rücken hinunter, als die Brandung gegen das Ufer schlägt. Wir sind nah genug am Meer, dass winzige Tropfen des eiskalten Wassers auf meinen Unterarm spritzen.

Jazz ergreift meine Hand und verschränkt unsere Finger miteinander. „Bentley, bitte sprich mit mir."

Es sollte sich komisch anfühlen, mit der Freundin meines besten Freundes Händchen zu halten, aber das tut es nicht. Die Situation zwischen uns dreien ist … einzigartig. Versteh mich nicht falsch, Jazz gehört hundertprozentig Kingston und das ist mir auch bewusst. Ich mache mir keine Hoffnungen, dass Jazz und ich eines Tages ein Paar werden. Ich will nicht behaupten, dass ich mich nicht zu ihr hingezogen fühle, denn ich bin ein Kerl mit einem voll funktionsfähigen Schwanz und sie ist verdammt heiß, aber was wir im Moment tun, ist rein platonisch und wird es auch immer bleiben. Mehr ist da nicht mehr.

Jazz hat einfach diese unheimliche Fähigkeit, Menschen zu lesen. Sie weiß, dass ich ein taktil veranlagt bin und dass mich Berührungen einfach beruhigen. Kingston weiß das auch, deshalb lässt er es zu, obwohl es gegen all seine Alpha-Arschloch-Instinkte verstößt. Und okay, vielleicht reize ich ihn manchmal, einfach so, aber das ist alles nur Spaß.

Ainsley nimmt meinen anderen Arm. „Was wolltest du auf der Party, Bentley?"

„Ich *war nicht* auf dem Weg zu der Party“, beharre ich. „Nicht wirklich. Ich glaube zwar, dass ich absichtlich in die Richtung gegangen bin, aber ich habe nur etwas Raum zum Nachdenken gesucht. Ich hatte definitiv nicht vor, Sydney zu treffen, aber sie war genau dort. Ich konnte nicht einfach danebenstehen und zusehen, was dieser Wichser mit ihr gemacht hat.“

Als wir das Haus erreicht haben, lässt Jazz meine Hand los und geht die Treppe hinauf. „Dieser Zach? Was hat er mit ihr gemacht?“

Ich knirsche mit den Zähnen. „Er hat Sydney festgehalten und sie betatscht. Sie hat ihm mehrmals deutlich gesagt, er solle sie loslassen, aber der Scheißkerl wollte nicht hören, also habe ich mich bemerkbar gemacht. Das Weichei hat sie sofort losgelassen, aber das hat ihn nicht davon abgehalten, sein Maul aufzureißen.“

Jazz schließt die Hintertür auf, damit wir alle reingehen können. „Was hat er gesagt?“

„Hey. Du bist früh zurück.“ Kingston durchquert den Raum von der Küche aus und zieht Jazz zu sich heran. „Wie ich sehe, hast du Bent gefunden. Wo sind Sydney und ihre Freundin?“ Er mustert mich über Jazz’ Kopf hinweg, als ob er denkt, ich hätte etwas mit Sydneys Abwesenheit zu tun.

„Sie sind gegangen. Syd ist ihrem Arschloch von einem Ex begegnet und war nicht mehr in der Stimmung, hier abzuhängen.“ Ainsley sieht sich im Raum um. „Ist Reed schon da?“

Davenport schüttelt den Kopf. „Noch nicht, aber er sollte bald kommen. Er wollte auf dem Weg Pizza holen.“

„Wahnsinn!“ Ich gehe an Kingston und Jazz vorbei und

mache mich auf den Weg ins Fernsehzimmer. Ich lehne mich zurück in dem, was ich für *meinen* Sessel halte und strecke mich aus. „Ich bin am Verhungern."

Ainsley setzt sich auf die Couch, die mir am nächsten ist. „Bent. Beende, was du angefangen hast. Was meinst du damit, dass Sydneys Ex das Maul aufgerissen hat?"

Jazz und Kingston parken ihre Ärsche auch auf der Couch, nur dass Jazz sich auf Kingstons Schoß niederlässt, weil nebeneinanderzusitzen offenbar für die beiden zu weit auseinander ist.

„Hattest du Ärger?" Kingston zieht eine Augenbraue hoch. „Ich habe dir gesagt, du sollst dich da raushalten, Mann."

Ich schüttle den Kopf. „Zu deiner Information: *Ich* hatte keinen Ärger. Sydneys trotteliger Ex wurde handgreiflich und sie hatte keine Lust darauf, also habe ich ihm gesagt, er solle verschwinden. Das ist alles."

„Aber er hat etwas zu ihr gesagt", erinnert mich Jazz. „Was hat er gesagt?"

Ich wische mir mit der Hand über das Gesicht. „Als er mich gesehen hat, ist er ausgerastet. Der Typ tat so, als hätte er mich erkannt."

„Habt ihr euch schon mal getroffen?", fragt Ains.

„Nein." Ich schüttle den Kopf. „Aber … er hat behauptet, dass er auf der Party der Studentenverbindung war, auf der ich Sydney kennengelernt habe. Das Haus war damals *brechend voll*. Selbst wenn Sydney ihn damals schon gekannt hat, ist es möglich, dass er sich unbemerkt unter die Menge gemischt hat. Ich habe nicht weiter nachgehakt, aber er hat angedeutet, dass er uns beide zusammen gesehen hat. Vielleicht auch nur auf einem der Bilder, die vor einiger Zeit im Umlauf waren."

Ainsleys haselnussbraune Augen weiten sich. „Von dir und Sydney, ähm … du weißt schon?" Mit erhobener Faust und an die Wange gepresster Zunge tut sie so, als würde sie jemandem einen Blowjob geben.

„Yep." Ich betone das P ganz besonders. „Jetzt kommt der eigentliche Knackpunkt: Als der Vollpfosten das … Ereignis erwähnte, schien Sydney völlig ahnungslos. Sie war wirklich perplex, als hätte sie keine Erinnerung an die ganze Geschichte."

„Glaubst du, dass das möglich ist?", fragt Kingston. „War sie so betrunken?"

„Nicht *wirklich*, wenn ich mich recht erinnere."

Ich muss vorsichtig sein. Meine Freunde glauben, dass ich quasi keine Erinnerung an diese Nacht habe. Der einzige Grund, warum ich angeblich weiß, wie Sydney aussieht, ist, dass einige Leute an dem Abend Fotos von ihr gemacht haben, auf denen sie mir einen geblasen hat. Sie dachten vermutlich, ich hätte gerne ein kleines Andenken, also haben sie sie mir geschickt.

„Der Typ hat erwähnt, dass Sydneys Cousine sie in der Nacht unter Drogen gesetzt hat." Übelkeit steigt in mir auf, und ich muss mehrfach schlucken.

Ainsley keucht laut auf, während die anderen beiden totenstill sind. Als ich aufschaue, sehen alle drei genauso entsetzt aus, wie ich mich fühle.

„Bentley." Ainsleys Augen sind mit Tränen gefüllt und ihre Stimme ist so leise, dass ich mich anstrengen muss, um sie zu verstehen. „Glaubst du … ist es möglich, dass Sydney absichtlich unter Drogen gesetzt wurde? Mit dem gleichen

Zeug wie Rissa?"

„Ich habe keine Ahnung."

Zumindest dieser Teil ist wahr. Sydney war nicht stocknüchtern gewesen – das war niemand – aber ich würde auf meine Eier schwören, dass sie bei vollem Bewusstsein war und die Kontrolle über ihr Handeln hatte. Sonst hätte ich sie *nie* angefasst.

„Scheiße, Mann." Kingston fährt sich mit der Hand über sein frisch geschnittenes Haar.

Ich atme aus. „Oh ja."

Es gibt nicht wirklich viel, was wir noch dazu sagen können. Die Ereignisse an jenem Abend hatten das Streichholz entzündet, das meine ganze Welt in Flammen aufgehen ließ. Seitdem wate ich durch endlose Aschehaufen und versuche, den bitteren Geschmack auf meiner Zunge loszuwerden. Die letzten zwei Jahre meines Lebens habe ich damit verbracht, mich mit Unmengen von Alkohol, Gras und neuerdings auch Tabletten zu betäuben. Ich habe mich hinter dummen Witzen und einem endlosen Vorrat an Muschis versteckt und gebetet, dass irgendetwas – irgendetwas – den Schmerz beenden würde. Den Druck von meiner Brust nehmen, damit ich endlich wieder atmen kann.

„Bentley, du musst mit Sydney reden", sagt Ainsley. „Du musst herausfinden, woran sie sich erinnert."

Baby Davenport hat zweifellos recht, aber bin mir nicht sicher, ob ich das wirklich wissen will. Nehmen wir an, Sydney erinnert sich nicht daran, was in dieser Nacht passiert ist. In diesem Fall kann sie sich auch nicht daran erinnern, dass ich ihr meine tiefsten, dunkelsten Geheimnisse anvertraut habe, was an sich nichts Schlimmes wäre. Aber wenn sie sich nur deswegen nicht erinnern kann, weil sie unter Drogen gesetzt wurde? Ich bin mir ziemlich sicher, dass das die ganze Situation für mich noch schlimmer macht. Denn wenn das der Fall ist, bedeutet das, dass ich nicht besser bin als die Bastarde, die Carissa vergewaltigt haben. Und das könnte der Tropfen sein, der für mich das Fass zum Überlaufen bringt. Mein endgültiger Untergang.

KAPITEL DREIZEHN

Sydney

„Also, reden wir darüber, was heute Abend los war, oder tun wir so, als wäre es nicht passiert?" Cameron springt auf mein Bett.

Ich stöhne. „Muss das sein? In meinem Kopf dreht sich immer noch alles. Ich kann mir keinen Reim darauf machen."

„Weißt du, was ich nicht begreifen kann? Die Tatsache, dass Zach dich so angefasst hat." Cam verzieht das Gesicht.

„Ich auch nicht." Ich hatte Cam auf der Heimfahrt erzählt, wie Zach mich angegriffen hat. „Ich glaube, er war auf irgendetwas. Aber das ist trotzdem keine Entschuldigung."

„Was zum Beispiel?"

Meine Schultern heben sich. „Keine Ahnung. Vielleicht Dope? Die Football-Saison ist vorüber, also muss er sich keine Gedanken über Urinproben machen."

„Seit wann nimmt er etwas anderes zu sich als Gras?"

Ich seufze. „Wer weiß? Ich habe seit dem Vorfall vorhin das Gefühl, dass ich ihn überhaupt nicht mehr kenne. Ich meine, er ist offensichtlich ein Betrüger, aber ich habe ihn noch nie so aggressiv und gemein erlebt. Und dann musste er auch noch so einen Mist erzählen, dass er nur mit mir ausgehen wollte, nur weil er dachte, ich sei eine leicht zu haben? Wie kommt er nur auf diese Idee?"

„Ich weiß es nicht, Süße." Cam setzt sich im Schneidersitz neben mich.

Ich werfe meine Arme über meinen Kopf und lasse mich nach hinten fallen. „Jungs sind dumm. Ist es zu spät, das Team zu wechseln?"

Sie kichert. „Ich glaube nicht, dass es jemals zu spät ist, aber ich bin mir ziemlich sicher, dass du den P in deiner V zu sehr magst, als dass das jemals passieren würde."

„Ich weiß nicht einmal, wie sich ein richtiger Pimmel anfühlt." Ich hebe eine Hand. „Jungfrau hier, erinnerst du dich?"

„Schatz, hast du vergessen, dass ich weiß, was du alles in der Spaßkiste versteckt hast? Du weißt bereits, wie sich ein Schwanz anfühlt. Wenn überhaupt, wirst du von der echten Variante total enttäuscht sein, weil sie selten so gut ist." Cam schnaubt. „Ehrlich."

Ich lache und werfe ihr ein Kissen ins Gesicht. Okay, gut. Ich habe vielleicht eine umfangreiche Sammlung an Vibratoren in meinem Arsenal. Was soll ich sagen? Ich war einmal neugierig und danach sofort Feuer und Flamme, nachdem ich herausgefunden habe, was es damit auf sich hat. Zum Glück gibt es das Internet und einen diskreten Versand.

„Ich weiß, was auf der Party passiert ist, hat dich eine Zeit lang eingeschüchtert, aber du bist mental nicht mehr in dieser Verfassung, Syd. Du hattest seitdem mit ein paar Typen Kontakt, und das war doch in Ordnung für dich, oder? Ich finde, du solltest dir einfach einen heißen Kerl suchen und es hinter dich bringen. Ich wette, ich kenne eine Person, die sich gerne als Versuchskaninchen zur Verfügung stellen würde."

Ich lache. „Auch wenn er noch so sehr darüber fantasiert, ich würde Zach im Leben keine weitere Chance geben. Wenn ich ehrlich bin, hatte er diese Chance auch nie, als wir noch zusammen waren. Gott weiß, dass es umgekehrt ganz anders war.

Es ist ja nicht so, dass ich mich für die Ehe oder gar die große Liebe aufsparen will. Es ist nicht einmal eine große Sache für mich. Ich *will* Sex haben. Vielleicht war ich zu dem Zeitpunkt, als ich bereit war, es durchzuziehen, sogar schon mit Zach zusammen, aber etwas in meinem Unterbewusstsein spürte, dass er es nicht ehrlich mit mir meint, also habe ich diesen letzten Schritt nie vollzogen."

Außerdem habe ich keinen Witz gemacht, als ich von seinen minderwertigen Fähigkeiten gesprochen habe. Wenn er beim Oralverkehr so schlecht ist – ich vermute, das liegt an seinem Egoismus und/oder seiner Faulheit – dann hat er wohl auch keine Ahnung, wie man einen Schwanz benutzt. Ich erwarte keine Herzen und Blumen oder zig Millionen Orgasmen, wenn ich zum ersten Mal Sex habe. Trotzdem möchte ich es wirklich genießen können. Ich möchte nicht das Gefühl haben, dass ich nur ein „warmes Loch" bin, wie Zach es so treffend ausgedrückt hat.

„Ich habe nicht von Zach gesprochen. Ich meinte den Kerl, der so aussah, als wollte er dich zum Frühstück, Mittag- und Abendessen verspeisen."

Ich sehe meine beste Freundin an. „Wen?“

Cams Mund verzieht sich zu einem aufreizenden Grinsen. „Mr. groß, dunkel und grüblerisch“.

Ich runzle die Stirn. „Bentley?!“

Sie wirft mir einen schiefen Blick zu. „Gibt es noch jemanden, den wir kennen, auf den diese Beschreibung passt?“

„Du spinnst doch. Bentley Fitzgerald will *mich fressen*, nicht vernaschen.“

Sie beginnt so sehr zu lachen, dass ihr die Tränen über das Gesicht kullern.

Ich stütze mich auf meine Ellbogen. „Was zum Teufel ist daran so lustig?“

„Willst du es wirklich nicht wahrhaben? Ist das dein Problem?“ Cam wischt sich über die Wangen. „Der Junge will dich *unbedingt*. Bentley Fitz, wie auch immer er heißt, will seinen“ – sie reckt ihre Hüften vor, als würde sie einen Strap-On tragen – „P“ – wieder ein unbeholfener Stoß – „in dich stecken. Und ich würde meine alte Gucci-Tasche darauf verwetten, dass er *kein Problem damit hat*, sich mit seinen Vorgängern aus Silikon zu messen. Der Junge ist *groß*, du weißt also, dass die Chancen gut stehen.“

Ich rolle mit den Augen. „Du und deine Theorie, dass *er einen riesigen Schwanz haben muss, wenn er mindestens 1,90 m groß ist*.“

„Du weißt, dass ich recht habe.“ Sie zieht die Brauen hoch. „Wie groß ist Zach noch mal?“

Meine Lippen zucken. „So groß wie ich. 1.75.“

„*Genau.*“

Ich muss zugeben, dass Zach zwar einen *tollen* Körper hat, aber sein Schwanz ist bestenfalls durchschnittlich. Deutlich unterdurchschnittlich, wenn es um den Umfang geht. Sein Penis erinnert mich ehrlich gesagt eher an einen dieser Sharpie-Stifte. Vielleicht habe das Cameron sogar einmal erzählt, vielleicht auch nicht.

Cam nagt nachdenklich auf ihrer Unterlippe herum. „Ich habe immer noch keine Ahnung, wie Typen den ganzen Tag mit diesen Dingern zwischen den Beinen herumlaufen können, vor allem, wenn sie gut bestückt sind. Aber es würde Spaß machen, ihn im Wind baumeln zu lassen oder ab und zu jemandem damit auf die Stirn zu schlagen."

Ich schüttle den Kopf und unterdrücke ein Lächeln. „Du bist echt die dämlichste Person auf diesem Planeten. Und wie kommst du überhaupt dazu, mir Sex-Ratschläge zu erteilen? Du warst doch bisher erst mit *einem Typen* zusammen."

Cam hält ihren Zeigefinger hoch. „Ah. Aber besagter Typ und ich haben gevögelt wie die Karnickel. Mann, Paulo war der Beste."

Cam war eine Zeitlang mit einem brasilianischen Model zusammen, das damals in L.A. lebte. Mehrere Monate lang ging es zwischen ihnen heiß her, aber kurz vor Erntedank kehrte er nach Hause zurück.

„Ich schwöre, ich dachte damals wirklich, du würdest dich in seinem Gepäck verstecken, wenn er geht."

„Das wollte ich auch", sagt sie wehmütig. „Paulo sah so gut aus, und verdammt, was er alles mit seiner Zunge anstellen konnte. Schade, dass er nicht gerade die größte Leuchte war. Das hätte echt was mit uns werden können."

„Ja, schade." Ich lache. „Apropos doofe, attraktive Jungs … was hast du zu diesem Hayden gesagt? Er sah *echt sauer* aus."

Cameron kichert. „Oh, nicht viel. Ich habe ihm nur dafür

gedankt, dass er mir Chlamydien verpasst hat und ihm gesagt, dass ich ihn oder seinen Mikro-Pen nie wieder sehen will."

„Wie bitte?!" Ich stottere.

Sie nickt. „Entspann dich, Syd. Ich habe weder eine Geschlechtskrankheit, noch habe ich sein Gehänge jemals gesehen. Ich habe nur das Erste gesagt, was mir in den Sinn gekommen ist, um mich dafür zu revanchieren, dass er neulich so ein Arschloch war."

„Ich stehe zu meiner vorherigen Aussage, dass du dämlich bist." Ich lasse mich zurück auf das Bett fallen. „Aber ich liebe dich trotzdem."

„Das gilt umgekehrt genauso, Bish." Sie klopft mir mit dem Handrücken auf den Arm. „Was wirst du wegen Zach unternehmen? Wirst du ihn bitten, seine kryptische Aussage zu erklären?"

„Ich glaube nicht, dass er es mir sagen würde, also bringt das wohl nichts. Er hat gesagt, ich werde es ohnehin bald herausfinden."

„Was soll das nun wieder heißen?"

„Da weiß tu so viel wie ich." Ich zucke mit den Schultern. „Das wird die Zeit zeigen."

„Wir müssen reden."

Die eine Person, die ich zu vermeiden hoffte, wartete heute Morgen am Eingang der Lincoln Hall auf mich. So wollte ich meinen Montag eigentlich nicht beginnen.

Ich schiebe den Riemen meiner Schultasche höher auf meine Schulter. „Nein, müssen wir nicht."

Bentley stellt sich mir in den Weg, als ich an ihm vorbeigehen will. Ich verfluche meinen dämlichen Körper, weil er so auf seine Nähe reagiert. In dem Moment, in dem ich ihn entdeckte, war ich schon erregt. Sein Blick wandert in Richtung meiner Brust und bemerkt zweifellos meine verräterischen Brustwarzen, die ihn grüßen. Heute war definitiv nicht der passende Tag, meinen Blazer zu Hause zu lassen. Ich nehme mir vor, dass ich immer einen Ersatz in meinem Spind habe, für alle Fälle. Ich habe das Gefühl, dass diese unangenehme Anziehungskraft so schnell nicht verschwinden wird und es ist ja nicht so, dass ich gepolsterte BHs tragen kann, ohne dass mir die Brüste bis zum Kinn reichen.

Ein echt *dickes* Problem, nicht wahr?

„Bentley, *beweg dich*. Wegen dir komme ich noch zu spät." Ich hebe den Blick und funkle ihn wütend an.

Er schaut kurz über meine Schulter, bevor er etwas vor sich hinmurmelt.

„Hey, Leute. Alles okay?"

Ich seufze erleichtert auf, als ich Jazz' Stimme höre und drehe mich zu ihr um. Kingston, Ainsley und Reed stehen direkt neben ihr und beäugen Bentley mit einem seltsamen Blick. Als ich sehe, wie Bentley verärgert die Zähne zusammenbeißt, möchte ein Teil von mir ihm wie ein unreifes Balg die Zunge herausstrecken, aber dem anderen Teil tut er irgendwie leid. Es ist offensichtlich, dass etwas innerhalb dieses Freundeskreises vor sich geht – etwas, das viel tiefer geht – und was auch immer es ist, es bereitet Bentley Kummer.

Nicht mein Problem, sage ich mir selbst. Bentley verhält sich mir gegenüber wie ein Arschloch, seit ich an dieser verdammten Schule angekommen bin. Er verdient mein Mitleid nicht.

„Jetzt schon, wo dieser Trottel mir nicht mehr im Weg steht." Ich nutze die Ablenkung und gehe schnell um Bentley herum. „Wir sehen uns im Unterricht, Jazz."

„Warte, ich komme mit dir." Sie gibt Kingston einen kurzen Kuss, bevor sie neben mich tritt. „Wir sehen uns später."

Als wir reingehen, höre ich das tiefe Timbre von Bentleys Stimme, aber ich bleibe nicht lange genug in der Nähe, um zu hören, was er sagt. Ich weiß nicht, warum er plötzlich so interessiert daran ist, mit mir zu reden, aber es ist mir auch egal. Der Junge wird schnell lernen, dass ich mir sein bipolares Verhalten nicht gefallen lassen werde. Es ist offensichtlich, dass er mit irgendeiner Scheiße in seinem Kopf zu kämpfen hat, aber wer hat das nicht? Seine Probleme sind nicht wichtiger, nur weil er ein sogenannter König dieser Schule ist. Das ganze Königstheater an dieser Akademie ist meiner Meinung nach ohnehin völliger Blödsinn. Ich muss daran denken, meinen Vater zu fragen, was er als Windsor-Schüler davon gehalten hat.

„Also … was habe ich da gerade gesehen?" Jazz stupst mich mit ihrer Schulter an.

„Absolut nichts. Er sagte, er wolle reden. Ich habe ihm gesagt, dass ich nichts zu sagen habe."

„Vielleicht solltest du ihn anhören."

Ich schüttele den Kopf. „Warum sollte ich? Er hat mich die ganze letzte Woche wie ein Idiot behandelt. Ich weiß, dass er dein Freund ist, Jazz, aber ich habe keine Lust, ihn zu meinem Freund zu machen."

Sie seufzt, als wir unsere Plätze in der Klasse einnehmen. „Ich weiß, es ist schwer vorstellbar, wenn man bedenkt, wie er dich behandelt hat, aber Bentley ist in Wirklichkeit ein toller Typ. Er hat nur ein paar … Probleme, mit denen er zurechtkommen muss. Sydney, deine Ankunft hat ihn ganz schön durcheinander gebracht. Sie weckt viele schreckliche Erinnerungen in ihm, und damit kommt er nur schwer klar."

„Aber warum? Er kennt mich nicht, aber tut so, als würde er mich hassen. Was habe ich da verpasst? Ich kann mich an keinen einzigen Grund erinnern, warum er eine schlechte Erinnerung mit mir verbinden sollte. Du sagst, dass er im Allgemeinen kein Arschloch ist, aber leider ist das bisher das einzige, was ich von ihm gesehen habe."

Nicht ganz, sagt die nervige Stimme in meinem Kopf. Er hätte sich nicht in mein unangenehmes Gespräch mit meinem Ex einmischen müssen.

Eine Falte bildet sich zwischen ihren dunklen, geformten Augenbrauen. „Was weißt du noch von dem Abend, an dem ihr euch kennengelernt habt? Die Party der Studentenverbindung?"

„Nicht sehr viel." Jetzt bin ich an der Reihe, die Stirn zu runzeln. „Aber ich erinnere mich an kurze Gespräche mit Bentley, die ich sehr gut fand."

Vergiss nicht, die tollen Küsse zu erwähnen. Daran erinnerst du dich bestimmt. Ach, halt die Klappe, du blöde Stimme!

Jazz öffnet den Mund, um zu antworten, aber sie wird von der Glocke unterbrochen. Ich bin darüber alles andere als böse. Bentley Fitzgerald nimmt schon viel zu viel meiner geistigen

Kapazität in Beschlag. Ich habe das ganze Wochenende damit verbracht, herauszufinden, was mein Arschloch-Ex am Freitagabend gemeint haben könnte und warum Bentley genau zu wissen schien, worauf er sich bezog. Er ist sogar in meine Träume eingedrungen, weil ich nicht aufhören konnte, an Cams Bemerkung zu denken, dass Bentley mich bei lebendigem Leib vernaschen will. Es ist nicht das erste Mal, dass ich einen Sextraum von ihm hatte, aber verdammt, dieser war einer der besseren. Ich lege meine Hände an meine Wangen, als sie heiß werden, und hoffe, dass niemand in der Klasse es bemerkt.

Ich hasse es, wie dieser Junge auf mich wirkt, aber ich bin machtlos dagegen. Ich wünschte wirklich, ich könnte herausfinden, warum ich mich so zu ihm hingezogen fühle. Es ist ja nicht so, dass heiße Typen in L.A. schwer zu finden wären, aber Bentley Fitzgerald ist derjenige, den mein Körper aus irgendeinem Grund am meisten begehrt. Ich habe mich noch nie zu jemandem so hingezogen gefühlt, wie zu ihm. Es ist verrückt und, wenn ich ehrlich bin, entmutigend, denn ich habe eindeutig eine verzerrte Erinnerung an die Nacht, in der wir uns kennengelernt haben. Wenn wir wirklich so harmonieren würden, wie ich dachte, würde mich niemand so behandeln, wie er tut. Meine sture Seite will nicht nachgeben, aber ich denke, ich muss die Tatsache ausnutzen, dass er plötzlich mit mir sprechen will. Ich muss der Sache auf den Grund gehen.

Als die Glocke wieder läutet, atme ich tief durch und bereite mich mental vor. Bentley ist in meiner nächsten Klasse. Ein Grund mehr, das nicht noch länger aufzuschieben.

KAPITEL VIERZEHN

Bentley

Wie schon in der letzten Woche sind fast alle Plätze besetzt, als ich in den Psychologieunterricht komme. Ich spreche den Idioten an, der hinter Sydney sitzt, und sage ihm, er solle sich einen anderen Platz suchen. Das Weichei kann gar nicht schnell genug aufstehen, sodass ich mir ein Lächeln verkneifen muss. Das Gleiche gilt für Sydneys ungläubigen Gesichtsausdruck. Es kommt nicht oft vor, dass Kingston, Reed oder ich unsere Autorität hier durchsetzen müssen. Normalerweise machen die Leute einen großen Bogen um uns, aber in letzter Zeit haben wir uns besonders zurück-gehalten.

Ehrlich gesagt, nach all der verrückten Scheiße, die wir in den letzten sechs Monaten erlebt haben, ist das erfrischend. Unser Leben ist fast schon langweilig, aber nach einem scheinbar pausenlosen Drama auf Telenovela-Niveau ist *langweilig* gut. Langweilig ist *sicher*, und ich schätze, das ist besonders beruhigend für Jazz, wenn man bedenkt, was sie schon alles durchgemacht hat.

„Das war unglaublich unhöflich von dir", murmelt Sydney, als ich mich setze. „Auf der anderen Seite überrascht mich das nicht im Geringsten."

Ich beuge mich zu ihr und rede mir ein, dass ich das nur mache, um flüstern zu können, damit niemand uns zuhört. „Du hast mir keine andere Wahl gelassen. Wir müssen reden. Du kannst nicht ewig vor mir weglaufen."

Sydneys Oberkörper dreht sich, bis sie mir zugewandt ist. Es fühlt sich an, als hätte man mir gerade einen Ziegelstein ins Gesicht geschlagen, als ihr außerirdischer Blick auf mir landet. „Du hast Recht."

Sieh ihr nicht auf den Mund. Sieh ihr nicht auf den Mund.

Ich kann mir nicht helfen. Der beste Blowjob meines Lebens kam zweifelsohne von diesem Mund. Mein Schwanz zuckt bei der Erinnerung daran und wird schnell zu einem Problem.

Ja, ein Blowjob, an den sie sich nicht erinnern kann, weil sie vielleicht unter Drogen stand.

Fuck.

Nun, dieser Gedanke hat sicherlich dazu beigetragen, die vorzeitige Erektion zu verhindern.

„Bentley? Hast du gehört, was ich gesagt habe?"

Scheiße! Komm wieder zu dir, Kumpel.

„Hm?"

Sydneys Brauen runzeln sich. „Ich sagte, du hast Recht. Wir müssen reden, und ich kann mich nicht ewig vor dir verstecken."

Ich ziehe überrascht die Augenbrauen hoch. Ich hatte

nicht erwartet, dass sie so leicht nachgibt. Ich frage mich, warum ich deswege fast ein wenig enttäuscht bin.

„Nun, wenn das so ist ..."

Die Glocke läutet, bevor ich meinen Satz beenden kann. Sydney schaut nach vorn und holt ihr Chromebook heraus, ganz die brave kleine Schülerin. Von der Tochter des Schulleiters würde ich nichts anderes erwarten. Ich halte mich für einen ziemlich schlauen Kerl, aber ich hatte noch nie den Anspruch, in der Schule besonders gut zu sein. Ich habe jede Klassenarbeit mit Bravour bestanden, aber bei den alltäglichen Dingen habe ich mich nicht sonderlich angestrengt. Zum Glück machen die Klassenarbeiten mehr als die Hälfte unserer Noten aus.

„Okay, Klasse." Mrs. Brown, unsere Lehrerin, klatscht in die Hände. „Wenn Sie das Klassenportal öffnen, sehen Sie Ihre neue Aufgabe. Wir werden untersuchen, wie Musik die Herzfrequenz beeinflussen kann. Dazu werden wir uns einminütige Clips aus verschiedenen Musikrichtungen anhören und nach jedem Clip den Puls aufzeichnen. Wenn Sie alle Daten gesammelt haben, schreiben Sie einen kurzen Aufsatz, in dem Sie Ihre Schlussfolgerungen aus diesem Experiment zusammenfassen.

Mit Hilfe eines Zufallsgenerators habe ich Sie in Paare eingeteilt und eine Liste mit Musikrichtungen erstellt, die Sie im Diskussionsforum finden. So stellen wir sicher, dass wir ein möglichst breites Spektrum abdecken. Heute in der Klasse werden Sie zusammen mit Ihrem Partner entscheiden, welche Lieder Sie sich aus jedem zugewiesenen Genre anhören wollen. Danach müssen Sie sich nach der Schule treffen, um das Projekt abzuschließen. Ihre Aufsätze sind in zwei Wochen fällig, also haben Sie genug Zeit, um sich mit

Ihrem Partner zu treffen. Habt Sie noch Fragen?“ Mrs. Browns Blick schweift durch den Raum und sie wartet darauf, dass sich jemand meldet. Als das nicht der Fall ist, nickt sie. „Sehr gut. Rufen Sie jetzt Diskussionsforum auf, suchen Sie Ihren Partner und machen Sie sich an die Arbeit.“

Ich ziehe mein Chromebook aus der Tasche und melde mich im Klassenportal an. Während ich darauf warte, dass das Diskussionsforum geladen wird, versteift sich Sydneys Rücken und sie murmelt etwas, das verdächtig nach *„Verdammt noch mal“* klingt.

Sie dreht sich mit einem bedrohlichen Gesichtsausdruck um. „Hast du dir schon die Partnerliste angesehen?“

Ich klicke auf die Registerkarte auf meinem Bildschirm, während die anderen Schüler/innen sich im Raum bewegen, um ihre jeweiligen Partner zu finden.

„Bin gerade dabei. Warum?“

In dem Moment, in dem ich sehe, mit wem ich gepaart bin, weiß ich, warum Sydney diesen resignierten Gesichtsausdruck hat. Ja, natürlich. Als ob das Schicksal mich nicht schon genug verarscht hätte.

Ich lache. „Sieht so aus, als ob du mich nicht loswirst, Prinzessin.“

„Nenn mich nicht so“, schnauzt sie.

„Was? *Prinzessin?* Wäre dir Schätzchen lieber?“

Ihre Augen verengen sich. „Ich würde *Sydney* vorziehen, weil das mein Name ist. Oder Syd. Alles andere ist tabu.“

„Das werden wir ja sehen, Schatz.“ Ich zwinkere ihr zu, weil ich weiß, dass sie das noch mehr irritiert.

Wenn Sydneys Augen in der Lage wären, Blitze zu werfen, wäre ich jetzt ein verkohltes Häufchen Asche. Ich weiß nicht, warum, aber ihre offensichtliche Verachtung bringt mich zum Lachen. Abgesehen von meinem überschaubaren Freundeskreis widersprechen mir nicht viele Leute. Es ist ebenso ärgerlich wie erfrischend, dass sich noch jemand dem Club angeschlossen hat. Das macht diese ganze Situation noch verworrener. Wenn Sydneys Erinnerung an diesen Abend so lückenhaft ist, wie ich nach dem, was ich kürzlich erfahren habe, vermute, wird sie sich vielleicht auch nicht mehr an unsere Gespräche erinnern. Und wenn das der Fall ist, ist sie nicht länger eine Bedrohung.

Das bedeutet auch, dass ich keinen Grund habe, sie von mir zu stoßen.

Nun … das ist nicht ganz richtig. Wenn Sydney in dieser Nacht *tatsächlich* unter Drogen gesetzt worden ist, habe ich vielleicht sogar noch mehr Gewissensbisse. Ich muss herausfinden, was mit ihr passiert ist, und diese blöde Hausaufgabe könnte die perfekte Gelegenheit dafür sein.

„Hallo?" Sydney wedelt mit ihrer Hand vor meinem Gesicht herum. Sie senkt ihre Stimme, bevor sie hinzufügt: „Bist du high? Warum bist du so abwesend?"

Ich lache leise vor mich hin. Ich wünschte, ich wäre high. Vielleicht mache ich vor meinem nächsten Kurs einen Abstecher zum Parkplatz, um dafür zu sorgen.

Sydney atmet scharf aus und pustet sich eine dunkle Locke aus dem Gesicht. „Können wir bitte einfach diese blöde Playlist durchgehen?"

Als sie aufsteht, um ihren Schreibtisch so zu verschieben, dass er mir gegenübersteht, kann ich den Blick nicht von ihrem karierten Uniformrock abwenden und möchte unbedingt wissen, was für ein Höschen sie darunter trägt.

Fuck.

Dieses Mädchen fesselt mich, was keinen Sinn ergibt,

weil ich sie kaum kenne. In der einen Minute will ich vergessen, dass es sie überhaupt gibt, aber in der nächsten will ich nichts anderes lieber, als zu überprüfen, ob sie so gut schmeckt, wie ich das in Erinnerung habe.

Ich schaue mir die Liste mit den sechs Musikrichtungen an, die uns zugeteilt wurden. „Ja, klar. Es ist mir eigentlich egal, welche Lieder wir verwenden. Willst du sie einfach in der Mitte teilen? Du kannst die obere Hälfte nehmen und ich die untere."

Als Sydney ihre Unterlippe zwischen die Zähne klemmt, denke ich automatisch an ein viel schmutzigeres Szenario, bei dem es um die Position *oben und unten* geht. Ich bin mir ziemlich sicher, dass ich stöhne, während ich mir vorstelle, wie Sydney mich mit wippenden Titten reitet. Nicht, dass ich schon wüsste, wie das ist – das ist etwas, das ich noch nicht erlebt habe. Was zum Teufel sage ich da? Es gibt kein *„noch"* in dieser Situation. Okay, gut. Ich gebe zu, dass ich das Angebot nicht unbedingt ablehnen würde. Ich bin ein Mann und sie ist ein verdammt heißes Gerät.

„Das funktioniert." Sie holt ihr Handy aus der Tasche und fängt an, etwas durchzuscrollen.

„Was machst du da?"

„Ich durchsuche meine Musikbibliothek." Der Blick, mit dem sie mich durchbohrt, gibt mir schon wieder das Gefühl, ein Idiot zu sein, was zweifellos auch ihre Absicht war.

Trotz der Haltung, die damit einherging, ist die Idee gut, also ziehe ich mein Handy heraus und tue das Gleiche.

„Okay, ich habe sie." Sydney legt ihr Telefon auf den Schreibtisch.

Ich tippe meine dritte Songauswahl in meine Notizen. „Willst du anfangen, oder soll ich?"

„Fang du an!"

Ich räuspere mich. „Okay. Als Alternative aus den Neunzigern habe ich ‚Creep' von Radiohead."

Wenn ich mich nicht täusche, sieht sie tatsächlich beeindruckt aus. „Schön."

Ich kann mir ein Grinsen nicht verkneifen. „Für den Soul der Sechziger habe ich ‚Dock of the Bay'. Das ist von Otis Redding."

Sydney schnaubt. „Als ob ich das nicht wüsste."

Ich ziehe die Augenbrauen hoch. „Du magst Musik, hm?"

„Ich *liebe* alle Arten von Musik. Sie ist mir die liebste Sache der Welt." Sie lacht. „Wie Cam gerne erzählt, würden mir die Leute allerdings Geld dafür geben, *nicht* zu singen, also ist Tanzen eine gute Alternative."

Ich neige meinen Kopf zur Seite. „Cam?"

„Cam, alias Cameron, alias meine beste Freundin", erklärt sie. „Die Blondine, die mit mir auf der Party in Malibu war."

„Ah." Ich nicke verständnisvoll. „Die größte Schlampe aller Zeiten."

„Ein und dieselbe." Sie schenkt mir ein breites Grinsen. „Jetzt dein dritter Song."

„Für aktuellen Rock habe ich ‚Bloody Valentine' von MGK." Ich wackle anzüglich mit den Augenbrauen. „Ich habe dir meinen gezeigt. Jetzt bist du dran."

„Okay." Ihr meergrüner Blick fällt auf ihren Bildschirm. „Für Klassik habe ich ‚Kanon in D', für Rap musste ich mich für mein Mädchen, Megan Thee Stallion entscheiden. Es war schwer, die Auswahl einzugrenzen, aber ich habe mich für ‚Girls in the Hood' entschieden, weil der Song besonders krass ist." Sie lächelt wieder. „Für Pop: ‚Dangerous Woman' von Ariana Grande."

Und mit einem Schlag löst sich die neu gefundene Leichtigkeit zwischen uns in Luft auf.

Meine Kaumuskeln zucken. „Warum hast du das letzte Lied ausgewählt?"

Sydney zuckt mit den Schultern. „Ich weiß nicht. Ich mag es einfach."

Ich lache. „Das glaube ich gerne."

Sie runzelt die Stirn. „Was soll das denn heißen?"

Oh, ich weiß es nicht. Vielleicht war die Amnesie, die du vorgetäuscht hast, nur ein Haufen Mist?

Es ist zu zufällig, dass Sydney genau den Song ausgesucht hat, zu dem wir getanzt haben, bevor sie ihre beste Nachahmung eines Staubsaugers an meinem Schwanz vollzogen hat. Die Frage ist: Was will sie damit bezwecken? Will sie mir damit sagen, dass sie sich an alles erinnert, was in dieser Nacht passiert ist, und es mir jetzt vorhält?

Ich klappe mein Chromebook zu und stecke es in meine Tasche. „Vergiss es. Ich muss los."

Ihre Augen weiten sich. „Was? Wir sind mitten im Unterricht. Wo willst du denn hin?"

„Überall, nur nicht hierbleiben", höhne ich.

Die Lehrerin ruft zweimal meinen Namen, aber ich ignoriere sie und gehe direkt zum Schülerparkplatz. Ein Vorteil, ein König zu sein, ist, dass unsere Unantastbarkeit auch für Lehrer gilt. Ab und zu versucht einer, seine Autorität zu behaupten, aber das ist alles nur Getöse, solange wir gute Noten schreiben. Als ich zu meinem Auto komme, krame ich in meinem Handschuhfach und fluche, als ich sehe, dass ich gerade kein Oxy mehr habe. Zum Glück habe ich noch ein paar Xannies übrig, also werfe ich zwei davon in meine

Handfläche und atme tief ein, nachdem die Pillen meine Kehle passiert haben.

In etwa dreißig Minuten sollte alles wieder in Ordnung sein und ich kann wieder reingehen. Ich bin mir sicher, dass Sydney ihren neuen Freundinnen Ainsley und Jazz bereits eine SMS über mein Verschwinden geschickt hat. Ich werde die extra Abkühlung brauchen, um mich ihnen heute Mittag stellen zu können. Gut, dass ich vorbereitet bin, denn alle Frauen in meinem Leben sind verdammt kompliziert. Während ich meine Augen schließe und darauf warte, dass meine kleinen weißen Retter wirken, nehme ich mir vor, bei meinem Lieferanten Nachschub zu besorgen.

Ich habe das dunkle Gefühl, dass es noch viel schlimmer kommt, bevor es besser wird.

KAPITEL FÜNFZEHN

Sydney

„Hey, Syd. Schön, dass du es heute geschafft hast." Ainsley zieht den Stuhl neben sich zurecht. „Warum setzt du dich nicht hierher, damit ich deine ganze Zeit für mich beanspruchen kann?"

Jazz hat mir letzte Woche erzählt, dass Bentley normalerweise den Stuhl neben ihrem nimmt, also versuchen sie wahrscheinlich zu verhindern, dass er sich aufregt, wenn er auftaucht. *Falls* er auftaucht. Wer weiß, nach dem, was er vorhin abgezogen hat.

„Danke." Ich schenke ihr ein kleines Lächeln und bin dankbar, dass sie versucht, die Unannehmlichkeiten so weit wie möglich zu begrenzen.

Reed verschluckt sich fast an seinem Getränk. „Das dürfte interessant werden."

Ich – und alle anderen am Tisch – folgen Reeds Blick

und sehen Bentley in der Essensschlange mit einer winzigen blonden Tussi stehen. Sie ist absolut umwerfend und hängt an ihm wie ein Baby-Koala. Ich schaue nach unten und bin überrascht, als ich den Schmerz meiner Fingernägel auf meiner Handfläche spüre. Wen kümmert es schon, dass Bentley Fitzgerald irgendeine Verrückte am Arm hat? Nicht dieses Mädchen. Und es ist mir auch egal, dass er sie mit einem sexy, zufriedenen Grinsen ansieht, als wäre er gerade gekommen und sie wäre dafür verantwortlich.

Vermutlich ist genau das passiert.

Kingston stöhnt und wischt sich mit einer Hand über das Gesicht, bevor er murmelt: „Verdammt, Bent."

Jazz sieht aus, als wolle sie das Paar mit ihren Blicken ermorden. „Wer ist das?"

Ainsley rollt mit den Augen. „Rebecca Jenner. Sie ist schon seit der Mittelschule scharf auf Bentley. Das Mädchen beobachtet ihn immer ganz genau, was ein bisschen gruselig ist, wenn man darüber nachdenkt. Ich bin ehrlich gesagt überrascht, dass er sich überhaupt mit ihr abgibt. Sie ist der Inbegriff eines Dummkopfs. Ich dachte, er stünde nicht auf Mädchen ohne Substanz."

Ich kneife mich unter dem Tisch selbst ins Bein und sage mir, dass es egal ist. Bentley ist ein launisches Arschloch. Solche Typen brauche ich nicht in meinem Leben.

Ainsleys schaut mich mitfühlend an. „Syd, willst du, dass wir draußen essen?"

„Warum sollte ich das?"

Ich beiße in eine Pommes und ignoriere das saure Gefühl in meinem Magen, als die Mini-Barbie sich auf die Zehenspitzen stellt, um Bentley auf die Wange zu küssen.

„Ähm …" Ainsley und Jazz werfen sich einen vielsagenden Blick zu. „Ist wohl egal, denke ich."

Bentley und die Blondine kommen näher und stellen ihre Tabletts auf den Tisch, bevor sie Platz nehmen.

„Warum kommst du nicht ein bisschen näher, Babe?" Bentley schlingt seine Arme um ihre Taille und zieht sie auf seinen Schoß.

Sie kichert. „Oh mein Gott, ich kann nicht glauben, dass ich an einer königlichen Tafel sitze. Sogar auf einem König!"

„Wie, oh mein Gott. Totaaaal", ahmt Jazz sie nach und erntet dafür einen bösen Blick von Bentley.

Kingston beugt sich vor und flüstert ihr etwas ins Ohr.

„Scheiß drauf", mault sie. „Er benimmt sich wie ein Arschloch."

Bentley lacht nur. „Hast du ein Problem, Jazzy Jazz?"

Barbie wackelt, während sie seinen Hals küsst. Ohne unter den Tisch zu schauen, bin ich mir nicht sicher, aber ich glaube, seine Hand könnte unter ihrem Rock sein.

Jazz legt ihre Hand auf den Unterarm ihres Freundes. „Ja, das tue ich. Mit *dir*. Du bist ein Arsch."

Bentley lacht. „Wie kommst du darauf? Weil ich die reizende Ramona zum Mittagessen eingeladen habe?"

Barbie kichert. „Ich heiße Rebecca."

„Klar, Babe. Das wusste ich." Bentley zwinkert ihr zu, bevor er sich wieder an die wütende Brünette neben ihm wendet. „Du und Ains, ihr durftet eine neue Freundin an den Tisch bringen." Sein Blick geht kurz in meine. „Warum kann ich das nicht auch tun?"

„Ich habe nie gesagt, dass du es nicht kannst. Aber darum geht es hier nicht." Jazz verengt ihre großen braunen Augen. „Was ist los, Bent? Das bist nicht du."

Jetzt lacht er wirklich und zieht damit die Aufmerksamkeit aller Schüler in der Nähe auf sich. Gott, das wird langsam ungemütlich. Aber Jazz hat recht. Er ist definitiv high von irgendetwas. Seine Pupillen sind *riesig*.

„Ihr habt offensichtlich ein paar Probleme, die ihr klären müsst, also werde ich gehen.“

Ich will aufstehen, aber Ainsley hält mein Handgelenk fest und fleht mich an, zu bleiben. „Syd. Geh nicht weg. Du hast nichts falsch gemacht.“

Bentleys Kopf schwenkt zu Ainsley. „Aber *ich* habe das?! Was zum Teufel ist dein Problem, Ainsley?“

„Beruhige dich verdammt noch mal, Alter“, knurrt Kingston.

Reed starrt seinen Freund nun ebenfalls drohend an. „Pass auf deinen Ton auf. Das hat sie nicht gesagt.“

Rebecca schmollt, als Bentley sie hochhebt und auf den Stuhl neben sich setzt. „Warum sagst du mir dann nicht, was sie gesagt hat, Prescott? Offensichtlich kannst du ja durch die Muschireiterei plötzlich Gedanken lesen.“

Reeds Nasenlöcher blähen sich auf. „Vielleicht sollten wir nach draußen gehen, Bent.“

Der Stuhl quietscht, als Bentley aus ganz plötzlich hochfährt. „Warum auch nicht? Kingston hat ohnehin schon einen billigen Schlag gelandet. Da kann man doch gleich noch einen draufsetzen.“

Jetzt ist Kingston auf den Beinen, und auch Jazz versucht, die Situation zu entschärfen. „Wir haben das schon geklärt. Du hast den Scheiß verdient und das weißt du auch.“

Die Muskeln in Bentleys Unterarmen spannen sich an, als er sie zur Seite streckt. „Warum das, Davenport? Weil ich angeboten habe, auf dein Mädchen aufzupassen?“ Bentley grinst, als ein kollektives Aufstöhnen zu hören ist. „Es wäre ja nicht das erste Mal, dass ich sie kommen lasse. Keine Sorge, ich lasse dich gerne wieder zusehen."

„Du Scheißkerl!" Kingston will sich auf Bentley stürzen, aber Jazz hält ihn zurück.

„Raus hier, Bentley, bevor du noch etwas sagst, was du nicht zurücknehmen kannst! Ich schwöre bei Gott, ich werde dir persönlich in den Arsch treten, wenn du nicht aufhörst, diesen Scheiß zu erzählen." Sie dreht ihren Kopf zu Kingston, der einen Schritt nach vorn macht. „Tu das nicht. Nicht hier."

Bentley sieht Jazz mit einem verschmitzten Lächeln an. „Mach dir keine Sorgen um mich, Jazzy. Kümmere dich um deinen Jungen. Ich haue jetzt ab. Lass uns gehen, Roberta."

„Ich heiße Rebecca", erinnert sie ihn, während sie sich beeilt, mit ihm Schritt zu halten.

„Was zum Teufel auch immer." Bentley winkt abweisend mit der Hand.

Ich glaube, wir atmen alle auf, als Bentley und Blondie den Speisesaal verlassen. Jazz und Kingston wechseln ein paar leise Worte, bevor sie sich wieder setzen. Ihre Wangen sind beide gerötet, aber ich weiß nicht, ob es aus Wut oder Verlegenheit ist. Vielleicht von beidem ein bisschen.

„Kümmert euch um euren eigenen Scheiß!", schreit Kingston. „Die Show ist vorbei, ihr Arschlöcher!"

Eine ganze Minute lang sagt niemand ein Wort.

„Jazz? Wovon hat Bentley gesprochen?", fragt Ainsley. „Über dich und ihn, und …"

Ich würde lügen, wenn ich behaupten würde, dass ich nicht auch neugierig wäre.

Als Jazz aufblickt, sind ihre Augen voller Tränen. Sie

wirft einen kurzen Blick auf mich, bevor sie sich an ihren Freund wendet. „Ich kann nicht … können wir hier raus?"

Ainsleys Gesicht verzieht sich. „Jazz-"

Kingstons Kiefermuskeln arbeiten heftig. „Nicht jetzt, Ains."

Ohne ein weiteres Wort nimmt Kingston die Hand von Jazz und sie verlassen den Speisesaal. Jetzt gibt es nur noch mich, Ainsley und Reed und eine Menge Augenpaare, die uns anstarren.

„Ähm …" Ich stoße einen Atemzug aus. „So lustig dieses ganze Drama auch war, ich habe keinen Appetit mehr. Ich glaube, ich werde in der Bibliothek abhängen."

Ainsley schenkt mir ein trauriges Lächeln. „Es tut mir leid, Sydney."

„Das muss dir nicht leidtun." Ich winke ab. „Wir sprechen uns später, okay?"

Sie nickt. „Okay."

Reed hebt sein Kinn. „Später."

Anstatt in die Bibliothek zu gehen, setze ich mich in mein Auto und rufe Cam an. Sie sollte noch etwa eine Viertelstunde Mittagspause haben, und ihre Stimme zu hören, würde mir jetzt sehr guttun. Ich drücke auf den Knopf, um sie per FaceTime anzurufen und schaue mir mein Spiegelbild an, als es klingelt. Als sie nicht antwortet, beende ich den Anruf und schreibe ihr eine SMS, in der ich sie bitte, mich zurückzurufen. Mir ist gerade nicht danach, mich mit Menschen zu beschäftigen, also lege ich meine Chill-Playlist auf, öffne das Fenster und schiebe die Rückenlehne zurück.

Mein Gehirn spielt den ganzen Scheiß noch einmal durch, der gerade in der Cafeteria und vorhin in der zweiten Stunde passiert ist. Was ist Bentleys Problem? Und warum kann ich ihn nicht einfach ignorieren? Normalerweise verschwende ich keine Zeit mit jemandem, der sie nicht verdient hat, aber aus irgendeinem Grund will ich wissen, wie dieser Junge tickt. Ich möchte den Dämonen, mit denen er offensichtlich kämpft, ganz nahe kommen. Er hat etwas an sich, das mir sagt, dass er der Mühe wert ist, aber ich kann beim besten Willen nicht sagen, was.

Das Aufheulen eines Motors schreckt mich auf, als ich gerade kurz weggetreten bin. *Was zur Hölle?* Ich hasse es, zu wissen, zu welchem Auto dieser Motor gehört, aber ich weiß es eben. Ich steige aus meinem Audi aus und tatsächlich, drei Plätze weiter dröhnt Fall Out Boy aus einem silbernen Porsche, während er im Leerlauf läuft. *Er will doch nicht etwa irgendwo hinfahren, oder?* Ich bin sicher, dass der Kerl von irgendwas high ist. Ich denke nicht nach, sondern folge meinem Instinkt. Ich laufe zu seinem Auto und klopfe an die Beifahrerscheibe, als er gerade den Rückwärtsgang einlegt. Zum Glück ist Barbie nirgends zu sehen, so haben wir wenigstens kein Publikum.

Bentley murmelt etwas, während er zurück in den Parkmodus schaltet und die Musik ausmacht. Ich warte, bis er das Fenster heruntergekurbelt hat, bevor ich etwas sage.

„Bist du bescheuert?"

Ich runzle die Stirn, als ich eine Tüte Gras auf der Mittelkonsole entdecke, die jeder sehen kann. Mein Gott, er ist noch dämlicher, als ich dachte.

„Was willst du?" Bentley folgt meinem Blick, schnappt sich die Plastiktüte und schiebt sie in das Handschuhfach.

„Bentley, du kannst nicht fahren."

„Verpiss dich, Mama. Mir geht's gut."

„Charmant." Ich werfe ihm einen schiefen Blick zu und

halte mein Handy hoch. „Ich schwöre bei Gott, wenn du hier rausfährst, telefoniere ich so schnell mit den Bullen, dass du keine zwei Kilometer weit kommst, bevor sie dich hochnehmen.“

Seine braunen Augen verengen sich zu Schlitzen. „Das würdest du nicht wagen.“

Ich schüttle mein Telefon. „Lass es lieber nicht darauf ankommen. Ich mag dich vielleicht nicht, aber ich will nicht, dass du – oder irgendjemand anderes – stirbt, nur weil du denkst, du könntest jetzt noch fahren.“

Bentleys doofer, eckiger Kiefer zuckt, während er mich anstarrt, wahrscheinlich um abzuschätzen, ob ich bluffe oder nicht. Er erkannt haben, wie ernst ich es meine, denn einen Moment später stellt er den Motor ab und schlägt mit der Hand auf das Lenkrad.

„Scheiße!“

„Wo wolltest du hin?“

Er schüttelt den Kopf. „Das geht dich nichts an.“

„Gut. Lass es mich anders ausdrücken. Was ist so verdammt wichtig, dass du fahren musstest, obwohl du *offensichtlich* high bist?“

„Das geht dich immer noch nichts an.“ Bentley schnieft.

Ich verschränke meine Arme vor der Brust. „Nun, in diesem Zustand können wir nicht zurück in den Unterricht gehen, was schlägst du also vor?“

„*Wir?*“ Er spottet. „*Wir* werden gar nichts tun.“

Ich umrunde seinen Wagen, bis ich neben der Fahrertür stehe und spüre die ganze Zeit seinen Blick auf mir. „Setz dich auf den Beifahrersitz. Wenn du irgendwo hinwillst, fahre ich dich. Ohne Fragen zu stellen.“

Er lacht. „Dir ist schon klar, dass dieses Auto zweihunderttausend kostet, oder? Niemand außer mir fährt es."

Ich rolle mit den Augen. Was ist nur los mit den Jungs, die ihre Fahrzeuge immer vermenschlichen?

„Es ist mir scheißegal, welches Auto wir nehmen. Wenn du nicht willst, dass ich dein kostbares Auto fahre, steig in meins." Ich deute mit dem Kopf zur Seite. „Es steht drei Plätze weiter."

Er reckt den Hals, als würde er versuchen, meinen Audi zu erkennen, aber direkt neben uns steht ein Maserati Levante. Bentleys Porsche ist zu niedrig, als dass er ihn übersehen könnte.

„Gut."

Ich trete ein wenig zurück, als er die Autotür öffnet und aus dem Fahrzeug klettert. Als er seine volle Größe erreicht hat, trete ich unbewusst *noch weiter zurück*, weil seine lächerlich küssbaren Lippen mir ein bisschen zu nahe sind. Nicht, dass ich bemerkt hätte, dass seine Lippen küssbar sind oder so. Okay, gut, dann habe ich es eben bemerkt. Der Junge ist verdammt flink und eine Sache, an die ich mich von unserem ersten Treffen definitiv erinnere, ist, dass er ein hervorragender Küsser ist.

Verdammt, Sydney, hör auf, auf seinen Mund zu starren.

„Warum siehst du mich so an, Sydney?" Sein Tonfall ist spöttisch, als wüsste er *genau,* warum ich ihn so ansehe. „Und warum sieht es so aus, als wärst du zwei Sekunden davon entfernt, abzuhauen? Was ist los, Prinzessin? Hast du Angst, dass du deine Hände nicht bei dir behalten kannst, wenn ich in Reichweite bin?" Als sich seine langen Beine in meine Richtung bewegen, muss ich mich tatsächlich zusammenreißen, nicht zurückzuweichen.

Meine Augen verengen sich. „Überschätze dich nicht. Ich

habe mich wegbewegt, falls dein betrunkener Arsch umfällt. Das Letzte, was ich brauche, ist, dass du mich mit zu Boden reißt und auf mir landest."

Bentley lässt ein dunkles Kichern hören, als er näher kommt. „Ich dachte, du hättest gesagt, du lügst nie." Noch ein Schritt. „Aber *das* ..." Und noch einer. „War eine verdammt *große* Lüge." Seine Zehen stoßen gegen meine, als er einen letzten Schritt macht, bevor er mich gegen eine schwarzen Escalade drückt. Bentley fährt mit seinem Nasenrücken an meinem Hals entlang und lässt mich gegen meinen Willen erschaudern. Ich spüre, wie sich sein Mund zu einem Lächeln verzieht, als er seine Lippen an mein Ohr presst. „Wir wissen beide, dass du es nicht hassen würdest, wenn auf dir landen würde. Deine Muschi wäre klatschnass und würde *darum betteln*, gefüllt zu werden." Er legt eine Hand auf meine Hüfte. „Ich wette tausend Dollar, dass ich genau das finden würde, wenn ich jetzt unter deinen Rock greifen würde. Wollen wir mal sehen, ob ich Recht habe, Süße?"

Nö. Definitiv nicht, denn ich habe nicht das Geld, um zu bezahlen.

Ich lege meine Handfläche flach auf seine Brust und drücke ihn weg. „Lass mich los, Bentley."

„Ja, ich hätte nicht gedacht, dass du dich traust." Ich möchte ihm am liebsten das Grinsen aus dem Gesicht schlagen, als er zurückweicht. „Willst du mich immer noch irgendwo hinfahren?"

„Ich fahre dich", nicke ich. „Solange du deine Hände bei dir behältst."

Als Bentley seinen großen Körper auf meinen Beifahrersitz hievt und leise lacht, hoffe ich allerdings tatsächlich, dass ich das nicht noch bereuen werde.

KAPITEL SECHZEHN

Sydney

Also, ich muss schon sagen. Das ist wahrscheinlich der letzte Ort, an dem ich erwartet hätte, dass wir landen würden. Als ich Bentley anbot, ihn irgendwohin zu fahren, dachte ich, er würde vielleicht in einen Fast-Food-Laden gehen wollen. Oder zu seinem Haus. Vielleicht sogar an den Strand. Aber nicht in meinen wildesten Träumen hätte ich gedacht, dass er hierherkommen würde.

„Wohin?", frage ich, als wir die Tore des Westlake-Friedhofs passiert haben.

Bentleys Knie hüpft wie wild. Die Wirkung des Dope, das er in der Schule eingenommen hat, scheint nachzulassen, aber er ist immer noch sehr aufgedreht. Ich vermute, dass unser Standort etwas damit zu tun hat.

„Ich kann einfach hier rausgehen und rumlaufen."

„Du hast kein bestimmtes Ziel im Kopf?" Ich fuchtle mit

der Hand in Richtung der großen grünen Wiese vor uns. „Oder sollte ich vielleicht eher fragen, ein bestimmtes Grab?"

Bentley wischt sich mit der Hand über das Gesicht. „Das war ein Fehler. Lass mich einfach hier raus."

Ich fahre an den Rand der schmalen Straße und schalte auf Parken. „Und was dann?"

„Und dann mach dir keine Sorgen", schnauzt er und löst seinen Gurt.

„Nee, nee." Ich schüttle den Kopf und drücke den Knopf, um den Motor abzustellen. „Du darfst jetzt nicht den Arsch spielen, Bentley. Hör zu. Ich weiß, dass der Grund, aus dem wir hier sind, für dich persönlich ist – und das respektiere ich -, aber du musst auch *mich* respektieren. Du kannst mich nicht ständig wie Scheiße behandeln, wenn ich *nichts* getan habe. Du wolltest aus einem bestimmten Grund hierherkommen, also kannst du auch das tun, wofür du hergekommen bist."

„*Geh einfach, Sydney.* Du hast hier nichts zu suchen. Du bist die *letzte Person,* die ich hierher hätte bringen sollen. Ich werde einen Uber bestellen, um nach Hause zu kommen."

Er klettert aus meinem Auto und geht ohne ein weiteres Wort davon. Ich werde ihn auf keinen Fall gehen lassen, ohne zu klären, was diese kryptische Aussage bedeutet, also folge ich ihm.

„Bentley!" rufe ich, als er schneller wird. „Stopp!"

Zu meiner Überraschung bleibt er tatsächlich stehen und lässt seinen Hintern auf den Bordstein plumpsen, während er resigniert den Kopf hängen lässt. Ich nähere mich langsam und leise, bis ich direkt vor ihm stehe. Als sich Bentleys Blick hebt, stockt mir der Atem. Diese dunklen, schokoladenfarbenen Augen sind voll von Elend. Pure, unverfälschte Qual.

Scheiße, er ist wirklich innerlich gebrochen. Bentley Fitzgerald mag normalerweise viele Leute mit seiner unbekümmerten Art täuschen, aber im Moment verbirgt er gar nichts. Mein Herz krampft sich vor Mitgefühl zusammen. Dieser Junge ist zutiefst verletzt.

„Du solltest nicht hier sein, Sydney", sagt er fast krächzend. Sein Satz klingt am Ende fast abgewürgt, als hätte es ihn große Mühe gekostet, die paar Worte auszusprechen.

Ich lasse mich auf den Boden sinken und achte darauf, ihn dabei nicht zu tief blicken zu lassen. „Bentley, du musst mir einen Hinweis geben. Ich habe das Gefühl, dass ich etwas falsch gemacht habe, und das, was du vor ein paar Minuten gesagt hast, unterstreicht das nur noch mehr. Aber mir fällt nichts ein, was dich dazu bringen könnte, mich so zu hassen. Wir kennen uns doch kaum."

„Ich hasse nicht dich", sagt er leise und ringt seine Hände. „Ich hasse mich selbst."

Es ist nicht wirklich ein bewusster Gedanke, als ich meine Hand über seine lege und unsere Finger miteinander verschränke. Bentley versteift sich bei der Berührung, lässt sich aber doch darauf ein. Es ist seltsam, wie natürlich sich das bei jemandem anfühlt, der eigentlich ein völlig Fremder ist. Ich bin kein großer Freund von Berührungen, aber ich habe das Gefühl, dass Bentley das ist und dass er es jetzt braucht. Wir bleiben einfach Händchen halted auf einem Bordstein mitten auf dem Friedhof sitzen. Es sind keine Worte nötig. Irgendwann lege ich meinen Kopf an seine Schulter, woraufhin er sich noch ein bisschen mehr entspannt. Nach etwa zwanzig Minuten ist es Bentley, der das Schweigen bricht.

„Syd, ich brauche wirklich Zeit. Es war kein Scherz, dass

ich mit dem Uber nach Hause fahren will. Es gibt hier jemanden, mit dem ich reden muss. Ich weiß, das klingt blöd, wenn man bedenkt, wo wir sind, aber …"

Ich drücke seine Hand. „Es ist nicht dumm. Aber ich werde nicht gehen. Ich warte in meinem Auto, und wenn du fertig bist, egal, wie lange es dauert, fahre ich dich nach Hause."

Er denkt einen Moment darüber nach, bevor er meine Hand loslässt und aufsteht. Er streckt seinen Arm aus und hilft mir von der Bordsteinkante auf. „Ich möchte nicht noch mehr von deiner Zeit verschwenden."

Ich schaue ihm direkt in die Augen. „Du verschwendest meine Zeit nicht. Ich werde einfach in meinem Auto sitzen und Musik hören. Nimm dir so viel Zeit, wie du brauchst."

Bentley nickt und murmelt: „Danke."

Er geht davon, während ich in die andere Richtung zu meinem Auto gehe. Ich beobachte, wie er ein ganzes Stück eine Wiese entlangläuft, bevor er stehen bleibt und sich auf den Boden sinken lässt, vermutlich neben dem Grab, wegen dem er hergekommen ist. Ich will nicht stören, also wiederhole ich meine Routine von vorhin, schiebe meinen Sitz zurück und rufe eine Zen-Playlist auf. Ich muss kurz eingenickt sein, denn im nächsten Moment klopft Bentley leicht an das Beifahrerfenster. Ich drücke den Knopf, um die Tür zu entriegeln, und klappe meinen Sitz hoch, bis er wieder in der richtigen Position zum Fahren ist.

Ich schenke ihm ein sanftes Lächeln, als er ins Auto einsteigt. „Geht es dir gut?"

Er nickt nur. „Ja."

Ich drücke die Knöpfe auf meinem Navi, bis ich zur

Adresseingabe komme. „Gib dort deine Adresse ein, und ich bringe dich nach Hause."

Bentley gibt eine Adresse in Calabasas in den Computer ein und drückt auf die Schaltfläche „Navigation starten". Ich bin überrascht, dass unsere Häuser so nah beieinander liegen – etwa acht Kilometer oder so – aber das sollte ich wohl nicht sein, wenn man bedenkt, wie nah sie an der Windsor Academy liegen. Weder er noch ich sagen ein Wort während der Fahrt .Als ich vor einer Villa im spanischen Stil anhalte, schalte ich in den Parkmodus und lasse den Motor im Leerlauf laufen.

Bentley räuspert sich. „Willst du mit reinkommen? Vielleicht können wir mit dem Auftrag anfangen, wo du schon mal hier bist?"

Ich schaue auf die Uhr auf meinem Armaturenbrett und schüttle den Kopf. „Ich kann nicht. Ich muss in einer Stunde unterrichten."

„Tanzen, richtig? Im Studio deiner Mutter?"

Ich ziehe die Augenbrauen hoch und frage mich, wer von seinen Freundinnen ihm diese Information gegeben hat. „Ja. Heute Abend habe ich zwei Lyrik-Kurse hintereinander, gefolgt von Hip-Hop."

Er sucht meine Augen. „Gefällt es dir? Zu unterrichten, meine ich?"

„Ich liebe es." Ich lächle.

Bentley schaut kurz weg, bevor er seinen Blick wieder auf mich richtet. „Ich schätze, wir können uns ein anderes Mal treffen, oder?"

„Ich gebe morgen keinen Unterricht, aber ich muss von vier bis fünf die Rezeption übernehmen. Vielleicht kannst du mich danach treffen? Im hinteren Teil des Studios gibt es einen Raum für Privatstunden, der nicht so oft genutzt wird und der eine tolle Soundanlage hat. Er wird langsam zu meinem Büro bzw. zu meinem persönlichen Übungsraum. Wir können dort abhängen, wenn du willst."

Er überlegt einen Moment, bevor er nickt. „Okay." Bentley steigt aus dem Auto aus und lehnt sich an den Türrahmen. „Wir sehen uns dann morgen."

Ich schlucke. *Gott, warum ist mein Mund plötzlich so trocken?* „Wir sehen uns dann."

Er will die Tür schließen, aber vorher sagt er noch: „Danke, dass du heute so … entspannt warst."

Ich winke ihn ab. „Keine große Sache."

Als ich Bentley dabei beobachte, wie er in sein Haus geht, bevor ich wegfahre, stelle ich die Wahrheit hinter meiner letzten Aussage selbst in Frage. Denn was auch immer heute Nachmittag zwischen diesem Kerl und mir passiert ist, fühlt sich eher wie eine ziemlich große Sache an.

„Okay, noch einmal, und dann sind wir hier raus, meine Damen und Herren. Fünf, sechs, sieben, acht!"

Während ich meiner Hip-Hop-Anfängerklasse dabei zuschaue, wie sie die erste Hälfte ihrer Frühlingsaufführung durchgeht, schalte ich zum gefühlt millionsten Mal heute Abend ab. Ich nehme an, es ist gut, dass ich diesen Job praktisch im Schlaf erledigen kann, denn ich kann nicht aufhören, an Bentley zu denken. Ich frage mich, wessen Grab er heute Nachmittag besucht hat. Warum er scheinbar in einer Abwärtsspirale feststeckt, mitten am Tag in der Schule Drogen nimmt und sich Leuten gegenüber, die ihm sehr am Herzen liegen, wie der letzte Arsch benimmt.

Ich weiß, dass Jazz oder Ainsley es mir wahrscheinlich sagen oder mir zumindest einen Hinweis geben würden, wenn ich sie fragte, aber ich käme mir in dem Fall wie eine Tratschtante vor. Außerdem ist es nicht mein Stil. Ich habe nicht das Gefühl, dass ich das Recht hätte, es zu erfahren, wenn es nicht direkt von der Quelle käme, und bei dem Gedanken daran wird mir übel. Die kleinen Einblicke, die Bentley mir in den Mann hinter der Maske gewährt hat, haben jemanden offenbart, den ich gerne kennenlernen würde. Aber will ich seine Probleme wirklich zu *meinen Problemen* machen? Denn der Junge hat auf jeden Fall einige davon, und große noch dazu. Ich habe weiß Gott genug zu tun mit der Schule, der Arbeit und den Vorbereitungen für mein Vortanzen im nächsten Monat.

Sobald meine Schüler/innen ihre Übung beendet haben, unterbreche ich die Musik und klatsche in die Hände. „Gute Arbeit, Leute. Wir sehen uns nächste Woche."

Cameron wartet, bis auch der letzte Teenager und alle Eltern das Studio verlassen haben, bevor sie die Tür hinter sich schließt. Montags sind nur sie und ich hier, also ist es an uns, den Laden zu schließen, wenn mein letzter Kurs zu Ende ist. Meine beste Freundin hat hier früher Kurse besucht und so haben wir uns auch kennengelernt, aber jetzt tanzt sie nur noch zum Spaß. Die frühere Empfangsdame meiner Mutter ging aufs College, als Cam einen Job suchte, und so hat sie natürlich die Teilzeitstelle übernommen. Es ist ziemlich toll, mit ihr zu arbeiten, vor allem, weil wir uns in der Schule nicht mehr sehen können.

Ich lehne mich gegen den Türpfosten zu unserem Haupttanzraum. „Brauchst du Hilfe bei irgendetwas?"

„Nein." Sie schüttelt den Kopf. „Ich bin vor etwa zwanzig Minuten fertig geworden. Wir müssen nur noch den Müll auf dem Weg nach draußen in den Müllcontainer werfen. Willst du noch ein bisschen hier bleiben und üben?"

„Nein." Ich ziehe mein Haargummi heraus und richte meinen unordentlichen Dutt neu. „Ich bin ziemlich kaputt. Es war ein langer Tag."

Cam mustert mich sorgfältig. „Ich habe es bemerkt. Willst du darüber reden? Zach macht dir doch keinen Ärger, oder?"

Ich runzle die Stirn. „Ich habe seit der Party nichts mehr von ihm gehört. Hat er in der Schule etwas zu dir gesagt?"

Sie beißt sich auf die Unterlippe. „Nach dem Schlussgong habe ich ihn auf dem Flur getroffen. Er hat mir gesagt, dass ich dich grüßen soll und dass er sich bald *bei dir melden* wird."

Ich schwenke meine imaginären Bommeln. „Ich Glückspilz. Zach hat Wahnvorstellungen – oder ist einfach nur dumm – wenn er glaubt, dass ich ihm noch eine Chance gebe, besonders nachdem, wie er mich am Freitagabend behandelt hat."

„Ohne Scheiß." Cam lacht. „Aber um ehrlich zu sein, du bist ja auch nicht gerade wegen seines Verstandes mit ihm ausgegangen."

„Ich bin nicht zu stolz, um zuzugeben, dass ich ihn attraktiv finde, aber zu meiner Verteidigung, er war kein *schlechter* Freund." Ich wende meinen Blick ab und beiße mir auf die Daumenspitze. „Bis ich herausgefunden habe, dass er mich betrügt."

„Nun, es ist sein Pech und ich denke nicht, dass wir

noch mehr Zeit damit verschwenden sollten, über diesen Idioten zu reden." Cameron seufzt. „Hey, du kannst doch trotzdem für meinen Zahnarzttermin morgen einspringen, oder?"

„Ja, kann ich", bestätige ich. „Ich sollte dich aber warnen, dass ich mich danach mit jemandem hier treffe. Wir werden im hinteren Studio an einem Schulprojekt arbeiten."

Cam neigt ihren Kopf zur Seite. „Warum habe ich das Gefühl, dass du mir nicht alles erzählst? Wen triffst du denn?"

Ich zucke mit den Schultern und versuche, lässig zu wirken, aber ich bin mir sicher, dass ich dabei kläglich versage, weil sie mich so gut kennt. „Bentley Fitzgerald."

Ihre Lippen verziehen sich zu einem frechen Grinsen. „Oh, wirklich jetzt?"

Ich verenge meine Augen. „Ach, fang gar nicht erst damit an. Wir werden ja nicht allein sein. Du, meine Mutter und Shayna werden ebenfalls im Gebäude sein."

Sie zieht die Brauen hoch. „Aber der private Tanzraum ist im hinteren Teil des Hauses und die Schallisolierung ist *hervorragend*."

Jetzt rolle ich mit den Augen. „Ja, genau wie in den anderen beiden Räumen, in denen wir Musik machen. Worauf willst du hinaus?"

Cameron hält ihre Handflächen hoch. „Das bringt nichts, Sydney. Mach dir nicht ins Hemd. Ich meine ja nur ... wenn du und Mr. Hottie Pants da hinten zufällig ausflippen würdet, würde das niemandem auffallen. Du weißt schon, dass das der einzige Raum ohne Beobachtungsfenster ist, oder?"

Ich werfe ihr einen schiefen Blick zu. „Natürlich weiß ich

das. Du weißt doch, dass ich mehr Zeit in diesem Gebäude verbracht habe als irgendwo anders, oder?"

Cameron kichert. „Ich schätze, wir müssen einfach abwarten und sehen, was passiert, oder?"

„Ja, ja", murmle ich. „Lass uns einfach hier verschwinden, okay?"

„Klar, Syd." Ihre Lippen zucken. „Hast du Lust, auf dem Heimweg durch einen Drive-Thru zu fahren? Ich bin am Verhungern."

Ich nicke. „Ja, das klingt gut. Hast du ein bestimmtes Restaurant im Sinn?"

Sie nickt. „Klingt In-N-Out gut? Ich habe Lust auf einen Double-Double. Und ein paar Pommes. Oh, und einen riesigen Milchshake."

„Du und deine Kohlenhydrate."

Dieses Mädchen hat eine Obsession für einfache Kohlenhydrate. Ich nenne sie eine Kohlenhydrat-A-Tarierin, weil ich schwöre, dass Kohlenhydrate über neunzig Prozent ihrer Ernährung ausmachen. Wenn es das noch nicht gibt, sollte es erfunden werden. Ich bin mir ziemlich sicher, dass sie den schnellsten Stoffwechsel der Welt hat und bei all dem Mist isst, den sie macht, trotzdem noch schlank bleibt. Ich käme damit definitiv nicht durch. Wenn ich nicht so oft tanzen würde, wären meine Oberschenkel noch viel dicker, als sie ohnehin schon sind. Nicht, dass ich mich beschweren würde, wohlgemerkt. Ich liebe es, Kurven zu haben.

Die meisten ernsthaften Tänzerinnen und Tänzer sind Strichmännchen, weil man bei jedem Unterricht so viele Kalorien verbrennt. Ich bin zwar größer als der Durchschnitt, aber meine Größe täuscht nicht darüber hinweg, dass ich die großen Unterkörpermuskeln und Brüste meiner

Mutter geerbt habe. Letztere sind beim Tanzen oft ein Problem, aber alle meine Trikots haben integrierte Stütz-BHs, die helfen.

Cam zuckt mit den Schultern. „Ich entschuldige mich für nichts."

Ich lache. „Das würde ich auch nicht von dir erwarten."

Wir schließen das Studio ab und entsorgen den Müll, bevor wir uns auf den Weg zu meinem Audi machen. Cameron hat noch kein Auto, weil selbst die kleinste Rostlaube noch zu teuer ist, also fahre ich sie herum, wann immer ich kann. Wenn es nötig ist, leiht ihr ihre Mutter das einzige Auto in ihrem Haushalt, aber da die Frau meistens selbst mit dem Wagen unterwegs ist – auf der Suche nach einem neuen Ehemann, versteht sich – ist das nicht so oft eine Option. Ich wünschte wirklich, Camerons Mutter würde sich zusammenreißen, aber das ist ein ganz anderes Problem.

Unterwegs halten wir kurz, um unsere Burger zu kaufen, und nur zehn Minuten später fahre ich in meine Einfahrt. Cams Haus ist nur zwei Blocks von meinem entfernt, was sehr praktisch ist, um Fahrgemeinschaften zur Arbeit zu bilden. Während ich am Küchentisch meinen Burger inhaliere, denke ich wieder einmal über meinen Nachmittag mit Bentley nach. Ich frage mich, was er jetzt gerade macht und mit wem er zusammen ist. Vielleicht ist Barbie für die zweite Runde bei ihm zu Hause aufgetaucht. Ich sage mir, dass ich den Schmerz in meiner Brust beim Gedanken daran ignorieren sollte, aber das ist leichter gesagt als getan.

Gott, ich bin wegen diesem Kerl komplett am Arsch.

KAPITEL SIEBZEHN

Bentley

Ich hatte mir geschworen, nie wieder einen Fuß in ein Tanzstudio zu setzen, aber jetzt stehe ich doch hier auf dem Parkplatz eines Studios. Als Sydney mich fragte, ob wir uns hier treffen wollen, wollte ich zuerst ablehnen. Aber dann hätte ich erklären müssen, woher meine Abneigung kommt, und das wollte ich auch nicht. Außerdem habe ich das Gefühl, dass es vielleicht an der Zeit ist, nicht mehr so ein Weichei zu sein und mich meinen Dämonen zu stellen. Gibt es eine bessere Möglichkeit, damit anzufangen als hier?

Gestern war eine Art Weckruf für mich. Wer auch immer gesagt hat, dass Drogen zu schlechten Entscheidungen führen, hat keinen Witz gemacht. Benzos und Kokain sind eine Kombination, die ich sicher nie wieder einnehmen werde. Nach dem Xanax war ich schläfrig, also hatte ich beschlossen, ein kleines Nickerchen unter der Tribüne zu machen, denn Porsches sind nicht dafür gemacht, sich auszustrecken. Das Problem an diesem Plan war, dass ich, als ich dort ankam, diese Tussi Rebecca und ein paar ihrer kleinen Cheerleader-Freundinnen dabei erwischte, wie sie sich Koks reinzogen. Als sie mir eine Probe direkt aus ihrem üppigen Dekolleté anbot, dachte ich mir, warum zum Teufel nicht?

Normalerweise halte ich mich an Gras und in letzter Zeit auch an die eine oder andere Pille, aber Kokain hat mich noch nie gereizt. Warum sein Geld für einen Rausch rausschmeißen, der nur fünfzehn bis dreißig Minuten anhält? Da könnte genauso gut ein Bündel Geldscheine in Brand stecken. Aber … es war nun mal da und wartete nur darauf, von den verlockenden Rundungen ihrer Titten geschnupft zu werden, also tat ich ihr den Gefallen. Vielleicht habe ich mein Gesicht etwas länger zwischen ihren Brüsten vergraben, als ich sollte, weil ich mir dabei eine ganz anderePerson vorgestellt habe.

Als mein Schwanz anfing, hart zu werden – weil es Titten waren, ich ein Kerl bin und es eine Weile her ist, dass ich jemanden gefickt habe – sagen wir einfach, Rebecca hat es bemerkt und sie war *mehr als bereit*, mir zu helfen, das Problem zu lösen. Leider verlor ich in dem Moment, als sie auf die Knie fiel und ich auf einen Kopf mit kerzengeraden blonden Haaren anstelle von dunklen Locken hinunterblickte, völlig das Interesse. Ich musste mein Gesicht wahren und lud Rebecca stattdessen zum Mittagessen ein. Ich versprach ihr, es später zu verschieben, hatte allerdings nie vor, das auch einzuhalten.

Und verdammt, ich möchte gar nicht erst darüber reden, was beim Mittagessen passiert ist. Ich war so aufgedreht, dass ich mich nicht mehr unter Kontrolle hatte. Kingston hat mir pausenlos SMS geschrieben und mich angerufen, begleitet von allen möglichen einfallsreichen Drohungen, dass wir uns treffen müssen. Es wäre eine massive Untertreibung zu sagen, dass er wütend auf mich ist, und ich kann es ihm auch nicht verübeln. Schließlich bin ich auf mich selbst wütend.

Ich kann nicht glauben, dass ich das gesagt habe, und zwar vor dem gesamten Speisesaal. In wenigen Sekunden habe ich das Vertrauen der zwei wichtigsten Menschen in meinem Leben zerstört, und ich weiß nicht, wie ich mich davon erholen soll. Wenn ich Kingston und Jazz wäre, würde ich mir das ganz bestimmt nicht verzeihen. Ich bin mir sicher, dass die Tratschtanten auf der Windsor einen Riesenspaß damit haben und ihrer Fantasie freien Lauf lassen werden.

Es gab bereits Gerüchte, dass wir eine Dreier-Beziehung unterhalten, was verdammt komisch ist, denn Kingston würde sich niemals auf so etwas einlassen. Nicht mit Jazz. Und ich wäre auch nicht daran interessiert, die Frau, die ich liebte, zu teilen. Es war eine Nacht – eine der heißesten meines Lebens, denn Jazz *ist* unglaublich – aber es waren definitiv mildernde Umstände im Spiel, und es wird nie wieder passieren. Scheiße, ich kann von Glück reden, wenn einer der beiden überhaupt noch mal mit mir *redet*.

Ich habe heute die Schule geschwänzt, denn als ich heute Morgen aufgewacht bin, wusste ich, dass ich mich den Konsequenzen meines Handelns stellen muss, und dazu war ich noch nicht bereit. Ich weiß, dass es eine dumme Entscheidung war und dass ich eher früher als später damit fertig werden muss, aber eins nach dem anderen. Im

Moment muss ich mich mit meiner derzeitigen Situation auseinandersetzen. Vorher aber brauche ich Sex, und zwar bald. Ich schwöre, habe Probleme mit dem Karpaltunnel, weil ich mir in den letzten Monaten so oft einen runtergeholt habe. Seit Sydney bei Windsor aufgetaucht ist, ist es noch schlimmer geworden. Allein letzte Nacht ging mein Ständer erst nach vier *sehr* anstrengenden Sitzungen runter, weil ich nicht aufhören konnte, an sie zu denken. Ich hatte schon Angst, dass ich den armen Kerl wund scheuern würde.

Ich fluche, als ich auf die Uhr auf meinem Armaturenbrett schaue. Ich kann es nicht länger aufschieben. Ich muss mich zusammenreißen und da rein gehen. Ich atme tief durch, als ich mich der Eingangstür nähere. Das Gebäude trägt zwar einen anderen Namen, aber die Einrichtung ist fast identisch mit dem Studio, das ich so gut kenne. Mich überkommt ein unangenehmes Déjà-vu. Wenn man den hell erleuchteten Raum betritt, befindet sich links ein Empfangstresen – ohne die Frau, die ich dort erwartet hätte – und rechts hinter einer Fensterwand ein Raum, in dem etwa ein Dutzend Eltern ihre kleinen Schützlinge in rosa Strumpfhosen bewundern.

Ein zweiter, etwas kleinerer Raum mit einer weiteren Reihe von Fenstern befindet sich an der gegenüberliegenden Wand, aber dort sind ältere Kinder – Mittelschüler, schätze ich – in schwarzen Trikots und glänzenden schwarzen Hosen am Tanzen. Ich schaue mich nach Sydney um, aber ich sehe sie nicht, also setze ich mich auf einen der Stühle und warte. Nach wenigen Sekunden bekomme ich das Gefühl, beobachtet zu werden, und schaue auf. Sydney kommt auf mich zu und trägt einen riesigen Karton. Der Karton verdeckt ihr Gesicht, aber ich würde diesen Körper überall wiedererkennen. Ich habe weiß Gott oft genug von ihr geträumt.

Sie scheint mit dem Karton zu kämpfen, also erhebe ich mich von meinem Stuhl, um ihr zu helfen. Sydney erschrickt, als ich meine Hände auf den Karton lege und ihn anhebe.

„Hier, lass mich."

Ihre Blick aus meergrünen Augen bleiben an meinem hängen, kaum, dass ich ihr hübsches Gesicht sehe. Eine rosa Schimmer überzieht ihre Wangen, als ich lächle, was mein Grinsen noch breiter werden lässt.

„Danke."

Ich ziehe die Augenbrauen hoch, als einige Sekunden ohne ein Wort vergehen. „Wo soll das hin?"

Sydney blinzelt schnell. „Oh. Ähm … direkt neben dem Schreibtisch wäre super."

Ich stelle die Kiste dort ab, wo sie es angedeutet hat, und richte mich zu meiner vollen Größe auf. Ich unterdrücke ein Stöhnen, als ich einen guten Blick auf ihre Kleidung werfen kann. Die schwarzen Jogginghosen, die sie trägt, sind keineswegs freizügig, aber sie trägt sie über einem schwarzen Trikot, das ihre Kurven *nicht* verbergen kann. Ihre Titten quellen förmlich aus dem Teil heraus, aber nicht absichtlich. Es gäbe einfach keine Möglichkeit, sie in einem so eng anliegenden Kleidungsstück zu verstecken. Außerdem kann ich mich in diesem Aufzug nicht auf unsere Aufgabe konzentrieren.

Fuck.

Sie deutet auf die Kiste. „Die Kostüme für die Aufführung sind heute gekommen. Wir müssen sicherstellen, dass alle da sind, und dann die Eltern anrufen, um ihnen Bescheid zu geben. Hinten steht noch eine Kiste. Würde es dir etwas ausmachen?" Sie streckt ihren linken Arm aus. „Normalerweise schaffe ich das selbst, aber mein Handgelenk ist immer noch etwas wund von meinem Sturz letzte Woche."

Ich wende meinen Kopf in die Richtung, aus der sie kam. „Zeig mir den Weg." Ich bin wie gebannt von ihrem Hüftschwung, als sie vor mir einen langen Flur entlanggeht, bis wir einen Lagerraum erreichen. Verdammt, dieses Gebäude ist größer, als er zunächst den Anschein hatte. „Deshalb hattest du also letzte Woche den Ace-Verband an? Weil du gestürzt bist?"

Sydney zeigt auf eine große Kiste auf dem Boden. „Ja … oder so ähnlich."

Ich runzle die Stirn. „Was soll das heißen?"

Ihre Zähne pressen sich auf die Unterlippe, als ob sie über etwas nachdenken würde. „Es war eher ein Schubs als ein Sturz."

„Jemand hat dich geschubst?" Ich glaube, ich überrasche uns beide mit meinem empörten Tonfall. „Wer war das?"

Sydney beißt sich wieder auf die Lippen, bevor sie antwortet. „Ich weiß es nicht. Ein Mädchen hat mich geschubst, als ich aus dem Bad kam, aber ich habe sie nicht gesehen."

„Was zum Teufel?" Ich werfe meine Hände hoch. „Hast du deinem Vater erzählt, was passiert ist? Hat er die Aufnahmen der Sicherheitskamera überprüft?"

Sie nickt. „Ja, ich habe es ihm gesagt, aber weil es direkt vor der Toilette passiert ist, war nichts zu sehen. Er sagte, das sei eine der wenigen dunklen Zonen in den Fluren, wo die Kameras nicht filmen können."

„Na, das ist ja verdammt praktisch, nicht wahr?"

Sydneys volle Lippen deuten ein Grinsen an. „Das habe ich auch gesagt.“

Ich hebe die Schachtel auf. „Hat sie etwas gesagt?“

Aus den Augenwinkeln sehe ich, wie sie zusammenzuckt. „Sie hat mich beschimpft, aber das hat mich nicht sonderlich überrascht, wenn man bedenkt, wie ich seit meiner Ankunft behandelt worden bin.“

Ich atme laut aus. „Jazz und Ainsley sind cool, aber der Rest der weiblichen Schülerschaft von Windsor besteht aus verrückten Schlampen.“ Ich grinse. „Abgesehen von meiner gegenwärtigen Gesellschaft.“

Sie verschränkt ihre Arme. „Und was ist mit Barbie?“

Ich ziehe eine Augenbraue hoch. „Barbie?“

Sie rollt mit den Augen. „Rebecca.“

Ich stelle die Schachtel ab und reibe mir den Nacken. „Ja … was das angeht. Ich schätze, da ist eine Entschuldigung fällig. Es tut mir leid, dass du mitten in dieser Scheiß-Show gelandet bist. Ich war gestern nicht gerade … ich selbst.“

Sydney lehnt sich gegen ein Regal. „Was war los?“

Ich mache eine unbestimmte Geste mit der Hand. „Kurz vor dem Mittagessen habe ich … äh … beschlossen, zum ersten Mal Schnee zu probieren. Und natürlich ist mir das nicht gut bekommen. Ich kann ein Arschloch sein, keine Frage. Aber normalerweise bin ich nicht so aggressiv und lasse mein Arschlochgehabe auch nicht an meinen besten Freunden aus.“

„Nun, es war auf jeden Fall … interessant. Und mit interessant meine ich unglaublich peinlich.“ Sydney gluckst. „Ich bin ehrlich gesagt überrascht, dass du hergekommen bist. Nachdem du heute nicht in der Schule gewesen bist, war ich mir nicht sicher.“

„Ich hielt es für das Beste, uns allen mindestens einen Tag Zeit zu geben, damit alle sich wieder beruhigen können." Ich zucke mit den Schultern. „Und, sind sie … Ich meine, hast du heute mit ihnen zu Mittag gegessen? Hat jemand etwas zu dir gesagt?"

Meine Kiefermuskeln verkrampfen sich, während ich auf ihre Antwort warte. Die Tatsache, dass ich diese Frau nach Informationen über *meine* Freunde fragen muss, bestätigt, wie schnell sie unsere Gruppe infiltriert hat. Ich liebe sie so sehr, wie ich sie hasse, und das allein ist schon verdammt verwirrend.

Gott, ich bin ein Wrack.

Ihre Augen hüpfen zwischen meinen hin und her. „Jazz und Kingston waren nicht da. Ich habe aber mit Reed und Ainsley zu Mittag gegessen. Ains war nicht so gut gelaunt wie sonst, aber es war nicht so schlimm, denke ich."

Ich fahre mir mit einer Hand über das Gesicht und stöhne.

Sydney zieht meine Hand weg und verschränkt wieder unsere Finger miteinander, wie sie es schon auf dem Friedhof getan hat. „Hey. Mach dich nicht so fertig. Menschen machen Fehler; wir alle machen Fehler. Entscheidend ist, ob du deine Taten wirklich bereust oder nicht, und das tust du ja ganz offensichtlich."

Ich lasse den Kopf kurz hängen, bevor ich meine Handfläche umdrehe und auf unsere verbundenen Hände schaue. „Warum bist du so nett zu mir? Ich habe deine Freundlichkeit nicht gerade verdient."

Sie drückt zu. „Weil die Welt etwas Nettigkeit gebrauchen kann. Und ja, du warst ein Arschloch, aber … ich glaube nicht, dass das wirklich du bist. In der Nacht auf der Party, als mein Ex so aufdringlich wurde, wärst du einfach vorbeigegangen, wenn du *wirklich* so ein Arsch wärst. Es spricht für dich, dass du das nicht getan hast. Die Tatsache, dass Jazz und Ainsley dich so gernhaben, ist ein weiteres Argument."

Ich spotte. „Ich glaube nicht, dass sie mich im Moment so mögen, besonders Jazzy."

Sydney drückt wieder meine Hand und wartet, bis ich aufschaue. „Du hattest gestern einen … außergewöhnlich harten Tag. Wenn sie echte Freunde sind, werden sie es verstehen. Sprich einfach mit ihnen, Bentley. Sprich mit *irgendjemandem* über das, was dich bedrückt. Was auch immer es ist, du darfst dich davon nicht völlig leer saugen lassen."

Ich grinse. „Ist es schlimm, dass ich bei diesem letzten Teil sofort schmutzige Gedanken bekomme?"

Ihre Augen glitzern amüsiert. „Ganz und gar nicht. Denn mir ging es ganz genauso."

Ich atme tief durch, als Sydney ihr Gesicht in meinen Nacken schmiegt und kichert. Als sie ihren Kopf hebt, senkt sich meiner automatisch, bis unsere Münder vielleicht zwei Zentimeter voneinander entfernt sind. Keiner von uns beiden sagt ein Wort. Wir … starren uns nur an und versuchen, einander zu verstehen. Als ich es nicht mehr aushalte und den Abstand weiter verringere, weiten sich ihre Augen.

„Bentl-"

„Syd?", ruft eine weibliche Stimme. „Bist du zurück?"

Sydney springt zurück und reißt ihre Hand weg. „Scheiße."

Eine Sekunde später steht eine dunkelhäutige Version von Sydney mittleren Alters in der Tür.

Sie hebt ihre zarten Augenbrauen und betrachtet die

Szene. „Nun, ich kann nicht sagen, dass ich das erwartet hätte." Sie streckt ihre Hand aus. „Ich bin Daphne. Sydneys *Mutter*. Und du bist?"

Scheiße. Ich bin wirklich froh, dass ich den Joint nicht geraucht habe, bevor ich hierhergekommen bin. Wer hätte gedacht, dass ich heute die Eltern treffen würde?

Ich räuspere mich und schüttle ihre Hand. „Äh … Bentley Fitzgerald. Schön, Sie kennenzulernen, Mrs. Carrington."

Sie hebt den Zeigefinger. „Nein, meine Schwiegermutter heißt Mrs. Carrington, und sie ist *alt*. Du kannst mich Daphne nennen."

„Mama", stöhnt Sydney. „Hör auf, mich zu blamieren."

„Tut mir leid, Schatz." Daphnes Tonfall sagt jedoch, dass es ihr *überhaupt* nicht leid tut. „Dich mit diesem *gut ausse-henden* jungen Mann im Lagerraum versteckt vorzufinden, hat mich etwas überrascht."

„Oh mein Gott", murmelt Sydney. „Du machst es nur noch schlimmer. Musst du nicht unterrichten?"

Ihre Mutter winkt abweisend mit der Hand. „Ich habe noch zwei Minuten. Genug Zeit."

Sydney ergreift meine Hand und zieht mich aus dem Raum. „Bentley ist mein Partner für das Psychologieprojekt, von dem ich dir erzählt habe. Er wollte mir gerade mit der letzten Kiste mit den Kostümen helfen, aber um die kümmern wir uns, wenn wir fertig sind. Wenn du uns brauchst, wir sind in Raum drei."

„Viel Spaß, Süße", ruft ihre Mutter hinter uns her. „Und denk dran, ich kann *jederzeit* in den Raum platzen, also mach keine Dummheiten. Mir ist es egal, dass du achtzehn bist. Mein Studio, meine Regeln."

„Komm schon!", flüstert Sydney und zerrt mich am Arm.

„Lass uns hier verschwinden, sonst fängt sie noch an, uns einen Vortrag zu halten.“

Ich lache, als Sydney mich in einen kleinen Raum zieht, die Tür hinter sich zuschlägt und sie abschließt.

Sie wirft mir einen bösen Blick zu. „Das ist überhaupt nicht lustig.“

„Irgendwie schon“, behaupte ich. „Aber wenn du dich dadurch besser fühlst, meine Mutter würde genau das Gleiche tun. Hoffen wir, dass sie sich nie treffen, denn ich bin mir ziemlich sicher, dass sie sofort beste Freundinnen wären, und dann wären wir wirklich am Arsch.“

„Notiert.“ Sydneys Lippen zucken. „Bist du bereit, dich jetzt um unsere Hausaufgabe zu kümmern?“

Ich lächle und fühle mich so leicht wie schon lange nicht mehr. „Und wie.“

KAPITEL ACHTZEHN

Sydney

„Lass mich schnell die Anleitung aufrufen, um sicherzugehen, dass wir es richtig machen."

Ich richte mein Chromebook auf meinem Schoß aus und öffne das Klassenraumportal. Gott sei Dank habe ich meinen Rucksack in diesem Raum verstaut, bevor Bentley kam, sodass ich mir nicht wieder das vielsagende Grinsen meiner Mutter ansehen muss.

Bentley lehnt mit angewinkelten Beinen an der Wand. „Ich öffne meinen Timer für diese Herzschlags-Sache."

Als die Aufgabe geladen ist, lese ich mir die Anweisungen laut durch.

„Neueste Studien zeigen, dass Musik zu hören Gedanken, Gefühle und Verhaltensweisen beeinflussen kann. Es kann auch gut für die Psyche sein. So hilft es, sich bei Stress zu entspannen, sich körperlich abzuarbeiten oder auch

Schmerzen zu. Heute werden wir uns darauf konzentrieren, wie verschiedene Arten von Musik die Herzfrequenz beeinflussen können." Ich rufe die Playlist auf, die ich früher am Tag erstellt hatte, und verbinde mein Handy mit dem Bluetooth-Lautsprecher. „Ich habe alle sechs Lieder, die wir ausgewählt haben, in eine Playlist aufgenommen, um es uns leichter zu machen."

„Schön." Bentleys strahlendes Lächeln – und diese verdammt unwiderstehlichen Grübchen – werden von der Spiegelwand direkt gegenüber von uns reflektiert.

Ich räuspere mich und hoffe bei Gott, dass er nicht merkt, dass ich rot werde. *Schon wieder.* „Ich habe die Tabelle hochgeladen, damit wir unsere Ergebnisse aufzeichnen können. Unsere Grundfrequenz muss gemessen werden, nachdem wir uns fünf Minuten lang ausgeruht haben, was wir, glaube ich, schon getan haben. Dann wiederholen wir die Messung, nachdem wir uns einen einminütigen Ausschnitt aus jedem Lied angehört haben. Am Ende sollten wir insgesamt sieben verschiedene Messergebnisse haben. Außerdem sollen wir alle Stimmungsschwankungen, die wir während des Liedes wahrnehmen, als Extrapunkt notieren."

Bentley fummelt an seinem Telefon herum. „Auf wie lange soll ich den Timer einstellen?"

„Fünfzehn Sekunden. Wir messen die Schläge an unseren Handgelenken und die Anzahl der Schläge, die wir in diesen fünfzehn Sekunden gezählt haben, multiplizieren wir dann mit vier, um die Schläge pro Minute zu erhalten."

„Klingt einfach." Er nickt. „Okay, sag mir, wenn du für den ersten bereit bist."

Ich lege zwei Finger auf meinen Puls. „Fertig."

Er legt sein Telefon zwischen uns auf den Boden und startet den Timer. „Los."

Ich zähle fünfzehn Schläge, bevor er den das Signal zum Beenden. Bentley kommt auf zwölf. Ich multipliziere diese Zahlen und trage die Ergebnisse in die Tabelle ein.

Als ich das erste Lied anstimme, frage ich: „Bist du bereit?"

Bentley lehnt seinen Kopf zurück und schließt die Augen. „Ja."

Ich beobachte die Zeit, während Radiohead aus den Lautsprechern ertönt und schalte ab, als wir die Ein-Minuten-Marke erreicht haben. Wir messen unsere Herzschläge und stellen fest, dass sie bei jedem von uns leicht angestiegen sind. Als wir zu klassischer Musik wechseln, sinkt er. Bei Rock und Rap gibt es einen deutlichen Anstieg, aber bei Otis Reddings Song verlangsamt sich unser Puls wieder deutlich.

„Nun kommt das letzte Lied", sage ich.

Kurz bevor ich auf Play drücke, bekommt Bentley einen ganz seltsamen Gesichtsausdruck, aber ich habe keine Zeit, ihn danach zu fragen, denn ich muss mich auf die Musik konzentrieren. Ich schließe meine Augen und lehne meinen Kopf an die Wand, wie er es vorhin getan hat. Als „Dangerous Woman" gespielt wird, blende ich alles andere aus und höre auf den Text.

Shit.

Warum habe ich nicht bedacht, wie verdammt sexy dieses Lied ist, als ich es ausgewählt habe? Je länger es läuft, desto mehr macht es mich an. Die Tatsache, dass ein toller Typ, der unglaublich gut riecht, neben mir sitzt, ist nicht gerade hilfreich. Oh, wem mache ich was vor? Es liegt nicht nur daran, dass *irgendein* heißer Typ mit mir in diesem Raum ist. Es liegt hundertprozentig daran, dass Bentley Fitzgerald dieser Typ ist.

Meine Brustwarzen sind zweifelsohne durch mein Lycra-Top zu sehen und verkünden meinen plötzlichen Erregungszustand. *Igitt.* Warum habe ich keinen Kapuzenpulli über mein Trikot gezogen? Ich bin es so gewohnt, im Unterricht noch viel weniger als das zu tragen, dass mir der Gedanke gar nicht erst gekommen ist. Die sexuelle Spannung im Raum ist so groß, dass ich fast Angst habe, die Augen zu öffnen, weil ich dann die Anziehungskraft, die der Junge neben mir auf mich ausübt, eingestehen müsste.

Als der Song zu Ende ist, denke ich als Erstes: *So viel zu dem einminütigen Clip, den wir uns anhören sollten.* Der zweite Gedanke ist: *Bentley hätte es genauso gut abbrechen können, aber er hat es auch nicht getan.* Der Raum ist völlig still, bis auf unsere Atemgeräusche. Als ich spüre, dass er sich neben mir rührt, atme ich tief ein und weiß, dass ich mich nicht länger hinter meinen Augenlidern verstecken kann.

„Syd", würgt er hervor. „Sieh mich an."

Ich muss kurz blinzeln, bevor sich meine Augen an das grelle Licht der Deckenbeleuchtung gewöhnt haben. Als sie das tun, sehe ich Bentleys Gesicht, nur wenige Zentimeter von meinem entfernt. Der Hunger in seinem Blick entspricht dem, wie ich mich fühle. Ich weiß nicht, wer von uns beiden sich zuerst bewegt, aber im nächsten Moment sind unsere Lippen aufeinander gepresst und seine Zunge gleitet in meinen Mund.

In unserem Kuss steckt Wahnsinn. Völliges Chaos gepaart mit Verzweiflung. Ein Stöhnen ertönt aus Bentleys Brust, als sich unsere Münder gegeneinander bewegen. Irgendwann krabbele ich auf ihn drauf, weil der Drang, ihm näherzukommen, über meine Vernunft siegt. Bentley ist steinhart und das nutze ich schamlos aus. Ich reibe mich an ihm und schwenke meine Hüfte, um genau den richtigen Punkt meiner Klitoris in Position zu bringen. Seine Hände sind überall – auf meinen Armen, meiner Taille, meinem Hintern. Ich stöhne auf, als seine Lippen meinen Hals entlang wandern, mich küssen und lecken und saugen, bis er mein Schlüsselbein erreicht.

„Gott, du bist so verdammt heiß", knurrt er gegen meine Haut. „Du machst mich wahnsinnig."

„Danke, gleichfalls", keuche ich.

Nichts von dem, was ich für Bentley empfinde, ist logisch erklärbar. Ich kenne ihn kaum, aber wenn er mich ansieht, habe ich das Gefühl, er *sieht* mich wie niemand sonst. Die Art, wie er mich ohne jede Anstrengung in seinen Bann ziehen kann, ist unnatürlich. Mein Verstand weiß das, aber mein Körper … Gott, meinem Körper ist das scheißegal. Ich könnte es auf Teenagerhormone schieben, aber dann würde ich mich selbst belügen. Es geht um mehr als nur sexuelle Anziehung. Dieser Junge und ich fühlen uns auf einer sehr viel tieferen Ebene verbunden.

Bentley weicht zurück und sucht in meinem Blick nach Erlaubnis. Mit einem einzigen Nicken schieben sich seine langen Finger unter den dünnen Träger meines Trikots und schieben es quälend langsam über meine Schulter. Er macht das Gleiche mit dem anderen, bevor er den dehnbaren Stoff mit einem kräftigen Ruck loslässt und meine Brüste befreit, sodass ihm jetzt nichts mehr im Weg steht.

„Mein Gott", murmelt er, bevor er seinen Mund über eine meiner Brustwarzen schließt.

Er verlagert unsere Körper, bis ich auf dem Boden liege

und er mit seinem ganzen Gewicht auf mir. Ich strecke meinen Arm aus und taste die Umgebung ab, bis ich mein Handy finde.

Bentley zieht sich mit einem fragenden Blick auf seinem Gesicht zurück.

Ich rufe eine Playlist auf – irgendeine *Playlist – und* drücke auf Play. „Es ist ohne Musik viel zu verdächtig.“

Seine Lippen verziehen sich zu einem sexy Grinsen, als die Stimme von The Weeknd durch den Raum schallt. „Schlau.“

„Bentley?“

Er zieht die Brauen hoch. „Ja?“

„Fass mich an.“

Da ist es wieder, dieses Lächeln.

Gott, er hat ein unglaubliches Lächeln.

„Ja, Ma'am.“ Seine Augen sind auf meine gerichtet, während seine Zunge herausfährt und meine Brustwarze umkreist.

Mein Rücken krümmt sich. „Scheiße.“

Er macht es mit dem anderen und bekommt die gleiche Reaktion. „Gefällt dir das?“

„Gott, ja.“ Ich strecke meine Arme über meinen Kopf, während er seine köstliche Folter fortsetzt. Erst leckt er mich, dann saugt er an mir und bringt mich bis kurz vor diesen Abgrund zwischen Lust und Schmerz, bevor er die Seiten wechselt. Es fühlt sich so unglaublich an, dass ich mich nicht einmal über die Spuren ärgern kann, die sein Mund hinterlässt. Wenigstens sind sie an einer Stelle, an der ich sie leicht verstecken kann. Als ich aus den Augenwinkeln auf unser Spiegelbild aufmerksam werde, drehe ich meinen Kopf, um einen besseren Blick zu erhaschen.

Meine Güte, ist das heiß.

Meine Zehen krümmen sich vor Erwartung, als er meine Brüste verlässt und sich in Richtung Süden bewegt. Mein Trikot ist viel zu eng über meinem Bauch, um es elegant loszuwerden, also versucht er es gar nicht erst. Stattdessen küsst er weiter, direkt über den Stoff, bis er den oberen Rand meiner Jogginghose erreicht.

„Soll ich weitermachen, Syd?" Seine Finger verhaken sich mit dem Gummibund. „Denn ich will *wirklich* herausfinden, ob deine Muschi genauso gut schmeckt wie der Rest von dir."

„Wenn du aufhörst, bevor ich komme, gibt's vielleicht einen in die Eier."

Er gluckst. „Nun, das wollen wir nicht riskieren, oder?"

Ich tippe mir nachdenklich auf die Unterlippe. „Hmm … die Jury ist noch zu keiner Einigung gekommen."

Seine Augen glitzern amüsiert, bevor er kurz in Richtung Tür blinzelt. „Ich nehme an, es gibt einen Zweitschlüssel für das Schloss, falls jemand reinkommen will? Zum Beispiel deine Mutter?"

„Ja, aber sie unterrichtet gerade." Ich nicke. „Zeig mir, was du drauf hast, Großer."

Bentley fletscht die Zähne zu einem wölfischen Grinsen. „Oh, ja, ich werde dir alles zeigen."

Er zieht mir die Hose aus und nimmt dabei meine Jazz-schuhe mit. Bentleys große Hände greifen meine Innen-schenkel und schieben sie so weit wie möglich auseinander, was bei meiner Beweglichkeit schon verdammt weit ist. Als er mit seinem Nasenrücken direkt über meine mit Lycra bedeckte Klitoris fährt, keuche ich auf. Als er den Stoff zur Seite schiebt und meine nackte Muschi seinen heißen Atem spürt, kneife ich die Lippen zusammen, um mir ein Stöhnen zu verkneifen. Und als er mich einmal lang in der Mitte leckt, muss ich mir auf fast auf die Zunge beißen, um nicht laut loszuschreien. Die Schallisolierung in unseren Tanzräumen ist der Hammer. Normalerweise hört man nur dumpfe Bässe von der anderen Seite der Tür. Aber wenn man bedenkt, wie viele Leute sich im Gebäude befinden, gehe ich lieber kein Risiko ein. Ich kann es nicht fassen, dass ich das gerade tue, aber ich will auch auf gar keinen Fall damit aufhören.

Bentley vernascht mich, als wäre meine Muschi die letzte seines Lebens. Er wirbelt mit seiner Zunge, knabbert, saugt und leckt jedes Stück meines heißen Fleisches. Jedes Mal, wenn ich an seinen kurzen Haaren ziehe oder mich gegen ihn wölbe, stöhnt er aufmunternd. Meine Hüften zucken ungeniert. Mir ist es egal, wie ausgeliefert ich mich ihm gegenüber dadurch fühle. Als er zwei Finger in mich einführt und sie genau auf die richtige Weise krümmt, krampft sich mein Körper um ihn und ich komme so heftig wie noch nie in meinem Leben. Ich schwöre bei Gott, dass ich eine Sekunde lang nichts mehr sehen kann.

Verdammt, dieser Junge weiß, wie man Muschis leckt.

Bentley knabbert an der Innenseite meines Oberschenkels und saugt an meiner Haut, wahrscheinlich um mich auch dort zu markieren. Das ist so was von Steinzeit, aber ich es ist mir nicht unrecht. Er leckt mich weiter wie wild, sein Mund und seine Finger arbeiten in perfekter Harmonie. Ich starre die ganze Zeit auf unser Spiegelbild, denn ich bin fasziniert von dem Bild, das ich sehe. Ich erkenne das Mädchen nicht wieder. Mit ihren geschwollenen Lippen, den glühenden Augen, der geröteten Haut und den schlaffen

Gliedern ist sie der personifizierte Sex. Und Bentley sieht fast wie ein Wilder aus, der sich über mich hergemacht hat, als könne er nicht genug bekommen.

Nach zwei weiteren Orgasmen schnappt sich Bentley den unteren Teil seines Hemdes, um sich den Mund abzuwischen, bevor er sich wieder an meinem Körper hochbewegt und seine Lippen auf die meinen presst. Während ich mich selbst auf seinen Lippen schmecke, spüre ich, wie heiß und hart er sich an meinem Oberschenkel anfühlt. Ich will mich gerade darum kümmern, als mein Handy anfängt, wie verrückt zu vibrieren, weil es auf dem Boden liegt. Ich ignoriere es zunächst und öffne den Knopf an Bentleys Jeans, aber wer auch immer versucht, mich zu erreichen, gibt nicht auf.

Mit einem frustrierten Seufzer ziehe ich mich von Bentleys Mund zurück. „Merk dir, was du gerade tun wolltest …"

„Mmm …" Bentley bleibt sich in einer Plank-Stellung und schaut auf meine nackte Brust hinunter. „Mach dir keine Sorgen um mich. Ich weiß genau, wie ich mir die Zeit vertreiben kann."

Ich rolle mit den Augen und greife nach meinem Handy. Ich runzle die Stirn, als ich vier Benachrichtigungen von Cam sehe.

Was zur Hölle?

Nachdem ich die ersten beiden gelesen und dann auf die Uhr geschaut habe, fahre ich hoch und stoße Bentley unsanft zurück auf seinen Hintern.

Wie kann es sein, dass schon eine Stunde vorbei ist?

„Shit!"

„Was ist los?" Bentley runzelt die Stirn, als ich mein Oberteil wieder hochziehe und nach meiner Hose greife.

„Das war Cam. Meine Mutter hat gerade ihren Unterricht beendet und ist auf dem Weg hierher, um nach uns zu sehen.“

„Fuck“, flüstert Bentley und packt den Ständer in seiner Hose nicht gerade diskret ein.

Ich renne zur Tür, um sie aufzuschließen, dann setze ich mich neben Bentley, mit dem Rücken zur Wand, wie zu Beginn. Ich lege gerade mein Chromebook auf meinen Schoß, als sich der Türgriff dreht und meine Mutter den Kopf hereinsteckt.

„Wie läuft das Projekt, ihr zwei?“

„Gut“, sagen wir unisono, allerdings ein bisschen zu hastig.

Meine Mutter verengt ihre braunen Augen, denn ihr mütterlicher Spürsinn hat sich zweifelsohne eingeschaltet. „Bist du sicher?“

Bentley und ich stinken förmlich nach Sex. Wir sind am Arsch, wenn sie näher kommt.

„Absolut. Wir sind fast fertig“, nicke ich und hoffe inständig, dass ich das richtige Maß an Unnahbarkeit ausstrahle.

Der Blick meiner Mutter huscht durch den Raum. Sie hält inne, als sie meine ausrangierten Tanzschuhe in der Mitte der Tanzfläche sieht, aber sie sagt nichts weiter dazu. „Okay … mach dir keine Gedanken wegen der Kostüme. Cam hat sich die zweite Kiste geschnappt und ist schon halb durch mit der Anrufliste.“

„Verstanden.“

Sie wirft uns einen letzten misstrauischen Blick zu, bevor sie die Tür wieder hinter sich zuzieht.

Ich stoße meinen Kopf gegen die Wand. „Mein Gott. Das war verdammt knapp.“

„Es ist schon eine Weile her, dass ich mit irgendwelchen Eltern zu tun hatte. Meine sind immer weg, also mache ich mir normalerweise … äh, nichts draus." Bentley lacht. „Es ist schon komisch, wenn man volljährig ist und sich immer noch um solche Sachen kümmern muss, oder?"

„Total schräg."

Ich lächle und sage mir, dass ich aufhören sollte, darüber nachzudenken, was Bentley normalerweise macht, wenn seine Eltern weg sind, weil er genau das wahrscheinlich auch mit anderen Mädchen macht. Wahrscheinlich hat er das erst letzte Nacht mit Barbie getan. Nicht, dass ich ein Anrecht auf ihn hätte oder so, also kann ich nicht sauer sein, aber ich fühle mich trotzdem unwohl bei dem Gedanken

Bentley reibt sich den Nacken. „Ich sollte wohl besser gehen; ich muss mich noch um etwas kümmern. Vielleicht können wir die Aufgabe später in dieser Woche bei mir weiterbearbeiten?"

Ich schaue ihm in die Augen und versuche herauszufinden, ob *die Aufabe* bedeutet, dass *wir noch ein bisschen rummachen sollen*. Leider gibt der Bastard nichts preis.

„Klar", nicke ich. „Ich unterrichte die nächsten zwei Tage, aber von Donnerstag bis Sonntag habe ich immer Zeit." Ich entsperre mein Handy und reiche es ihm. „Gib deine Nummer ein und wir können die Details später klären."

Bentley nimmt mein Handy, schickt sich selbst eine SMS und gibt es mir zurück. „So habe ich auch deine Nummer."

„Genau." Verdammt, warum bin ich auf einmal so nervös? „Also, ich denke, wir reden dann später weiter?" Ich stehe auf und gehe mit ihm raus.

Bevor ich die Klinke drehen kann, stützt Bentley seinen Arm gegen die Tür und küsst mich. Danach flüstert er mir ins Ohr: „Ich bin noch lange nicht fertig mit dir, Sydney. *Ich kann es kaum erwarten*, dich meinen Namen brüllen zu hören, wenn wir allein sind."

Damit geht der eingebildete Arsch aus der Tür und ich starre ihm mit offenem Mund wie eine Idiotin hinterher.

Ein paar Sekunden, nachdem ich die Klingel über der Eingangstür des Studios gehört habe, taucht Cameron mit einem Behälter mit Clorox-Tüchern auf und drückt ihn gegen meine Brust.

Ich schnappe mir den Kanister. „Was ist das?"

Sie spottet. „Oh bitte. Spiel mir nicht die Unschuldige, Fräulein. Ich habe das Gesicht des Mannes gesehen, als er hier rausging. *Damit* wischst du alle Körperflüssigkeiten auf, die ihr hinterlassen habt, denn ich tue das ganz sicher nicht für dich."

„Ach, halt die Klappe." Ich zeige ihr den Mittelfinger.

Cameron hält ihre Handflächen nach außen. „Hey, der Bote kann nichts dafür. Ich muss wieder nach vorn." Sie deutet mit dem Kopf in Richtung des Raums hinter mir. „Geh und mach deine Wichse weg" – das letzte Wort tarnt sie mit einem vorgetäuschten Huster – „und dann komm vor zu mir."

„Ja, ja", murmle ich. „Ich komme gleich, dumme Kuh."

„Du liebst mich doch, Schlampe." Sie zwinkert über ihre Schulter. „Und jetzt mach dich an die Arbeit."

Ich zeige ihr noch einmal den Stinkefinger, aber insgeheim bin ich froh, dass sie daran gedacht hat. Mein Gehirn läuft im Moment ganz bestimmt nicht auf allen Zylindern, weil ein bestimmter Typ Orgasmen verteilt, als wären es Süßigkeiten am Kindergeburtstag. Allerdings habe ich ihm meine Ballons gezeigt, also …

Ich kichere über meinen eigenen Witz und frage mich zum hundertsten Mal heute, was ich mit Bentley Fitzgerald machen soll. Als ob die Dinge nicht schon kompliziert genug gewesen wären, bevor ich mich auf ihn eingelassen habe. Jetzt wird alles noch viel schwieriger. Die Frage ist nur: Warum macht mir das so überhaupt nichts aus?

KAPITEL NEUNZEHN

Bentley – Zwei Jahre früher

Verdammt, das ist der hübscheste Kopf meines Lebens.

Wie gebannt beobachte ich, wie das schönste Mädchen, das ich je getroffen habe, über meinem Schaft auf und ab wippt. Es sollte mir eigentlich egal sein, dass wir uns mitten in einem Raum voller Leute befinden, aber das ist es nicht. Ich sollte mich auf jeden Fall um die Telefone kümmern, die gelegentlich auf uns gerichtet sind, aber darauf kann ich mich gerade nicht konzentrieren. Außerdem sind wir ja nicht die Einzigen, die ein kleines öffentliches Vorspiel haben. Keine drei Meter von uns entfernt vögelt ein Pärchen auf einem Liegestuhl. Das ist das Schöne an einer Verbindungsparty: Alles ist erlaubt.

Meine Eier verkrampfen sich, als Sydneys wunderschöne blaue Augen zu mir aufschauen, während ihre vollen Lippen meinen Schwanz umschließen. Ich weiß, dass ich nicht mehr lange durchhalten werde, vor allem, wenn sie mit ihrer Zunge so darum herumwirbelt. Gott, sie ist so verdammt gut darin.

„Schatz, du fühlst dich so verdammt gut an. Ich werde jeden Moment kommen, also wenn du nicht schlucken willst, solltest du jetzt lieber aufhören."

Sydney stöhnt, als sie mich tiefer in sich aufnimmt.

Fuck. Sie wird sich verschlucken.

Aus den Augenwinkeln sehe ich einen Hauch von gold-blondem Haar. Ich weiß nicht, wie das bei dem ganzen Lärm hier möglich ist, aber ich schwöre, ich höre sie von der anderen Seite des Raumes aufstöhnen. Ich drehe meinen Kopf in ihre Richtung und mein Blick trifft auf babyblaue Augen. Carissa sieht aus, als müsste sie gleich kotzen, als ihr Blick auf die Frau fällt, die mir gerade einen bläst.

Ich grinse und lache Rissa an, während ich Sydneys Locken greif und anfange, mich heftiger in ihren Mund zu schieben, um schneller kommen zu können.

,Du wolltest das, weißt du noch?', sagen meine Augen. ,Sieh genau hin, denn endlich bin ich bei deinem Plan mit an Bord.'

Ich halte Carissas Blick die ganze Zeit stand, während mein Orgasmus über meine Wirbelsäule schießt und ich eine volle Ladung in Sydneys Mund schieße. Ich streiche liebevoll über Syds Wange, um ihr meine Anerkennung für ihre oralen Fähigkeiten zu zeigen. Carissas Augen verfolgen jede kleine Bewegung. Sie ballt die Fäuste und sieht so aus, als ob sie gleich zu mir stürmen und mir eine Ohrfeige verpassen würde, als ich meine Hand ausstrecke, um Sydney aufzuhelfen.

„Du bist unglaublich, weißt du das?" Ich greife Sydney in den Nacken und ziehe sie in einen filmreifen Kuss.

Sieh dich gut um, Riss. Du bist nicht mehr das einzige Mädchen, das ich jemals auf den Mund geküsst habe.

Sydney schenkt mir ein verträumtes Lächeln, ohne zu bemerken, dass wir eine besonders gebannte Zuseherin haben. „Du bist auch nicht so schlecht. Willst du etwas trinken und nach hinten gehen?"

Ich streiche ihr eine Locke aus dem Gesicht. „Das würde ich gerne."

Als ich Sydney einen Kuss auf die Stirn drücke, schlingt sie ihre Arme um meine Taille.

Ich schaue ein letztes Mal zu Rissa hinüber und versuche, so gleichgültig wie möglich rüberzukommen, als ich sehe, dass ihre Augen voll Tränen sind. Ich bin kein verdammter Roboter; wenn ich sie weinen sehe, fühle ich mich beschissen. Aber dann erinnere ich mich daran, wie oft *ich mich ihretwegen* beschissen gefühlt habe, weil sie mich weggeschubst und den erstbesten Surferboy gefickt hat, den sie finden konnte. Ich habe keinen Zweifel daran, dass das erstaunliche Mädchen in meinen Armen mich nicht so durcheinander bringen würde, wie Carissa es tut. Das Komische ist, dass ich Carissa keine Schuld gebe, weil ich unsere toxische Beziehung noch unterstützt habe, indem ich immer wieder zu ihr zurückgekrochen bin. Aber das ändert sich jetzt, denn ich habe endlich jemanden gefunden, den ich mehr will. Jemanden, der nicht bei jeder Gelegenheit Psychospielchen spielt. Und wenn die Tränen, die ihr über die Wangen kullern, ein Hinweis darauf sind, würde ich sagen, dass Rissa das gerade auch verstanden hat.

Als Carissa sich umdreht und aus dem Zimmer stürmt, kommt es mir nicht im Geringsten in den Sinn, ihr hinterherzulaufen.

⁓

„Also, erzähl mir von meiner Konkurrenz.“

Ich lache. „Wie kommst du darauf, dass du Konkurrenz hast?“

Sydney fährt mit ihrem Finger an meinem Unterarm entlang. „Wenn du nur ein einziges anderes Mädchen auf den Mund geküsst hast, nehme ich an, dass sie etwas Besonderes für dich ist. Wie hieß sie noch mal? Marissa?“

„Carissa.“ Ich atme schwer aus und drehe meine Kappe nach hinten.

Sydney kuschelt sich weiter an mich. Wir sind draußen im Garten, Sydney sitzt zwischen meinen Beinen auf einer Liege. Es gibt viele Sitzgelegenheiten, denn wir sind die einzigen beiden Menschen in dieser kleinen Ecke des Gartens, aber ich konnte den Gedanken nicht ertragen, dass sie irgendwo anders sitzt. Je näher sie mir ist, desto leichter ist es, ihre seidige Haut zu berühren.

„Carissa“, wiederholt sie. „Erzähl mir von ihr. Du hast gesagt, du bist Single, aber ich spüre, dass es da eine Geschichte gibt.“

„Ich *bin* Single“, versichere ich ihr. „Und nach heute Abend musst du dir keine Sorgen mehr um Carissa machen.“

Sie dreht sich um, bis sie mir gegenüber steht. „Was soll das heißen?“

Ich greife nach ihren Oberschenkeln und schlinge ihre langen Beine um meine Taille. „Sie war vorhin hier.“

Sydney hebt ihre zarten Brauen. „Wirklich? Wann?“

Als du mir so einen geblasen hast, als wäre es dein Job.

Ich merke, dass das wahrscheinlich nicht die taktvollste Antwort wäre, also sage ich stattdessen: „Als wir auf der Tanzfläche waren. Sie hat uns zusammen gesehen und ist rausgerannt."

Verwirrung macht sich in ihrem Gesicht breit. „Warum hast du nicht mit ihr geredet?"

Äh … weil mein Schwanz in deinem Mund war? Warte … Das sollte ich wahrscheinlich auch nicht sagen.

Ich gebe ihr einen sanften Kuss auf die Sommersprossen, die über ihren Nasenrücken laufen. „Weil ich genau da bin, wo ich und mit zusammen ich sein will."

Verdammt, das Lächeln dieses Mädchens hat eine Wirkung auf mich. „So süß das auch ist, du weichst der Frage aus. Komm schon, Bentley, du kannst mit mir reden. Ich möchte dich wirklich besser kennenlernen, und dieses Mädchen spielt eine wichtige Rolle in deinem Leben."

„Hat gespielt", korrigiere ich. „Sie *hat* eine wichtige Rolle in meinem Leben gespielt. Carissa ist …" Ich überlege einen Moment, wie ich das am besten erklären kann. „Sie ist nicht das, was die meisten Leute von ihr denken. Sie kommt als das süße, amerikanische Mädchen von nebenan rüber. Das kann sie auch sein. Aber … ich kenne eine Seite an ihr, die sie vor allen anderen verbirgt. Sogar vor ihrer ältesten und besten Freundin."

Sydney runzelt die Stirn. „Und welche Seite ist das?"

„Sie hat … Probleme. Es ist fast so, als hätte sie diesen … Zwang. Sie kann es nicht ertragen, nicht im Mittelpunkt zu stehen. Wenn die Leute sie nicht von Natur aus bewundern und auf ein Podest stellen, manipuliert sie sie, bis sie es tun, mich eingeschlossen." Ich lache trocken. „*Besonders* mich. Je älter wir werden, desto mehr fällt es auf. Sie ist die Definition einer Narzisstin aus dem Lehrbuch."

„Wie das?"

Ich lächle, aber es ist keine Freude dahinter. „Das ist der beschissenste Teil von allen. Es gab so viele Vorfälle, dass ich gar nicht weiß, wo ich anfangen soll. Was ich weiß, ist, dass ich es leid bin, mir ihren Mist gefallen zu lassen. Ich sage nicht, dass ich sie nie wieder sehen werde, weil ihre beste Freundin die Zwillingsschwester meines besten Freundes ist, aber ich beende den Kreislauf hier und jetzt. Ich kann das nicht mehr." Ich knabbere an ihrem Ohrläppchen. „Ich *will* es nicht mehr tun. Ich will *dich*, Syd."

Sie rutscht näher heran, bis sie sich auf mir spreizt. Wir stöhnen beide auf, als Sydneys knackiger Hintern an meinem in Jeans gekleideten Ständer reibt. „Das ist verrückt, oder? Ich bin nicht die einzige, die das Gefühl hat, dass wir uns schon ewig kennen, oder?"

Ich umfasse ihr Gesicht mit meinen Händen und warte, bis sie mich ansieht, bevor ich spreche. „Bist du nicht. Es ist total verrückt, aber ich spüre es auch."

Sie lächelt sanft. „Aber es ergibt keinen Sinn. Logisch, meine ich. Wir wissen nicht einmal die einfachsten Dinge übereinander."

„Also, lass uns das klären."

Sie gluckst. „Was?"

„Ich sagte, lass uns das klären. Stell mir Fragen. Was immer du wissen willst. Wir wechseln uns ab."

Sydney tippt in Gedanken an ihre Lippen. „Was ist deine Lieblingsfarbe?"

„Blau. Und deine?"

„Auch blau." Ihre Lippen verziehen sich. „Was ist dein Lieblingsessen?"

„Es ist ein Unentschieden zwischen Pizza und Enchiladas. Und du?"

Ihre Augen weiten sich. „Halt die Klappe! Ist das dein Ernst?"

„Ähm … ja? Habe ich etwas Falsches gesagt?"

„Nein." Ihre dunklen Locken wippen, während sie den Kopf schüttelt. „*Mein* Lieblingsessen ist ein Unentschieden zwischen Pizza und Enchiladas."

Meine Augenbrauen heben sich. „Ohne Scheiß?"

Sie hält ihre rechte Handfläche nach oben. „Bibel."

„Gehst du auf so eine Schule?"

„Nein, aber meine Cousine schon. Ich bin mit ihr gekommen." Sydney knabbert an ihrer Lippe, bevor sie fortfährt. „Was ist mit dir?"

„Nein, ich habe nur eine Einladung von einem alten Highschool-Kumpel bekommen." Das ist etwas, auf das ich noch nicht näher eingehen möchte, also wechsle ich schnell das Thema. „Lieblingssport, ich zähle bis drei. Eins … zwei … drei."

„Fußball."

„Basketball", sage ich zur gleichen Zeit.

„Na, da bin ich aber erleichtert." Sydney gluckst. „Wenigstens weiß ich, dass du kein verrückter Gedankenleser bist."

„Ich weiß nicht …" Ich reibe mein Kinn. „Ich wette, ich weiß, was du jetzt gerade denkst."

Sie hebt eine Augenbraue. „Ach ja? Was wäre das?"

Ich lächle und genieße es, wie ihre Augen auf meine Grübchen gerichtet sind, wenn sie sich zeigen. Gott segne diese Dinger. Ich habe noch kein Mädchen getroffen, das sie nicht liebt.

„Du denkst, dass ich ziemlich bescheuert bin. Außerdem willst du mich unbedingt wieder küssen."

„Verdammt, du bist vielleicht eingebildet!" Sydneys Kopf fällt lachend nach hinten, bevor sie ihren unverwechselbaren Blick wieder auf mich richtet. „Aber du hast nicht unrecht."

„Nein?" Ich ziehe sie näher zu mir. „Beweise es."

Sie legt ihre Handflächen auf meine Wangen. „Sehr gerne."

KAPITEL ZWANZIG

Bentley

„Du bist verrückt, wenn du glaubst, dass ich dich in dieses Haus lasse. Ich will dich nicht in ihrer Nähe haben." Kingston stößt mich aus dem Weg und schließt die Tür hinter sich.

Ich folge ihm in den kleinen Innenhof, den er und Jazzy an der Seite ihres Hauses haben. „Komm schon, Kumpel. Ich bin hier, um mich zu entschuldigen."

Seine haselnussbraunen Augen verengen sich. „Das hast du schon einmal getan. Und dann hast du es wieder versaut. *Schlimmer als jemals zuvor*. Ich meine, was soll's, Bent? Du hast mir geschworen, niemals darüber zu sprechen. Hast du eine Ahnung, wie beschissen es Jazz geht? Wie schwer es für sie war, es meiner verdammten Schwester zu erklären? Meinst du nicht, dass sie schon genug Scheiße durchgemacht hat? Wie konntest du nur, Mann? Ich liebe dich wie einen

223

Bruder, Bent, aber im Moment kann ich dich nicht ausstehen. Ich weiß nicht, ob ich sich das in nächster Zeit ändern wird."

„Ich weiß." Ich lasse mich auf eine kleine Holzbank unter einer Pergola fallen. „Ich weiß nicht, was ich mir dabei gedacht habe. Nun … um ehrlich zu sein, habe ich gar *nichts* gedacht. Vielleicht hat der Xannie-Koks-Cocktail, den eingeworfen habe, mein Urteilsvermögen ein wenig getrübt."

Er lässt sich neben mir auf die Bank plumpsen. „Wann hast du mit dem Koksen angefangen?"

„Neulich, kurz vor dem Mittagessen. Ramona hat mir eine Line angeboten und ich habe nicht nein gesagt."

„Rebecca."

Ich winke mit der Hand. „Wer auch immer. Sie ist unwichtig."

„Aber wichtig genug, um als Köder zu dienen."

„Köder?" Ich runzle die Stirn. „Köder für was?"

Kingstons Blick sagt eindeutig *,bist du blöd?'* „Das war ein Trick, um Sydney Carrington eifersüchtig zu machen. Meine Frage ist, warum?"

Ich nehme meine Kappe ab und kämme mir mit den Fingern durch die Haare. „Ich habe nicht aktiv versucht, sie eifersüchtig zu machen. Ich war sauer, dass sie überall dort ist, wo ich hinkomme. Seit sie aufgetaucht ist, kann ich ihr nicht mehr aus dem Weg gehen. Es ist, als würde sie mich verfolgen, Mann."

„Ich glaube nicht, dass *Sydney* das Mädchen ist, das dich heimsucht."

Ich schaue auf und versuche, seinen Gesichtsausdruck zu lesen. Kingston ist wahnsinnig geschickt darin, mit seinen

Augen zu kommunizieren, und in diesem Moment könnte er genauso gut Carissas Namen aus vollem Halse brüllen.

Ich trete in den Kies und lasse ein paar Steine fliegen. „Ja, vielleicht nicht."

„Da gibt es kein ‚Vielleicht', Arschloch." Er lacht. „Ich weiß, dass Sydneys Ankunft viele Erinnerungen wachgerufen hat, aber sie wird nicht verschwinden, Bent, also musst du einen Weg finden, dich damit klarzukommen.

Ich will ja gar nicht, dass sie verschwindet.

„Wie war das?"

Ah, verdammt. Habe ich das laut gesagt?

„Hm?"

Kingston gibt mir einen Klaps auf den Hinterkopf. „Du hast gesagt, du willst gar nicht, dass sie weggeht. Wann hat sich deine Meinung dazu geändert?"

Ich reibe mir die Stelle am Kopf und werfe ihm einen bösen Blick zu. „Ich weiß es nicht."

Er will mir wieder eine Ohrfeige geben, aber diesmal weiche ich aus.

„Hör auf damit, du Wichser!"

Er grinst. „Hör du auf, mich anzulügen. Was ist zwischen dem Mittagessen gestern und jetzt passiert?"

Ich stütze meine Ellbogen auf meine Knie und lasse den Kopf hängen. „Gleich nach dem Mittagessen, als ich …" Ich schlucke den Kloß in meinem Hals hinunter. „Sie hat mich zu Rissa gefahren und wir haben über alles geredet."

„Willst du mich verarschen?" Kingstons Augenbrauen heben sich. „Wie zum Teufel ist das passiert?"

„Sie hat mich erwischt, als ich zugedröhnt vom Parkplatz abhauen wollte." Ich zucke mit den Schultern. „Sie drohte mir, die Bullen zu rufen, wenn ich in dem Zustand irgendwo hinfahre. Ich weiß nicht … wenn ich nicht so versessen darauf gewesen wäre, Riss zu sehen, um mir etwas von der Seele zu reden, hätte ich vielleicht besser nachgedacht. Aber als Sydney anbot, mich hinzufahren, wo immer ich wollte, habe ich zugestimmt."

„Was soll der Scheiß, Kumpel? Du warst auf Benzos und Pulver und dachtest, es wäre eine gute Idee, zu fahren?" Er schüttelt sichtlich angewidert den Kopf. „Du musst von diesem Selbstzerstörungstrip runter, bevor du dich umbringst, Bent. Wenn jemand weiß, wie gefährlich das sein kann, dann bin ich das.

„Ich versuche nur, den ganzen Lärm in meinem Kopf zum Schweigen zu bringen. Nichts klappt mehr. Ich kann dir nicht sagen, wann ich das letzte Mal eine Nacht durchgeschlafen habe.

Kingston atmet tief durch. „Ich wollte das nicht ansprechen, aber du lässt mir keine andere Wahl."

Ich schaue ihn an. Mir gefällt der bedrohliche Ton in seiner Stimme nicht. „Was?"

„Ich weiß, dass du die Scheiße in dir aufgestaut hast, und niemand versteht das besser als ich, aber du musst einen gesünderen Weg finden, mit deinen Dämonen fertigzuwerden. Ich kann es nicht gebrauchen, dass du hierherkommst, wenn du so bist. Belle wird nächste Woche ganz zu uns ziehen. Ich kann sie nicht einfach so in Gefahr bringen."

Oh Mann, das saß!

„Was zum Teufel soll das heißen? Ich *bete* das Mädchen *an*. Ich würde *nie* etwas tun, was ihr schadet."

„Ich weiß, dass du Jazz und ihrer kleinen Schwester nicht *absichtlich* wehtun würdest." Er streicht sich mit den Händen durch sein dunkelblondes Haar. „Aber Alter … wir werden sozusagen ihre Eltern sein, also ist es unsere Aufgabe, mit gutem Beispiel voranzugehen. Denk mal darüber nach. Belle ist erst acht, aber sie ist sehr klug, aufmerksam und beeinflussbar. Wenn du hierherkommst und dich aufregst, wird sie merken, dass etwas nicht stimmt. Was wäre, wenn du die Scheiße, die du gestern beim Mittagessen gemacht hast, vor ihr abziehen würdest?"

Da hat er leider recht, und ich weiß nicht, was ich dazu sagen sollte.

„Ganz zu schweigen von der Tatsache, dass uns das Sozialamt noch eine Weile auf den Fersen sein wird. Jazz hat das dauerhafte Sorgerecht beantragt, aber bis das durch ist, können sie uns jederzeit besuchen kommen. Die Dinge ändern sich, Bruder. Dieses Haus – und jeder, der es betritt – muss sauber sein. Noch einmal: Ich weiß, dass du die Scheiße in dir aufgestaut hast, und niemand versteht das besser als ich, aber du musst einen gesünderen Weg finden, um mit deinen Dämonen fertig zu werden. Ich werde nicht riskieren, dass du es vermasselst. Belle und Jazz sind zu wichtig. Zwing mich nicht zu wählen, Bent, denn meine Antwort wird dir nicht gefallen."

„Oh, glaub mir. Ich mache mir keine Illusionen, dass ich jemals mit Jazzy mithalten könnte. Scheiße, *ich würde* sie mir selbst jeden Tag vorziehen." Ich schüttle den Kopf. „Ich kann immer noch nicht glauben, dass ihr eine Achtjährige aufziehen wollt. Ich meine, ich finde es toll, weil ich weiß, wie glücklich Belle und Jazz sein werden, aber es ist trotzdem ziemlich verrückt. Ich weiß nicht, wie ihr das alles schaffen wollt."

„Es macht mich auch verdammt glücklich." Ein strahlendes Lächeln breitet sich auf seinem Gesicht aus, was, ehrlich gesagt, ein bisschen verwirrend ist. Ich kenne ihn schon fast mein ganzes Leben und habe ihn noch nie so lächeln sehen, wie er das tut, seit er seine Gefühle für Jazz nicht mehr leugnet. Trotz seiner Kindheit im goldenen Käfig hatte der Kerl ein hartes Leben. „Wir werden aber Unterstützung haben, zumindest, solange wir noch in der Schule sind. Ich habe jemanden – Julia ist ihr Name – als Teilzeit-Kindermädchen eingestellt. Sie hat früher in New York gelebt und für den Leadsänger von Unrequited gearbeitet, aber sie wollte zurück nach LA ziehen, um näher bei ihrer Familie zu sein."

„Cool. Cool." Ich nicke mit dem Kopf.

Kingston mustert mich genau. „Also, was soll das mit Sydney, Kumpel?"

Ich nage an meiner Daumenspitze herum und denke einen Moment darüber nach. „Ehrlich gesagt? Ich weiß es nicht. Aber ich denke, vielleicht … ach, egal. Sagen wir, ich weiß es nicht."

Kingston lacht. „Nun, damit ist ja alles geklärt."

Jetzt bin ich an der Reihe, zu lachen. „Das ist alles so verdammt verwirrend, Mann, ich weiß nicht, was ich von Sydney halten soll."

„Aber du fühlst dich zu ihr hingezogen?", fragt er. „Stimmt's?"

„Ich denke, das ist ziemlich offensichtlich, oder?" Ich kann mir das Grinsen nicht verkneifen, das sich auf meinen Lippen bildet, wenn ich daran denke, wie sie sich vorhin unter mir gewunden hat. „Ich meine, ich bin ja nicht blind. Wer würde sich nicht zu ihr hingezogen fühlen?"

Er starrt mich wieder so intensiv an. „Aber es ist mehr als das, oder? Es ist nicht nur eine körperliche Anziehungskraft."

Ich zucke mit den Schultern. „Ich kenne sie ja kaum."

„Bentley, vergiss nicht, mit wem du hier redest. Ich war dabei, als ihr euch das erste Mal getroffen habt. Ich habe gesehen, wie sehr du in dieser Nacht von ihr eingenommen warst. Ich habe erst jetzt darüber nachgedacht, aber du hast auf Sydney ähnlich reagiert wie ich, als ich Jazz zum ersten Mal gesehen habe. Irgendetwas in mir wusste sofort, ob ich es mir eingestehen wollte oder nicht, dass sie das Blatt wenden würde."

„Ich habe nie gesagt, dass Sydney so jemand ist." Ich schüttele verneinend den Kopf.

Kingston wirft mir einen schiefen Blick zu. „Das musst du gar nicht. Ich kann es jetzt sehen, genauso wie ich es damals sehen konnte. Die Frage ist, warum kämpfst du dagegen an? Warum bist zu ihr wie ein Arschloch? Und zu allen anderen auch?"

Ich zucke mit den Schultern, weil ich nicht weiß, wie ich darauf antworten soll, ohne mich zu offenbaren.

Kingston atmet aus. „Hör zu, Kumpel. Ich weiß, dass Carissa für lange Zeit deine Welt war. Und ihr Tod hat dich wirklich fertig gemacht. Aber das ist jetzt schon über zwei Jahre her. Meinst du nicht, dass es an der Zeit ist, ein bisschen nachsichtig mit dir selbst zu sein? Ich weiß, wenn jemand stirbt, neigen wir dazu, das Negative zu vergessen, aber es gab *eine Menge* Negatives, Kumpel, zumindest was eure Beziehung angeht. Du musst aufhören, dir die alleinige Schuld daran zu geben. Rissa hat die Entscheidung getroffen, ihr Leben zu beenden. Nicht du."

Ich schüttle den Kopf. „Du weißt nicht, wovon du redest, Kumpel. Wenn du die Wahrheit wüsstest, würdest du das nicht sagen."

„Also, erzähl."

Ich atme tief ein und aus. „Es ist kompliziert."

„Dann entkompliziere es."

„Hey."

Als ich Jazz' Stimme höre, schaue ich auf und sehe, wie sie den kleinen Pfad zu uns hinuntergeht. Verdammt, ich muss wirklich in Gedanken gewesen sein, dass ich sie nicht habe kommen gehört.

„Hey, Jazzy."

Jazz schaut Kingston an. „Gib uns eine Minute, ja?"

Kingston steht auf und zeigt mit einem Finger auf mich. „Zwing mich nicht, wieder hierherzukommen und dir in den Arsch zu treten."

Ich lache. „Nichts für ungut, Bruder. Aber ich habe mehr Angst vor deiner Freundin als vor dir. Eine Frau ist gefährlich, wenn sie es will."

Er grinst. „Vielleicht bist du ja doch nicht so ein Dummkopf."

Jazz rollt mit den Augen, während Kingston ihr einen Kuss auf die Stirn drückt, bevor er weggeht. Sie setzt sich neben mich und lehnt ihren Kopf an meine Schulter.

Ich lege meinen Arm um ihren Rücken und ziehe sie in eine seitliche Umarmung. „Es tut mir leid, was ich gesagt habe, Mädchen. Was ich *getan habe*. Wenn ich gedacht habe … wenn ich … ach, verdammt. Ich habe keine Entschuldigung. Es tut mir einfach verdammt leid."

„Was ist passiert, Bentley?"

Ich kratze mich am Hinterkopf. „Äh … Ich habe mich kurz vor dem Mittagessen dazu entschlossen, zum ersten Mal Schnee auszuprobieren, und sagen wir mal so, es ist mir nicht gut bekommen. Ich war sowieso schon gereizt … aber bis der Rausch nachgelassen hat, war ich besonders wütend. Aber wie gesagt, das ist keine Entschuldigung. Was ich getan habe, war beschissen, und wenn du mir nicht verzeihen kannst, verstehe ich das vollkommen. Aber ich hoffe natürlich, dass du es trotzdem tust."

Jazz weicht zurück und sieht mir direkt in die Augen. „Was ist mit dir los? Und bitte erzähl mir nichts. Ich hoffe, du weißt inzwischen, dass du mit mir reden kannst. Ich verstehe, dass du und die Jungs euch nahe stehen, aber ich weiß auch, dass ihr Idioten nicht gerne miteinander über eure Gefühle redet. Irgendetwas nagt offensichtlich an dir, und ich mache mir Sorgen. Ich bin eine urteilsfreie Zone, Bent. Du kannst mir alles sagen."

„Ich wüsste gar nicht, wo ich anfangen sollte. Alles ist einfach so beschissen." Ich wische mir mit einer Hand über das Gesicht. „Mein Kopf ist nicht in Ordnung. Wenn ich ehrlich bin, war er das schon eine ganze Weile nicht mehr."

„Und dass Sydney hier ist, macht es noch schlimmer?"

Ich nehme einen tiefen Atemzug. „Ja, das kann man wohl sagen."

„Weil sie dich an etwas erinnert, das du lieber vergessen würdest?"

Ich schüttle den Kopf. „So würde ich es nicht ausdrücken."

„Nun, wie würdest du es dann ausdrücken?"

Ach, scheiß drauf.

Wenn ich mit jemandem über diesen Scheiß rede, dann mit der einzigen Person, die Carissa nie getroffen hat. Ich weiß, dass ich Jazzy alles anvertrauen kann. Vielleicht hilft es ihr ja, zu verstehen, warum ich gestern so ein Idiot war.

Ich räuspere mich. „Ich weiß, dass dein Junge dir die

Grundzüge der Geschehnisse dieser Nacht erzählt hat – vor, während und nach der Verbindungsparty – aber ich glaube, du würdest es besser verstehen, wenn ich dir zuerst eine kleine Geschichtsstunde aus meiner Sicht erteile."

„Okay …"

„Rissa und ich hatten eine merkwürdige Beziehung. Turbulent ist wahrscheinlich das beste Wort dafür. Wir waren über die Jahre nie offiziell zusammen, weil sie sich weigerte, monogam zu sein, obwohl ich das irgendwann mehr als alles andere wollte. Kingston und Reed glauben, dass es daran lag, dass sie unsicher war."

Jazz denkt einen Moment lang darüber nach. „Wie das?"

„Vielleicht hatte sie Angst, dass ich fremdgehen würde. Vielleicht dachte sie, wenn ich mir während meiner Teenagerzeit die Hörner abstoße, wäre das dann erledigt und sie müsste sich keine Sorgen machen, dass ich untreu werde. Nicht, dass ich ihr jemals einen Grund gegeben hätte, zu glauben, dass ich fremdgehen würde. Aber die Jungs glauben das."

„Aber du siehst das nicht so?"

Ich schüttle den Kopf. „Ganz und gar nicht."

Ihre sorgfältig geformten Brauen runzeln sich. „Warum nicht?"

„Ich glaube, sie mochte die Aufmerksamkeit, die ich ihr schenkte. Ich *weiß,* dass sie es mochte, dass ich immer wieder zu ihr zurückgekrochen kam und sie anflehte, mit dem *„Lass uns eine offene Beziehung haben"*-Quatsch aufzuhören. Aber Rissa war nicht wirklich glücklich, wenn sie nicht im Mittelpunkt der Aufmerksamkeit stand. Was seltsam ist, denn sie war nicht arrogant. Sie hatte keinen einzigen überheblichen

Knochen in ihrem Körper. Aber das machte ihre Egozentrik nicht weniger real.

Deshalb hat sie sich ins Ballett gestürzt. Riss hatte ein natürliches Talent dafür, und sie war großartig. Wenn sie auf der Bühne im Scheinwerferlicht stand, war sie ganz in ihrem Element. Da hat sie wirklich geglänzt. Es war verdammt schön. Aber wenn sie nicht tanzte – wenn es einfach nur um unseren Alltag ging – veranstaltete sie immer wieder diese kleinen Stunts, sodass sie doch im Mittelpunkt stand. Sie hatte diese verrückte Fähigkeit, aus jeder Situation etwas zu machen, das sich um sie drehte.

Die Sache ist die, dass sie so subtil vorging, dass niemand es jemals bemerkt hat. Ich selbst habe viel zu lange gebraucht, um es zu erkennen. Ich glaube, der einzige Grund, warum ich es überhaupt herausgefunden habe, war, dass ich so verzweifelt versucht habe, sie dazu zu bringen, mich zu wollen, und zwar nur mich. Ich habe beobachtet, vor allem, wenn sie nicht dachte, dass ich sie beobachte. Ich habe alles seziert, was sei gesagt, um vielleicht eine versteckte Botschaft dahinter zu finden. Ich war wie besessen.

Es war kein Geheimnis, dass wir nicht die gesündeste Beziehung hatten, aber die Rissa, die ich kannte, war wirklich ganz anders als die Person, die alle anderen in ihr sahen. Auch Ainsley, ihre beste Freundin seit dem Kindergarten. Für einen Außenstehenden war ich der Bösewicht. Ich war der Spaßvogel, der Partylöwe, der Typ, der niemals eine Muschi ablehnen würde, was wiederum dazu führte, dass alle mit Carissa sympathisierten und ihr genau die Aufmerksamkeit schenkten, nach der sie sich so sehnte."

Jazz legt ihren Kopf wieder an meine Schulter und hakte sich bei mir unter. „Warum hast du das nicht richtiggestellt?"

Ich denke einen Moment lang darüber nach. „Weil ich in sie verliebt war. Wenigstens … dachte ich, ich wäre es. Im Nachhinein bin ich mir da nicht mehr so sicher."

„Was hat Sydney mit all dem zu tun?", fragt Jazz. „Warum hat allein ihr Anblick eine so starke Wirkung auf dich? *Wie* kann sie eine so starke Wirkung auf dich haben, wenn du so durcheinander warst, dass du dich kaum an den Abend erinnern kannst, an dem ihr euch kennengelernt habt?"

Womit wir genau beim Thema wären.

„Weil … ich nicht annähernd so abgefuckt war, wie ich alle glauben ließ. Ich erinnere mich an *alles* aus dieser Nacht, Jazz."

Sie versteift sich. „Warum willst du, dass die Leute etwas anderes glauben?"

Ich zucke mit den Schultern. „Als ich Sydney kennenlernte, machte etwas in mir klick. Es war, als ob ich all die Jahre unter Carissas Bann gestanden hätte und plötzlich war ich es nicht mehr. Mir wurde klar, dass ich nicht mehr zu Carissa zurückkriechen musste. Ich *wollte* nie mehr zu Carissa zurückkriechen, denn alles an Sydney zog mich an. Ich wusste, dass es verrückt klingt, wenn man bedenkt, dass ich Syd erst ein paar Stunden kannte, aber ich spürte ganz tief in mir drin."

„Und deshalb fühlst du dich so schuldig? Was habe ich übersehen?"

Ich nehme an, ich könnte ihr einige Informationen geben, ohne den Teil preiszugeben, der sie dazu bringen würde, nie wieder mit mir sprechen zu wollen.

Ich räuspere mich. „Während ich mich in ein Mädchen verliebte, das ich gerade erst kennengelernt hatte und über Riss und unsere toxische Beziehung hergezogen bin, war Carissa irgendwo im selben Haus unterwegs und wurde von Gott weiß wie vielen Verbindungsstudenten brutal vergewaltigt. Und der einzige Grund, warum sie überhaupt mit einem von ihnen wegging, war, dass sie Sydney und mich zusammen gesehen hatte. *Ich wusste,* dass Rissa auf der Party war, Jazz. Ich wusste, dass sie Syd und mich zusammen gesehen hatte, und *ich habe sie noch angestachelt.* Ich war wütend und verletzt und konnte nur daran denken, Rissa zu zeigen, wie sehr ich sie doch nicht brauchte. Ich wollte sie den Schmerz spüren lassen, den ich so lange empfunden hatte." Ich lache. „Ich schätze, der Wunsch hat sich erfüllt, oder?"

Jazz weicht zurück. „Gott, Bentley, niemand glaubt, dass du wolltest, dass ihr etwas Schreckliches passiert. Schon gar nicht *das.*"

Ich zucke mit den Schultern. „Ja … nun … das ändert nur nichts am Ergebnis."

Oder die Tatsache, dass ich der Grund dafür bin, dass Rissa – und vielleicht auch Sydney – in dieser Nacht unter Drogen gesetzt wurde.

„Scheiße", murmle ich.

„Ich weiß, dass du im Moment total durcheinander bist, aber ich muss das sagen, Bent." Jazz wartet, bis ich ihren Blick erwidere, bevor sie fortfährt. „Du kannst deine Wut nicht an Sydney auslassen. Sie hat nichts getan, was das rechtfertigen würde. Und da du dich offensichtlich an den Abend erinnerst, an dem du sie kennengelernt hast, weißt du verdammt gut, wie toll sie ist. Ainsley und ich mögen sie wirklich." Sie gluckst leise. „Sogar Kingston mag sie, und er mag sonst *niemanden* außerhalb unseres Kreises."

„Das ist wahr", grinse ich. „Und du kannst dich wegen Syd entspannen. Ich denke, man kann davon ausgehen, wir das geklärt haben."

Sie neigt ihren Kopf fragend zur Seite. „Was meinst du?"

Oh, nichts Besonderes. Nur die Tatsache, dass sie mich vor ein paar Stunden wie ein Ungeheuer an ihrer Muschi lecken ließ und mehr als bereit schien, mich für einen Nachschlag zurückkommen zu lassen.

„Nur das, wie sie drauf war, als wir vorhin zusammen abhingen."

Jazz' Augen weiten sich. „Bentley, wie auch immer dein mittlerer Name lautet, Fitzgerald! Hast du dich mit Sydney eingelassen?"

„Du willst doch nicht wirklich, dass ich dir etwas erzähle, oder?" Ich schnappe übertrieben nach Luft und umklammere eine imaginäre Perlenkette.

Sie strahlt.

„Und ich heiße William, nach meinem Vater und Großvater. Bentley William Fitzgerald."

„Hör auf, das Thema zu wechseln. Du kannst die Details deiner Sexkapaden auslassen, aber ich will eine Erklärung. Warum lässt sie sich von dir anfassen, wenn du so ein Arschloch warst? Sydney scheint nicht die Art von Mädchen zu sein, die so einen Scheiß einfach durchgehen lässt, egal, wie attraktiv du bist."

„Awwww." Ich lege meine offene Handfläche auf meine Brust. „Findest du mich hübsch?"

Jazz rollt mit ihren großen braunen Augen. „Halt die

Klappe, Klugscheißer. Du weißt verdammt gut, dass du heiß bist. Und jetzt spuck es endlich aus."

Ich kichere. „Wir haben zusammen an unserem Psychologieprojekt gearbeitet und es hat sich einfach so ergeben. Die Chemie ist *definitiv* nicht unser Problem. Und ich will nicht, dass du das weitergibst, aber ich sollte erwähnen, dass wir nicht wirklich gefickt haben. Wir haben nur ein bisschen rumgealbert."

„Konntest du zwischen dem *Herumalbern* fragen, was ihr Ex gesagt hat? „

„Noch nicht." Ich schlucke den plötzlichen Kloß in meinem Hals hinunter. Verdammt, ich war so damit beschäftigt, mich von meinem Schwanz herumführen zu lassen, dass mir der Gedanke gar nicht gekommen ist.

Vielleicht habe ich das Thema auch unbewusst vermieden, denn wenn Syd bestätigt, dass sie unter Drogen gesetzt wurde, macht mich das noch mehr zu einem Scheißkerl.

„Du musst sie fragen, Bentley." Jazz lächelt mich traurig an. „Wenn ich von dem wenigen ausgehe, was ich von ihr erfahren habe, scheint sie sich nicht an viel in dieser Nacht zu erinnern, also ergibt der Verdacht, dass Drogen im Spiel waren, Sinn. Ich habe auch das Gefühl, dass das, was in dieser Nacht zwischen euch beiden passiert ist – der Teil mit der öffentlichen Show – *extrem* untypisch für sie war. Wenn sie noch nicht weiß, dass es davon Bilder gibt, sollte sie es so schnell wie möglich wissen."

„Ich weiß." Ich lasse meinen Kopf resigniert hängen. „Also … ist alles in Ordnung, Kleines?"

Jazz seufzt. „Weißt du … Ich glaube ehrlich gesagt nicht, dass ich dir so schnell vergeben würde, wenn das vor einem Jahr passiert wäre.

Ich ziehe die Brauen hoch. „Aber?"

„Aber … wenn mich die ganze Scheiße, die ich in letzter Zeit durchgemacht habe, nichts anderes gelehrt hat, dann, dass das Leben kurz ist. Du musst deine Liebsten festhalten, weil du vielleicht keinen weiteren Tag mehr mit ihnen erlebst." Sie stößt mich mit ihrer Schulter an. „Nur weil ich wütend auf dich bin, heißt das nicht, dass ich dich nicht liebe, Bent. Das tun wir alle."

„Danke, Jazzy." Ich stehe auf und strecke meinen Arm aus, um ihr von der Bank zu helfen. „Es wird kühl hier draußen. Meine südkalifornischen Knochen halten das nicht aus. Willst du reingehen und in der Wärme Netflix schauen?"

„Klar." Sie nickt. „Ainsley sollte jeden Moment vom Ballett nach Hause kommen und ich bin mir sicher, dass Reed auch nicht mehr lange auf sich warten lassen wird. Willst du zum Abendessen bleiben?"

Ich klopfe mir auf den Bauch. „Meins du das ernst? Wenn du Essen anbietest, esse ich."

Jazz gluckst. „Natürlich. Warum habe ich überhaupt gefragt?"

Kingston steht direkt in der Tür und lehnt sich an die Rückenlehne der Couch. Er versucht, cool zu wirken, aber mir entgeht nicht, wie angespannt sein Körper ist. Ich bin mir sicher, dass es ihn fast wahnsinnig gemacht hat, nicht wie ein Wachhund neben Jazz stehen zu können, während wir unser kleines Gespräch führten. Der Kerl ist ein echter Beschützer und vielleicht sogar Kontrollfreak, aber er ist auch klug genug, zu wissen, wann es genug ist. Jazz mag zwar zierlich sein, aber sie ist auch hart im Nehmen und hat kein Problem damit hat, ihn daran zu erinnern, wenn es nötig ist.

„Alles gut?“ Sein Blick wandert kurz zu mir, bevor er sich auf Jazz niederlässt.

Ich unterdrücke ein Lachen, als sie ihm einen herablassenden Klaps auf den Kopf gibt. „Alles ist in Ordnung, Cujo. Du kannst dich jetzt zurückziehen.“

Ich lache laut auf, als sie meine Gedanken von vor ein paar Sekunden ausspricht, was mir einen grimmigen Blick von dem mürrischen Arschloch einbringt.

Als er mir dann auch noch die Faust gibt, fällt mir ein Hinkelstein von der Seele. Jazz und Kingston werden mein Verhalten in letzter Zeit vielleicht nicht so schnell vergessen, aber das zeigt mir, dass ich auf dem Weg der Vergebung bin.

KAPITEL EINUNDZWANZIG

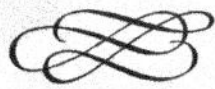

Sydney

„Okay, Schlampe. Spuck's aus."

Ich starre sie ausdruckslos an und tue so, als hätte ich keine Ahnung, wovon sie spricht. „Was meinst du?"

Cameron rollt mit den Augen. „Wirklich? Stellst du dich gerade extra dumm? Sag mir, was da vorhin zwischen dir und Bentley passiert ist!"

Ich nehme einen Bissen von meiner Pizza und kaue absichtlich langsam, nur um sie noch wilder zu machen, bevor ich antworte. „Nicht viel. Wir haben unsere Hausaufgabe erledigt – oder zumindest das meiste davon – und dann ist er gegangen."

Cam wirft mir einen eindeutig zweideutigen Blick zu. „Ich glaube den Quatsch keine Sekunde lang. Versuch es noch einmal."

Ich seufze dramatisch. „Gut. Wir haben vielleicht auch ein bisschen geknutscht."

„Und was noch?", fragt sie. „Weil ich weiß, dass das nicht alles ist. Hast du dich ausgezogen?"

„Nein, wir haben uns nicht ausgezogen", lüge ich.

Sie lacht spöttisch. „Wirklich? Warum hattest du dann deine Jogginghose verkehrt herum an, als du gegangen bist?"

Verdammt noch mal. Ich hatte so gehofft, dass sie das nicht gesehen hat.

„Woher weißt du, dass sie nicht von Anfang an waren?", frage ich. „Du hast mich nicht gesehen, bevor wir zusammen in den Raum gegangen sind."

Ich weiß nicht, warum ich ihr das Leben so schwer mache. Ich erzähle Cam sonst immer alles. Aber andererseits ziehe ich sie auch gerne auf.

Bevor sie antworten kann, surrt mein Handy auf dem Boden neben uns und Cameron schnappt es sich. Sie hält das Telefon an mein Gesicht, um es zu entsperren, bevor sie den Bildschirm wieder zu sich dreht.

„Gib mir mein Telefon zurück, du Hure!"

Cameron ist ein quirliges kleines Ding, also schaffe ich es erst, ihr mein Handy zu entreißen, *nachdem* sie die Nachricht gelesen hat.

Sie schaut auf das Telefon, wo Bentleys Nachricht zu sehen ist. „Nun, etwas sagt mir, dass doch *etwas* passiert ist."

Bentley: Ich kann nicht aufhören, daran zu denken, wie schön du bist, wenn du auf meiner Zunge kommst. Ich zähle die Sekunden, bis ich deine schöne Muschi wieder schmecken kann.

Ich weiß, dass ich rot werde, aber ich weigere mich, meiner besten Freundin die Genugtuung zu geben. Dirty

Talk hat mich noch nie gereizt, aber ich glaube, das liegt daran, dass die Jungs, die es in der Vergangenheit versucht haben, es nicht wirklich drauf hatten. Bentley Fitzgerald hat dieses Problem definitiv nicht. Der Junge strahlt Fleischeslust aus, wie niemand sonst. Und seine schmutzigen Worte verstärken das noch.

Ich zucke ein wenig zusammen, als mein Telefon erneut summt, diesmal mit einem eingehenden FaceTime-Anruf. Meine Augen weiten sich vor Panik.

„Was soll ich tun?!"

Cameron lacht. „Äh … du gehst ran?"

Ich werfe ihr einen warnenden Blick zu, als ich den Anruf entgegennehme. Im nächsten Moment sind Bentleys unbeschreiblich sexy Grübchen auf dem Bildschirm zu sehen.

„Ich entschuldige mich im Voraus für alles, was dir während dieses Gesprächs widerfahren könnte."

Die Verwirrung steht ihm ins Gesicht geschrieben, aber nur für einen Moment, denn dann plumpst Cam auf mein Bett und streckt ihren Kopf über meine Schulter, damit er ihr Gesicht sehen kann.

„Hey, Bentley. Schön, dich hier zu treffen."

Er grinst. „Cameron."

Sie keucht theatralisch. „Du hast es nicht vergessen! Nun, kitzel mich rosa. Äh … lieber nicht. Ich stehe nicht auf schlampige Sekunden. Obwohl es eine Schande ist, denn wenn die zartrote Gesichtsfarbe meines Mädchens hier nach dem Empfang deiner SMS ein Hinweis ist, dann dafür, dass du in diesem Bereich verdammt gut sein musst."

Ich fahre mit der Hand über mein Gesicht und stöhne. „Mein Gott, Cameron. Hättest du nicht ein bisschen mehr Diskretion walten lassen können?"

Cam schnaubt. „Schlampe, du kennst mich doch!“

Bentleys Lächeln wird breiter. „Passt es gerade nicht?“

Ich gehe quer durch den Raum, um von meiner nervigen Freundin wegzukommen. „Doch, schon. Wir haben gerade unser spätes Abendessen beendet, aber ich bin in meinem Zimmer und die einzigen neugierigen Ohren gehören Fräulein Taktlos da drüben. Solange du das im Hinterkopf behältst, ist alles in Ordnung.“

Sein schallendes Lachen bringt die Schmetterlinge in meinem Bauch zum Flattern, während Cam mir einen doppelten Vogel zeigt.

„Zeig mir dein Zimmer.“

Ich runzle die Stirn. „Warum?“

„Das hilft bei der Visualisierung für später.“ Er zwinkert.

„Willst du damit andeuten, dass du später beim Masturbieren an mich denken wirst?“

Bentleys Schultern heben sich. „Ich bin ein Kerl. Es ist kein Geheimnis, dass wir uns einen runterholen.“

„Oh, pikant!“ Cameron fängt an, so zu tun, als würde sie mein Bett vögeln. „Darf ich zusehen?“

Ich schwenke mein Handy, um Bentley zu zeigen, was sie tut, bevor ich es zurückhole. „Siehst du, was du angerichtet hast?“

Bentley stößt ein herzhaftes Lachen aus. „Weißt du, man sagt, man kann viel über einen Menschen sagen, wenn man seine Freunde kennt.“

Ich ziehe die Brauen hoch. „Willst du damit andeuten, dass ich eine leicht verrückte, unglaublich durstige Schlampe bin und keine Filter habe?“

„Ungehobelter Klotz!“ schimpft Cameron.

Er lächelt. „Nein, ich finde dein Mädchen ziemlich cool. Und verdammt witzig.“

„Mama“, flötet Cam und lässt sich auf den Rücken fallen. „Können wir ihn behalten?“

Ich rolle mit den Augen. „Ermutige sie nicht noch.“

Bentley hält seine freie Hand hoch. „Hey, ich sag’ ja nur.“

„Willst du damit *nur sagen*, dass du mich ziemlich cool und lustig findest?“

Bentleys volle Lippen zucken. „Ich habe noch nicht viel von dem Lustigen erlebt, aber ich vermute, dass es sich irgendwo da drin versteckt. Und ich finde dich auf jeden Fall ziemlich geil, Sydney.“

Der Blick aus seinen dunklen Augen bohrt sich in. Es ist fast so, als würden sie gleichzeitig versuchen, direkt in meine Seele zu sehen und mir die Kleider vom Leib zu schmelzen. Jetzt, wo ich darüber nachdenke, gilt das auch für den Rest von ihm.

„Ebenfalls.“

Wenn ich mich nicht irre, plustert sich der Kerl gerade auf, was verdammt niedlich ist. „Ich lasse dich zu deiner Freundin zurückgehen. Ich wollte nur ein letztes Mal dein hübsches Gesicht sehen und dir gute Nacht sagen.“

Ich streiche mir eine Haarsträhne hinters Ohr und unterdrücke ein Lächeln. „Gute Nacht, Bentley. Wir sehen uns morgen früh.“

„Bis dann, Syd.“

Ich beende den Anruf und drücke das Telefon an meine Brust.

„Verdammt, Mädchen. Er steht auf dich.“ Cam setzt sich wieder auf ihre Beine. „Die Frage ist: Was willst du deswegen tun?“

„Ich weiß es nicht." Ich schüttle den Kopf. „Er hat Probleme und ich weiß nicht, ob ich mich darauf einlassen will."

Sie zuckt mit den Schultern. „Na und? Dann knall ihn einfach und werde deine lästige Jungfräulichkeit los."

Ich überlege einen Moment, wie ich das am besten erklären kann. „Ich kann nicht sagen, dass der Gedanke, mit Bentley Sex zu haben, nicht reizvoll wäre, aber in meinem Kopf poppen alle möglichen roten Fahnen auf, wenn es um ihn geht. Ich habe ein komisches Gefühl, aber ich kann dir beim besten Willen nicht sagen, warum. Ich wünschte, ich könnte mich an die Nacht erinnern, in der wir uns kennengelernt haben, denn ich habe das Gefühl, dass die etwas damit zu tun hat."

Cam richtet sich auf und macht eine Geste mit ihren Händen. „Erzähl mir, an was genau du dich von dieser Nacht erinnerst. Vor allem den Teil mit Bentley. Es ist so lange her, dass wir darüber gesprochen haben, dass die Details verschwommen sind."

Ich schnappe mir ein Haargummi und stecke meine Haare in einen unordentlichen Dutt, bevor ich mich zu ihr aufs Bett setze. „Nicht viel, leider. Ich erinnere mich, dass wir viel geredet haben, aber ich weiß nicht mehr, *worüber*. Und ich weiß noch, dass wir uns geküsst haben. Heftig. Aber größtenteils ist die ganze Nacht verschwommen, dank des Mists, den Linz mir in das Getränk getan hat. Ich sollte wohl dankbar sein, dass ich mich nicht mehr an viel erinnern kann, alles in allem. Die kleinen Erinnerungsfetzen, die ich habe und die nichts mit Bentley zu tun haben, sind alles andere als lustig."

Früher habe ich gelegentlich gekifft, aber in der Nacht, in

der meine Cousine beschloss, mich mit einem sogenannten Aphrodite-Cocktail zu füttern, habe ich allen Drogen, ob natürlich oder nicht, abgeschworen. Er bestand aus zwei Teilen Champagner, einem Teil Himbeerwodka, einer großen Dosis Molly und einer Prise Rohypnol. Anscheinend hat ihr ein Möchtegern-Abercrombie-Model diesen Cocktail als *ultimativen Partykracher* vorgestellt. Als ich bei Linz ausgeflippt bin, weil sie mich mit Vergewaltigungsdrogen gefüttert hatte, hatte die Schlampe sogar die Frechheit, so zu tun, als hätte sie mir einen Gefallen getan. Sie schwört, dass es nur eine kleine Dosis Drogen war, genug, um meine Hemmungen zu lockern, damit ich Sex haben konnte, aber nicht genug, um die Kontrolle über meinen Körper und mich zu verlieren. Wenn ich nur einen getrunken hätte, würde das vielleicht stimmen, aber ich hatte im Laufe des Abends mehrere.

Gott, wenn ich an all die schrecklichen Dinge denke, die hätten passieren können, wird mir schlecht. Ich hatte Glück, dass Cora, eine von Lindseys Verbindungsschwestern, dazu kam, sah, was los war, und mich da rausholte, bevor diese Arschlöcher es noch weiter treiben konnten. Auf dem Campus gab es einen Abhol-Service, den wir anscheinend nutzten, um zurück zum Delta-Pi-Haus zu kommen, aber auch daran kann ich mich nicht mehr erinnern.

Cam lächelt mich traurig an, als ich neben ihr auf der Matratze liege. „Habe ich in letzter Zeit erwähnt, wie sehr ich deine Cousine hasse?"

„Ich verstehe dich."

Sie runzelt die Stirn. „Ich verstehe immer noch nicht, warum du deiner Familie nicht davon erzählt hast. Oder sogar der Polizei. Sie sollte nicht damit durchkommen."

„Ich weiß." Ich seufze. „Ich habe seit dieser Nacht so oft darüber nachgedacht, etwas zu sagen, aber letzten Endes bin ich relativ unbeschadet davongekommen. Und so rücksichtslos sie damals auch sein konnte, ich glaube wirklich nicht, dass Lindsey es böse gemeint oder gar die Konsequenzen bedacht hat. Außerdem ist sie, seit sie mit Christopher schwanger ist, ein ganz anderer Mensch geworden. Ich werde nichts tun, was sich nachteilig auf den kleinen Jungen auswirken könnte. Sie ist sein Ein und Alles."

Ein paar Monate nach dieser Party ist meine Cousine schwanger geworden. Es war auf keinen Fall geplant, aber in dem Moment, in dem sie das rosa Pluszeichen sah, hat sie ihr Partygirl-Dasein an den Nagel gehängt und sich ganz der Mutterschaft verschrieben. Ich weiß nicht, ob ich ihr jemals verzeihen werde, aber ich kann nicht leugnen, wie sehr sie sich verändert hat, und ich kann auch nicht vergessen, wie eng wir früher miteinander verbunden waren. Lindsey war wie eine ältere Schwester für mich, als ich aufwuchs.

„Hast du Bentley gefragt, woran er sich erinnert?"

„Nein." Ich schüttle den Kopf. „Aber ich denke, es kann nicht schaden, mit ihm darüber zu reden."

„Na also, geht doch." Cam wackelt mit den Augenbrauen. „Und wenn du zufällig ein paar Orgasmen bekommst, während du *redest*, dann ist das eben so."

Ich werfe ein Kissen nach ihr. „Du bist bescheuert."

Sie wirft es zurück. „Schlampe, du könntest ohne mich nicht leben."

„Darüber lässt sich trefflich streiten." Ich rolle mit den Augen.

„Also … wenn du mir schon nicht alle schmutzigen Details verraten willst, dann sag mir wenigstens das. Wie viele Einsen hast du heute Nachmittag aus ihm herausgeholt?“

Ich halte drei Finger hoch und unterdrücke ein Grinsen.

Ihre funkelnden Augen weiten sich. „Heilige Scheiße! Mädchen, wenn du ihn nicht willst, schickst du ihn dann zu mir?“

„Wer sagt, dass ich ihn nicht will?“

Cam zeigt mit dem Finger auf mich. „Ha! Ich habe dich dazu gebracht, es zuzugeben.“

Ich zeige ihr den Mittelfinger. „Ja, ja, als ob du das nicht schon vorher gewusst hättest.“

Sie zuckt mit den Schultern. „Nun … wie auch immer du dich entscheidest, du weißt, dass ich immer für dich da bin, oder?“

Ich lächle. „Ich weiß, dass du das tust, und ich liebe dich dafür.“

Cam zieht mich in eine seitliche Umarmung. „Man nennt mich nicht umsonst die größte Schlampe aller Zeiten.“

„*Ich* bin die Einzige, die dich so nennt.“ Ich kichere.

„Äh, Semantik.“ Ihre vollen Lippen verziehen sich zu einem Lächeln. „Wie auch immer … rede mit Bentley. Finde heraus, woran er sich erinnert und fangt von da an. Ganz einfach.“

„Ja … ein Kinderspiel.“

Warum habe ich das Gefühl, dass mich diese Worte am Ende noch einholen werden?

KAPITEL ZWEIUNDZWANZIG

Bentley

„Wusstest du, dass ich nach dir geschrien habe? In diesem Raum, in diesem Haus, als ich von all diesen Typen vergewaltigt wurde, während jedes meiner Löcher blutig und wundgescheuert war, habe ich nach dir geschrien. Aber die Sache ist die, dass ich die Worte nicht herausbrachte. Es war, als hätte ich eine außerkörperliche Erfahrung gemacht, bei der ich all diese schrecklichen Dinge, die mir widerfuhren, in allen Einzelheiten sehen konnte, dabei aber hilflos war. Meine Gliedmaßen waren nutzlos. Meine Stimme verstummt.

Aber in meinem Kopf habe ich so laut geschrien, wie ich konnte. Ich habe deinen Namen geschrien, Bentley. Ich wusste, dass du irgendwo in der Nähe warst, und ich dachte, wenn ich laut genug schreie, auch wenn ich keinen Ton von mir gebe, würdest du es irgendwie merken. Dass du irgendwie spüren würdest, was mit mir passiert und mich aus dieser Hölle retten. Aber du hast mich nicht gerettet, oder? Denn du warst mit dem Mädchen unterwegs, das dir den Schwanz gelutscht hat, oder Gott weiß was sonst, während meine Seele unrettbar zerfetzt wurde. Wie fühlst du dich dabei, Bentley?"

Ich beobachte Carissas Füße, die von der mit Graffiti beschmierten Plattform des Topanga Lookout baumeln, und versuche, eine Antwort zu formulieren. Was soll ich dazu sagen? Wie soll ich jemals das letzte Unrecht wiedergutmachen?

„Ich wusste es nicht, Carissa. Ich dachte, du wärst gegangen. So wütend ich auch auf dich war, ich hätte das nie gewollt."

Sie lacht, aber es ist kein Humor dahinter. „Netter Versuch. Denn die Sache ist die: Ich weiß es, Bentley. Ich weiß, dass Grady deinetwegen auf der Party war. Deinetwegen war ich ganz am Ende wehrlos."

Ich werfe meine Hände hoch. „Ich hatte keine Ahnung, dass er mit Roofies dealt, Riss. Ich schwöre bei Gott. Du kennst mich besser als jeder andere. Glaubst du wirklich, dass ich dulden würde, dass eine Frau verletzt wird?"

Carissa steht auf und schaut auf das Tal hinaus. „Siehst du, genau darum geht es. Offensichtlich kenne ich dich überhaupt nicht. Denn der Bentley, den ich kenne, hätte mich nie weggehen lassen. Er hätte nie zugelassen, dass ich zusehen muss, wie ihm von einem anderen Mädchen einer geblasen wird. Der Bentley, den ich kenne, hätte die Schlampe in dem Moment von sich gestoßen, in dem ich den Raum betreten hätte."

„Sydney ist keine Schlampe."

„Ja, klar." Rissa rollt mit den Augen. „Keusche kleine Prinzessinnen blasen in der Öffentlichkeit niemandem einen."

Ich schüttele den Kopf. „Ich denke, es waren vielleicht

mildernde Umstände im Spiel. Sie ist ganz sicher kein Mädchen, das so etwas in der Öffentlichkeit tut.“

„Er hätte ihn ihr sicherlich nicht in den Hals gesteckt und mich damit verhöhnt“, fährt sie fort, als hätte sie meine letzte Aussage gar nicht gehört. „Oder noch schlimmer, er hätte sie nie geküsst, als wäre sie das Beste, was ihm je passiert ist. Dieser Kuss war wie ein Dolch in meinem Herzen. Solch einen Schmerz habe ich noch nie gespürt. Na ja ... bis kurz danach jedenfalls.“

Ich erschaudere, wenn ich an die unvorstellbaren Schrecken denke, die sie in dieser Nacht erlebt haben muss.

„Wie fühlt es sich an, zu wissen, dass du für meinen Tod verantwortlich bist? Wie kannst du mit dir selbst leben?“ Carissa streckt ihren Arm aus und deutet auf den steilen Abgrund unter ihr. „Wenn ich du wäre, könnte ich nicht jeden Morgen mit dem Wissen aufstehen, was ich getan habe. Vielleicht solltest du meinem Beispiel folgen. Der Tod ist der einfachste Weg, den Schmerz zu beenden, Bentley.“

Im selben Moment springt Rissa von der Kante der Plattform. Ich versuche, mich nach vorn zu stürzen, um sie aufzufangen, aber aus irgendeinem Grund kann ich mich nicht bewegen. Ich bin wie auf dem Boden festzementiert, während ich sehe, wie ihr Körper mit einem dumpfen Aufschlag auf einen der zerklüfteten Felsen knallt. Das Blut strömt aus ihrem Schädel und sickert in den roten Felsen unter ihr, während das Leben langsam aus ihren Augen weicht. Kurz bevor Rissa ihren letzten Atemzug tut, höre ich sie laut und deutlich zum Abschied sagen:

„Das werde ich dir nie verzeihen, Bentley.“

Ich reiße meine Augen auf und ich benötige einen Moment, um in die Realität zurückzukehren.

„Scheiße.“

Ich reibe mir mit geballten Fäusten die Augen und versuche, den Albtraum abzuschütteln. Mein Gott, wird diese Qual jemals enden? Wird es jemals einen Punkt in meinem Leben geben, an dem ich keine Angst mehr vor dem Einschlafen habe, weil ich nicht weiß, welche Albträume mich erwarten? Ich dachte, ich hätte endlich die Kurve gekriegt, weil ich seit Monaten keinen Albtraum mehr hatte, aber seit Sydney aufgetaucht ist, habe ich wieder jede Nacht einen. Ich stehe auf, gehe ins Bad und spritze mir kaltes Wasser ins Gesicht. Während ich mein Spiegelbild betrachte, reibe ich mir die Brust an der Stelle, wo es besonders spannt. Als meine Hand zur Seite gleitet, fällt mein Blick auf die zarte Schrift, die direkt über meinem Herzen tätowiert ist.

Schlaf gut, Tiny Dancer

Ich zeichne den Schriftzug mit meinem Zeigefinger nach. Ich habe mir dieses Tattoo an dem Tag stechen lassen, an dem Carissa beerdigt worden war. Nach ihrem Angriff hatte sie praktisch keine Erinnerung mehr an den Vorfall, aber sie wurde von nächtlichen Angstzuständen geplagt. Carissa konnte sich zwar nicht an ihre Träume erinnern, aber sie wachte so voll Panik auf, dass wir glaubten, ihr Unterbewusstsein würde die Nacht, in der sie brutal vergewaltigt worden war, immer wieder durchleben.

Als ihre beste Freundin verbrachte Ainsley viel Zeit in Rissas Haus. Riss weigerte sich, mich zu sehen oder auch nur mit mir zu reden. Aber laut Ainsley glaubt sie, dass das daran lag, dass ich ein Mann war, und nicht an mir persönlich. Der einzige Mann, den Carissa noch an sich heranließ, war ihr Vater, und selbst dann, so Ainsley, schreckte sie vor seiner Nähe zurück.

Die nächtlichen Panikattacken wurden so häufig, dass Carissa sich zwang, so lange wie möglich wach zu bleiben, bis das Delirium einsetzte. Ihr Arzt verschrieb ihr die Schlaftabletten, mit denen Carissa schließlich ihr Leben beendete. Laut Ainsley schien Rissa Fortschritte zu machen. Am Ende willigte sie sogar ein, einen Termin bei dem Therapeuten zu machen. Darum hatten ihre Eltern sie gebeten, und das schien ein *großer* Durchbruch zu sein. Aber in derselben Nacht schluckte sie so viele Pillen, dass eine versehentliche Überdosis ausgeschlossen werden konnte. Es besteht kein Zweifel daran, dass Carissa am nächsten Tag auf keinen Fall mehr aufwachen wollte. Da sie keine Nachricht hinterlassen hat, weiß keiner von uns genau, was sie am Ende gedacht hat, aber ihr Arzt war der Meinung, dass der Schlafentzug zu ihrem Gemütszustand beigetragen hat.

Ich fluche, als ich auf die Uhr schaue und sehe, dass ich zu spät dran bin. Ich muss gestern Abend vergessen haben, meinen Wecker zu stellen. Ich mache mich so schnell wie möglich für die Schule fertig und fahre los. Als ich auf den Parkplatz von Windsor fahre, bin ich zwanzig Minuten zu spät für die erste Stunde und immer noch extrem nervös. Ich krame in meinem Handschuhfach, hole meine neue Flasche Oxy und stecke ein paar Pillen in die Brusttasche meines Blazers, nur für alle Fälle. Ich atme tief durch, steige aus dem Auto und gehe zum Schulbüro, um mir einen Zettel für die Verspätung zu holen.

Als die zweite Stunde anbricht, bin ich noch angespannter. In dem Moment, in dem ich den Psychologiekurs betrete, sehe ich Sydney, die mich von ihrem Schreibtisch aus anlächelt. Ich versuche, die Geste zu erwidern, aber ich kann mich im Moment einfach nicht dazu durchringen.

„Hey, du", sagt sie leise, als ich mich neben sie setze. „Wie war dein Morgen?"

Ich reibe mir den Nacken. „Gut."

Ich spüre, wie sich ihr meerblauer Blick in meine Gesichtshälfte brennt, aber ich bringe es nicht über mich, sie anzuschauen. „Stimmt etwas nicht, Bentley?"

Ich drehe meinen Kopf leicht in ihre Richtung. „Nein. Wie kommst du darauf?"

Sydney nickt zu meinem hüpfenden Bein. „Weil du gerade sehr angespannt bist, als ob du dich über etwas aufregst."

Ich zwinge mein Bein, nicht mehr so verdammt zu zucken. „Mir geht's gut", sage ich. „Ich habe vergessen, meinen Wecker zu stellen, deshalb war ich heute Morgen zu spät dran. Deshalb bin ich ein bisschen daneben."

Sie überlegt einen Moment lang. „Bist du sicher, dass das alles ist? Du kannst mit mir reden, Bentley." Sie beugt sich vor und senkt ihre Stimme noch weiter. „Hat das etwas mit damit zu tun, warum du mich neulich gebeten hast, dich zum Friedhof zu fahren?"

Meine Fäuste ballen sich unter meinem Schreibtisch. „Tu das nicht."

Sydney richtet sich auf ihrem Sitz auf. „Tu *was* nicht?"

Ich starre sie aus zusammengekniffenen Augen an. „Hör auf, in Dingen herumzuschnüffeln, die dich nichts angehen. Ich habe dir gesagt, dass es ein Fehler war, dich dorthin zu bringen, und das meinte ich auch so. Tu uns beiden einen Gefallen und vergiss einfach, dass es je passiert ist."

Ich kann das Summen unter meiner Haut nicht mehr ertragen, also ziehe ich die Pillen diskret aus meiner Tasche, stecke sie mir in den Mund und schlucke sie trocken herunter.

Sydneys Augen weiten sich. „Was war das?"

„Noch so eine Sache, die dich nichts angeht.“

„O-kay.“ Sie zieht das Wort in die Länge. „Ich weiß nicht, wo der Typ ist, mit dem ich gestern Nachmittag abgehangen habe, aber das ist er nicht. Für diesen Scheiß habe ich mich nicht gemeldet.“

„Ich habe dich nicht darum gebeten, dich für *irgendetwas* zu melden.“ Ich flüstere in ihr Ohr, damit niemand den nächsten Teil hört. Ich muss meinem Schwanz sagen, dass er sich verdammt noch mal beruhigen soll, als ich ihren süßen Vanilleduft einatme. „Du hast nicht das Recht, alles zu wissen, nur weil du mich von deiner hübschen Muschi naschen lässt. Halte das nicht für mehr als das, was es ist, Schätzchen.“

Sie lacht. „Ach ja? Und was genau wäre das?“

Meine Zähne klammern sich kurz an ihr unteres Ohrläppchen und lassen sie erschaudern. „Lust. Dass ich dich ficken will, heißt nicht, dass ich dich *kennen* will, oder umgekehrt.“

„Zur Kenntnis genommen.“ Sie schaut nach vorn, als die Glocke läutet und ignoriert mich für den Rest der Stunde.

Ich weiß, dass die ganze Scheiße mit Carissa nur ein Traum war. Ich weiß, dass es nicht *wirklich* passiert ist, aber ich bekomme es einfach nicht aus meinem Kopf. Ich muss immer wieder an diese Nacht denken und an das, was wirklich passiert ist. Wie ich Sydney benutzt habe, um Carissa zu verhöhnen. Diese eine Aktion – eine Aktion aus reiner Bosheit – hatte gewaltige Folgen, die nie wieder rückgängig gemacht werden können. Syd trifft zwar keine Schuld, und wie ich inzwischen weiß, ist sie vielleicht sogar auch ein Opfer, aber das hält meinen Verstand nicht davon ab, verrücktzuspielen. Aus irgendeinem Grund kann ich die beiden Dinge nicht voneinander trennen. Wenn ich in Sydneys Nähe bin, kommen mir Gedanken über Carissas Trauma und meine Rolle darin.

Als meine Pillen wirken, habe ich das Gefühl, dass ich zum ersten Mal seit dem Aufwachen wieder durchatmen kann. Ich fühle mich wie ein Arschloch, weil ich Sydney so behandelt habe. Angesichts dessen, wie sie in den letzten vierzig Minuten vor sich hin gebrütet hat, würde sie mich jetzt vermutlich am liebsten kastrieren. Als die Glocke läutet, greife ich nach ihrem Ärmel, um sie auf mich aufmerksam zu machen, aber sie schüttelt mich ab und wirft mir einen Blick zu, bei dem sich ein normaler Mensch in die Hose machen würde.

„Nein. Ich kann jetzt nicht mit dir reden. Ich könnte etwas sagen, was ich später bereuen würde. Im Gegensatz zu dir weiß ich, welche Macht Worte haben, und es macht mir keinen Spaß, andere zu verletzen."

Darauf habe ich nichts zu erwidern, also lasse ich sie gehen.

Mein Gott, warum kann ich nicht aufhören, alles zu vermasseln?

Aber sie hat Recht: Sie hat sich nicht für diesen Scheiß gemeldet. Ich muss sie nur dazu bringen, mich so sehr zu hassen, dass sie aufhört, es zu versuchen. Ich habe bereits zur Genüge gezeigt, dass ich nicht stark oder selbstlos genug bin, alles abzulehnen, was sie mir zu geben bereit ist. Ich weiß, wie es ist, in einer toxischen Beziehung auf der Verliererseite zu stehen, und das würde ich meinem schlimmsten Feind nicht wünschen.

„Hey, Baby." Eine kleine Hand schlingt sich um meinen Bizeps. Als ich nach unten schaue, sehe ich, wie Rebecca mit den Wimpern klimpert. „Hast du Lust, den Gutschein einzulösen?"

Wir weichen ein paar Leuten aus, als wir den belebten Flur betreten. Sydney ist nur ein paar Meter vor uns, was mir die perfekte Gelegenheit gibt, die Sache klarzustellen. Sie tut so, als würde sie nicht zuhören, aber ich merke, dass das nicht so ist.

„Nicht jetzt, Babe. Aber wir können uns zum Mittagessen treffen. Warum bringst du nicht eine Freundin und ein paar *Erfrischungen mit*?" Ich berühre mit meinem Finger die Unterseite meiner Nase und hoffe, dass sie den Wink verstanden hat.

Rebeccas mit Kollagen gefüllte Lippen verziehen sich zu einem Grinsen. „Das kann ich machen."

„Toll. Abgemacht."

Ich löse mich von Rebecca und zwinkere ihr über meine Schulter zu. Mir entgeht weder Sydneys Blick in meine Richtung noch das gemurmelte „Arschloch", das ihr über die Lippen kommt. Als ich weggehe, sage ich mir, dass das das Beste für uns beide ist.

Wenn ich das nur selbst glauben könnte.

KAPITEL DREIUNDZWANZIG

Sydney

Da ich keine Lust habe, Bentley oder Barbie im Speisesaal zu begegnen, gehe ich zur Mittagszeit in die Bibliothek, um mir ein Sandwich aus dem Café zu holen. Leider geht mein Plan nach hinten los, denn Bentley, Barbie und eine zweite Blondine lehnen an der Backsteinmauer der Bibliothek gleich rechts vom Eingang. Wenn ich hineingehen will, habe ich keine andere Wahl, als an ihnen vorbeizugehen. Ich tue mein Bestes, um den stechenden Schmerz in meiner Brust zu ignorieren, als ich sehe, wie Bentleys starke Arme die beiden Mädchen umschlingen. Sie haben sich an seine Seite gekuschelt und kichern über etwas, das er gesagt hat. Bentley und ich nehmen Blickkontakt auf, als ich näherkomme, und keiner von uns beiden scheint den Blick abwenden zu können. Ich beschließe, ein großes Mädchen zu sein, und statt so zu tun, als wäre er unsichtbar, gehe ich direkt auf ihn zu.

„Können wir reden?"

Ich schaue Bentley direkt an, aber aus dem Augenwinkel sehe ich, wie Rebecca mir ein Loch in den Kopf starrt. Scheiß auf sie. Dies ist ein freies Land. Ich kann reden, mit wem ich will.

Bentleys schokoladenbraune Augen mustern meinen Körper von Kopf bis Fuß und halten kurz auf meinen Brüsten inne, bevor sie zu meinen Augen zurückkehren. „Ich passe. Ich bin gerade ein bisschen beschäftigt, Süße."

Ich seufze und unterdrücke meine Verärgerung. Natürlich wird er es mir nicht leicht machen. „Komm schon, Bentley. Ich brauche nur ein paar Minuten."

Zu seiner Rechten rollt Rebecca dramatisch mit den Augen. „Kapier's endlich, du blöde Schlampe. Bentley will dich nicht, also hau ab und hör auf, dich so erbärmlich aufzuführen."

Ich muss mir alle Mühe geben, meine Überraschung zu verbergen, als mir etwas klar wird. Ich glaube, ich war an dem Tag, als sie an unserem Mittagstisch saß, zu sehr mit dem ganzen Drama beschäftigt. Das ist die einzige Erklärung, die mir einfällt, warum ich ihre Stimme nicht damals schon erkannt habe. Das ist die Schlampe, die mich vor der Toilette zu Boden gestoßen hat. Daran habe ich keinen Zweifel.

Ich erwidere ihren frostigen Blick. „Schätzchen, ich glaube, das muss er selbst entscheiden." Mein Blick wandert zu Bentley und fleht ihn an, seinen Kopf aus seinem Arsch zu nehmen. „Und?"

Bentleys Arme senken sich, bis jede seiner Hände auf

einer der Hüften der Mädchen ruht. „Wie ich schon sagte, ich bin ein bisschen beschäftigt." Sein Blick wandert zu den beiden Mädchen. „Kommt schon, meine Damen. Lasst uns ein bisschen Spaß haben."

Nun, so viel zu dieser Idee. Scheiß auf ihn. Ich kann nicht sagen, dass ich es nicht versucht hätte. Wenn er ein riesiger Mistkerl sein will, der alles Gute, das wir gemeinsam hatten, zerstören will, dann soll es so sein.

Ich reiße die Tür zur Bibliothek auf und stapfe hinein. Mein Appetit ist mir vergangen, also gehe ich nicht ins Café, sondern suche mir einen Tisch in einer ruhigen Ecke und setze mich. Cameron ist auch in der Mittagspause, also hole ich mein Handy heraus, um ihr eine SMS zu schicken.

Ich: Hey, Schlampe. Wie ist dein Tag so?

GBOAT: Laaaangweilig. *Singsang* Ich hasse es hier ohne dich. Ich weiß, dass wir uns die ganze Zeit sehen, aber ich vermisse dich, boo.

Ich: Ich vermisse dich auch.

GBOAT: Was ist los?

Ich: Wie kommst du darauf, dass etwas nicht stimmt?

GBOAT: Äh ... weil ich dich kenne. Außerdem weiß ich, dass du mit deinen neuen Freunden zu Mittag gegessen hast. Wenn du mir also gerade eine SMS schreibst, sagt mir das, dass etwas passiert ist.

Ich seufze.

Ich: Ehrlich gesagt, habe ich keine Ahnung, was zum Teufel passiert ist. Der heutige Tag war seltsam.

GBOAT: Wie das? Hat das etwas mit Mr. Triple O zu tun?

Ich: Oh, du meinst den Riesentrottel?

GBOAT: Oh-oh. Was hat er getan?

Ich: Ach, nichts Großes. Er hat sich im Psychologieunterricht wie ein Arschloch benommen und mir gesagt, dass er überhaupt kein Interesse daran hat, mich kennen zu lernen, nur weil ich mich von ihm habe vernaschen lassen. Dann traf ich ihn mit zwei Mädchen im Arm an, von denen ich gerade herausgefunden habe, dass eine die Schlampe ist, die mich zu Boden gestoßen hat.

GBOAT: *grimmiger Typ aus *Inside Out* GIF*

Ich: Ohne Scheiß. Das bringt es auf den Punkt.

GBOAT: Fick ihn. Es ist mir egal, ob er sich mit einer Muschi auskennt. Niemand behandelt meine beste Freundin wie Scheiße und kommt damit durch.

GBOAT: *schlechtes Schlampen-GIF*

Ich: Danke, Mädchen.

GBOAT: *Fez ich liebe dich GIF*

Das bringt mich zum Lächeln.

Ich: Wenn du Feierabend hast, holen wir uns ein paar riesige Oreo-Milchshakes. Und Pommes.

GBOAT: *Mein Milchshake bringt alle Jungs auf den Hof GIF*

Ich lache und finde es toll, wie leicht sie meine schlechte Laune umdrehen kann.

Ich: Ich bin auf dem Weg ins Studio, um nach der Schule noch ein bisschen zu üben und meine Wut in den Griff zu bekommen. Soll ich dich mitnehmen?

GBOAT: *Yaas girl GIF*

Ich: Bist du in der Lage, in etwas anderem als GIFs zu kommunizieren?

GBOAT: *Grumpy Cat NOPE GIF*

Ich: *Oh, du verrückter Steve Harvey GIF*

GBOAT: Ich liebe dich auch, Babe ;)

Ich stecke mein Handy zurück in die Innentasche meines Blazers und beschließe, dass ich auch etwas arbeiten könnte, wenn ich schon mal hier bin. Ich hole mein Chromebook aus der Tasche und fange an, den Aufsatz über unsere Ergebnisse für dieses blöde Psychologieprojekt zu schreiben. Ich werde mich auf keinen Fall mit Bentley treffen, um die Aufgabe zu beenden, also muss ich die Zahlen ein bisschen frisieren. Je schneller ich diesen Aufsatz fertig habe, desto früher kann ich ihn abgeben. Danach habe ich keinen Grund mehr, jemals wieder mit diesem Arschloch zu reden.

Ja, das glaubst du doch selber nicht, Syd.

Ich schlage meinen Kopf auf die Tischplatte. Warum tue ich mir das nur an? Wenn mich ein anderer Kerl so behandelt hätte, wie Bentley es getan hat, hätte ich ihn sofort vor die Tür gesetzt. Was ist an ihm, dass ich mir alles gefallen lasse? Ich setze mich auf, als es mir klar wird und die sprichwörtliche Glühbirne über meinem Kopf mich mit ihrer Intensität blendet.

Es sind seine Augen.

Oder … eher die Art, wie er mich ansieht. Es ist, als ob er mich besser sehen kann als jeder andere. Als ob er einen direkten Draht zu meiner Seele hätte oder so. Ich bin beileibe kein religiöser Mensch, aber halte viel von Spiritualität. Und der hoffnungslose Romantiker in mir glaubt gerne, dass es für jeden irgendwo auf der Welt einen Seelenverwandten gibt. Ich behaupte nicht, dass Bentley das für mich wäre, aber ich glaube, dass er trotzdem irgendwie von Bedeutung ist. Als wäre er in meinem Leben, um einem größeren Zweck zu dienen.

Manche mögen das für Humbug halten, aber ich sehe es eher als Intuition. Meine Mutter hat mir beigebracht, dass ich meinem Bauchgefühl vertrauen soll. Sie schwört, dass dein Instinkt dich in keiner Situation im Stich lässt, wenn du auf ihn hörst. Hör *wirklich* auf ihn. Und aus welchem Grund auch immer, mein Bauchgefühl sagt mir, dass Bentley Fitzgerald meine Zeit wert ist. Hoffentlich kann ich herausfinden, warum, bevor ich den Verstand verliere oder ihn gar in einen Eunuchen verwandle. Ich würde sagen, beides ist derzeit gut möglich.

Ich stöhne auf, als mir ein heftiger Schmerz in die Brust fährt, weil ich daran denke, wie Bentley gerade mit Barbie Eins und Barbie Zwei *Spaß hat.* Ich weiß, dass Jungs – und auch Mädchen – Sex und Gefühle trennen können, aber als er mich geküsst hat … ging das weit über den körperlichen Akt hinaus. Ich weiß, dass ich mir das nicht eingebildet habe. Ich habe es auch gestern Abend bei seinem Anruf gespürt. Die Frage ist also, was zum Teufel ist zwischen dem Ende des Telefonats gestern Abend und heute Früh passiert? Warum hat er sich von süß und charmant zu kalt und rachsüchtig verwandelt?

Igitt. Jungs sind scheiße.

Die Glocke klingelt und schreckt mich auf. Ich schaue auf die Uhr und stelle fest, dass ich schon seit zwanzig Minuten wie weggetreten bin. Ich packe meine Sachen zusammen, stecke sie in meine Büchertasche und gehe zurück zur Franklin Hall, in der meine letzten Kurse stattfinden. Kurz bevor ich dort ankomme, bin ich überrascht, Rebecca und ihre Freundin mit säuerlichen Mienen vor dem Gebäude stehen zu sehen. Ich weiche nach rechts aus und mische mich unter die Menge, damit ich unbemerkt an ihnen vorbeikomme. Und okay, vielleicht auch, um sie belauschen zu können.

„Ich weiß nicht, was sein Problem ist", jammert Rebecca. „Das ist schon das zweite Mal, dass er in der einen Minute Interesse zeigt und mich dann abblitzen lässt, bevor wir zu den guten Sachen kommen."

Interessant.

„Warum macht er das?", fragt ihre Freundin.

Rebecca ärgert sich. „Wenn ich es nicht besser wüsste, würde ich sagen, dass er in das neue Mädchen verknallt ist. Aber das kann unmöglich wahr sein, denn er ist eine Nummer zu groß für sie. Er ist ein *König*, verdammt noch mal, und sie ist ein Tugendlamm. Ganz und gar nicht sein Typ."

Von wegen „Tugendlamm". Nur weil ich nicht überall herumschlafe und gute Noten schreibe, heißt das nicht, dass ich immer nur Miss Übermoral bin. Nicht, dass an Leuten, die das tun, etwas auszusetzen wäre, aber diese Schlampe ist verrückt, wenn sie denkt, dass ich so wäre. Ich lächle, als ich mir vorstelle, wie ich meine Faust um ihren Pferdeschwanz schlinge und ihr das gebleichte Haar aus dem Schädel reiße.

Okay, vielleicht war das ein bisschen zu viel des Guten.

Ich steige die Stufen zum Gebäude hinauf und als ich sicher bin, dass Rebecca mich sehen kann, zeige ich ihr den Stinkefinger, bevor ich mich umdrehe und hocherhobenen Hauptes davonlaufe.

Verdammt, das hat gut getan.

Diese Leute haben keine Ahnung, wenn sie glauben, dass ich ihre Beleidigungen einfach so hinnehme. Und das gilt auch für Bentley Fitzgerald.

KAPITEL VIERUNDZWANZIG

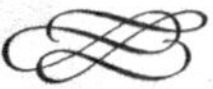

Sydney

Während Beyoncés „Halo" aus den Lautsprechern schallt, gleite ich mit geübter Leichtigkeit über den Boden. Ich kenne diese Übung in- und auswendig. Ich habe sie schon so oft gemacht, dass sich mein Körper ganz natürlich zur Musik bewegt. Doch heute sind meine Schritte zwar dieselben, aber die Emotionen dahinter sind anders. Mein Frust und meine Wut sickern von den Fingerspitzen bis hinunter zu den Zehenspitzen durch und widersetzen sich dem Liedtext. Alles ist ein Wirrwarr aus Pirouetten, Pliés und Passés. Ich schaffe jeden Trick mühelos, aber ich nehme mir nicht die Zeit, sie richtig vorzubereiten, was zu Verletzungen führen könnte.

An Konsequenzen denke ich in diesem Moment nicht im Geringsten. Alles, woran ich denken kann, ist zu tanzen, bis ich nicht mehr das Gefühl habe, zusammenzubrechen. Und genau das tue ich auch, denn ein Lied jagt das nächste, bis ich so erschöpft bin, dass ich mich auf den Boden fallen lasse und keinen Versuch mehr mache, aufzustehen. Ich bin mir nicht sicher, wie viel Zeit vergangen ist, in der ich schweiß-gebadet daliege und versuche, Luft zu holen, bevor die Tür aufgeht.

„Wow, Baby", sagt meine Mutter. „Was ist los mit dir?"

Meine Augen folgen dem Klang ihrer Stimme, bis ich sie in der Tür stehen sehe. „Was meinst du?"

„Oh, ich weiß nicht, vielleicht die Tatsache, dass du seit fast drei Stunden wieder hier bist, und wie es aussieht, hast du ohne Pause getanzt."

Ich stütze mich auf meine Ellbogen. „Und? Das hier *ist* ein Tanzstudio. Die Leute kommen hierher, um zu tanzen."

Sie wirft mir einen schiefen Blick zu. „Ja, das ist wahr. Aber du kennst deine Grenzen. Wenn du bis zur Erschöp-fung tanzt, bedeutet das, dass du versuchst, etwas in deinem Kopf zu verarbeiten. Also frage ich dich noch einmal. Was nagt an dir?"

Ich atme tief aus. „Männerprobleme."

Sie geht durch den Raum und setzt sich neben mich auf den Boden. „Hat das etwas mit dem hübschen jungen Mann zu tun, der neulich hier war?"

„Vielleicht."

Meine Mutter gluckst. „Das habe ich mir schon gedacht. Willst du darüber reden?"

„Er ist einfach so heiß und kalt. In der einen Minute ist er süß und charmant, und in der nächsten ist er ein mürrischer Idiot. Ich weiß nicht, wie ich mit seinen Stimmungsschwan-kungen umgehen soll."

Sie denkt einen Moment lang darüber nach. „Ist es

möglich, dass er etwas durchmacht, von dem du nichts weißt?“

Ich zucke mit den Schultern. „Ich bin mir da sogar fast sicher. Ein paar seiner Freunde haben etwas in der Art erwähnt, aber ich weiß keine Einzelheiten.“

„Hast du jemals daran gedacht, ihn direkt zu fragen?“

„Ja.“ Ich lehne mich nach vorn und schiebe meine Hände unter meine Füße, um meine Muskeln zu dehnen. „Ich habe es versucht, zumindest ein bisschen. Aber er sagt nichts, und das frustriert mich unendlich. Ich weiß, ich sollte einfach weggehen und die Sache vergessen, *ihn* vergessen, aber aus irgendeinem Grund kann ich das nicht.“

Meine Mutter steht auf und streckt ihren Arm aus, um mir aufzuhelfen. „Weißt du, was ich denke?“

„Was?“

„Ich denke, es ist keine gute Zeit, ihn noch einmal zu fragen, aber dieses Mal gib nicht auf, bevor er dich reinlässt.“ Sie wirft mir einen Blick zu und kichert. „Aber vielleicht solltest du erst einmal einen Boxenstopp zu Hause einlegen und duschen. Es könnte Sache helfen, wenn du nicht stinkst und wie eine ertrunkene Ratte aussiehst.“

„Vielen Dank, Mama. Ich kann deine Liebe wirklich spüren.“

Sie lacht. „Bitte. Du weißt, dass du meine Lieblingstochter bist.“

„Ich bin deine *einzige* Tochter.“

„Ja, aber du bist immer noch mein Liebling.“

Ich schüttle den Kopf und unterdrücke ein Lächeln. „Meinst du wirklich, ich sollte zu ihm gehen?“

„Ja, genau das denke ich. Wenn du etwas in ihm siehst, Sydney, solltest du dem auf den Grund gehen.

Vielleicht *ist* er die Mühe wert. Aber gleichzeitig musst du auch Respekt einfordern. Du musst deutlich machen, dass du kein Mädchen bist, das sich von ihm schlecht behandeln lässt."

Sie sieht mich nachdenklich an. „Habe ich dir jemals gesagt, dass ich deinen Vater nicht leiden konnte, als wir uns kennenlernten? Ich dachte, er sei ein arroganter Arsch."

Ich lache. „*Was?!* Nein, das hast du mir *noch nie* gesagt. Ihr beide wart immer so ekelhaft verliebt ineinander."

Sie nickt. „Es ist wahr. Er war *solch ein* Idiot. Er tat so, als wäre er ein Geschenk Gottes an die Frauen, und ich hatte keine Lust auf diesen Blödsinn. Ich hätte ihn sofort abblitzen lassen sollen, aber ich sah etwas hinter seiner großspurigen Art und ich wusste, dass ich es bereuen würde, wenn ich dem nicht auf den Grund gehe."

Ich schüttle den Kopf und versuche mir vorzustellen, wie sie sich streiten, aber ich kann es nicht. Mein Vater ist unglaublich bescheiden und er behandelt sie wie eine Königin. Er hat sogar einen beträchtlichen Treuhandfonds aufgegeben, um mit ihr zusammen sein zu können, weil sein Vater sie nicht für eine *geeignete Ehefrau hielt*, was auch immer das heißen mag. Meine Mutter hat mir einmal erzählt, dass er, als sein Vater ihm ein Ultimatum stellte, wegging und nie wieder zurückgeschaut hat. Mehr noch, er hat seitdem mit keinem seiner Eltern mehr gesprochen. Meine Großeltern auf seiner Seite habe ich nie kennengelernt, obwohl sie keine zwanzig Minuten entfernt wohnen. Nach dem, was ich über sie weiß, denke ich nicht, dass ich viel verpasse.

„Was ist danach passiert?"

Ihre vollen Lippen verziehen sich zu einem frechen Grinsen. „Oh, ich habe ihm ganz schnell gesagt, dass das nicht klappt. Wenn er eine Chance bei mir haben will, muss er *sie sich verdienen*. Ehrlich gesagt, ich glaube, ich habe ihm ein bisschen Angst gemacht." Sie lacht. „Du musst verstehen, dass dein Vater mit einem Haufen hochnäsiger, verwöhnter Gören aufgewachsen ist, die alle bestimmte gesellschaftliche Regeln befolgten. Die Leute haben sie nach Strich und Faden verwöhnt und Besitz war ihnen wichtiger als Charakter. Das ist alles, was er kannte.

Und da war ich, dieses Mädchen aus Compton, das *verdammt gut* wusste, wie harte Arbeit und Aufopferung aussehen. Ich wusste, dass der Charakter eines Menschen sein größtes Kapital ist. Er sagt, ich war wie ein Wirbelsturm, der sein Leben in dem Moment auf den Kopf gestellt hat, als wir uns bei der Spendenaktion in die Augen gesehen haben. Er schwört, dass er in diesem Moment wusste, dass er mich eines Tages heiraten würde. Das Ironische daran ist, dass er gar nicht auf dieser Veranstaltung sein sollte. Dein Großvater nahm normalerweise an solchen Veranstaltungen teil – schließlich war es seine Firma, die sie ausrichtete -, aber offensichtlich hatte er an diesem Abend eine wichtigere Verpflichtung und schickte deinen Vater an seiner Stelle."

„Das war Schicksal."

Sie lächelt. „Das würde ich gerne glauben."

„Danke, Mama."

Sie nimmt mich in den Arm. „Jederzeit, Baby."

„Ich werde mein Bestes tun", versichere ich ihr. „Aber ich habe Cam gesagt, dass ich sie nach Hause fahre."

„Darum kümmere ich mich." Sie zieht sich zurück. „Jetzt geh duschen und bring den Kerl dazu, mit dir zu reden."

Nach einer schnellen Dusche mache ich mich auf den Weg zu Bentleys Haus. Ich bin froh, dass seine Adresse noch

in mein Navigationssystem einprogrammiert ist und ich mir
den Code für das Tor merken konnte. Es macht den Überra-
schungseffekt zunichte, wenn ich nicht Wohnanlage rein-
komme, ohne vorher anzurufen. Als ich vor der schweren
Holztür des imposanten Anwesens stehe, atme ich tief durch,
bevor ich läute. Nach einer Minute antwortet niemand, also
versuche ich es erneut. Als mir der Gedanke kommt, dass er
vielleicht mit Barbie rummacht, anstatt an die Tür zu gehen,
drücke ich die Klingel in schneller Folge. Ich lächle, als ich
von drinnen eine Reihe von Flüchen höre, die mir sagen,
dass ich meine Titten beruhigen soll.

Ha! Ich wusste, dass er zu Hause war.

Ich weiß, dass es eine Kleinigkeit ist, aber ich bin ziemlich stolz auf mich, als die Tür so heftig aufgerissen wird,
dass ich mich wundere, dass sie nicht aus den Angeln fällt.
Meine Freude ist nur von kurzer Dauer, als ich den ersten
Blick auf den wütenden Mann in der Tür erhasche. Bentley
hat kein Hemd an und trägt nur ein Paar tief sitzende
schwarze Basketballshorts. Seine Haut ist mit Wassertropfen
übersät, ebenso wie sein Haar, was mich vermuten lässt, dass
er gerade aus der Dusche gekommen ist. Es ist gut möglich,
dass ich sabbere, als ich seine gut geformten Muskeln und
die tief eingeschnittene Wölbung an seinem Oberkörper
sehe. Als ich das kleine Tattoo auf seiner Brust entdecke,
greife ich ohne nachzudenken danach, aber Bentley hält
mich davon ab, es zu berühren, indem er ein paar Schritte
zurückgeht.

Als ich ihm in die Augen schaue, brennt meine Haut von
der Wut in seinem Blick. „Was machst du hier, Sydney?"

Sein schroffer Ton macht mich stutzig. „Bist du allein zu
Hause?"

Er zieht die Augenbrauen hoch. „Warum? Willst du mir Gesellschaft leisten?"

Bentley tritt weiter zurück, als ich mich ins Haus dränge. „Wir müssen reden."

„Ach wirklich?", höhnt er. „Und wie kommst du darauf, dass ich daran interessiert bin?"

„Es ist mir scheißegal, ob du interessiert bist oder nicht." Ich wippe mit der Hüfte. „Also, ich frage noch einmal. Bist du allein zu Hause?"

Ein Muskel in seiner Wange zuckt. „Meine Eltern sind in New York."

„Und?"

Bitte sag nicht, dass ein anderes Mädchen hier ist.

Er schenkt mir ein grausames Grinsen, als könnte er meine Gedanken lesen. „Und ich nutze ihre Abwesenheit mit ein paar Cheerleadern aus. Sie warten in meinem Bett auf mich, also kannst du dich ruhig blicken lassen. Die Damen fangen wahrscheinlich schon ohne mich an und ich will die Show wirklich nicht verpassen. Blondinen sind im Bett immer am abenteuerlichsten. Deshalb bevorzuge ich sie."

Scheiße. *Nicht weinen, Sydney.*

Ich recke mein Kinn vor. „Sag ihnen, sie sollen gehen, denn ich gehe nirgendwohin, bis wir geredet haben."

„Das denkst du, ja?"

Ich strahle. „Ich *weiß* es."

„Wie du willst." Bentley dreht sich um und geht davon. „Es ist mir egal, ob du zuschaust. Ich werde niemanden wegen seiner Macken verurteilen. Hey, vielleicht solltest du deine beste Freundin anrufen und fragen, ob sie bei der Party mitmachen will?"

Ich lache. „Fick dich!"

„Nein." Er hält am Fuß einer großen Treppe inne und dreht sich um. „Eine Kostprobe war *mehr* als genug."

Ich versuche zu widerstehen, aber mein Blick fällt immer wieder auf seine nackte Brust. Gott, er hat einen unglaublichen Körper. Breite Schultern, die sich zu gewellten Bauchmuskeln verjüngen. Starke Arme und Beine, aber nicht wie bei einem Dopingfreak, sondern eher wie bei einem professionellen Basketballspieler. Plötzlich verspüre ich den Drang, jeden Zentimeter von Bentleys Haut mit meiner Zunge zu erkunden, weil ich unbedingt wissen will, wie er schmeckt.

„Siehst du etwas, das dir gefällt, Syd?"

Verdammt noch mal.

Blöde Hormone. Das wäre alles viel einfacher, wenn er nicht so hübsch wäre. Ich denke darüber nach, was meine Mutter gesagt hat. Wie ich ihm klar machen muss, dass ich mir seinen Scheiß nicht mehr gefallen lasse.

Ich straffe meine Schultern. „Nicht wirklich. Deine Persönlichkeit macht alles kaputt."

„Stimmt", spottet Bentley und geht weiter die Treppe hinauf, sodass ich keine andere Wahl habe, als ihm zu folgen. „Das musst du dir ja einreden."

„Wohin gehen wir?"

„Mein Schlafzimmer", wirft er über seine Schulter zurück.

Ich bleibe auf der obersten Stufe stehen. „Äh … ja … nein. Ich glaube nicht, dass das eine so gute Idee ist."

Seine Lippen verziehen sich zu einem überheblichen Grinsen, als er sich an den Türrahmen eines Zimmers auf halbem Weg zum Flur lehnt. „Warum nicht? Hast du Angst?"

„Nein." Ich steige die letzte Stufe hinauf und gehe den Flur hinunter, damit er meinen Bluff nicht durchschaut.

„Scheiße, du bist wirklich eine furchtbare Lügnerin, nicht wahr?"

Ich *werfe* ihm einen *„Wer, ich?"*-Blick zu. „Wer sagt, dass ich lüge?"

Er verschränkt die Arme vor der Brust und neigt den Kopf in Richtung des Raumes hinter ihm. „Beweise es."

„Gut", sage ich mit zusammengebissenen Zähnen. „Ich werde den Barbies selbst sagen, dass die Spielzeit vorbei ist *Los!*"

Mein Gott, ich kann nicht glauben, dass ich wirklich dabei bin, einen Dreier aufzulösen.

Bentley achtet darauf, sich keinen Zentimeter zu bewegen, als ich an ihm vorbeilaufe. Mit meinen Doppel-Ds und so groß wie er ist, kann ich nicht verhindern, dass meine Brüste seine Unterarme berühren, als ich die Schwelle überschreite. Ich bin mir sicher, dass er das mit Absicht gemacht hat, damit ich mich unwohl fühle, also gebe ich mir Mühe, um es nicht zu zeigen. Dieser Trottel hat keine Ahnung, wenn er denkt, dass ein bisschen Unbehagen ausreicht, um mich loszuwerden. So oder so heute Abend werden wir das ein für alle Mal klären.

Ein Blick in die Runde bestätigt, dass dies Bentleys Schlafzimmer ist. Es riecht nicht nur nach seinem absurd sexy Parfüm, sondern auch die Einrichtung passt zu ihm. Ich kann mir gut vorstellen, wie er in dem riesigen Bett in der Mitte des Raumes liegt. Das gleiche Bett, das gerade *nicht* von zwei Tussis besetzt ist.

„Also, wer ist der Lügner?" Ich bin frech und versuche,

meine Erleichterung darüber, dass er nicht mit jemandem zusammen ist, nicht zu zeigen.

„Du scheinst dich darüber sehr zu freuen, Sydney.“

Ich rolle mit den Augen. „Wohl kaum.“

Ich scanne den Rest des Raumes, weil ich seinem selbstgefälligen Blick nicht länger standhalten kann, ohne ihm in den Hals zu boxen. Die Ledercouch unter dem Fenster ist plüschig und ausgesprochen männlich. Auf dem riesigen Fernseher an der Wand gegenüber seinem Bett läuft gerade SportsCenter, aber die Lautstärke ist gedämpft, damit sie nicht mit der Musik konkurriert, die leise aus dem Bluetooth-Lautsprecher auf dem Ecktisch ertönt. Es gibt zwei geschlossene Türen, von denen ich annehme, dass sie zu einem begehbaren Kleiderschrank und einem Badezimmer führen, da alle Villen, in denen ich je war, ähnliche Schlafzimmer haben.

Alles ist offensichtlich teuer, aber nicht protzig. Es ist auch wahnsinnig sauber, aber es würde mich nicht wundern, wenn ein Dienstmädchen dafür verantwortlich wäre. Ich spüre Bentleys Blicke, während ich unsere Umgebung in Augenschein nehme, aber er sagt nichts. Er wartet auf mich, fast so, als ob er ein Spiel daraus machen würde. Als ob die Person, die zuerst spricht, verliert. Pech für ihn, denn ich war noch nie dafür bekannt, den Mund zu halten, wenn ich etwas zu sagen hatte.

„Was ist dein Problem?“

Er lacht spöttisch. „Wow … kommst du immer direkt zur Sache?“

Ich lege eine Hand an meine Hüfte. „Warum nicht? Ich habe kein Interesse an Psychospielchen, Bentley. Ich bin es leid, mich mit deinem sprunghaften Temperament herumzuschlagen. In einem Moment tust du so, als ob du auf mich stehst, und im nächsten bist du ein echter Scheißkerl. Meine Frage ist also, welche Version von dir ist die *wahre*? Denn wenn es die letztere ist, will ich meine Zeit nicht verschwenden."

Seine braunen Augen verengen sich. „Ich habe nie um deine Zeit gebeten."

Ich zeige auf ihn. „Ah, aber das stimmt doch nicht ganz, oder? Du sagtest, wir müssten reden. Aber das ist nie passiert, weil wir … abgelenkt waren."

Bentleys volle Lippen verziehen sich. „Ich hatte nicht das Gefühl, dass du dich über die Ablenkung beschwert hättest."

„Habe ich auch nicht." Ich zucke mit den Schultern. „Aber ich dachte auch, dass wir im Nachhinein die Möglichkeit haben würden, zu reden. Ich dachte, wir hätten die Kurve gekriegt und könnten die blöden Feindseligkeiten hinter uns lassen. Ich hätte nicht gedacht, dass die Person, mit der ich den Nachmittag verbracht habe, am nächsten Tag wieder eine ganz andere sein würde."

„Du weißt doch, was man über Leute sagt, die Vermutungen anstellen, oder?"

Ich rolle mit den Augen. „Ja, ja, ich verstehe schon. Vielleicht *bin* ich naiv, weil ich dachte, dass du unter der rauen Oberfläche ein guter Kerl bist."

„Ich habe nie behauptet, ein guter Kerl zu sein." Ein leerer Blick geht über sein Gesicht, bevor er mir direkt in die Augen schaut. „Ich bin *kein* guter Kerl, Sydney, und du tust gut daran, dir das zu merken."

„Siehst du, das ist das Problem dabei: Ich bin mir nicht sicher, ob das so stimmt. Denn die Sache ist die … die Menschen, die dich mögen, *sind* gut. Du hast es selbst gesagt:

Man kann viel über einen Menschen sagen, wenn man sich seine Freunde ansieht. Soweit ich das beurteilen kann, sind Jazz und Ainsley tolle Menschen. *Aufrichtige* Menschen. Ich kenne ihre Freunde nicht so gut, aber sie müssen auch gut sein, wenn sie die Liebe dieser beiden Mädchen verdient haben.

Und eines weiß ich ganz sicher, Bentley, nämlich dass alle vier *dich* lieben. Sie würden dir sofort zu Hilfe kommen, ohne Fragen zu stellen. So eine Loyalität bekommt man nicht geschenkt. Man muss sie sich *verdienen*. Das sagt mir, dass sie eine Seite von dir sehen, die nicht viele Menschen kennen. *Das* ist der Typ, den ich kennenlernen will. Nicht den verwöhnten Playboy, den du dem Rest der Welt zeigst." Ich richte mich auf und hebe mein Kinn. „Also schnall dich an, Butterblume, denn ich werde diesen Raum nicht verlassen, bevor ich nicht mit dem *echten* Bentley gesprochen habe."

Ein Muskel zuckt in seinem Kiefer. „Was ist, wenn ich nicht reden will?"

„Schade."

Sein Blick fällt einen Moment lang auf meine Lippen, bevor er spricht. „Wenn du darauf bestehst, dieses unverblümte Gespräch zu führen, muss ich erst noch etwas erledigen."

„Was wäre das?"

Bevor ich auch nur blinzeln kann, kommt Bentley zu mir und packt mich mit einer festen Hand im Nacken. *„Das hier."*

KAPITEL FÜNFUNDZWANZIG

Bentley

Sydney windet sich in meinen Armen und ich lache, als sie mir so heftig in die Lippe beißt, dass Blut fließt.

„Was zum Teufel sollte das?!" Sie ballt die Fäuste an ihren Seiten. „Ich habe nicht gesagt, dass du mich küssen darfst!"

Ich wische den Blutstropfen weg, mein Blick wandert träge über ihre Kurven und bleibt kurz auf ihren spitzen Brustwarzen stehen. Verdammt, sie hat einen tollen Vorbau. Ich bin mir ziemlich sicher, dass ihre Titten größer sind als damals, als wir uns kennengelernt haben, und sie hatte schon damals mehr als eine Handvoll. Ich möchte meinen Schwanz *unbedingt* zwischen diese Schönheiten schieben.

Ich schüttle mich aus meiner Tittenfick-Fantasie. „Du musstest auch nichts sagen. Sieh nach unten, Syd. Es steht dir auf den Leib geschrieben. Du weißt, dass du es genauso sehr wolltest wie ich."

Sie blickt kurz auf ihre Brust hinunter. „Das ist ein verdammter Vergewaltigerspruch. Woher weißt du, dass mir nicht kalt ist?"

„Weil der Thermostat auf zwanzig Grad eingestellt ist und du einen dicken Kapuzenpulli trägst. Aber nicht dick genug, um zu verbergen, wie sehr du mich willst, oder?"

„Ich will dich *nicht*!"

Sie lügt, das ist offensichtlich. Ihre Wangen sind vor Erregung gerötet, genauso wie die freiliegende Hautstelle in der Nähe ihres Schlüsselbeins, wo der Reißverschluss endet. Ihr lustvoller Blick hat meinen Körper nicht mehr verlassen, seit sie durch die Haustür gekommen ist. Wenn es irgendeinen Zweifel gäbe, ob sie will oder nicht, hätte ich sie nie geküsst. Wenn jemand dabei übervorsichtig ist, dann bin das definitiv ich. Sydney ist vielleicht sauer, aber ich habe keinen Zweifel daran, dass sie mich will.

Ich lache spöttisch. „Lügnerin."

Sie lässt das süßeste Knurren los. „Ich lüge *nicht*, Arschloch!"

„Beweise es", fordere ich. „Küss mich und sag mir *dann*, dass du mich nicht willst. Ein Kuss lügt nicht, Syd." Ich schnippe mit dem Finger zwischen uns hin und her. „Nicht bei so einer Chemie."

Ihre malachitfarbenen Augen verengen sich. „Bring dein Ego unter Kontrolle, Kumpel. Verwechsle meine Verachtung nicht mit Anziehungskraft."

Ich frage mich, ob sie ihre Einstellung ändern würde, wenn sie wüsste, dass mein Schwanz dadurch nur noch härter wird.

Ich trete einen Schritt näher. „Ah, aber genau da liegt das

Problem. Die Grenze zwischen Lust und Hass verschwimmt manchmal ein wenig." Ich gehe noch einen Schritt weiter und kichere düster. „Frag Kingston und Jazzy. Sie haben das Lehrbuch dazu geschrieben."

Sie keucht, als ich mit meinem Nasenrücken an ihrem Hals entlangfahre. „Bentley, was machst du da?"

Meine Zunge fährt heraus und ich lächle gegen Sydneys Haut, als sie zittert. „Ich beweise dir gerade das Gegenteil."

Sie weicht sich zurück und wartet, bis ich ihr in die Augen schaue. „Glaube nicht, dass ich aufgeben werde."

„Okay, Baby, du gibst *nicht* auf. Zehn-vier." Ich lächle.

„Versuch nicht, mich einzulullen, du Arsch!"

„Ich werde dich jetzt küssen, Syd." Ich lehne mich näher heran und nehme ihre Wange in meine Handfläche. „Dann bringe ich dich zum Schreien. Wenn du das nicht willst, sag es jetzt sofort." Als das einzige Geräusch, das sie von sich gibt, nur ihr leiser Atem ist, füge ich hinzu: „Drei … zwei … ein …"

Bevor ich meinen Countdown beenden kann, stellt sich Sydney auf Zehenspitzen und presst ihren Mund auf meinen. Ich gebe ihr keine Chance zu zögern – ich lecke am Rand ihrer Lippen, bis sie sich mir öffnet. Danach bin ich verdammt noch mal erledigt. Diese Frau zu küssen, ist eine Erfahrung, die die Sinne verzehrt. Es ist der schönste Rausch, von dem ich leicht süchtig werden könnte, wenn ich nicht aufpasse. Meine Hände, die gierigem Ficker, die sie sind, berühren alles, was sie erreichen können, während meine Zunge in ihren Mund ein- und ausfährt.

Sydney stöhnt gegen meine Lippen, als ich ihren Hintern streichle und an den festen Kugeln ziehe, was sie dazu bringt, aufzuspringen. Ohne zu zögern und ohne unseren Kuss zu unterbrechen, schlingt sie ihre Beine um meine Taille. Ich gehe ein paar Schritte vorwärts, bis wir mein Bett erreichen und werfe sie auf die Matratze. Ich grinse von einem Ohr zum anderen, als sie schmollt, weil sie die Verbindung verloren hat.

„Keine Sorge, Prinzessin, ich habe dich.“

Sie blinzelt. „Nenne mich *nicht* Prinzessin.“

„Klar doch, Schatz.“ Ich zwinkere.

„Das war ein Fehler.“ Sydney will sich vom Bett erheben, aber ich stürze mich auf sie, bevor sie die Chance dazu hat.

„Ach, komm schon, Syd.“ Ihr Rücken wölbt sich, während ich ihren Hals küsse. „Wir wissen beide, dass du das nicht so meinst.

„Deine Überheblichkeit ist unglaublich“, murrt sie, aber sie macht keine Anstalten, mich aufzuhalten.

„Es ist nicht eingebildet, wenn du es bestätigen kannst.“ Sydney keucht, als ich meinen steifen Schwanz in sie drücke. Ich glaube, was du sagen wolltest, war: *„Bentley, dein Selbstvertrauen macht mich so feucht, dass ich will, dass du deinen 9-Zoll-Schwanz jetzt sofort in mich reinschiebst.“*

Ihr Körper vibriert vor Lachen. Sie versucht es zu verbergen, was ihr aber nicht besonders gut gelingt. „Oh mein Gott, du bist lächerlich. Nur Pornostars haben so große Schwänze.“

Ich drücke mich in eine Liegestütz-Position und ziehe die Augenbrauen hoch. „Willst du wetten? Ich habe nachgemessen.“

Ihre wunderschönen Augen weiten sich. „Mein Gott. Du machst wirklich keinen Witz, oder?“

Ich grinse. „Nicht im Geringsten.“

„Ich glaube, ich habe gerade gehört, wie meine Gebärmutter ‚aua‘ sagt“, murmelt sie.

Ich lache. „Mach dir keine Sorgen, Baby. Ich werde dafür sorgen, dass du dich *richtig* gut fühlst.“

„Was ist mit, *eine Kostprobe war mehr als genug*?“ Bei diesem letzten Teil senkt sie spöttisch ihre Stimme.

„Ich habe gelogen.“

„Warum?“

Ich atme aus. „Vorhin … als ich sagte, ich sei kein guter Mensch … trotz deiner Theorie über meine Freunde, es ist wahr, Sydney. Ganz ehrlich. Ich habe in meinem Leben einige schreckliche, unverzeihliche Dinge getan. Dinge, die meine Freunde nicht wissen. Aber wenn du dich dich auf mich einlassen willst, obwohl du weißt, dass du so weit außerhalb meiner Liga spielst, dass es verrückt ist, dann bin ich egoistisch genug, alles zu nehmen, was du zu geben bereit bist.“

Eine tiefe Falte bildet sich zwischen ihren Brauen. „Was für schreckliche Dinge?“

„Etwas, über das ich mit niemandem spreche. *Niemals*.“

Sie scheint darauf nicht zu reagieren, also senke ich meinen Kopf, küsse ihr Schlüsselbein entlang und bewege mich langsam gen Süden. Wenn Sydney wirklich nicht mehr weitermachen will, gebe ich ihr jede Menge Möglichkeiten, auf die Bremse zu treten.

„Bentley“, keucht sie.

„Ja?“ Ich öffne den lila Kapuzenpulli, den sie trägt, und beobachte ihre Reaktion. „Willst du etwas von mir?“

Sie nickt. „Ja.“

„Scheiße", fluche ich, als ich feststelle, dass sie unter dem Sweatshirt nur einen Sport-BH trägt. Und zwar einen, der vorn einen Reißverschluss hat. Ihre vollen Titten, ihr straffer Bauch und ihre glatte Haut rufen wie eine Sirene nach mir und flehen mich an, sie auf jede erdenkliche Weise zu erobern. Mein Schwanz heult schon bei der Aussicht darauf. Aber zuerst gibt es noch einen anderen Teil von ihr, den ich gerne für mich beanspruchen würde.

Ich schlinge meine Finger unter den Bund ihrer Leggings. „Soll ich weitermachen, Kleines?"

„Bentley, fass mich einfach an."

Ich kann nicht verhindern, dass sich ein Lächeln auf meinem Gesicht bildet, selbst wenn ich es versucht hätte. „Normalerweise stehe ich nicht auf rechthaberische Tussis, aber aus irgendeinem Grund macht dich das heiß."

Sie stützt sich auf ihre Ellbogen und hebt herausfordernd eine Augenbraue. „Du hast doch gesagt, du würdest mich zum Schreien bringen, oder nicht?"

Ich lache. „Ich glaube, das habe ich."

„Dann mach es endlich!" Sydneys beißen auf ihre Unterlippe. „Aber wenn wir fertig sind … werden wir uns unterhalten. Ein *richtiges* Gespräch. Es macht mir nichts aus, wenn du nicht alle Leichen in deinem Keller ausgraben willst, aber wir werden über dich und mich reden. Verstehst du mich?"

Ich ziehe ihr die Hose mit einem Ruck bis zu den Knöcheln herunter, was sie zum Quieken bringt. „Ja, Schatz, ich verstehe dich."

Bevor ich ihr die Hose ganz ausziehe, ziehe ich ihr vorsichtig die Nikes und die Socken aus, denn mit Socken zu ficken ist einfach komisch. Von der Taille abwärts hat sie nur ein Paar schwarze Baumwollshorts an. Die meisten Mädchen, mit denen ich zusammen war, tragen schicke, passende Unterwäsche, was ich durchaus zu schätzen weiß, aber bei Sydney ist das nicht nötig. Sie könnte kotzgrüne Omaunterhosen tragen und es würde sie trotzdem irgendwie sexy machen.

Alles an ihr spricht mich auf die ursprünglichste Weise an. Ich habe mich noch nie in meinem Leben mehr zu einer Frau hingezogen gefühlt – ich stehe unter Strom, wenn sie in der Nähe ist. Das war schon so, als ich sie zum ersten Mal gesehen habe, und jetzt ist es sogar noch stärker. Es ist fast so, als ob sie für mich gemacht wäre.

Mein Blick wandert von ihren einzigartigen Augen zu ihrem smarten Mund und um ihre üppigen Kurven herum. Ich brenne darauf, in ihr zu sein, aber zuerst muss ich spüren, wie sie auf meiner Zunge zerfällt.

Sydney holt scharf Luft, als ich mit offenem Mund einen Kuss auf ihren Innenschenkel gebe. „Das fühlt sich *so* gut an.“

Ich grinse, während ich meine Finger unter den Bund ihres Höschens schiebe. „Es wird sich gleich noch viel besser anfühlen.“

„Weniger reden, mehr *tun*, großer Junge.“

Ich lache, aber mein Humor verfliegt schnell, als ich ihr die Unterwäsche ausziehe und sehe, wie sie vor Lust glänzt. Ich streiche mit einem Finger über ihre Mitte und reize sie.

„Mein Gott, du bist so nass.“

„Bentley.“ Sie stöhnt. „Hör auf zu reden und benutze deinen verdammten Mund für mich!“

Ich tauche meinen Zeigefinger in ihren Körper und drehe

ihn zu mir. „Sieh nur, wie du meinen Finger einklemmst, Syd. Verdammt, ich kann es kaum erwarten, meinen Schwanz in dich zu stecken."

Sydney keucht, als ich einen zweiten Finger hinzufüge und mit meinem Daumen Kreise über ihre Klitoris reibe. „Dann steck ihn endlich rein!"

Ich blase auf ihre Klitoris. „Nein, Baby. Ein Mann sollte sein Abendessen *immer* wie ein Champion genießen, bevor der Nachtisch kommt. Lass dir nie von niemanden etwas anderes einreden."

Der Gedanke, dass ein anderer Wichser sich da unten zu schaffen machen könnte, bringt mich so in Rage, dass ich in der Lage wäre, ganze Dörfer in Schutt und Asche zu legen. Mit einem irrationalen Anflug von Eifersucht stürze ich mich in meine Mission. Ich werde dieses Mädchen so hart und so gründlich ficken, dass kein anderer Kerl mithalten kann. Ich habe die feste Regel, dass ich nie komme, bevor meine Lady nicht mindestens zweimal gekommen ist, aber diese Frau bringt mich dazu, *alles zu vergessen* und ihn loszulassen, nur um meinen Claim abzustecken. Der Zwang, das zu tun, ist beinahe unerträglich. Das Einzige, was mich davon abhält, ist, dass das eine Mal, als ich sie vernascht habe, besser war als der beste Sex, den ich jemals davor hatte. Wenn ich deswegen schon so aus dem Häuschen bin, wie unglaublich wird es dann erst sein, Sydney zu ficken.

Ich fahre mit meiner Zunge über ihre Lippen und um ihre Klitoris herum, aber ich gehe nie ganz so weit, wie sie mich haben will. Sie macht vor Frustration die süßesten Geräusche, wenn ich nah dran bin und ihr doch im letzten Moment den Orgasmus verweigere.

Ich war immer der Meinung, dass Frauen im Bett wie die Königinnen verehrt werden sollten, die sie schlussendlich sind. Selbst bei meinen zwanglosesten Begegnungen habe ich die Frau *nie* nur wie ein spaßbereites Loch behandelt. Ich habe dafür gesorgt, dass sie so hart kommt, dass sie nicht mehr geradeaus sehen kann, bevor ich überhaupt daran dachte, abzuspritzen. Angenommen, eine Frau geht auf die Knie und bietet mir einen Blowjob an, bevor ich sie überhaupt berührt habe. In diesem Fall würde ich nicht unbedingt *ablehnen*, denn es geht um einen *Blowjob*, aber ich würde nie einen *erwarten*, im Gegensatz zu vielen Arschlöchern, die ich kenne. Selbst Whitney Alcott war mir bei der Anzahl an Orgasmen meilenweit voraus – auf der anderen Seite ist sie eine der größten Schlampen der Welt und hat meine Großzügigkeit wahrscheinlich nicht verdient.

Ich fahre mit flacher Zunge direkt über das kleine explosive Nervenbündel. „Geduld, Syd, ich habe doch gesagt, dass ich mich um dich kümmere, oder?"

„Oh mein Gott, *tu doch was, Bentley!* Ich hätte nie gedacht, dass du so ein Scherzkeks bist."

„Das nennt man *verspätete Belohnung*. Das macht das Endergebnis so viel besser."

Ich lächle, als sie wieder das süße Geräusch macht.

„Bei dem Tempo sollte ich vielleicht nach Hause gehen und meine Sammlung an Vibratoren holen."

Ich ziehe mich zurück und hebe die Augenbrauen. „Du hast eine *ganze Sammlung davon*? Erzähl mir mehr."

„Hör auf! Du gehst mir langsam auf die Nerven!"

„Nein, im Ernst. Wie viele Vibratoren braucht man, um eine Sammlung zu haben? Zwei? Zwölf? Zwanzig?"

Sie schlägt mir auf den Kopf. „Ich habe keine *zwanzig*, du Idiot!“

Meine Lippen zucken. „Aha, also *zwölf* „

Sie läuft rot an. „Halt die *Klappe*.“

„Interessant. Du musst mir diese Sammlung irgendwann mal zeigen. Es ist nur fair, dass ich weiß, womit ich es zu tun habe.“ Ich senke meinen Kopf wieder und knabbere an ihrem Innenschenkel. „Aber jetzt … werde ich erst einmal dafür sorgen, dass du vergisst, dass es irgendjemanden oder irgendetwas anderes gibt.“

Ich gebe ihr keine Chance zu antworten, sondern stürze mich wieder auf sie und lecke sie einmal lang vom Arsch bis zum Schlitz. Ich ziehe Sydney zu mir her und hänge ihre Beine über meine Schultern. Ich lecke und sauge und lasse meine Zunge kreisen, bis sie wimmert und sich windet. Sydneys Wirbelsäule wölbt sich von der Matratze, als ich ihren Eingang mit meinem Zeigefinger einmal, dann zweimal umkreise, bevor ich zwei Finger in sie einführe und sie zu mir zurückbeuge.

Ich verschlinge ihre hübsche Muschi, mein Mund und meine Finger arbeiten im Tandem, während sie um mehr bettelt. Als sich Syds Oberschenkelmuskeln anspannen, weiß ich, dass sie fast so weit ist, also versuche ich es mit einem Höhepunkt, der sie härter kommen lässt, als sie es je zuvor getan hat. Ich umschließe ihr glitschiges Fleisch mit meinen Lippen und sauge, während ich meine Finger aus ihrem festen Griff ziehe. Mit dem natürlichen Gleitmittel ihres Körpers übe ich Druck auf ihr Po-Loch aus, bevor ich meinen Zeigefinger bis zum zweiten Knöchel in sie einführe.

„Oh Gott, oh Gott, *oh mein verdammter Gott!*" Sydneys schriller Schrei ist Musik in meinen Ohren.

Sie kommt spektakulär und ich schwöre bei Gott, ich habe noch nie etwas Schöneres gesehen. Ich wiederhole den Vorgang, bis sie meinen Namen schreit, bevor ich meinen Finger langsam aus ihrem Arsch ziehe, während ich sie durch die Nachbeben lecke. Sobald Sydney sich beruhigt hat, knabbere ich den Innenseiten ihrer Oberschenkel, bevor ich mich wieder auf meine Knie aufrichte. Sie hat ihren Unterarm über das Gesicht gelegt und schnappt nach Luft. Als ihr meerblauer Blick den meinen trifft, löst sich plötzlich die ständige Enge in meiner Brust. Ich atme tief ein, und zum ersten Mal seit Jahren fällt es mir nicht mehr schwer, das zu tun.

Ich beobachte, wie Sydney ihren Oberkörper vom Bett hebt, um ihr Oberteil vollständig auszuziehen. Meine Augen sind auf ihre Finger gerichtet, als sie den Reißverschluss ihres Sport-BHs öffnet. Ihre braunen Nippel ziehen sich zusammen, während sich ihre wunderschönen Titten aus der Bindung lösen. Als auch der BH verschwunden und ihr Oberkörper völlig nackt ist, lässt sie sich wieder auf die Matratze fallen.

Sydney lächelt. „Komm her und beende, was du angefangen hast, Bentley."

Ich springe von der Matratze und halte einen Finger hoch. „Merk dir den Gedanken."

Sie sieht zu, wie ich in meiner Nachttischschublade krame, bis ich finde, was ich suche. Mit der Ecke des Folienpakets zwischen den Zähnen lasse ich meine Shorts auf den Boden fallen, und mein Schwanz springt frei. Ich grinse, als sich Sydneys Augen weiten und sie hörbar schluckt. Ich bin verdammt hart und zeige ihr alles, was ich ihr gleich geben werde.

Sie wirkt etwas eingeschüchtert aus, als ich mich von der Wurzel bis zur Spitze streichle, bevor ich das Kondom aufreiße und es über meinen Steifen gleiten lasse. Ihre Reaktion ist nicht ungewöhnlich für ein Mädchen, das mich zum ersten Mal so sieht, aber es hat sich noch niemand beschwert. Ich bin sicher gut bestückt, aber nicht auf eine Art und Weise, die ein Mädchen davon abhalten würde, noch einmal wiederzukommen. Ich würde sagen, mein Schwanz ist ein guter Mittelweg zwischen „bestem Freund" und „Pornostar-Schwanz".

„Schau nicht so erschrocken, Syd. Es wird schon passen."

Ich ignoriere die Stimme in meinem Kopf, die mich daran erinnert, dass es *nicht das* erste Mal ist, dass sie es sieht, aber es könnte das erste Mal sein, dass sie sich daran erinnert.

Sie lacht. „Ich mache mir keine Sorgen."

Ich setze mich wieder zu ihr aufs Bett. „Bist du dir da sicher?"

Sydney keucht, als ich die Spitze an ihrer geschwollenen Klitoris reibe. „Bentley, schieb ihn endlich rein."

Wir stöhnen beide, als ich meinen Schwanz noch ein paar Mal gegen sie gleiten lasse, bevor ich meine Hüften zurückziehe und mich an ihren Eingang stoße. „Sei nicht so ungeduldig."

Ihre wohlgeformten Beine legen sich um meine Taille und ihre Fersen graben sich in meine Gesäßmuskeln und schieben mich vorwärts, bis die Spitze in mich hineinrutscht. Stöhnend lasse ich meinen Kopf an ihren Hals sinken und brauche eine Sekunde, bevor ich mich blamiere. *Verdammte Scheiße, ist die eng.* Ich spüre den schnellen Schlag ihres Pulses an meiner Wange, während ihre Finger meine Wirbelsäule entlang fahren. Sie gibt ein leises Wimmern von sich, als ich meine Hand zwischen uns eintauche und die Stelle berühre, an der wir vereint sind.

Ich hebe meinen Kopf und beobachte, wie alle möglichen Reaktionen über ihr Gesicht flackern, während ich ihre Klitoris umkreise. „Entspann dich, Syd. Ich will dir nicht wehtun.“

Sydneys Vorderzähne knabbern an ihrer Unterlippe, als ich etwas ihn etwas weiter hineindrücke, und da wird mir alles klar. *Ich erinnere mich.* Ich erstarre augenblicklich.

Kann es sein, dass sie tatsächlich noch Jungfrau ist?

„Bist du …“ Ich schlucke den Kloß in meinem Hals herunter und versuche es erneut. „Sydney … hast du das schon mal gemacht?“

Eine Locke fällt über ihr Gesicht, während sie den Kopf schüttelt. „Nicht mit einem echten Menschen, aber hör bitte nicht auf, Bentley.“

Instinktiv ziehe ich zurück, aber ihr Griff um meine Taille wird fester und hält mich fest.

„Bitte mach keine große Sache draus“, bittet sie. „Ich bin nur ein bisschen nervös, weil ich das noch nie gemacht habe, aber ich *will* es tun. Es ist ja nicht so, dass ich mich aufsparen will oder so. Der Fokus unserer Gesellschaft auf Jungfräulichkeit ist meiner Meinung nach völlig überbewertet. Dadurch wird nur ein lächerlicher Kreislauf aus Scham und Doppelmoral aufrechterhalten. Und wenn du dir Sorgen machst, dass ich zum absoluten Klammeraffen werden könnte, vergiss es. Es ist einfach nur körp …“

Ich drücke meinen Mund auf ihren und ersticke die Lüge. Sydney macht sich etwas vor, wenn sie glaubt, dass die Sache zwischen uns nur körperlich ist. Es war noch *nie* nur körperlich. Unsere seltsame Verbindung entzieht sich jeglicher Vernunft. Aber wenn sie das will, bin ich egoistisch genug, es durchzuziehen, auch wenn ich weiß, dass ich es nicht verdiene. Wir küssen uns und sie wird weicher und gibt mir so die Möglichkeit, Zentimeter für Zentimeter in ihr zu versinken, bis sich unsere Hüften treffen.

Ich schätze, nun ist sie keine Jungfrau mehr.

„Geht es dir gut?", frage ich, unseren Kuss unterbrechend. Der Drang, mich zu bewegen, ist fast unerträglich, aber ich meinte, was ich vorhin sagte. Ich will Sydney auf keinen Fall verletzen, auch wenn mein Verhalten in letzter Zeit einen anderen Schluss zuließe.

„Mir geht's gut." Als ich zögere, stemmt sie ihre Hüften in die Höhe und lächelt. „Deine Silikon-Vorgänger haben die Messlatte ziemlich hoch gehängt. Was ist mit dir los? Hast du Angst, dass du nicht mithalten kannst?"

Ich lache überrascht auf. Das musste sie einfach tun, nicht wahr? Ich kenne keinen einzigen Kerl auf diesem Planeten, der einer so unverhohlenen Herausforderung widerstehen könnte, vor allem wenn es um seine sexuellen Fähigkeiten geht.

Ich ziehe ihn fast bis zur Spitze heraus und gleite dann wieder hinein. Meine Lippen wölben sich, als Sydney dabei die Worte „*Oh Gott*" ausspricht. Unsere Körper sind bündig, ihre Brüste drücken gegen meine Brust. Unsere Herzen schlagen wild und fast synchron unter unserer Haut. Ihr weicher Vanilleduft steigt mir in die Nase und lässt mir das Wasser im Mund zusammenlaufen. Ich finde einen langsamen und gleichmäßigen Rhythmus, und mein Körper wird dabei von dieser verrückten Energie durchströmt. Ich war nicht auf den emotionalen Ansturm vorbereitet, den das Zusammensein mit Sydney Carrington mit sich bringt. Ich hatte schon viel Sex in meinem Leben, aber so etwas habe ich noch *nie* gefühlt. Ich muss einen Moment lang die Augen schließen, um die Empfindungen zu dämpfen und mich zu beherrschen.

„Bentley", keucht sie. „Bitte, mach schneller. Ich gehe nicht kaputt."

Ich sehe ihr in die Augen und erkenne die Wahrheit ihrer Aussage. Wer bin ich, dass ich dieser schönen Frau etwas abschlagen könnte? Ich fange an, mich immer stärker zu bewegen, und schon bald stellt sich dieses Urbedürfnis ein. Ein überwältigendes Verlangen, sie für mich zu beanspruchen, sie als mein Eigentum zu markieren, setzt ein, und von diesem Moment an bin ich ihm ausgeliefert. Ich richte unsere Körper so aus, dass ich mich wieder auf meine Knie stütze und sie sich auf mir räkelt. In dieser neuen Position nehmen wir uns einen Moment Zeit, um Luft zu holen. Unsere Haut glänzt vor Schweiß.

Sydney stöhnt auf, als ich ihre Brust mit der Hand berühre und meinen Mund über die Warze stülpe. „Gott."

Ich lasse sie wieder los. „Reite mich, Syd."

Eine kleine Falte bildet sich zwischen ihren Brauen. „Ich weiß nicht, ob ich weiß, wie … Ich meine …"

Ich umfasse ihren Kiefer und sauge ihre Unterlippe in meinen Mund. „Tu einfach, was sich gut anfühlt. Mach dir keine Sorgen um mich. Ich garantiere dir, dass sich alles, was du tust, verdammt gut anfühlt."

Sydney hebt ihren Körper ein wenig an, bevor sie wieder nach unten sinkt. Nach ein paar flachen Stößen experimentiert sie, indem sie höher und tiefer geht, bis sie mein Rohr wie ein Profi bearbeitet. Währenddessen flüstere ich aufmunternde Worte wie *„Gott, du fühlst dich gut an"* oder *„Genau so"* oder *„Fuck, weiter so".* Meine Hände sind überall, wo sie hinkommen, meine Lippen lecken und saugen tief in ihr Fleisch. Wahrscheinlich wird sie mir später in den Arsch treten, wenn sie all die lila Flecken bemerkt, die ich hinterlassen habe, aber im Moment scheint es sie nicht zu stören.

Ihr Rhythmus wird abgehackter, als ich kreisend über ihre geschwollene Klitoris reibe, aber das ist mir egal, denn ich steige mit ihr immer höher und höher.

„Oh Gott, oh Gott, oh Gott", ruft sie, als sie kommt und sich wie ein exquisiter Schraubstock um mich krampft.

Sobald ihr Orgasmus nachlässt, greife ich nach ihren Hüften und stoße von unten zu, bis ich selbst zum Höhepunkt komme. Ich schwöre bei meinen Eiern, dass ich tatsächlich für einen Moment lang Sterne sehe.

Ich stoße einen Atemzug aus. „Oh Gott."

Sydney gluckst und legt ihren Kopf auf meine Schulter. „Wem sagst du das."

Ich weiß nicht, wie lange wir noch eng umwunden so liegen blieben, aber als ich spüre, wie mein Schwanz weicher wird, weiß ich, dass ich unsere Verbindung unterbrechen muss, trotz heftigster Proteste meines Schwanzes. Ich bin absolut sauber, aber ich habe keine Ahnung, ob Sydney die Pille nimmt oder nicht. Ich will es nicht riskieren, Babybrei zu verschütten. Mit einer Hand halte ich den unteren Teil des Kondoms fest, während ich sie mit der anderen Hand von mir hebe. Mir entgeht nicht, dass sie dabei leicht zusammenzuckt, aber gleich darauf lächelt sie mich beruhigend wieder an.

„Ich bin gleich wieder da."

Ich gehe in mein Badezimmer, um den Gummi zu entsorgen, bevor ich mit einem warmen Waschlappen ins Schlafzimmer zurückkehre. Sydneys Wangen werden rot, als ich ihr sanft zwischen den Beinen wische, aber sie erlaubt mir, das für sie zu tun. Scheiße, das ist doch das Mindeste, was ich tun kann. Wenn ich ehrlich bin, stehe ich immer noch ein bisschen unter Schock über das, was gerade passiert ist.

„Geht es dir noch gut?"

Sydney schenkt mir ein schläfriges, sattes Lächeln. „Mir geht es *mehr als gut.*"

„Ich fühle mich auch verdammt gut." Ich ziehe die Bettdecke zurück und streichle die Matratze. „Kriech unter die Decke."

„Oh. Ähm … ich sollte wohl nach Hause gehen."

Ich runzle die Stirn. „*Musst* du aus irgendeinem Grund nach Hause gehen?"

„Nun … nein."

Ich klopfe wieder auf das Bett. „Dann kriech drunter. Du siehst erschöpft aus, und ich bin auch ziemlich fertig. Und ich bin noch nicht bereit, mich von dir zu verabschieden. Außerdem … hast du nicht gesagt, dass wir reden müssen?"

Sydney krabbelt über das Bett und schlüpft unter die Bettdecke. Es erfordert enorme Selbstbeherrschung, sie nicht festzuhalten, als sie sich an mir vorbeischiebt und ihre üppigen Kurven stolz zur Schau stellt.

„Das habe ich wohl gesagt, oder?"

Ich strecke mich neben ihr aus und ziehe sie an mich, bis ihr Kopf auf meiner Brust ruht. „Hast du. Lass uns jetzt ein bisschen schlafen, dann können wir gerne reden."

Ich spüre, wie sich ihr Kiefer gegen meine Brust drückt, als sie gähnt. „Okay."

Wenige Minuten, nachdem ich ihren Rücken gestreichelt habe, schläft Sydney bereits tief und fest. Ich brauche auch nicht lange, bevor ich mit einem albernen Grinsen auf dem Gesicht ebenfalls ins Reich der Träume abdrifte.

KAPITEL SECHSUNDZWANZIG

Sydney

„Bist du jetzt bereit zu reden?"

Bentley verlagert unsere Körper, bis wir mit dem Gesicht zueinander liegen und grinst mich anzüglich an. „Ich kann mir etwas anderes vorstellen, das ich *viel lieber* tun würde. Das Nickerchen hat mir eine *Menge* Energie zurückgegeben."

Ich schlage ihm spielerisch auf den Arm. „Ne-hee. Wir hatten eine Abmachung. Außerdem ist es fast Mitternacht. Ich muss nach Hause, damit ich morgen in der Schule nicht zu sehr wie ein Zombie aussehe."

Er seufzt dramatisch. „Okay, gut. Rede."

Ich nehme mir einen Moment Zeit, um darüber nachzudenken, wie ich das angehen will.

„Die Nacht, in der wir uns kennengelernt haben ... an was *genau* erinnerst du dich?"

Seine Schultern versteifen sich. „Warum? Woran genau erinnerst du dich?“

„Ehrlich gesagt? Nicht sehr viel. Ich erinnere mich, dass ich fast die ganze Nacht mit dir abgehangen bin. Ich fand dich ziemlich cool, aber die Details, worüber wir geredet haben, sind verschwommen. Ich glaube mich zu erinnern, dass wir irgendwann getanzt und ein bisschen rumgeknutscht haben, aber das war’s auch schon. Ich war ziemlich besoffen.“

Bentleys Blick bohrt sich in meinen. „Ich kann mich nicht erinnern, dass du *so* besoffen warst.“

Okay, los geht’s. Die einzigen Menschen, die wissen, was meine Cousine mit mir gemacht hat, sind Cam und Zach. Ich denke nicht gerne darüber nach, also habe ich es in eine kleine, fest verschlossene Kiste in meinem Kopf gesteckt.

„Erinnerst du dich an meine Cousine Lindsey? Sie war diejenige, die mich zu dieser Party mitgenommen hat.“

„Vage. Was ist mit ihr?“

Ich lächle sanft, aber es steckt keine Fröhlichkeit oder Zuneigung dahinter. „Lindsey und ich standen uns als Kinder sehr nahe. Sie war wie eine ältere Schwester für mich. Aber sie war auch … ich weiß nicht. Rücksichtslos, kann man wohl sagen. Ich glaube nicht, dass sie sich damals einen Dreck um die Konsequenzen ihres Handelns geschert hat. Sie war sehr … aufgeschlossen und wild auf Sex. Sie verstand nicht, warum nicht alle anderen genauso dachten. Sogar ich, obwohl ich damals erst sechzehn war. Sie hat ihre Jungfräulichkeit mit vierzehn verloren, also dachte sie wohl, ich wäre überfällig oder so.

Ohne mein Wissen beschloss sie, dass diese Party die perfekte Gelegenheit für mich wäre. Damals wusste ich das noch nicht, aber deshalb hatte sie mich überredet, ihr Verbindungsshirt zu tragen. Sie wollte, dass die Jungs auf der Party denken, ich wäre älter. Sie sagte mir, wenn mich jemand fragt, soll ich sagen, dass ich in der Oberstufe bin und es dabei belassen. Sie sollten annehmen, dass ich das College meinte, damit ich nicht von der Party fliege. Eigentlich war es keine Lüge, zumindest rechtfertigte ich es so in meinem Kopf. Ich habe sie vergöttert. Ich wollte unbedingt zu ihrem Freundeskreis gehören."

Er zeichnet die Kontur meines Kiefers nach. „Worauf willst du hinaus, Syd?"

„Sie … äh … fing an, mir diese Cocktails zu bringen. Sie dachte, sie würden mir helfen, *lockerer* zu werden, wie sie es ausdrückte. Vor dieser Nacht hatte sie mir nie einen Anlass gegeben, ihr nicht zu vertrauen, also hatte ich auch keinen Grund zu vermuten, dass etwas nicht stimmt. Aber … es stellte sich heraus, dass ich ihr nicht hätte trauen sollen. Lindsey hatte mir praktischerweise zwei der wichtigsten Zutaten für die Drinks verschwiegen. Wenn ich das gewusst hätte, hätte ich keinen einzigen Schluck getrunken."

„Welche waren das?"

„Ähm … na ja, es war angeblich nur eine winzige Menge, aber in der Nacht habe ich fünf oder sechs Gläser getrunken, also hatte es eine viel stärkere Wirkung als das, was sie beabsichtigt hatte. Zumindest behauptete Lindsey das hinterher."

„Sydney, *welche* Zutaten waren das?", knurrt Bentley.

Verdammt, warum regt er sich so auf, wenn er das Schlimmste noch gar nicht kennt?

„Molly mit einer Prise Roofie." Ich räuspere mich. „Offensichtlich hat sie die von dem schicken Typen bekommen, mit dem sie an diesem Abend abhing. Wie du dir sicher vorstellen kannst, war ich nach ein paar davon nicht mehr ganz bei Sinnen. Gott sei Dank fand mich eine von Lindseys Freundinnen aus ihrer Verbindung, als ich kurz davor war, ohnmächtig zu werden, und sie brachte mich zu sich nach Hause. Am nächsten Morgen wachte ich auf und fühlte mich beschissen und konnte mich an kaum etwas erinnern.“

„Du warst also in dieser Nacht auf Ecstasy und Rohypnol? Drogen, die ein *schicker Typ* besorgt hat?“ Bentleys Kiefer ist so verkrampft, dass ich mir nicht sicher bin, wie er überhaupt sprechen kann.

Ich zucke mit den Schultern. „So kann man es sagen, ja.“

„Scheiße“, murmelt er und wischt sich mit der Hand über das Gesicht.

„Yep.“ Ich lasse das „P“ extra ploppen. „Diese Nacht ist der Hauptgrund, warum ich mich von Drogen fernhalte, sogar von Gras. Und ich werde auf einer Party niemals einen offenen Drink von *irgendjemandem* mehr annehmen. Diese Nacht hätte so viel schlimmer ausgehen können. Ich will nie wieder in einer so hilflosen Lage sein.“

Bentley setzt sich auf und schwingt seine langen Beine über die Seite des Bettes. Seine Ellbogen stützen sich auf den Knien ab, während er tief ein- und ausatmet.

„Bentley? Was ist los?“

Noch einmal tief durchatmen. „Gib mir einfach eine Sekunde, okay?“

Ich bin etwas verwirrt, warum ihn meine Geschichte so fertigzumachen scheint, aber ich habe das Gefühl, dass dies wieder einer dieser Momente ist, in denen Bentley eine Berührung gebrauchen könnte, also setze ich mich hinter ihn und gebe ihm einen sanften Kuss direkt zwischen die Schulterblätter.

Bentley dreht seinen Oberkörper, bis er mich in seinen Schoß ziehen kann. Mit meinen nackten Schenkeln, die seine umklammern, liegen unsere Geschlechtsteile direkt nebeneinander, was keinem von uns beiden entgeht. Ich stöhne auf, als seine wachsende Erektion in mich eindringt und er nimmt kurz meine Unterlippe zwischen seine Zähne. Ich zucke auch ein wenig zusammen, denn nichts in meiner umfangreichen Silikon-Sammlung kann dem Vergleich mit Bentley Fitzgerald standhalten.

„Was bedeutet das?" Ich ziehe die zarte Schrift, die direkt über seinem Herzen steht, mit dem Finger nach.

Schlaf gut, Tiny Dancer

Ich beobachte, wie sein Adamsapfel beim Schlucken wippt. Seit wann sind Adamsäpfel so sexy?

„Es ist eine Erinnerung."

„Woran?"

Bentleys braune Augen hüpfen einen Moment lang zwischen meinen hin und her. „Warum jemand wie du viel zu gut für jemanden wie mich ist."

„Kannst du das etwas genauer erklären?" Ich hebe die Brauen.

Bentley schüttelt den Kopf. „Nein. Das ist das Kreuz, das ich zu tragen habe."

Ich runzle die Stirn. „Hat das etwas mit der Person zu tun, die du auf dem Friedhof besucht hast?"

„Ich sagte *nein*, Sydney", schnauzt er und packt meine Hüften, als ich versuche, mich loszureißen. „Es tut mir leid. Ich versuche wirklich, kein Arschloch zu sein. Ich *kann* nur … nicht darüber reden. Das musst du respektieren. Können wir bitte das Thema wechseln?"

„Okay …", sage ich vorsichtig. Die Stimmung in diesem

Raum ist viel zu intensiv für zwei nackte Menschen, die gerade atemberaubenden Sex hatten. „Darf ich dich fragen, was *du* von dieser Nacht noch weißt?"

Bentleys Finger bewegen sich sanft über meine Brust. Wenn er nicht eine so empfindliche Stelle berühren würde, hätte ich es wahrscheinlich gar nicht bemerkt. Sein Kopf sinkt auf meine Brust, seine Stirn ruht auf der Vertiefung zwischen meinen Schlüsselbeinen.

Ich keuche, als sich sein Daumen über meine Brustwarze hin und her bewegt, während sein warmer Atem über meine Haut streicht. „Ich würde sagen, ungefähr so viel wie du. Ich habe in dieser Nacht ziemlich heftig gefeiert."

Verdammt!

Ich hatte wirklich gehofft, dass er mir helfen könnte, Zachs kryptische Aussage über diese Nacht zu entschlüsseln. Ich war mir sicher, dass Bentley sich aufgrund seiner Reaktion an etwas erinnerte, aber vielleicht war er auch nur so erregt, weil er mich vor meinem handgreiflichen Ex gerettet hatte.

„Können wir jetzt aufhören, zu reden?"

Ich denke an etwas anderes, das mich belastet hat, seit das Thema angesprochen worden war.

„Ich habe noch eine Frage." Ich hebe sein Kinn mit meinem Finger an. „Als du beim Mittagessen von Jazz sprachst ... und Kingston zusehen ließest ... kannst du das erklären?"

Er stöhnt. „Muss ich das wirklich?"

„Nein ..." Ich ziehe die Brauen hoch. „Bentley, ich weiß, dass du eine Vergangenheit hast, und das ist okay. Ich würde dich niemals dafür verurteilen. Die Sache ist die ... Ich mag Jazz. Ich glaube, sie könnte eine wirklich gute Freundin werden, aber ich habe das Gefühl, dass mir etwas zwischen euch beiden fehlt. Etwas *Wichtiges*, und ich würde lügen, wenn ich behaupten würde, dass mich das nicht stört. Ich bin ein großer Fan von Transparenz und ich hatte gehofft, du würdest das respektieren."

Seine Augen hüpfen ein paar Sekunden lang zwischen meinen hin und her, bevor er spricht. „Jazz und ich … äh … haben vor einiger Zeit ein paar Mal rumgemacht, aber wir haben nie wirklich miteinander geschlafen." Er räuspert sich. „Kingston war beide Male dabei und ich kann dir garantieren, dass es *nie* wieder passieren wird. Jazzy und ich sind nur Freunde. Das waren wir immer und werden wir immer sein."

Ich will mir nicht in die Tasche lügen und sagen, dass sich mein Magen nicht verkrampft, wenn ich mir Bentley bei *irgeneiner Form von Sex* mit diesem wunderschönen Mädchen vorstelle. Die Situation ist etwas seltsam. Die beiden stehen sich offensichtlich nahe, aber gleichzeitig sieht Bentley Jazz nicht an, als würde er sie vögeln wollen. Da ist definitiv Zuneigung, aber es ist *ganz* anders als die Art, wie er mich ansieht. Außerdem habe ich keinen Zweifel daran, dass Jazz nur Augen für Kingston hat, und Bentley war schon lange keine Jungfrau mehr, als wir uns kennengelernt haben.

Ganz im Gegensatz zu mir.

Ich atme tief ein und aus. „Danke, dass du es mir gesagt hast."

„Können das jetzt beenden?" Seine weichen Lippen umschließen meine Brustwarze und saugen kurz daran, bevor sie sich zurückziehen. „Mir fällt nämlich etwas ein, was ich viel lieber tun würde.

„Bentley, ich muss wirklich nach Hause gehen." Ich stöhne, als er die andere Seite genauso behandelt. „Außerdem … so ungern ich das auch sage, weil dein bestes Stück die Auffrischung nicht braucht, ich bin im Moment viel zu wund für eine zweite Runde. Ich glaube, du hast meine Vagina kaputt gemacht."

Er gluckst fröhlich. „So gerne ich auch rund um die Uhr in dich stecken würde, es gibt viele andere Möglichkeiten, einen O zu bekommen."

Mein Körper ist *sofort* mit diesem Plan einverstanden, aber mein Kopf hat etwas dagegen.

Ich lege meine Hände an seine Wangen und zwinge ihn so, mir in die Augen zu sehen. „Bentley, ich weiß, es ist ein bisschen spät für dieses Gespräch, aber ich mache keine One-Night-Stands. Ich verurteile niemanden, der das tut, aber für mich ist das nichts. Ich weiß, ich habe kein Recht, dich das zu fragen, aber wenn sich das, was heute Abend passiert ist, wiederholt …" Ich stöhne auf, als er sich unter mir gerade so weit bewegt, dass meine geschwollene – und sehr interessierte – Klitoris über sein Rohr gleitet. „Ich will ja nicht unbedingt gleich deine feste Freundin sein, aber … ich muss wissen, dass du nicht jede Blondine vögelst, wenn du nicht mit mir zusammen bist. Ich mag dich, Bentley. Ich glaube, da ist etwas Besonderes. Aber wenn du damit nicht einverstanden bist, kann ich das verstehen."

Seine Lippen öffnen sich, als ob er etwas sagen wollte, aber sie schnappen wieder zu. Gott, es ist wirklich verdammt unangenehm, dieses Gespräch in unserer jetzigen Position zu führen, aber ich weiß, dass ich mir selbst treu bleiben muss, sonst werde ich es später bereuen. Das ist eine weitere der ausgesprochen hilfreichen Lebenslektionen meiner Mutter.

Eine Falte bildet sich zwischen seinen Augenbrauen. „Syd."

Ich schüttle den Kopf. „Vergiss es. Nichts für ungut. Ich bin schon ein großes Mädchen. Und ich wusste, worauf ich mich einlasse." Ich versuche, mich aus seinem Griff zu befreien, aber er zieht mich fester an sich.

„Sydney. Würdest du mich bitte reden lassen?"

Ich höre auf, mich losreißen zu wollen. „Mach schon."

Bentley packt eine verirrte Locke und nimmt sie zwischen Daumen und Zeigefinger. „Ich will keine andere, also musst du dir keine Sorgen machen."

Was? Ich kann ihn unmöglich richtig verstanden haben. „Hm?"

Seine Mundwinkel zeigen nach oben. „Ich habe gesagt, dass ich niemanden *außer* dir will, also musst du dir keine Sorgen machen. Ich hatte schon einige One-Night-Stands, aber die Wahrheit ist … ich habe schon vor einer ganzen Weile das Interesse daran verloren. Und ich war schon seit ein paar Monaten mit *niemandem* mehr zusammen, also …"

Ich runzle verwirrt die Stirn. „Aber … was ist mit Barbie? Ähm … Rebecca."

„Ja … was das angeht. Ich habe sie möglicherweise benutzt, um dich zu ärgern. Aber es ist nichts passiert." Wenigstens hat er den Anstand, beschämt dreinzuschauen.

„Warum? Und wenn wir schon beim Thema sind, warum warst du die ganze Zeit so ein Vollidiot?"

Er schaut kurz über meine Schulter. „Weil ich versucht habe, dich abzustoßen. Aber ich habe es satt, mich die ganze

Zeit so beschissen zu fühlen. Ich habe es satt, so zu tun, als ob es mir gut ginge. Ich glaube, ich weiß nicht einmal mehr, wie sich Glück anfühlt, aber mit dir zusammen zu sein, so wie jetzt … so nah war ich dem noch nie, solange ich mich erinnern kann. Wie du schon gesagt hast … du bist ein großes Mädchen. Wenn du das willst – mit mir zusammen zu sein – trotz meiner Probleme und weil ich weiß, dass es Dinge gibt, über die ich nicht reden will, dann werde ich mich nicht länger verleugnen. Ich werde dich nicht mehr von mir stoßen."

„Wir alle haben Probleme. Manche sind größer als andere, aber jeder hat etwas, mit dem er zu kämpfen hat. Das heißt nicht, dass du kein guter …" Ich schreie auf, als er mich von seinem Schoß hebt, mich auf das Bett wirft und meinen Körper mit seinem bedeckt – und das alles in weniger als zwei Sekunden. „Bentley! Was zum Teufel?"

Er lächelt. „Weniger reden. Mehr küssen."

Seine Lippen finden meine, bevor ich protestieren kann. Als seine Zunge in meinen Mund schleicht und auf meine trifft, sind alle Einwände, die ich vielleicht hatte, vergessen. Und als sie dann meinen Körper hinunter und zwischen meine Schenkel gleitet, gibt mir Bentley gleich mehrere Gründe, begeistert seinen Namen zu brüllen, bevor die Nacht zu Ende ist.

KAPITEL SIEBENUNDZWANZIG

Bentley

„Was gibt's, Mann?" Kingston hebt sein Kinn zur Begrüßung, als er aus seinem Fahrzeug steigt.

Ich ahme die Geste nach. „Was geht?"

Kingston öffnet die Motorhaube seines mattschwarzen Koenigsegg Agera, gerade als Jazz ihre Tür auf der Beifahrerseite öffnet. Als sie aus dem Auto klettert, lächelt sie, als er sie zu sich her zieht. Zum ersten Mal, seit sie zusammen sind, spüre ich nicht den kleinen Anflug von Neid, der mich normalerweise überkommt, wenn ich sie zusammen sehe. Versteh mich nicht falsch, es ist immer noch ein bisschen kitschig, die beiden so verliebt zu sehen, aber heute Morgen ist es leichter zu ertragen. Ich vermute, dass der Grund dafür die Frau ist, die gerade ein halbes Dutzend Plätze weiter auf ihren eigenen Parkplatz gefahren ist.

Mir entgehen die Blicke nicht, als ich zu dem schwarzen

Audi hinübergehe, und auch nicht die meiner Freunde, die hinter mir hergehen, aber ich ignoriere sie. Ich weiß, dass das, was ich vorhabe, in der Gerüchteküche von Windsor für viel Wirbel sorgen wird, deshalb habe ich mich entschieden, es auf dem Parkplatz vor so vielen Zeugen wie möglich zu tun. Ich weiß, dass Sydney Vorbehalte gegen unsere Beziehung hat, obwohl ich ihr gesagt habe, dass ich keine andere haben will. Ich kann es ihr nicht verübeln – mein Ruf und mein Verhalten in letzter Zeit rechtfertigen ein gewisses Zögern – aber ich werde tun, was ich kann, um ihre Zweifel zu zerstreuen. Und wenn ich das vor der Hälfte der Schülerschaft tue, wird die Botschaft auch dort ankommen.

Wenn diese Frau mich haben will, bin ich dabei.

Ich verliere keine Sekunde, als Sydney aus ihrem Auto steigt. In dem Moment, in dem ihre Füße den Boden berühren, mache ich mich auf den Weg und habe nur ein Ziel vor Augen. Ihre schönen Augen weiten sich, als ich näher komme, wahrscheinlich weil sie spürt, dass etwas Großes im Gang ist. Ich lege meinen Mund für einen tiefen, intensiven Kuss, und sie schnappt überrascht nach Luft. Ich nehme das Gemurmel und die Rufe der um uns herum versammelten Menge wahr, aber ich konzentriere mich nur darauf, wie sie schmeckt – ein bisschen Eiskaffee mit Zimt – und das gehauchte Stöhnen, das meinen Schwanz hart werden lässt. Als wir uns schließlich voneinander lösen, atmen wir beide schwer unter einem dichten Schleier der Lust.

Sydney blinzelt ein paar Mal. „Whoa. Wofür war das denn?“

Ich streiche ihr eine Locke hinters Ohr. „Ich musste dich einfach küssen. Ich leide unter Entzugserscheinungen. Es ist schon zu lange her.“

Sie grinst. „Weniger als sieben Stunden.“

„Wie ich schon sagte, zu lang. Außerdem wollte ich dich daran erinnern, was ich gestern Abend gesagt habe.“

Sie neigt ihren Kopf zur Seite. „Welcher Teil?“

„Dass ich niemanden außer dir will.“ Ich nicke in Richtung der gaffenden Schülerschar. „Und jetzt wissen sie es auch.“

„Oh.“ Ich bin versucht, sie auf den Rücksitz ihres Audi zu werfen, als sie sich auf die Lippe beißt. „Okay.“

Eine Stimme hinter uns räuspert sich. „Äh, Leute. Wir haben weniger als fünf Minuten, bevor die erste Stunde beginnt. Syd, willst du mit mir laufen?“

Sydneys Wangen erröten, als ihre Augen dem Klang von Jazz’ Stimme folgen. „Ähm … sicher.“ Sie wendet ihre Aufmerksamkeit wieder mir zu. „Ich schätze, wir sehen uns in Psychologie?“

Ich trete einen Schritt zurück und hänge mir meine Tasche über die Schulter. „Ich zähle die Sekunden bis dahin.“

Sie lacht. „Das war kitschig. Wirklich, wirklich kitschig.“

„Das heißt aber nicht, dass es nicht stimmt.“

Sydney löst sich aus meinem Griff und gesellt sich zu Jazz. „Bis später, Leute.“

„Später“, sagen Kingston, Reed und Ainsley unisono.

„Wir sehen uns beim Mittagessen.“ Ainsley stellt sich auf die Zehenspitzen, um Reed einen Kuss auf die Wange zu geben, bevor sie sich auf den Weg zur Franklin Hall macht, dem Gebäude, in dem ihr erster Kurs stattfindet.

Die Jungs und ich lassen Sydney und Jazz ein bisschen vor uns hergehen, bevor wir uns auf den Weg zum Hauptgebäude machen, in dem unsere Klassen untergebracht sind.

„Erzählst du uns, was das alles sollte?“ Kingston deutet

mit einer Geste auf die beiden schönen Mädchen, die durch die Türen der Lincoln Hall treten.

Ich zucke mit den Schultern. „Da gibt es nicht viel zu erzählen.“

„Blödsinn“, spottet Reed. „Seit wann sind du und Sydney Carrington so vertraut miteinander? Wie zum Teufel hast du sie dazu gebracht, dir zu verzeihen, nachdem du dich so aufgeführt hast?“

Ich boxe ihm gegen den Arm. „Halt die Klappe!“

„Warum? Du weißt, dass es stimmt.“ Reed grinst. „Also, was ist los?“

„Ich habe es satt, immer so verdammt unglücklich zu sein. Nach der letzten Nacht … habe ich beschlossen, ein Mann zu sein und mich meinem Scheiß zu stellen. Aus irgendeinem Grund kann Sydney über mein schwachsinniges Verhalten hinwegsehen und will mir eine Chance geben. Wer bin ich, dass ich einem geschenkten Gaul ins Maul schaue?“

Kingstons Augenbrauen heben sich. „Was ist letzte Nacht passiert?“

„Ein Gentleman schweigt.“

Er wirft mir einen schiefen Blick zu. „Mit anderen Worten: Du hast sie gefickt.“

Ich weiß, dass mein Gesichtsausdruck es verrät, aber ich bestätige nichts verbal.

„Also, was?“ drängt Kingston. „Seid ihr zwei jetzt zusammen?“

„Ich weiß es nicht“, antworte ich ehrlich. „Wir haben es nicht genau besprochen, aber man kann es wohl so sagen. Ich will keine andere und das wollte ich ihr beweisen.“

„Ging es darum in der Parkplatzszene?“, fragt Reed.

„Wolltest du der weiblichen Bevölkerung von Windsor zeigen, dass du kein Interesse ihnen hast?“

Ich lache. „Vielleicht habe ich auch öffentlich meinen Anspruch auf Sydney angemeldet, damit die anderen Kerle sich zurückhalten. Ich sehe, wie sie sie angucken, und das gefällt mir gar nicht. Zwei Fliegen mit einer Klappe.“

Wir halten zu dritt vor meiner Klasse, denn hier trennen sich normalerweise unsere Wege.

Kingston starrt mich an, als wolle er meine Gedanken lesen. „Hm. Na, das gibt’s doch nicht.“

„Was soll das denn heißen?“ Ich runzle die Stirn.

Er grinst. „Es sieht so aus, als würde unser kleiner Bentley endlich erwachsen werden.“

Reed und Kingston lachen, als ich ihnen den Finger zeige.

„Fickt euch. An mir ist *nichts* klein, und ihr Wichser wisst das.“

„Klar, Kumpel. Wenn du meinst.“ Kingstons Tonfall hätte nicht herablassender sein können. „Bis später, Arschloch.“

Sie lachen immer noch, als ich „Verpisst euch“ murmle.

Kurz bevor die Glocke läutet, sitze ich auf meinem Platz und beginne meinen Countdown, bis ich mein Mädchen wiedersehen kann.

„Und, bist du fertig mit der Vorbereitung fürs Vortanzen?“ Ainsley isst etwas Pasta.

„Ich schon“, antwortet Sydney. „Und du?“

Sie presst ihre Finger auf meine, um zu verhindern, dass die Hand, die auf ihrem Oberschenkel liegt, zu weit nach oben wandert. Ich habe selbstverständlich nicht vor, meine Finger in sie hineinzustecken – so geil dieser Gedanke auch wäre – aber ich kann nicht aufhören, sie zu berühren, jetzt, wo sie endlich in meiner Reichweite ist. Ihre Haut ist so verdammt weich, ich kann einfach nicht widerstehen.

Ainsley atmet hörbar aus. „Ich weiß es nicht. Ich meine, ich denke schon. Madam Rochelle liebt die Routine, die ich mir ausgedacht habe, aber ich habe das Gefühl, dass noch etwas fehlt."

„Aber du weißt nicht, was?" Syd nimmt einen Schluck von ihrer Limonade.

„Nee." Ainsley schüttelt den Kopf. „Es ist frustrierend."

„Vielleicht kann meine Mutter weiterhelfen", schlägt Sydney vor. „Du kannst gerne im Studio vorbeikommen, wenn du willst."

Ainsleys haselnussbraune Augen werden rund. „Ernsthaft? Oh mein Gott, das wäre der Hammer!"

Ich beobachte sie, während sie hin und her gehen und mit Tanzbegriffen um sich werfen, die ich nicht verstehe. Jazz sieht mir in die Augen und grinst mich vielsagend an. Wahrscheinlich, weil ich hier sitze und wie ein Idiot grinse. Ainsley hat Carissas Tod sehr mitgenommen, was verständlich ist, wenn man bedenkt, dass sie seit Kindergartentagen beste Freundinnen waren. Bis Jazz auftauchte, dachte ich nicht, dass Ains jemals wieder eine Beziehung wie diese haben würde.

Mit Sydney hier und ihrer gemeinsamen Liebe zum Tanzen kann ich mir vorstellen, dass Ainsley noch mehr aus ihrem Schneckenhaus herauskommt. Mein Freundeskreis ist sehr klein. Wir sind alle ziemlich zurückhaltend und lassen Neulinge nicht so leicht rein. Aber Sydney fügt sich nahtlos ein. Sie und Ains haben die Sache mit dem Tanzen gemeinsam, und sie bewerben sich an der gleichen Hochschule, während Syd und Jazz diese starke, knallharte, Persönlichkeit haben, die gleichzeitig ganz weich sein kann, wenn das gebraucht wird. Das alles scheint ein bisschen zu schön, um wahr zu sein, aber ich kann nicht behaupten, dass ich es nicht verdammt genieße.

Als das Mittagessen vorbei ist, bringe ich Sydney zu ihrer nächsten Klasse.

„Weißt du, wir haben unsere Hausaufgabe nicht fertig gemacht." Ich lächle an Sydneys Ohr und merke, wie sie zittert. „Du solltest nach der Schule zu mir kommen, dann können wir daran arbeiten."

„Ich muss unterrichten." Sie keucht leise, als meine Hand eine Hüfte über ihrem karierten Rock ergreift. „Aber ich könnte vielleicht danach vorbeikommen. Sind deine Eltern noch weg?"

Ich knabbere an ihrer Ohrmuschel. „Sind sie."

„Hure", murmelt eine vertraute Stimme und lässt Sydney zusammenzucken.

Ich drehe mich sofort um, um die Quelle zu identifizieren.

„Hast du ein Problem, Whit?"

Whitneys mit Kollagen überspritzte Lippen verziehen sich zu einem hämischen Grinsen. „Und wenn das so wäre, *Bent?*"

„Bentley, nicht." Sydney hält mich an meinem Unterarm fest.

Scheiß drauf. Wenn ich diese Schlampe nicht in die Schranken weise, wird sie Sydney als leichtes Ziel betrachten.

Ich starre die sogenannte Bienenkönigin von Windsor an. Whitney Alcott war schon immer eine erstklassige Fotze, aber seit Peyton Devereaux von der Schule verwiesen und anschließend auf ein Internat in Frankreich geschickt wurde, ist sie noch schlimmer. „Dann würde ich sagen, du brauchst eine Erinnerung, wo dein Platz ist. Wenn du ein Problem mit mir hast – oder mit jemandem, der mir etwas bedeutet -, dann haben *wir* ein Problem. Verstanden?“

Whitneys Augen verengen sich. „Was auch immer. Jeder weiß, dass diese Schlampe nur ein glänzendes neues Spielzeug ist, das du bald wieder wegwirfst. Sie ist meine Mühe nicht wert.“ Sie wendet ihren Blick zu Syd. „Viel Glück dabei, Schatz. Der Ritt mag Spaß machen, solange er andauert, aber glaube nicht, dass du diejenige bist, die ihn zähmen wird. Wenn ich es nicht kann, kann es niemand.“

„Fick dich, Whit …“

Sydneys Nägel bohren sich tief in meine Haut. „Bentley. Sie ist es nicht wert.“

„Ich gebe dir einen Monat, höchstens.“ Whitney wirft ihr braunes Haar über die Schulter und geht weiter.

Meine Nasenflügel blähen sich, während ich hier hinterherblicke. Ich werde auf keinen Fall zulassen, dass Whitney Syd Ärger macht. Nach dem Mist, den sie und ihre kleine Truppe mit Jazz gebaut haben, traue ich ihr kein bisschen. Ich dachte immer, sie sei nichts weiter als Peytons kleine Marionette, aber Whit hat bewiesen, dass sie kein Problem damit hat, ihr eigenes Ding auf die Beine zu stellen. Ich nehme mir vor, mich später mit ihr zu unterhalten.

Sydney zupft an den Aufschlägen meines Blazers. „Bentley. Ganz im Ernst. Ich weiß, wie man mit gehässigen Mädchen umgeht. Mach dir keine Gedanken darüber.“

Ich beuge mich zu ihr hinunter und lasse das Thema Whitney erst einmal beiseite. Nach einem kurzen Kuss sage ich: „Beweg deinen sexy Hintern in die Klasse. Wir treffen uns nach dem Schlussgong vor der Tür."

Sie lächelt. „'Kay."

Ich warte, bis sie den Raum betreten hat, bevor ich den Flur hinunter zu meinem Kurs gehe und die Minuten zähle, bis Schulschluss ist und sie wieder in meinem Bett liegt.

KAPITEL ACHTUNDZWANZIG

Sydney

„Oh mein Gott, oh mein Gott, oh mein Gott. Ich kann nicht glauben, dass *die* Daphne Reynolds direkt vor mir steht!“

Ich sehe Ainsley aus den Augenwinkeln an und lächle. „Du weißt schon, dass sie eine ganz normale Person ist, oder? Man sollte meinen, dass jemand, der in L.A. aufgewachsen ist, mittlerweile immun gegen Berühmtheiten ist.“

„Das ist nicht nur *irgendein* Promi. Das ist Daphne Reynolds!“ Sie streckt ihre Arme aus und deutet durch das Fenster auf meine Mutter, die gerade eine Klasse mit Leistungsschülern unterrichtet.

Ich schüttle den Kopf. „Für mich ist sie einfach nur Mama. Außerdem … die meisten Leute außerhalb der Tanzwelt haben keine Ahnung, dass es sie überhaupt gibt. Ich glaube nicht, dass sie schon mal von irgendeinem Idioten in der Öffentlichkeit erkannt wurde. Zumindest nicht, wenn sie mit mir zusammen war.“

Ainsley schnappt nach Luft. „Das ist so, als würdest du sagen, dass Michael Jordan nicht existiert!“

„Das ist nicht einmal *annähernd* dasselbe.“ Ich lache und wische mir eine Träne aus dem Augenwinkel. „Du willst doch nicht, dass ich das bereue, weil du dich wie eine alleinstehende weiße Frau aufführst, oder?“

Sie rollt mit ihren runden haselnussbraunen Augen. „Ach, halt die Klappe. So schlimm bin ich auch wieder nicht.“

„Irgendwie schon.“ Ich rümpfe meine Nase. „Du hast Glück, dass ich es irgendwie bezaubernd finde.“

„Mist, der Unterricht ist zu Ende.“ Ainsley atmet mehrmals tief durch. „Ich kann das schaffen. Ich kann mein Idol treffen und mich nicht komplett zum Idioten machen.“ Sie atmet weiter und murmelt. „Flipp nicht aus, Ainsley. *Nicht* ausflippen.“

Ich schaue über meine Schulter und lächle Cam an, die hinter dem Schreibtisch sitzt. Sie denkt offensichtlich das Gleiche wie ich: *Das wird lustig.*

„Gut gemacht, meine Damen“, ruft meine Mutter ihren Schülern nach. „Wir sehen uns nächste Woche.“

Nachdem die Tänzerinnen und Tänzer den Raum verlassen haben, nehme ich Ainsleys Hand und führe sie ins Studio.

„Hey, Mom. Ich wollte dir meine neue Freundin aus Windsor vorstellen. Das ist Ainsley Davenport.“

Meine Mutter trinkt einen Schluck aus ihrer Wasserflasche und schenkt Ainsley ein breites Lächeln. „Schön, dich kennenzulernen, Ainsley Davenport.“

„Äh …" Ainsley wechselt von einem Bein auf das andere. „Es ist auch schön, dich kennenzulernen. Ich meine … es ist mir eine *Ehre*, Sie kennenzulernen, Miss Reynolds. Eine große, *große* Ehre. Ich bin ein *großer* Fan. Ich glaube, ich habe jeden deiner Auftritte auf YouTube auswendig gelernt. Moment … soll ich Sie Mrs. Reynolds nennen? Mrs. Carrington?" Ihre Augen flackern zu mir, bevor sie auf der Bühne flüstert: „*Wie soll ich sie nennen?!*"

„Daphne ist gut." Meine Mutter kichert. „Du bist also ein Ballett-Fan?"

Ainsley nickt enthusiastisch. „Das ist mein Leben. Seit ich klein bin, nehme ich Unterricht in der Diamond Dance Company."

„Bei Rochelle Laurent?", fragt meine Mutter.

„Ja", bestätigt Ainsley.

„Ich würde dich gerne mal bei einem Auftritt sehen. Rochelle und ich kennen uns schon lange. Bei ihr bist du in guten Händen."

Die Augen meiner Freundin leuchten auf. „Wow … ähm … ja, das könnte ich machen. Vorführen, meine ich. Wann immer es für dich passt. Du bist sicher sehr beschäftigt."

Die schokoladenbraunen Augen meiner Mutter glitzern amüsiert über Ainsleys Unbeholfenheit. „Du sagst mir einfach Bescheid. Ich nehme mir gerne Zeit für eine von Sydneys Freundinnen."

„Ainsley bewirbt sich wie ich bei der LASPA", gehe ich dazwischen und beschließe, das arme Mädchen aus ihrem Elend zu befreien. „Wir gehen im Hinterzimmer kurz unsere Stücke für das Vortanzen durch. Du hast doch erst in einer Stunde wieder Unterricht, oder? Magst du zusehen? Ainsley hat das Gefühl, dass irgendetwas in ihrer Nummer fehlt, aber sie weiß nicht genau, was. Da es ein Ballettstück ist, hast du sicher mehr Ahnung als ich."

Ainsley zittert förmlich vor Anspannung und wartet auf die Antwort meiner Mutter.

Meine Mutter lächelt. „Das würde ich gerne. Ist das okay für dich, Ainsley?"

„Machst du Witze?! Ähm … Ich meine, *natürlich*. Es ist doch dein Studio, oder?" Ainsley macht dieses seltsame Geräusch, halb Lachen, halb Stöhnen. „Ich meine … es wäre mir eine Ehre, Miss … äh, *Daphne*. Es ist mir eine große Ehre."

Cameron kichert leise hinter uns, was mich noch mehr zum Lachen bringt. Ohne Scheiß: Ainsleys Schwärmerei ist das Lustigste, was ich seit langem gesehen habe.

Meine Mutter neigt den Kopf. „Gut, dann lass uns gehen."

„Oh Mann, warum musste ich so durch den Wind sein?", stöhnt Ainsley.

„So schlimm war es nicht", versichere ich ihr.

Ihre Augenbrauen heben sich. „Wirklich?"

„*Was* war nicht so schlimm?", fragt Jazz, als wir uns dem Tresen nähern.

Calabasas Coffee, der Laden, in dem Jazz arbeitet, ist nur fünf Minuten vom Studio entfernt, also sind Ainsley, Cam und ich kurz entschlossen hingefahren, da Jazz' Schicht fast vorbei ist. Ich muss zugeben, ich war überrascht, als ich erfuhr, dass Jazz eine Teilzeit-Barista ist. Nachdem ich gesehen habe, wo sie wohnt, war ich mir ziemlich sicher, dass sie nicht arbeiten muss wie ich. Meine Eltern haben mir mein Auto zu meinem sechzehnten Geburtstag gekauft, aber nur unter der Bedingung, dass ich die Kosten dafür selbst übernehme. Zu meinem Glück brauchte meine Mutter etwa zur gleichen Zeit einen zusätzlichen Ausbilder im Studio.

Ainsley zuckt zusammen. „Ich habe heute Morgen Sydneys Mutter getroffen. Sie hat mir ein wirklich tolles Feedback zu meinem Vortanz-Programm gegeben, aber ich bin mir ziemlich sicher, dass die Frau mich für eine komplette Idiotin hält. Ich war so nervös, dass ich kaum ein Wort herausgebracht habe. Zum Glück fällt Tanzen mir so leicht. Ich wäre ausgeflippt, wenn ich das vor ihr vermasselt hätte."

Jazz' Lippen zucken. „Oh, ich bin sicher, es ist gut gegangen." Ihr Blick schweift zu mir. „Sie hat sich doch nicht *total zum* Affen gemacht, oder, Syd?"

Ich halte meinen Zeigefinger und Daumen einen Zentimeter auseinander. „Allerhöchstens ein bisschen."

„Oh neeeiiiin." Ainsleys Gesicht landet in ihrer Handfläche. „Ich werde mich nie wieder in der Nähe von Daphne Reynolds blicken lassen können."

Cam lacht. „Mama D. erträgt meine Lächerlichkeit nun schon seit über zehn Jahren. Glaub mir, wenn ich sage, dass alles, was du heute angestellt hast, sie nicht im Geringsten stören würde."

Ainsleys Lippen verziehen sich. „Das sagst du nur, damit ich mich besser fühle."

Ich schüttle den Kopf. „Das tut sie *wirklich* nicht.“

Wir lachen alle vier.

„Ich bin dabei, Feierabend zu machen“, sagt Jazz. „Wollt ihr vorher noch was trinken?“

„Äh, ja.“ Das *„hallo???“* ist deutlich aus Ainsleys Tonfall herauszuhören.

„Okay, ich weiß, was Ains mag.“ Jazz’ Blick richtet sich auf Cameron und mich. „Was ist mit euch beiden?“

„Ähm … einen eisgekühlten Chai Latte für mich, bitte.“ Ich zeige mit meinem Daumen in Richtung Cam. „Einen Eismokka für sie.“

„Ich hole sie“, bietet Jazz’ Kollege an, bevor er zwei Plastikbecher nimmt und sie mit Eis füllt.

Jazz nickt der Blondine neben ihr zu. „Sydney und Cameron, das ist Alley.“

Alley winkt. „Schön, euch kennenzulernen.“

„Dich auch“, sagen Cam und ich zur gleichen Zeit.

Jazz nickt. „Warum nehmt ihr euch nicht den Tisch da hinten, und ich bringe die hier rüber?“

Ein paar Minuten später schlürfen wir vier leckere Milchkaffees, während wir Jazz von unserem Morgen erzählen.

„Also …“ Cameron hält inne, bis sie unsere ganze Aufmerksamkeit hat. „Ich habe gehört, dass heute Abend eine Party im Bell Canyon stattfindet. Bist du dabei?“

„Das geht nicht.“ Jazz schüttelt den Kopf. „Meine kleine Schwester zieht morgen offiziell bei uns ein, und ich muss noch ein paar Dinge erledigen, um mich darauf vorzubereiten.“

Ich neige meinen Kopf zur Seite. „Darf ich neugierig sein und fragen, worum es da geht? Du hast gesagt, sie ist acht, richtig?"

„Ja, sie ist letzte Weihnachten acht geworden." Jazz nimmt einen langen Schluck, bevor sie fortfährt. „Du weißt ja bereits, dass meine Mutter letzten Sommer gestorben ist. Belle – so heißt sie – lebt seither bei ihrem Vater. Er hat beschlossen, seine elterlichen Rechte abzutreten, und da ich die einzige verbliebene Verwandte bin, habe ich den Antrag gestellt, ihr gesetzlicher Vormund zu werden. Ein Richter hat eine einstweilige Verfügung erlassen, die uns erlaubt, sie zu behalten, bis der ganze Papierkram erledigt ist. Wir müssen noch einige Hürden überwinden, aber mein Anwalt sagt, dass bald alles in Ordnung sein sollte."

„Das ist eine enorme Verantwortung", sagt Cameron. „Ein kleines Mädchen aufzuziehen, meine ich."

Jazz zuckt mit den Schultern. „Als unsere Mutter noch lebte, hat sie *viel* gearbeitet. Versteh mich nicht falsch, meine Mutter war die beste. Sie hat jede freie Minute mit uns verbracht und wir haben ihre Liebe nie infrage gestellt, aber ich habe Belle mit aufgezogen, seit ich etwa zehn Jahre alt war. Meine Mutter und ich … wir waren ein Team." Sie hält einen Moment inne, bevor sie sich räuspert. „Es macht wirklich keinen großen Unterschied. Die Kleine hat für mich seit ihrer Geburt oberste Priorität."

„Und Kingston ist damit einverstanden, das zu übernehmen?" Ich nehme einen Schluck von meinem Chai.

Jazz und Ainsley lächeln beide.

Ich ziehe die Brauen zusammen. „Was soll dieser verträumte Blick?"

„Mein Bruder mag bei den meisten wie ein mürrischer Arsch rüberkommen, aber bei einigen wenigen ist er ein totaler Softie. Besonders Belle. Sie kann ihn um ihren kleinen Finger wickeln." Ainsley kichert. „Er ist der Grund, warum Jazz so leicht das Sorgerecht bekommt."

„Wie das?", frage ich.

Jazz' gebräunte Wangen erröten. „Er hat Belles Vater dafür bezahlt, seine Rechte abzutreten."

Cam fällt die Kinnlade herunter. „Ernsthaft?"

„Ja." Jazz nickt. „Aber es war nicht besonders schwer, ihn zu überzeugen. Kingston hat ihm ein Angebot gemacht, und der Typ konnte sein Geld gar nicht schnell genug abholen."

„Und deine Schwester ist mit allem einverstanden? Nicht in der Nähe ihres Vaters zu sein?"

Jazz bekommt ein trauriges Lächeln auf ihr Gesicht. „Jerome, Belles Vater, ist ein Arschloch. Er hat sie nie gewollt, und sie ist jetzt alt genug, um das zu merken. Sie war es ja, die zuerst gefragt hat, ob sie stattdessen bei uns leben kann, was Kingston dazu veranlasste, Jerome zu besuchen. Bevor er mit mir gesprochen hat, hatte mein sturer Freund den Deal fix gemacht, weil er wusste, wie unangenehm es mir ist, wenn er Geld für uns ausgibt. Aber ich habe mich nicht dagegen gewehrt, weil ich wirklich glaube, dass er das selbst auch wollte. Belle … ich … eine große, gemischte, glückliche Familie. Und Geld macht das schneller möglich als jeder Rechtsstreit."

Ich denke einen Moment lang darüber nach. „Wow … nicht gerade eine Entscheidung, die ein normaler Achtzehnjähriger treffen würde. Du hast keinen Witz gemacht, als du gemeint hast, ihr musstet schnell erwachsen werden, oder?"

„Nicht im Geringsten." Jazz schüttelt den Kopf. „Und ich werde alles in meiner Macht Stehende tun, damit Belle nicht das Gleiche erleben muss. Sie verdient es, so lange wie möglich ein Kind bleiben zu dürfen."

Cam beugt sich vor. „Bist du mit Kingston verlobt?"

Ainsley lacht. „Wenn es nach Kingston ginge, wären sie schon *verheiratet*. Es gibt keinen besseren Weg, seinen Anspruch deutlich zu machen, als ihm einen Ehering an den Finger zu stecken."

Jazz' Lippen zucken. „Um deine Frage zu beantworten, Cameron, nein, wir sind nicht verlobt."

„Aber?", hakt Cam nach.

„Aber … wir reden darüber. Und er weiß, dass ich was Festes will. Ich will nur erst einmal die Highschool abschließen. Verstehst du? Das ist eine der wenigen normalen Teenager-Erfahrungen, die ich noch habe und die ich kontrollieren kann. Kingston ist ein Alphatier, aber ich kann genauso hartnäckig sein, und er respektiert mich genug, um seinen inneren Kontrollfreak zu zügeln, wenn es nötig ist."

„Gott, ihr beide müsst den geilsten Sex haben", sinniert Cameron. „Ich würde gerne mal bei diesem Porno mitmachen. Steht ihr zufällig auf Exhibitionismus?"

Jazz verschluckt sich fast an ihrem letzten Schluck und bringt uns alle zum Lachen. „Äh …"

Ainsley hält sich die Ohren zu. „Nö. Beantworte das nicht. Wir haben uns vielleicht einen Mutterleib geteilt, aber ich will *nichts* über die sexuellen Vorlieben meines Bruders hören."

Ich werfe mein zusammengeknülltes Strohhalm-Papier nach Cam. „Sie kennen dich noch nicht gut genug, um zu wissen, dass du nur einen Witz gemacht hast, du Genie."

Cams Lippen verziehen sich zu einem verschmitzten Lächeln. „Wer sagt, dass ich Witze mache? Sie sind beide echt heiß. Und er sieht sie an, als wolle er ihr mit seinen Zähnen das Höschen vom Leib reißen." Sie fächert sich dramatisch Luft zu. „Wie ich schon sagte, *heiß*."

„Sie scherzt nur", versichere ich Jazz und trete meine ungehörige beste Freundin unter dem Tisch.

„Nein, tue ich nicht", lacht Cameron.

Ich stöhne und reibe mir die Schläfen. „Ich kann dich nirgendwo mit hinnehmen."

Cam winkt abweisend mit der Hand und ignoriert meine Bemerkung völlig. „Also, was diese Party angeht. Jazz, du bist raus, aber was ist mit dir, Ainsley?" Sie dreht sich zu mir um. „Syd, ich brauche eine Flügelfrau, also hast du keine Wahl."

Ich gebe ihr einen Laufpass.

„Ich glaube, ich setze dieses Mal aus. Ich habe Reed die ganze Woche kaum gesehen. Aber du solltest auf jeden Fall Bentley fragen, ob er mitkommen will." Ainsley zwinkert mir zu.

„Oh, gute Entscheidung!" Cameron zeigt auf Ainsley, bevor sie ihren Blick auf mich richtet. „Mach dich dran, Kleine. Und tu nicht mal so, als ob du ihn nicht sehen willst."

Ich rolle mit den Augen, während ich mein Handy herausziehe, um ihm eine SMS zu schreiben. „Ja, ja." Bentley braucht nur ein paar Sekunden, um zu antworten.

Bentley: Wenn du da bist, bin ich dabei. Schick mir deine Adresse, dann hole ich dich ab.

Ich lächle, als ich ihm antworte, dass ich stattdessen zu seinem Haus fahre und wir von dort aus weiterfahren können. Eigentlich hatte ich gesgt, ich würde bei Cam übernachten, aber so, wenn ich bei Bentley übernachte, würden meine Eltern nicht fragen, warum mein Auto noch zu Hause steht. Als ich aufschaue, sehen Jazz und Ainsley mich aufmerksam an.

„Was?“

Sie werfen sich gegenseitig einen vielsagenden Blick zu, bevor Jazz das Wort ergreift. „Du magst ihn wirklich, nicht wahr?“

„Ich glaube nicht, dass ich ihn gut genug kenne, um das zu sagen.“

Aber gut genug, um ihm meine Jungfräulichkeit zu schenken, wie es scheint.

„Aber ihr habt euch doch vor über zwei Jahren kennengelernt.“ Ainsley zieht ihr Haar zu einem Pferdeschwanz zusammen.

„Ja, aber keiner von uns kann sich an viel von diesem Abend erinnern. Es ist eher ein Gefühl, das ich bekomme, als konkrete Erinnerungen.“

„Woher weißt du, was Bentley weiß oder nicht weiß?“ erkundigt sich Jazz.

„Er hat es mir gesagt.“ Ich zucke mit den Schultern. „Er hat in dieser Nacht viel getrunken und kann sich kaum noch an etwas erinnern.“

Sie kneift die Augen zusammen und flucht leise vor sich hin. „*Das* hat er dir gesagt? Dass er sich an nichts erinnert?“

„Ziemlich genau.“ Ich schlucke einen plötzlichen Kloß in meinem Hals herunter, als ich ihre seltsame Reaktion bemerke „Warum?“

Sie knabbert an ihrer Unterlippe. „Nur so. Ich frage mich nur.“

„Bist du sicher?“

Jazz nimmt einen Schluck von ihrem Milchkaffee. „Ja, total.“

Ich habe das Gefühl, dass sie etwas auslässt, aber ich will sie nicht bedrängen.

Ich werfe einen Blick auf die Zeit auf meinem Handy. „Nun, ich denke, wir sollten gehen, damit wir Zeit haben, uns für die Party fertig zu machen. Danke für die Drinks."

„Jederzeit." Jazz antwortet. „Bis später."

„Tschüss!", fügt Ainsley hinzu.

Cam und ich winken zum Abschied, bevor wir zu meinem Auto gehen.

Sobald wir drinnen sind, schnalle ich mich an und wende mich an meine beste Freundin. „Geht es nur mir so, oder schien es, als wollte Jazz eigentlich noch etwas sagen?"

„Nicht nur dir." Cameron runzelt die Stirn. „Die Stimmung war auf einmal sehr seltsam. Hast du eine Idee, woran das liegen könnte?"

Ich schüttle den Kopf und drücke auf den Zündschlüssel. „Nicht im Geringsten."

„Was sagt dir dein Bauchgefühl?"

„Dass sie etwas zurückhält, um Bentley zu schützen." Ich zucke mit den Schultern. „Ich respektiere ihre Loyalität ihm gegenüber, aber es ist auch irgendwie scheiße. Ich weiß nicht … vielleicht interpretiere ich da zu viel hinein."

„Vielleicht."

Ich lege den Rückwärtsgang ein und fahre aus der Parklücke. „Bentley und ich sind gerade an einem guten Punkt angelangt. Die letzten paar Tage waren … erstaunlich. Das Letzte, was ich tun möchte, ist, ihm oder seinen Freunden etwas vorzuwerfen, vor allem, wenn ich nur eine Vermutung habe."

„Genau", stimmt Cam zu. „Das wird sich bald zeigen, oder?"

„Schätze schon."

„Und in der Zwischenzeit …" Aus dem Augenwinkel

kann ich ihr Grinsen sehen. „Lässt du dir deine frisch entjungferte Muschi so oft wie möglich von diesem großartigen Mann lecken und ficken."

Ich lache. „Du bist dämlich."

Sie wirft mir einen Kuss zu. „Ich liebe dich auch, Babe."

KAPITEL NEUNUNDZWANZIG

Bentley

„Willkommen zu einer Cambridge-Party", ruft Cameron, während Dua Lipas „Levitating" aus den Lautsprechern dröhnt.

„Besorgst du uns was zu trinken?", fragt Syd.

Ich nicke. „Klar."

Als wir zur Küche gehen, fallen mir die Unterschiede zwischen dieser und einer Windsor-Party auf. Obwohl die meisten von ihnen reich sind, hat Sydney erwähnt, dass die Schüler in Cambridge nicht annähernd so verwöhnt sind wie die in Windsor, was hier deutlich zu sehen ist. Die Autos, die vor dem Haus geparkt sind, und die Art, wie die Leute gekleidet sind, zeigen eindeutig, dass sie hübsche Dinge mögen, aber die Party selbst ist nicht so ein großes Spektakel, wie ich es gewohnt bin.

Während ein Windsor-Partyveranstalter es nicht wagen

würde, eine Party zu schmeißen, ohne einen professionellen Barkeeper zu engagieren, gibt es bei dieser Party die übliche Selbstbedienung: ein paar Kühlboxen mit Bier und Cider und eine Reihe von Schnapsflaschen, roten Bechern und Mixern, die auf dem Tresen stehen. Anstelle eines professionellen DJ-Pults in der Ecke ertönt Musik aus einem Lautsprechersystem.

„Was hättest du gerne?" Ich richte meinen Kopf auf den Tresen.

Die Damen fangen an, die Kühlboxen zu durchwühlen.

„Wir trinken nur aus verschlossenen Flaschen", erklärt Syd. „Schlechte Erfahrungen und so."

Shit.

Ich versuche, die Welle der Schuldgefühle zu stoppen, die mich bei der Erinnerung daran überkommt, aber es will mir nicht gelingen.

Sydney zieht ihre zarten Brauen zusammen. „Geht er dir gut?"

Ich schenke ihr mein bestes „eingebildetes-Arschloch"-Lächeln. „Natürlich. Wie könnte das anders sein? Ich bin auf einer Party mit den zwei schönsten Mädchen hier."

Sydney schnaubt. „Du trägst ein wenig dick auf, findest du nicht?"

Ich beuge mich ein bisschen runter, damit ich ihr ins Ohr flüstern kann. „Wenn du *etwas Dickes* willst, kann ich dir bestimmt helfen, wenn wir ein leeres Zimmer finden."

Als ich mich zurückziehe, sind Sydneys Wangen gerötet. Verdammt, ich liebe es, wie leicht ich sie zum Erröten bringen kann.

„Oh, du hast gerade etwas ganz Schmutziges gesagt,

oder?", stichelt Cameron. „Jetzt komm schon. Erzähl es der ganzen Klasse."

Syd haut ihre beste Freundin mit dem Handrücken. „Halt die Klappe, Schlampe."

Cam lacht. „Ich sag's ja nur. Gott weiß, dass ich in nächster Zeit keinen guten Schwanz bekommen werde, also kann ich das auch durch dich erleben."

„Cameron!", schreit Syd auf, und ich muss lachen.

Ich nehme einen Schluck von meinem Bier. „Warum ist das so? An einem Mangel an Möglichkeiten kann es nicht liegen."

Auch wenn mein Schwanz nur Augen für Sydney hat, weiß ich die Tatsache zu schätzen, dass Cameron verdammt heiß ist. Heiße Mädels reisen in der Regel im Rudel, und diese beiden werden diesem Klischee auf jeden Fall gerecht.

„Ach, bist du süß!" Cameron grinst mich breit an. „Um deine Frage zu beantworten: Man könnte sagen, dass ich … wählerisch bin. Ich meine, ich habe nichts dagegen, auf einer Party mit einem heißen Typen rumzumachen, aber wenn es darum geht, den P in meine V zu stecken, behalte ich mir das für Typen vor, die ich *wirklich* mag. Eigentlich gab es nur einen Kerl, dem diese bisher Ehre zuteilwurde, aber der war leider aus Brasilien und musste zurück nach Hause. Die Typen aus Cambridge sind ziemlich blöd, außerdem habe ich durch meine Arbeit und das Fehlen eines Fahrzeugs nicht viele Gelegenheiten, mir potenzielle Kandidaten anzusehen."

Ich nehme mir einen Moment Zeit, um darüber nachzudenken. Es ist erfrischend, eine Frau zu treffen, die nicht jeden Kerl in Sichtweite knallt. Bitte nicht falsch verstehen, ich wäre die Letzte, die jemanden als Schlampe beschimpft.

Aber die letzten Tage haben mir gezeigt, dass ich niemanden brauche, der wie ein Profi fickt, um Spaß zu haben. Der Sex mit Sydney ist ohne Zweifel der beste, den ich je hatte. Und wenn man bedenkt, dass sie vor weniger als einer Woche noch Jungfrau war – was mich übrigens immer noch umhaut -, sagt das wirklich etwas aus. Ihre Unerfahrenheit spielt in dieser Gleichung keine Rolle. Ich bin hart wie ein verdammter Stein, wenn sie mich nur ansieht. Ich bin mir ziemlich sicher, dass es nichts gibt, was sie tun könnte, was mich nicht antörnen würde. Und die Tatsache, dass sie mich um *meinetwillen will* und nicht wegen meines Geldes oder der Tatsache, dass ich ein Windsor King bin, ist ein Bonus.

Sie würde dich nicht wollen, wenn sie wüsste, dass du sie anlügst.

„Scheiße", murmle ich und wische mir mit der Hand über das Gesicht.

Sydney ergreift die gleiche Hand. „Hey. Bist du sicher, dass es dir gut geht? Du scheinst ein bisschen … daneben zu sein."

„Ja", füge ich eine weitere Lüge dem Stapel hinzu. „Vollkommen in Ordnung. Weißt du, ich glaube, ich muss eine rauchen. Hier drinnen sieht es nicht so aus, als würde das jemand tun, also gehe ich nach draußen. Habt ihr Lust auf eine Runde Gras mit mir?"

„Oh. Ähm … nein, ich halte mich von Drogen fern. Weißt du noch? Das gilt auch für Cam." Syds Augen weiten sich. „Ich meine, es ist völlig in Ordnung, wenn *du* ein bisschen Gras rauchen willst. Keiner von uns verurteilt dich, das schwöre ich. Es ist nur nicht unser Ding."

Gott.

Ich stelle heute Abend nur Mist an, oder? Und die Nacht

hat gerade erst begonnen. Trotzdem brauche ich wirklich etwas, das mir hilft, mich zu beruhigen. Ich bin am Anfang einer Abwärtsspirale, in die ich nicht weiter hineinsteigen will.

Ich räuspere mich. „Cool. Ist es okay für euch, wenn ich kurz rausgehe?"

Sie nicken beide und sagen: „Klar."

Ich bahne mir einen Weg durch die Menge und fühle mich wie ein Arschloch erster Klasse, aber das hält mich nicht von meiner Mission ab. Sobald ich den Hinterhof betrete, ziehe ich die Tüte aus meiner Tasche und verstecke mich in einer schattigen Ecke, bevor ich sie raushole. Die ganze Gegend ist voll von stinkendem Rauch, es gibt also keinen Grund, einen Joint zu verstecken, aber ich brauche noch etwas, das nicht auffallen soll. Ich schnappe mir die kleine weiße Pille aus dem Etui und schlucke sie trocken runter, wobei ich mich umschaue, um sicherzugehen, dass mich niemand dabei beobachtet hat. Es ist mir egal, was diese Leute denken, aber nicht, was Sydney denkt. Obwohl sie immer behauptet, dass es für sie in Ordnung ist, wenn ich Ganja rauche, bezweifle ich, dass sie so cool wäre, wenn sie von meiner kleinen Perc-Sucht wüsste. Ich bin ehrlich gesagt überrascht, dass sie das Thema noch nicht angesprochen hat, nachdem sie mich im Unterricht beobachtet hat.

Ich ziehe einen Spliff heraus und zünde ihn an. Ich nehme einen langen Zug und halte den Rauch ein paar Schläge lang in meiner Lunge, bevor ich ihn wieder ausblase. Nach ein paar Zügen lockert sich die Enge in meiner Brust ein wenig. In etwa zwanzig Minuten sollte das Perc wirken, dann werde ich mich *richtig* gut fühlen. Niemand will mit einem Typen feiern, der ständig das Gefühl hat, zu ersticken, oder?

~

Als ich wieder reingehe gehe, sind einige Gäste mehr auf der Party. Zum Glück kann ich dank meiner Körpergröße über die Menge hinwegsehen, sodass es nicht lange dauert, bis ich Sydney und Cameron entdecke, die miteinander tanzen. Sie sehen aus, als hätten sie viel Spaß, also stütze ich mich mit dem Fuß an der Wand ab und schaue eine Weile zu. Mein Blick tastet automatisch den Raum ab – etaws, das ich mir angewöhnt habe, nachdem ich meinem besten Freund dabei geholfen habe, dem zwielichtigen Lebensstil seines verstorbenen Vaters auf den Grund zu gehen – und hält inne, als ich zwei bekannte Gesichter entdecke.

Sydneys Ex-Schwanzlutscher scheint sich an die kleine Blondine heranzumachen, die ständig versucht, auf meinen Schwanz zu springen. Als ob sie spürt, dass jemand sie beobachtet, sucht Rebecca mit ihren Augen die Menge ab, bis sie mich entdeckt. In der Sekunde, in der sich unsere Blicke treffen, formen sich ihre Lippen zu einem finsteren Lächeln, das in ihrem schwungvollen Cheerleader-Gesicht fehl am Platz wirkt. Im nächsten Moment packt sie das Hemd des Arschlochs und zieht ihn zu einem Kuss heran. Der Typ erwidert den Kuss sofort und vertieft ihn, während seine Hände ihren Körper wie ein Krake bearbeiten.

Ich lache und richte meine Aufmerksamkeit sofort wieder auf die einzige Frau, wegen der ich hier bin. Wenn Rebecca denkt, dass ihre kleine Show mich eifersüchtig macht, ist diese Bougie-Schlampe noch dümmer, als ich dachte. Die verrückte Anziehungskraft, die Syd auf mich ausübt, lässt mich noch schneller zu ihr hinübergehen.

Ich schiebe mich hinter sie und lege meine Hände auf ihre Hüften. Sie entspannt sich sofort in mir, keine Frage, wer sich an ihr reibt.

„Was dagegen, wenn ich mitmache?"

Da meine Lippen bereits an ihrem Ohr sind, nutze ich die Gelegenheit und lecke mit meiner Zunge über ihr empfindliches Ohrläppchen, was eine Gänsehaut auf ihren nackten Armen verursacht. Ich weiß nicht, ob ich jemals darüber hinwegkommen werde, wie empfänglich Sydney für mich ist. Es ist der größte verdammte Ego-Schub und macht mich total an.

Cameron schenkt uns ein vielsagendes Lächeln, bevor sie ruft: „Ich werde mir einen Jungen suchen, mit dem ich eine Weile spielen kann. Viel Spaß, ihr zwei."

Ich spüre, wie Sydneys Kichern in ihrer Kehle vibriert, als ich ihr Küsse auf den Nacken verteile. Das geht schnell in ein Stöhnen über, als ich meinen Schwanz in ihren knackigen Arsch drücke.

Meine Hand streicht über die nackte Haut, die ihr Crop Top freilässt. „Habe ich dir schon gesagt, wie toll du heute Abend aussiehst?"

„Mmm. Vielleicht ein- oder zweimal. Aber du kannst es gerne nochmal sagen."

Ich lächle in ihren Nacken. Sydneys Stil ist mühelos sexy. Meistens scheint sie Baumwolloberteile und ein Paar Jeans zu bevorzugen. Sie hat keine Angst, ihre wunderschönen Kurven zur Schau zu stellen, aber sie zieht sich auch nicht auf eine Art an, die Aufmerksamkeit erregt. Ich weiß aus erster Hand, wie durchtrainiert ihr ganzer Körper ist – wahrscheinlich durch ihre Tanzerei – aber sie stellt ihn nicht so zur Schau wie die Mädchen, die ich sonst so kenne.

Wir wechseln kein Wort, während wir von einem Lied zum nächsten tanzen. Ab und zu schaue ich aus den Augenwinkeln nach Cameron, um mich zu vergewissern, dass es ihr gut geht. Als ich Cam dabei erwische, wie sie eifrig mit einem Typen in der Ecke rummacht, beschließe ich, den beiden ein wenig Privatsphäre zu geben, damit ich mich nicht wie ein Ekelpaket fühle, und konzentriere mich hundertprozentig auf die unglaubliche Frau in meinen Armen. Ich weiß nicht, wie lange wir tanzen, aber irgendwann sind wir beide schweißüberströmt. Ich könnte einen Drink gebrauchen, und Sydney sicher auch, also löse ich mich widerwillig von ihrem Körper.

„Willst du etwas trinken gehen und frische Luft schnappen?"

Sie lächelt, was mich kurzzeitig verblüfft. „Wahrscheinlich keine schlechte Idee. Aber lass mich Cam erst sagen, wohin wir gehen."

Ich nicke und nehme ihre Hand, um sie zurück in die Küche zu führen, nachdem sie ihrer Freundin Bescheid gesagt hat. Sobald wir beide eine neue Flasche in der Hand haben, gehen wir durch die Tür, die in den Hinterhof führt. Die dunkle Ecke, in der ich vorhin war, ist jetzt besetzt, also ziehe ich Syd zum Pooldeck, wo mehrere freie Liegen stehen. Ich lehne mich auf einer zurück, während Sydney sich zwischen meinen Beinen niederlässt und sich mit einem leisen Seufzer auf meine Brust legt.

Keiner von uns beiden spricht; wir starren einfach eine

Weile auf die blauen Lichter des Pools und nippen ab und zu an unseren Getränken.

„Ich habe gerade ein ganz komisches Gefühl von Déjà-vu." Syd nimmt einen weiteren Zug von der Flasche in ihrer Hand. „Seltsam, oder?"

Ich bewege mich unbehaglich und denke an den Abend, an dem wir uns kennengelernt haben. Wir haben uns stundenlang in genau dieser Position unterhalten, an die sich ihr Unterbewusstsein offenbar erinnert.

Ich schlinge meine Arme um Syd und drücke sie sanft. „Nein ... das Gefühl habe ich oft bei dir."

„Mmm, ja, ich auch." Sie seufzt wehmütig. „Ich wünschte wirklich, ich könnte mich an mehr von der Nacht erinnern, in der wir uns kennengelernt haben. Zumindest an den Teil, in dem du vorkommst."

Ich brumme zustimmend, denn ich will mich nicht noch mehr belasten, als ich es heute Abend schon getan habe.

„Hast du ..."

„Na, sieh mal an, wen wir hier haben. Ist das nicht süß?"

Ich versteife mich, als ich die tiefe Stimme hinter uns höre. Bevor ich mich umdrehen kann, nimmt Zach, Sydneys Ex, die leere Liege neben uns.

„Wärst du so freundlich?", maule ich ihn an. „Wir führen hier gerade ein privates Gespräch."

Zachs Mund verzieht sich zu einem süffisanten Grinsen. „Der Stuhl war leer, Bruder. Korrigiere mich, wenn ich falsch liege, aber das ist nicht dein Haus, richtig? Das heißt, du kannst nicht bestimmen, wo ich sitze, oder?"

Sydney schwingt ihre Beine zur Seite und richtet sich auf. „Zach, hau ab. Niemand will dich hier haben."

Er nimmt einen Schluck Bier. „Es ist mir *egal*, was du willst, Sydney."

Ich will aufstehen, aber Syds fester Griff um meinen Oberschenkel hält mich zurück. „Tu es nicht, Bentley. Er ist es nicht wert. Schnappen wir uns Cam und hauen ab."

„Kaum." Zach stößt ein bissiges Lachen aus. „Deine nuttige Freundin hat es wahrscheinlich nicht so eilig, zu gehen. Sie war zu sehr damit beschäftigt, einem Typen das Gesicht zu lutschen, als ich das letzte Mal gesehen habe. Wahrscheinlich ist sie inzwischen dazu übergegangen, *andere Dinge* zu lutschen. Du weißt docj, wie das läuft, oder, Syd? Dein neuer Mann hier und ich wissen beide, wie *gerne* du Schwänze lutschst."

„Wie bitte?!", schreit Sydney auf.

Scheiß drauf.

Ich schiebe sie zur Seite und stehe auf. „Hast du ein Problem, Arschloch? Ich schlage vor, du entschuldigst dich auf der Stelle."

Auch er steht langsam auf und sieht viel zu selbstbewusst aus für jemanden, der gleich den Arsch versohlt bekommt. „Warum sollte ich das tun? Ich sage nichts, was nicht wahr ist." Meine Fäuste ballen sich, als sein schleimiger Blick über den Körper meines Mädchens wandert. „Stimmt's, Syd?"

„*Fick dich*, du winziges, schwanzloses Stück Scheiße!"

Inzwischen hat sich ein gewisses Publikum eingefunden, das laut hörbar kichert, als Sydneys Beleidigung durch die Menge schallt.

Zachs Augen verengen sich. „Fick *dich*, Hure."

Meine Faust fliegt unvermittelt in sein Gesicht. Die Wucht des Aufpralls lässt den Wichser zurückstolpern, und er flucht leise vor sich hin. Sydney keucht, versucht aber nicht, mich aufzuhalten.

„Ich schlage vor, du gehst, wenn du nicht noch mehr davon willst", warne ich ihn mit zusammengebissenen Zähnen.

Zachs Nasenflügel blähen sich auf, bevor er Blut auf den Boden spuckt. Er schaut Sydney an, während er sich zurückzieht. „Merk dir diesen Moment, Syd, damit du weißt, wem du die Schuld für das geben kannst, was als Nächstes passiert. Rache ist eine Schlampe, *Schlampe*."

Ich will mich auf ihn stürzen, als er sich umdreht, bleibe aber stehen, als die Hand meines Mädchens mein Handgelenk umschließt. „Bentley, lass ihn." Sie schaut sich demonstrativ um. „So gerne ich auch sehen würde, wie du ihm in den Arsch trittst, aber es gibt gerade einen Haufen Zeugen. Ich will nicht, dass du meinetwegen in Schwierigkeiten gerätst. Er ist es einfach nicht wert." Ich pfeife auf die Konsequenzen, wenn ich dem Arschloch eine Lektion erteilen kann, aber als sie hinzufügt: „*Bitte*, Bentley. Lass es einfach gut sein. *Für mich*." Ich atme tief durch und versuche, mich zu beruhigen. Ich habe schnell gemerkt, dass es nicht viel gibt, was ich für diese Frau nicht tun würde.

Außer ihr die Wahrheit zu sagen, die sie dazu bringen würde, mich zu hassen.

Das ist etwas, das ich nicht tun kann, egal, wie sehr die Schuldgefühle an mir nagen. Denn Sydney zu verlieren, nachdem ich sie gerade erst wiedergefunden habe, kommt nicht infrage.

KAPITEL DREISSIG

Sydney

„Ich wollte dich schon den ganzen Abend lang anfassen."
Bentleys warmer Atem streicht über meine Haut. Er selbst
knabbert an meinem Ohrläppchen.

„Ich auch." Ich stöhne auf, als er meinen BH fachmän-
nisch öffnet und eine meiner Brustwarzen in seinen Mund
nimmt.

„Wenn einer von uns beiden das nächste Mal zu einer
Party eingeladen wird, lass uns das überspringen und stattdessen direkt zum guten Teil übergehen."

Ich lache. „Ist das der gute Teil?"

Er kneift mich in die Seite, sodass ich mich winde. „Klugscheißerin. Und jetzt zieh dich aus."

„Ja, Sir", sage ich frech.

Wir drehen und winden uns auf der Matratze, um die

Unterwäsche loszuwerden, bis wir beide glückselig nackt auf seinem Bett liegen.

Bentleys große Hände kneten meine Brüste und drücken sie zusammen, während er sie mit Küssen überschüttet.

„Ich liebe deine Titten so sehr. Ich will sie *wirklich* ficken, Syd."

Ich muss zugeben, dass schon einige Kerle nach Tittensex gefragt haben, aber die Idee hat mich noch nie gereizt. Bei Bentley dagegen lässt mich der Gedanke daran feucht werden, und ich bin mir sicher, dass er das auch schon gemerkt hat, weil seine Finger jetzt dort unten ihre Magie entfalten.

„Dann tu es."

Mit einem Schlag lässt er von meinem Busen ab. „Ernsthaft?"

„Warum nicht? Das klingt heiß." Ich schnaufe. „Oh, Gott. Genau da."

Bentley lächelt und lässt seine Finger schneller arbeiten, während sein Daumen kreisend über meine Klitoris reibt. „Verstanden, Baby."

Das tut er wirklich. Nachdem er auf der Matratze weiter nach unten gerutscht ist und sein Mund sich buchstäblich auf meine Muschi gestürzt hat, explodiere ich in Rekordzeit. Seine Zunge und seine Finger arbeiten mich im Gleichtakt durch zwei weitere unglaubliche Orgasmen, bis ich so empfindlich bin, dass ich nicht mehr kann. Bentley kriecht an mir hoch, bis er sich auf meinem Bauch räkeln kann. Er reibt mit seinen Daumen über meine Brustwarzen, sodass sie sich noch mehr anspannen, als sie es ohnehin schon tun.

„Du bist so verdammt schön, Sydney. Jeder Zentimeter von dir."

Er beugt sich herunter und leckt das Tal zwischen meinen Brüsten, bevor er sich wieder aufrichtet und in seine Handfläche spuckt. Das sollte mich eigentlich abstoßen, tut es aber nicht, vor allem, weil er sein Rohr mit Speichel benetzt. Ich bin fasziniert, wie Bentley sich auf und ab bewegt, runter und wieder hoch, bevor er sich noch ein bisschen weiter nach oben schiebt. Er drückt meine Brüste zusammen und zieht sie dann wieder auseinander, fast so, als hätte er einen Plan. Gerade als ich ihn fragen will, was er vorhat, richtet er seinen beeindruckenden Schwanz in der Mitte meiner Brust auf und lässt ihn durch den Tunnel gleiten, den er mit meinen Titten geschaffen hat.

Sein Kiefer krampft sich zusammen. „Oh Gott. Das ist so verdammt gut."

Als Bentley seinen Rhythmus gefunden hat, spielt er weiter mit meinen Brustwarzen und schickt Blitze der Lust direkt in mein Gehirn. Seine Stöße kommen langsam, während er die Spitze seines Schwanzes immer näher an meinen Mund heranführt. Bei der nächsten Annäherung strecke ich meine Zunge heraus und lecke den salzigen Vorsaft von der Spitze ab.

Bentleys Augenlider fallen mit einem Stöhnen zu. „Scheiße. Wenn du so weitermachst, ist das viel schneller vorbei, als mir lieb ist."

Ich lächle. „Ach, komm schon, Bentley. Lass mich nicht hängen."

Seine Augen öffnen sich und er schenkt mir ein strahlendes Lächeln. „Ja? Du willst mich in deinem Mund, Syd?"

Mein Körper steht in Flammen, als er mit jedem Stoß näher kommt. Ich wälze mich unter ihm, während er meine Brüste fickt. Ich reibe meine Oberschenkel aneinander, um den Schmerz zu lindern. Ich hätte nie gedacht, dass diese Stellung so erregend sein kann, aber verdammt, sie *ist* es. Anstatt ihm verbal zu antworten, befeuchte ich meine Lippen und forme sie zu einem perfekten O. Bentley nimmt den Hinweis eifrig auf und schiebt seinen Schwanz beim nächsten Mal durch meine Lippen hindurch. Er ist steinhart und dennoch samtig weich. Mit jedem Stoß dringt er tiefer und tiefer in meinen Mund ein, bis er meine Brüste ganz verlässt und anfängt, nur noch mein Gesicht zu ficken.

„Fuck. Fuck. Fuuuuuuck. Verdammt, ist dein Mund himmlisch."

Ich hebe meinen Kopf vom Kissen und verändere den Winkel, damit er ihn weiter hineinstoßen. Ich stöhne vor Begeisterung bei jeder Bewegung seines Glieds und zeige ihm dadurch, dass ich es genauso genieße, wie er es zu tun scheint. Ich merke, dass er kurz davor ist, zu kommen, denn seine Atmung wird immer hektischer und seine Stöße unkoordinierter.

„Scheiße. Sydney, ich komme, Baby."

Ich stöhne und packe seinen muskulösen Hintern mit aller Kraft, um meine Absichten noch deutlicher zu machen. Kurz darauf schreit Bentley meinen Namen, während er mir gleichzeitig eine lange Ladung salziges Sperma in die Kehle spritzt. Vorsichtig zieht er sich aus meinem Mund zurück und fällt verschwitzt und völlig erledigt auf die Seite. Ich schlucke und nehme mir einen Moment Zeit, um wieder zu Atem zu kommen, genau wie er.

Schließlich legt Bentley einen schweren Arm über meinen Oberkörper und zieht mich zu sich heran. „Verdammte Scheiße, Syd. Das war unglaublich. Ich bin mir ziemlich sicher, dass ich einen Moment lang nichts mehr gesehen habe."

Ich lache. „Wow. Wer hätte gedacht, dass man durch einen Orgasmus blind werden kann? Vielleicht sollten wir ein Schild aufstellen, um andere zu warnen. Vielleicht auch ein Buch schreiben. Ein warnendes Beispiel, wenn du so willst."

Ich schreie auf, als er seine Zähne um die Haut an meiner Schulter und meinem Hals presst. „Das Mädchen hat Humor."

„Siehst du?" Ich lächle. „Ich bin vielleicht nicht so überdreht wie Cam, aber selbst ich kann manchmal lustig sein."

Bentley streicht mir eine feuchte Locke hinters Ohr. „Ich finde, du bist absolut perfekt, so wie du bist. Du brauchst dich mit niemandem zu vergleichen. Sei einfach du selbst."

Ich schaue auf, bis sich unsere Blicke treffen, aquamarin und tiefbraun. Eine ganze Minute lang sagt keiner von uns beiden ein Wort; wir schauen uns einfach nur in die Augen und atmen leise. Die Chemie zwischen Bentley und mir ist fast überirdisch. Ich fühle mich *ganz*, wenn wir zusammen sind. Ich habe gar nicht gemerkt, dass mir etwas fehlt, bis er wieder in mein Leben getreten ist. Es ergibt keinen Sinn, wenn man bedenkt, dass wir uns kaum kennen, aber es ist trotzdem wahr.

„Warum habe ich das Gefühl, dass du das fehlende Teil bist, nach dem ich mein ganzes Leben lang gesucht habe?" Meine Stimme ist so leise, dass ich zuerst nicht sicher bin, ob er mich überhaupt hört. „Wie ist das möglich?"

Bentley drückt seine Stirn gegen meine. „Ich weiß es nicht. Aber mir geht es ganz genauso, Syd. In jeder Hinsicht. Bis hin zum letzten Punkt."

Er lehnt sich gegen meine Berührung, während ich seinen Kiefer umarme. „Das ist doch verrückt, oder?"

Er schüttelt sanft den Kopf. „Wer sagt, dass es das sein muss? Warum müssen wir etwas hineininterpretieren? Warum können wir es nicht einfach so genießen, wie es ist? Einen Tag nach dem anderen nehmen?"

„Glaubst du wirklich, dass dir das gelingt?"

„Bin schon dabei." Er presst seine Lippen auf meine. Der Kuss beginnt ganz harmlos, aber er eskaliert schnell, bis wir beide nach Luft schnappen. „Können wir das Thema jetzt erstmal beiseiteschieben? Ich habe Pläne für dich."

Ich kann mir gut vorstellen, welche Pläne er meint, als ich spüre, wie er an meinem Oberschenkel hart wird, aber ich frage trotzdem. „Ach ja? Was für Pläne? Ich will alles wissen."

Bentley wandert küssend meinen gesamten Körper abwärts. „Ich würde es dir lieber zeigen."

Oh Mann, warum ist mir so heiß? Ich öffne meine Augenlider und sehe einen dunklen Haarschopf, der auf meiner Brust liegt. Nun, das erklärt die Hitze. Bentleys großer Körper hat sich an meinen geschmiegt, und meine Brüste dienen ihm als Kopfkissen. Ich rutsche vorsichtig unter ihm hervor, um ihn nicht zu wecken. Er rührt sich leicht, als ich aus dem Bett steige, aber anstatt aufzuwachen, schnappt er sich lediglich das Kissen, auf dem kurz vorher noch mein Kopf lag, und drückt es an seine Brust.

Ich beobachte ihn einen Moment lang lächelnd. Bentleys

Aussehen hat nichts Jungenhaftes an sich, aber wenn er schläft, strahlt er diese kindliche Unschuld aus. Ich glaube, er so damit beschäftigt, entweder über seine Dämonen nachzudenken oder so zu tun, als wäre alles in Ordnung, dass seine Kiefermuskeln sich nie zu entspannen scheinen. Normalerweise hält er sich sehr aufrecht und konzentriert, als müsste er dem Drang widerstehen, jeden Muskel in seinem Körper anzuspannen. Aber in diesem Moment sind all seine Glieder locker und sein Gesichtsausdruck fast … friedlich. Es ist schön, ihn so entspannt zu sehen.

Meine Blase schreit, also gehe ich ins Bad, um mich darum zu kümmern. Nachdem ich mir die Hände gewaschen habe, putze ich mir kurz die Zähne und binde meine widerspenstigen Haare zu einem Dutt zusammen. Ich laufe zurück ins Schlafzimmer, schlüpfe in meine Unterwäsche und ziehe das T-Shirt, das Bentley gestern Abend getragen hat, über meinen Kopf. Weil ich selbst so groß bin, reicht es mir nur bis zur Mitte der Oberschenkel, aber mein Hintern ragt nicht heraus, also stört mich das nicht. Außerdem riecht es nach seinem unglaublich sexy Parfüm, und das stört mich noch weniger.

Ich gehe die Treppe hinunter, um mir ein Glas Wasser zu holen. Kaum haben meine nackten Füße jedoch die unterste Stufe erreicht, erstarre ich. Die schöne Frau, die direkt vor mir steht, sieht mich genauso schockiert an wie ich sie.

„Na … hallo", sagt sie.

Ich bleibe stocksteif stehen und blinzle einen Moment wie eine Idiotin, bevor ich endlich antworte. „Äh … hallo."

Ich weiß, dass das Bentleys Mutter ist. Überall im Haus hängen gerahmte Bilder von ihr. Aber wenn man bedenkt, dass wir uns zum ersten Mal treffen und es unglaublich offensichtlich ist, dass ich die Nacht mit ihrem Sohn verbracht habe, könnte die Situation peinlicher nicht sein. Oh mein Gott, warum hat Bentley mich nicht gewarnt, dass seine Eltern wieder in der Stadt sind? Ich habe automatisch angenommen, dass sie noch weg sind, als er gestern nach der Party vorgeschlagen hat, hierherzukommen.

Mrs. Fitzgeralds langes, dunkles Haar fällt ihr über die Schulter, während sie ihren Kopf zur Seite neigt. „Tut mir leid, ich habe deinen Namen nicht verstanden."

„Oh …" Ich fummele am Saum des geliehenen Shirts herum. „Ähm … Ich bin Sydney. Ich bin eine … *Freundin* von Bentley."

Sie hebt eine fein gezeichnete Augenbraue. „Es ist schön, dich kennenzulernen, Sydney. Ich bin Lani. Falls du es noch nicht wusstest: Ich bin Bentleys Mutter. Wo ist eigentlich mein lieber Sohn?"

Ich deute mit dem Daumen über meine Schulter. „Er … schläft noch."

„Wenn das so ist, warum kommst du nicht mit mir in die Küche? Ich kann dir ein Frühstück machen und wir können uns gegenseitig kennenlernen." Sie mustert mich kurz mit ihren kaffeefarbenen Augen. Augen, die mit denen ihres Sohnes identisch sind, wie ich erst jetzt bemerke. „Aber vielleicht möchtest du dir zuerst etwas anziehen? Und wenn du schon oben bist, solltest du vielleicht auch Bentley wecken und ihn bitten, sich uns anzuschließen."

„Oh, ähm … das ist wirklich nicht nötig. Ich bin ohnehin fast weg."

Ich drehe mich um und will die Treppe hochstürmen,

bleibe aber auf halbem Weg stehen, als sie sagt: *„Ich bestehe darauf, Sydney".* Verdammt, die Frau hat das „Strenge-Mutter"-Ding echt drauf.

„Okay." Ich eile die Treppe hinauf und schlage die Tür zu Bentleys Zimmer zu, sobald ich drin bin.

Er schießt hoch. „Was zum Teufel?" Sein Blick streift durch den Raum und bleibt bei mir stehen. „Was ist los?"

Ich stapfe über den Plüschteppich und ziehe mir so schnell wie möglich meine Sachen an. „Oh, nicht viel. Ich ziehe mich nur an, damit ich mit *deiner Mutter* frühstücken kann. Du weißt schon, die Frau, die mich gerade beim Walk of Shame auf der Treppe erwischt hat?"

Seine Augen weiten sich. „Oh, Scheiße. Ich wusste nicht, dass sie wieder zurück sind."

Ich tausche sein Shirt gegen mein eigenes. „Bentley! Wie kann das sein, dass du nicht weißt, wann deine Eltern zurückkommen?" Ich schnappe nach Luft, als mir ein Gedanke in den Sinn kommt. „Was, wenn sie uns gehört haben? *Was ist, wenn deine Eltern uns beim Sex zugehört haben?"* Ich spüre, wie ich rot anlaufe. „Oh mein Gott. Ich schäme mich so. Das ist so viel schlimmer als damals, als meine Mutter uns fast beim Herumalbern im Studio erwischt hätte. Deine Mutter *muss* ja glauben, dass wir es wie die Karnickel unter ihrem Dach getrieben haben."

Seine vollen Lippen zucken. „Syd. Beruhige dich. Sie müssen heute Morgen erst zurückgekommen sein. Sie können uns auf keinen Fall gehört haben."

Ich werfe meine Hände hoch. „Wie kannst du dir so sicher sein? Du wusstest nicht einmal, *dass* sie zurück sind!"

Ich will eigentlich seinen Körper nicht so anstarren, als er aus dem Bett steigt, aber es ist schwer, das nicht zu tun, angesichts seiner beeindruckenden Morgenlatte hat.

Bentley zwinkert mir zu, als er bemerkt, wie ich ihn anschaue. „Ganz ruhig. Das Auto meines Vaters war gestern Abend nach unserer Rückkehr von der Partie nicht in der Garage. Darum bin ich sicher, dass sie erst heute Früh hier angekommen sind.“

Er kramt in einigen Schubladen und holt ein Paar Basketballshorts, ein T-Shirt und einen Boxerslip heraus. Während Bentley sich anzieht, benutze ich den Spiegel über der Kommode, um mein verschmiertes Mascara wegzuwischen. Mein Gott, bin ich ein Wrack. Was für ein toller erster Eindruck, den sie von mir bekommen haben muss.

Ich seufze. „Was sollen wir nur tun, Bentley? Wir können nicht einfach hingehen und so tun, als wäre nichts passiert! Ich glaube, ich sollte einfach nach Hause gehen.“

Er lacht, aber ich kann mir beim besten Willen nicht vorstellen, was so lustig sein sollte.

„Ja … ich sag's dir nur ungern, Syd, aber das wird auf keinen Fall passieren. Ich kann dir versichern, dass meine Mutter gerade mit Adleraugen die Treppe überwacht.“

Ich lasse mich ans Ende seines Bettes plumpsen und stöhne.

Bentley ergreift meine Hand und zieht mich wieder hoch. „Komm schon, Syd. Meine Mom ist eigentlich ziemlich cool. Es wird alles gut werden. Das verspreche ich. Und sie ist eine verdammt gute Köchin. Wenn sie uns anbietet, uns Frühstück zu machen, sollten wir das auf jeden Fall ausnutzen.“

Trotz seiner Beteuerungen habe ich das Gefühl, meiner Hinrichtung entgegenzugehen, als Bentley mich die Treppe hinunterführt. Im Erdgeschoss wartet seine Mutter bereits auf uns, genau wie er es vorausgesagt hat.

Bentley lässt meine Hand los und umarmt seine Mutter. „Hey, Mom. Seit wann bist du wieder da?"

„Seit heute früh." Sie stützt eine Hand auf ihre Hüfte. „Ich weiß gar nicht, warum ich dir überhaupt unsere Reisepläne schicke, wenn du sie nie anschaust."

Bentley wirft mir einen *Ich hab's dir ja gesagt*-Blick über die Schulter zu. „Und wo ist Papa?"

„Im Büro." Sie rollt spielerisch mit den Augen. „Hast du deinen Vater schon gesehen? Jetzt hör auf, das hübsche Mädchen vor uns zu verstecken und komm mit mir frühstücken."

Bentley ergreift meine Hand, während wir seiner Mutter in die Küche folgen. Ich greife in meine Gesäßtasche und ziehe mein Handy heraus, bevor ich mich an die Frühstückstheke setze. Noch bevor ich mich hinsetzen kann, vibriert es mit einer eingehenden SMS.

Mütter: Besteht die Möglichkeit, dass du um 11 Uhr einen Ballettvorbereitungskurs hältst? Shayna hat eine Lebensmittelvergiftung. Ich würde es machen, aber meine Leistungstänzerinnen kommen zur gleichen Zeit.

Ich lächle, während ich meine Antwort eintippe. Wenn es jemals einen Zeitpunkt gab, an dem ich mich über Arbeit gefreut habe, dann jetzt.

Ich: Natürlich.

Mütter: Danke, Kleine. Ich liebe dich.

Ich: Hab dich auch lieb, Mama

Als ich meinen Kopf hebe, schauen mich Bentley und seine Mutter erwartungsvoll an.

Ich halte mein Handy hoch. „Ähm, ich muss das Frühstück verschieben. Eine unserer Lehrerinnen hat sich krankgemeldet, also muss ich heute Morgen ein paar kleine Kinder im Ballett unterrichten."

Zum Glück ist mein Auto draußen geparkt, denn ich konnte es ja kaum zu Hause lassen, weil meine Eltern dachten, dass ich bei Cameron übernachte. Und, wenn ich so darüber nachdenke, haben Bentleys Eltern es wahrscheinlich gesehen, als sie heute früh nach Hause gekommen sind.

Lanis Augen leuchten vor Neugierde. „Du unterrichtest Ballett?"

Ich schüttle den Kopf. „Normalerweise nicht. Hauptsächlich Lyrical und Jazz, aber ich springe auch in anderen Klassen ein, wenn es nötig ist. Meine Mutter hat ein eigenes Studio und tanze schon mein ganzes Leben lang."

„Es ist toll, dass du deiner Mutter hilfst. Ich habe selbst zwei linke Füße, aber ich liebe es, anderen Leuten beim Tanzen zuzusehen. Bentleys Vater und ich haben Saisonkarten für das Los Angeles Ballet. Aber er ist so ein Workaholic, dass mich normalerweise jemand anderes zu den Aufführungen begleitet."

Bentley räuspert sich, als seine Mutter ihm einen spitzen Blick zuwirft. Seltsam. Ich frage mich, was es damit auf sich hat.

Lani faltet ihre Hände. „Ich will dich nicht aufhalten, Sydney, aber so leicht kommst du mir nicht davon."

Ich nicke. „Okay."

Bentley legt mir die Hand auf den Rücken. „Mom, ich begleite meine Freundin raus. Bin gleich wieder da."

Mir fällt die Kinnlade runter, aber ich bin zu verblüfft, um etwas zu sagen, während er mich zur Haustür führt. Als wir jedoch zu meinem Auto kommen, hat mein Gehirn endlich wieder Kontakt zu meinem Mund.

„Freundin, hm? Was sollte das denn eben?"

Er grinst. „Nun … so wie ich das sehe, haben wir beide nicht die Absicht, mit anderen Leuten auszugehen, und wir ficken, also bist du natürlich meine Freundin."

Meine Augenbrauen schießen bis zu meinem Haaransatz hoch. „Sollte ich nicht ein gewisses Mitspracherecht haben?"

„Nö." Ich lehne mich an ihn, während Bentley seine Hand um mein Kinn legt.

Ich stelle mich auf die Zehenspitzen, um seine Lippen zu erreichen. „Was wirst du deiner Mutter sagen, warum ich hier war?"

„Die Wahrheit." Ein tiefes Glucksen dröhnt in seiner Brust. „Na ja, die jugendfreie Version davon."

Ich stöhne. „Gott. Ich kann immer noch nicht glauben, dass sie mich völlig verstrubbelt und nur mit deinem T-Shirt bekleidet erwischt hat."

Bentley drückt mir einen letzten Kuss auf die Lippen, bevor er sich zurückzieht. „Ist doch gut, dass du in meinem T-Shirt mit Strubbelfrisur so toll aussiehst, oder?"

„Du bist ein Idiot." Ich gebe ihm einen leichten Klaps auf den Arm. „Ich gehe jetzt besser. Ich brauche noch Zeit, um bei mir zu Hause zu duschen und mich umzuziehen."

Er wartet darauf, dass ich mich hinter das Steuer setze, bevor er sich gegen den Türrahmen lehnt. „Schick mir eine SMS, wenn du mit dem Unterricht fertig bist."

„Okay. Bis später", lächle ich.

Bentley schließt meine Tür und tritt zurück, um mir Platz zum Wegfahren zu machen. Ich sehe, wie er mir im Rückspiegel zuwinkt, bevor ich meine Hand aus dem Schiebedach strecke und dasselbe tue. Auf der kurzen Fahrt nach Hause muss ich ständig grinsen, wenn ich an die Nacht mit ihm denke. Gott, ich bin so sehr in diesen Jungen verliebt, dass es mir fast Angst macht, aber ich mir ist auch klar, dass ich nichts dagegen tun kann.

Und selbst wenn ich es könnte, bin ich mir alles andere als sicher, dass ich das überhaupt wollte.

KAPITEL EINUNDDREISSIG

Bentley

„Bentley William Fitzgerald, denk nicht einmal daran, dich aus diesem Gespräch zu drücken."

Verdammt, sie kennt mich zu gut. Ich seufze tief, lasse meinen Plan, mich in mein Zimmer zu schleichen, fallen und mache mich auf den Weg zurück in die Küche.

Ich mache eine resignierte Geste, als ich mich an die Frühstückstheke setze. „Na gut, gib's mir."

Sie wirft ein paar Scheiben Brot in den Toaster, bevor sie sich wieder dem Herd zuwendet, um die Eier fertig zu braten.

„Schau. Ich bin nicht naiv. Ich weiß, dass du sexuell sehr aktiv bist, aber ich dachte, du wüsstest es besser, als deine Eroberungen über Nacht in unser Haus einzuladen."

Ich schüttle den Kopf. „Sydney ist keine *Eroberung*, Mama. Sie ist meine Freundin. Und im Übrigen: Syd ist das *einzige* Mädchen, das bisher in meinem Bett übernachtet hat."

Ich glaube nicht, dass sie wissen muss, was im Poolhaus passiert ist. *Das* Bett hat schon viel Action mit mehr Mädchen erlebt, als ich jemals zugeben würde. Es war schon immer meine Bumshöhle, sogar damals mit Carissa. Genau aus diesem Grund habe ich nie daran gedacht, Sydney dorthin mitzunehmen.

Meine Mutter sieht mich nachdenklich an. „Willst du mir allen Ernstes erzählen, dass du *noch nie* ein anderes Mädchen nachts in dein Zimmer geschmuggelt hast? Nicht einmal … deine letzte Freundin?"

Ich bin dankbar, dass sie ihren Namen nicht ausspricht. Meine Eltern wissen beide, dass Rissa für mich ein wunder Punkt ist. Direkt nach ihrem Tod habe ich mir keine Mühe gegeben, meinen Drogen- und Alkoholkonsum vor ihnen zu verbergen. Es gab viele Nächte, in denen ich mir den Mund fusselig geredet und ihnen von unserer toxischen Beziehung erzählt habe. Sie haben mir mehrmals gedroht, mich in eine Entziehungskur zu stecken, aber ich glaube nicht, dass sie es je durchgezogen hätten, weil sie davon ausgegangen sind, dass ich ohnehin aufhöre, wenn die Trauer mich nicht mehr so sehr im Griff hat.

Sie wissen nicht, dass ich eher wegen meiner Schuldgefühle Drogen nehme als aus Trauer. Der Hauptunterschied ist, dass ich schon so lange Drogen nehme, dass ich besonders gut zu funktionieren scheine, wenn ich high bin. Man merkt eigentlich nur, dass ich zugedröhnt bin, ist, wenn ich über die Stränge schlage. Leider passiert das in letzter Zeit ziemlich oft.

Ich schüttle den Kopf. „Nicht einmal sie. Und eigentlich war sie auch nicht meine Freundin."

Meine Mutter runzelt die Stirn. „Bent, du brauchst das nicht kleinzureden ..."

Ich halte meine Hand hoch. „Mama, nicht. Wir reden nicht über *sie*."

Sie legt den Toast auf den Teller und fügt die Spiegeleier dazu, bevor sie ihn mit einer Gabel vor mich stellt.

„Okay ... einverstanden. Aber nur, wenn du mir von *Sydney* erzählst."

Ich steche das Eigelb an und dippe das Brot hinein, bevor ich mit der Gabel ein Stück abschneide. „Was willst du wissen?"

„Lass uns mit ihrem Alter anfangen. Denn wenn du eine Minderjährige in mein Haus bringst, um Gott weiß was zu tun, schwöre ich, Bentley-"

Ich kaue noch nicht einmal zu Ende, bevor ich sie stoppe. „Sie ist *achtzehn*, Mom. Entspann dich."

Kurz bevor ich achtzehn wurde, hat mein Vater dafür gesorgt, dass ich mich mit der kalifornischen Gesetzgebung zum Thema Vergewaltigng vertraut gemacht habe. Sie sind wahnsinnig streng! Als ich volljährig wurde, beschloss ich, meinen Schwanz niemals in ein Mädchen zu stecken, das noch nicht volljährig war. Ich bin nicht einmal bereit, die Ausnahmeregelung für „fast volljährige" Mädchen zu bemühen, denn in den Augen des Gesetzes ist es genau das: *eine Ausnahme*. So gerne ich auch ficke, keine Muschi ist es wert, als Sexualstraftäter abgestempelt zu werden.

„Gut zu wissen, dass du vernünftig bist", murmelt sie. „Wie lange kennst du sie schon? Wo habt ihr euch kennengelernt?"

„Puh. Was wird das hier? Ein Verhör?"

Ihre Augen verengen sich. „Werd' nicht frech, Mister. Weißt du, ich halte mich für einen ziemlich entspannten Elternteil, aber wenn du ein Mädchen in mein Haus bringst, habe ich das Recht, Fragen zu stellen."

Ich nehme noch einen Bissen und kaue zu Ende, bevor ich antworte. „Eigentlich haben wir uns schon vor ein paar Jahren auf einer Party kennengelernt, aber wir haben uns erst kürzlich wiedergetroffen, als sie nach Windsor versetzt wurde. Ihr Vater ist der neue Schulleiter."

Meine Mutter stößt ein überraschtes Lachen aus. „Du magst es wohl, mit dem Feuer zu spielen, was?"

„Haha", grummele ich. „Wie auch immer … Ich finde Syd verdammt cool, und ich weiß nicht warum, aber sie mag mich auch, also wehre ich mich nicht."

„Achte auf deine Sprache", schimpft sie. „Aber ganz im Ernst, Bent, wenn sie dich glücklich macht, bin ich auch glücklich. Aber sag ihr, dass ihr in Zukunft nicht mehr hier übernachten werdet, okay?"

„Ja, klar."

Ich habe absolut nicht vor, mich daran zu halten, aber ich werde von nun an genau überprüfen, wann und wie lange sie verreist sind.

„Ich habe noch eine Frage, dann lasse ich das Thema fallen."

„Und das wäre?"

Sie atmet aus und verschränkt die Arme vor der Brust. „Hast du aufgepasst? Ich bin nämlich noch lange nicht bereit, Oma zu werden."

Ich verschluckte mich fast an meinem letzten Bissen. „Mein Gott, Mama. Wirklich?"

„Ja, *wirklich*. Mir gefällt das genauso wenig wie dir, aber wenn du alt genug bist, um Sex zu haben, dann solltest du auch kein Problem damit haben, über Sex zu *reden*. Also frage ich dich noch einmal. *Habt ihr verhütet?*“

„Ja!“ Ich schrubbe mir eine Hand über das Gesicht. „Verdammt!“

„Bentley …“

„Ja, ja“, unterbrach ich sie. „Ich weiß. Sprache. Entschuldigung. Können wir jetzt damit aufhören? Das ist echt peinlich, Mom.“

„Gut. Apropos Großeltern … hast du schon mal darüber nachgedacht, deine in den Frühjahrsferien zu besuchen? Die Flüge sind schon ziemlich voll, also müsste ich bald Tickets buchen.“

Normalerweise würde ich sofort die Chance ergreifen, nach Hawaii zu fliegen, aber im Moment habe ich es nicht gerade eilig, eine Woche lang zweitausend Meilen von Sydney entfernt zu sein.

„Kann Sydney auch mitkommen?“

Ich weiß nicht, ob ich meine Mutter jemals zuvor so schockiert gesehen habe.

„Ist es dir so ernst mit diesem Mädchen? Du willst du mit ihr sogar in den Urlaub fahren? Sie deinen Großeltern vorstellen?“

Ich muss nicht einmal darüber nachdenken, bevor ich nicke. „Sie ist besonders, Mom.“

Ein Lächeln breitet sich auf ihrem Gesicht aus. „Wenn das so ist, würde ich sie gerne dabei haben. Wenn *ihre* Eltern auch damit einverstanden sind. Und ich verlasse mich nicht nur auf dein Wort. Ich weiß, dass sie achtzehn ist, aber ich weigere mich, mit Tochter anderer Eltern über einen Ozean zu fliegen, ohne mich persönlich zu vergewissern, dass sie wissen, wohin sie geht."

„Gut. Ich spreche mit Syd und wenn sie einverstanden ist, gebe ich dir die Kontaktdaten ihrer Mutter."

„Okay. Sprich mit Sydney und dann sehen wir weiter." Sie lehnt sich über den Tresen und küsst mich auf die Wange. „Ich muss ein paar Besorgungen machen. Machst du den Abwasch, während ich weg bin?"

„Ja."

Nachdem ich das Frühstücksgeschirr in den Geschirrspüler geräumt habe, gehe ich zurück in mein Zimmer, um mich für den Tag fertig zu machen. Während ich eine Playlist aufrufe, um unter der Dusche Musik zu hören, kommt eine SMS von Jazz. Als ich ihre Nachricht lese, überkommt mich ein mulmiges Gefühl.

Jazzy Jazz: Ich habe dir vierundzwanzig Stunden Zeit gegeben, zu mir zu kommen, aber da du das nicht getan hast, komme ich jetzt zu dir.

Ich: Worüber, Jazzy? Mir war nicht bewusst, dass wir einen Termin hatten.

Ich beobachte, wie die Punkte anfangen zu hüpfen, was bedeutet, dass sie eine Antwort tippt. Es dauert ewig, bis die Nachricht ankommt, und als sie ankommt, weiß ich warum.

Jazzy Jazz: Ich hatte gestern ein interessantes Gespräch mit Sydney. Stell dir vor, wie überrascht ich war, als sie mir erzählte, dass du dich kaum an die Nacht erinnern kannst, in der ihr euch kennengelernt habt. Komm schon, Bentley. Das hast du doch nicht nötig. Warum solltest du sie anlügen? Sie ist buchstäblich die EINZIGE PERSON AUF ERDEN, die es verdient, die Wahrheit darüber zu erfahren, was auf dieser Verbindungsparty wirklich

passiert ist. Und DU kennst diese Wahrheit. Kingston meint, ich solle mich da raushalten, aber das fällt mir schwer, Bent. Sie ist ein guter Mensch, und du benimmst dich wie ein verdammter Idiot. Ich bin so enttäuscht von dir. Ich gebe dir Zeit, deinen Kopf aus dem Arsch zu ziehen, aber wenn du dich nicht bald zusammenreißt und es ihr sagst, werde ich es tun.

Fuck.

Ich werfe das Telefon auf den Badezimmertisch und gehe zu meiner Kommode. Ich greife nach dem Schuhkarton auf dem obersten Regal und wühle mich durch den Inhalt, bis ich finde, wonach ich suche. Ich schüttele eine Pille in meine Handfläche und werfe sie ein. Kurz bevor ich die Schachtel weglege, nehme ich noch eine und schlucke auch diese. *Verdammte Scheiße.* Was soll ich jetzt nur tun? Ich weiß, dass Jazz nicht blufft. Ehrlich gesagt, weiß ich nicht, warum ich nicht früher daran gedacht habe, dass das passieren würde. Scheiße, ich weiß nicht einmal, warum ich Sydney überhaupt angelogen habe, als ich die perfekte Gelegenheit hatte, alles aufzuklären.

Ja, das weißt du. Du hattest eine Scheißangst, dass sie dich verlassen würde.

Ich laufe durch mein Zimmer und überlege krampfhaft, was ich jetzt tun soll. Ich muss mir schon eine ganze Weile den Kopf zerbrochen haben, denn das Oxy setzt ein und durchflutet meine Adern mit Erleichterung. Ich gehe zurück in mein Badezimmer, stelle die Dusche an und greife nach meinem Handy, um Jazz eine Nachricht zu schicken, während das Wasser warm wird.

Ich: Tu nichts, bis du mit mir gesprochen hast. Ich werde einen Weg finden, das in Ordnung zu bringen.

Jazzy Jazz: Wie?

Ich: Ich weiß es nicht, aber mir fällt schon was ein.

Jazzy Jazz: Wir alle lieben dich, Bent. Du musst das nicht allein machen. Wir können es gemeinsam herausfinden.

Ich atme aus.

Ich: Danke, Jazzy. Gib mir etwas Zeit zum Nachdenken und wir sprechen uns bald wieder.

Jazzy Jazz: Okay.

Ich ziehe mich aus und fühle mich ein bisschen besser, weil ich weiß, dass die Scheiße nicht so schnell aus dem Ruder laufen wird. Ich greife nach meinem Handy und schicke noch eine Nachricht, bevor ich in die Wanne springe.

Ich: Ich habe nichts mehr. Wann können wir uns treffen? Doppelt so viel wie sonst.

Cody: 9:00 – bei mir

Ich: Passt. Wir sehen uns dann.

Ich liebe meine Freunde wirklich, aber ich brauche etwas mehr Hilfe, als sie mir geben können, um das hier durchzustehen.

KAPITEL ZWEIUNDDREISSIG

Bentley – Zwei Jahre früher

„Wow, der Himmel dreht sich."

Ich lache. „Der Himmel dreht sich *immer*."

Sydney streckt sich träge und erinnert mich an eine Katze. „Ich glaube, Cocktails sind meine neue Lieblingsbeschäftigung." Sie verdreht ihren Körper gerade so weit, dass sie mich in die Nase kneifen kann. „Du kommst gleich danach."

„Autsch. Nur Zweiter, nach dem Alkohol. Das tut weh."

Sie kichert. „Aber mir geht's *richtig gut*, also kannst du dich damit abfinden, oder?"

„Klar." Ich drücke sie ein wenig. „Du kannst nicht viel ab, nicht wahr?"

Das Mädchen hat vor fast einer Stunde auf Wasser umgestellt, aber ich schwöre, sie wird von Minute zu Minute betrunkener. Ich glaube, der letzte Schluck hat sie wirklich umgehauen.

„Ich denke schon." Sydney zuckt mit den Schultern. „Das ist das erste Mal, dass ich betrunken bin."

Mir fällt die Kinnlade herunter. „Was, echt?"

„Ich habe nicht gesagt, dass es das erste Mal ist, dass ich Alkohol trinke. Sie lehnt sich zurück und wirft mir einen *bist du dämlich*- Blick zu. „Normalerweise trinke ich aber nicht mehr als ein oder zwei Drinks."

Das ist die perfekte Überleitung, um etwas zu fragen, das mich schon den ganzen Abend beschäftigt. „Du hast heute Abend nur die Drinks getrunken, die deine Cousine für dich gemacht hat? Sonst nichts?"

„Was zum Beispiel?"

„Such dir was aus. Es ist eine Menge Scheiße im Umlauf. Weed, Molly, Koks …"

Ihre dunklen Locken wippen, während sie den Kopf schüttelt. „Nö. Ich habe schon mal Gras geraucht, aber das ist nicht wirklich mein Ding. Ich habe noch nie etwas anderes probiert. Bin ich deshalb total lahm?" Sie räuspert sich und senkt ihre Stimme. „Drogen sind schlecht, Sydney." Sie kichert wieder und rollt mit den Augen. „Mein Vater ist Leiter der Schule. Wenn er etwas wirklich ernst meint, bekommt er diese super strenge Stimme. Ich glaube, er will mir Angst einjagen, aber er ist ein großer Softie, also hat das nicht wirklich den Effekt, den er erzielen will. Wie auch immer … Ich kann dir gar nicht sagen, wie oft ich in meinem Leben schon über die Gefahren des Drogenkonsums belehrt worden bin."

„Komisch, diese Vorträge haben bei mir genau das

Gegenteil bewirkt. Es gibt nicht viel, was ich nicht ausprobiert habe."

„Meh." Sie rollt lässig mit der Hand. „Ich werde es dir nicht übel nehmen. Man lebt doch nur einmal, oder?"

Ich lächle, während ich mein Gesicht in ihren Nacken lege. „Gut zu wissen."

„Hey, Mann." Ich schaue auf und sehe Grady, der mir seine Faust entgegenstreckt. „Danke, dass du mich hierher eingeladen hast. Du hast Recht, es war eine verdammte Goldmine. Ich bin völlig ausverkauft. Ich bin sogar Sachen losgeworden, nach denen die Leute normalerweise nicht fragen."

„Was zum Beispiel?"

Er zuckt mit den Schultern. „Hauptsächlich Scooby Snacks, was heutzutage wohl nicht mehr so ungewöhnlich ist, aber etwa ein Dutzend Leute waren auch auf der Suche nach Circles. Die meisten trauen sich nicht, danach zu fragen, wenn sie noch keine Kunden sind. Ich bin aber froh, dass ich sie dabei hatte."

Was zum Teufel? Ich wusste nicht, dass dieses Arschloch so einen Scheiß macht.

„Was sind Circles?", fragt das schöne Mädchen in meinem Schoß.

Gradys blaue Augen weiten sich, als er einen Blick auf Sydney wirft, als würde er sie gerade erst bemerken. „Oh, hey. Warte mal kurz … Ich kenne dich."

Sydney runzelt die Stirn. „Ähm … tut mir leid, aber ich glaube, du musst dich irren."

„Nein, bin ich nicht." Grady schüttelt den Kopf. „Ich gehe besser. Ich war vorhin mit deiner Cousine unterwegs und sie hat mich auf dich aufmerksam gemacht. Ich hätte dich ja gegrüßt, aber du warst ein bisschen ... *beschäftigt*."

Die Art und Weise, wie dieser Wichser sie anglotzt, bringt mich dazu, ihm eine reinhauen zu wollen. Sein Blick sagt mir auch genau, was passiert ist, als er sie zum ersten Mal gesehen hat. Ein kurzer Blick auf Sydney verrät mir, dass sie ebenfalls weiß, worauf er anspielt. Ihre Wangen sind noch mehr gerötet als ohnehin schon vom Alkohol und sie zappelt nervös herum. Jetzt, wo ich langsam wieder nüchtern werde, bereue ich irgendwie, dass ich ihr erlaubt habe, mir vor anderen Leuten einen zu blasen. Sosehr ich sie auch wollte und so geil es auch war, ich hätte es aufschieben sollen, bis wir einen ruhigeren Ort gefunden hätten. Ich kann nicht behaupten, dass ich noch nie ein öffentliches Vorspiel oder Gruppensex gemacht habe, aber je mehr ich Sydney kennenlerne, desto schlechter fühle ich mich bei der ganzen Sache. Als ob ich die Erfahrung vielleicht entwertet hätte. Gar nicht davon zu reden, wie beschissen ich mich fühle, weil ich sie benutzt habe, um Rissa zu provozieren.

Aber jetzt kann ich es ohnehin nicht mehr ändern, oder?

Ich nicke in Richtung Grady. „Sydney, das ist Grady, ein ... *Freund* von mir." Freund, Dealer, das ist doch dasselbe, oder?

„Schön, dich kennenzulernen, Grady."

„Vertrau mir, das Vergnügen ist ganz meinerseits, Baby." Ich schwöre bei Gott, wenn er nicht aufhört, ihre Titten anzustarren, werde ich ihn verprügeln. Und Grady hört tatsächlich *endlich* auf, sie anzustarren und richtet seine Aufmerksamkeit wieder mir zu. „Wie auch immer, Bent, ich bin dann mal weg. Melde dich, wenn du wieder eine Einladung zu so einer Veranstaltung bekommst."

Ich nicke, als er sich auf den Weg macht. „Klar.“

Sicher nicht.

Wenn ich geahnt hätte, dass der Typ mit Roofies dealt, hätte ich ihn nie eingeladen. Ich denke sogar, es ist an der Zeit, einen anderen Lieferanten zu finden. Es mag verrückt klingen, aber ich glaube, es gibt einen Unterschied zwischen dem Verkauf von Drogen für den Freizeitgebrauch und der Möglichkeit, jemanden völlig wehrlos zu machen. Letzteres ist schlichtweg daneben, und ich möchte so jemandem nicht mein Geld geben.

„Der Typ ist ein richtiger Drogendealer, nicht wahr?“

Ich nicke. „Äh … ja.“

„Hm. Ich habe noch nie einen persönlich getroffen. Ich hatte nicht erwartet, dass die so … schick sein können.“ Sydney neigt ihren Kopf zur Seite. „Was sind Circles?“

Fuck.

„Das ist einer der vielen Begriffe für … äh …“ Ich räuspere mich. „Rohypnol.“

„Ich muss pinkeln.“ Sydney steht von der Liege auf, stolpert aber gleich wieder rückwärts und fällt mir fast in den Schoß. „Scheiße.“

Ich fasse sie an den Ellbogen, um sie zu stützen, und bin dankbar für den plötzlichen Themenwechsel. „Geht es dir gut?“

Ihre glasigen Augen glitzern, als sie mir ein träges Lächeln schenkt. „Mir geht's gut. Ich bin gleich wieder da, okay?“

„Bist du sicher?“

Sie winkt mich ab. „Sicher. Mir war nur kurz schwindelig, aber jetzt geht es mir wieder gut.“

Ja … nein. Ihre Sprache wird langsam undeutlich.

Ich stehe auf und lege meine Hand an ihren Rücken, um sie ins Haus zu führen. „Lass mich mitkommen, okay? Ich will nur sichergehen, dass du gut ankommst."

Wir schlängeln uns durch die Menge, bis wir die Schlange vor der unteren Toilette im ersten Stock erreichen. Die ist einen gefühlten Kilometer, also führe ich sie nach oben, um die zu überprüfen, die ich kurz vorher entdeckt habe.

„Verdammt. Ich mach mir in die Hose, wenn ich in dieser Schlange warten muss." Ihre langen Beine führen einen kleinen Tanz auf, um zu zeigen, was sie meint.

Ich lache. „Warte mal, eines dieser Zimmer muss ein eigenes Bad haben."

Wir sehen uns zwei Zimmer an und bekommen viel nackte Haut zu sehen, aber kein Badezimmer. Wir gehen in das dritte Zimmer, das zum Glück leer ist und über ein eigenes WC verfügt.

„Oh, Gott sei Dank!" Sydney schaltet das Licht an und schlägt die Badezimmertür hinter sich zu. Während sie ihr Ding macht, vibriert mein Handy mit einer Nachricht von Reed.

Reed: Wo steckst du? Peyton ist jetzt richtig streitlustig. Es ist Zeit, zu gehen. Kingston hat gerade einen Uber gerufen, der in ein paar Minuten hier sein wird.

Die verdammte Peyton.

Dieses Mädchen hat ein Händchen dafür, allen anderen den Spaß zu verderben.

„Alles in Ordnung?" Sydney ist wieder da und nickt in Richtung des Telefons in meinen Händen.

„Die Freundin meines Freundes ist müde. Sie wollen abhauen, aber ich denke, ich werde ihnen sagen, dass sie ohne mich gehen sollen."

Sie schenkt mir ein verschlafenes Lächeln. „Ist schon okay. Ich verstehe das vollkommen. Ich bin auf einmal auch wirklich müde."

„Ja? Soll ich dich irgendwo absetzen?"

Sie schüttelt den Kopf. „Ich bleibe heute Nacht im Haus der Studentenverbindung, aber ich habe keinen Schlüssel. Ich muss meine Cousine finden."

Ich fluche, als mein Telefon wieder klingelt.

Reed: Kumpel. Ganz im Ernst. Wir müssen los. Peyton hat gerade versucht, einem Mädchen eine Ohrfeige zu verpassen, von dem sie dachte, dass es Davenport angesehen hat.

Ich schicke eine schnelle Antwort an meinen Freund.

Ich: Gib mir eine Sekunde.

Ich bin nicht wirklich begeistert, aber es ist schon spät und sie sieht wirklich fertig aus. „Okay, lass mich dir zuerst helfen, sie zu finden."

Wir haben es kaum in den Flur geschafft, als Sydneys Cousine auftaucht. „Da bist du ja. Ich habe dich schon überall gesucht."

„Nun, hier bin ich." Sydney stolpert ein wenig. „Oh, Mann, ich glaube, ich sollte mich wirklich hinlegen."

„Ich schreibe meinen Freunden eine SMS, dass sie ohne mich gehen sollen." Ich hole mein Handy aus der Tasche und öffne das Textfenster.

„Mach dir keine Sorgen. Ich kümmere mich um sie." Lindsey deutet auf den Raum, den wir gerade verlassen haben. „Syd, warum legst du dich nicht ein bisschen hin? Ich bin gleich wieder da."

Meine Augenbrauen heben sich. „Bist du sicher?"

„Alter." Lindsey macht eine abweisende Geste. „Sie ist meine Cousine. Ich kümmere mich schon um sie."

Reed und Kingston machen inzwischen Druck und fragen, warum zum Teufel ich so lange brauche. Mist. Mir gefällt der Gedanke nicht, Sydney so zu verlassen, aber was kann schon passieren, wenn ihre Cousine bei ihr ist?

Ich führe Sydney zum Bett und helfe ihr auf die Matratze. „Ruh dich aus und schreib mir, wenn du heute Abend wieder bei Delta Pi bist, okay?"

Sie streckt sich. „Okie dokie."

Mit einem letzten Kuss auf ihre Stirn verlasse ich widerwillig das Zimmer. Als ich an ihrer Cousine vorbeigehe, frage ich: „Und du bleibst wirklich die ganze Zeit bei ihr?"

Lindsey hält ihre Hand zum Pfadfindergruß hoch. „Pfadfinderehrenwort, Champ. Ich schließe sogar die Tür ab, wenn du dich dann besser fühlst. Und jetzt geh. Ich sorge dafür, dass sie dir später eine SMS schickt."

Ich nicke. „Danke."

Ich warte, bis sie abgeschlossen hat, bevor ich zu meinen Freunden gehe. Erst auf dem halben Weg nach Hause merke ich, dass Sydney und ich nie unsere Nummern ausgetauscht haben. Na ja. Dann muss ich wohl morgen zum Verbindungshaus ihrer Cousine fahren.

KAPITEL DREIUNDDREISSIG

Sydney

„Ich kann nicht glauben, dass seine Mutter dich beim Walk of Shame erwischt hat." Cameron beißt das Ende eines Twizzlers ab. „Das kann auch nur dir passieren, Syd."

Ich halte mir die Hände vors Gesicht und stöhne. „Da sagst du was. Es war so peinlich."

Sie lacht und macht eine anzügliche Geste mit ihrer Zunge im Mund. „Wenigstens hat sie dich nicht auf frischer Tat ertappt."

Ich stupse Cams spielerisch mit der Schulter an. „Halt die Klappe."

„Mädchen, er hat dich nach Hawaii eingeladen." Cameron seufzt. „Das ist so geil."

„Ich habe noch nicht gesagt, dass ich auch mitgehe."

Sie wirft mir einen *„Willst du mich verarschen?"*-Blick zu.

„Ja, klar. Du wärst total bescheuert, wenn du das ablehnen würdest, und ich weiß, dass du das nicht bist."

„Ich weiß nicht." Ich zucke mit den Schultern. „Meinst du nicht, dass es ein bisschen zu früh ist, um einen gemeinsamen Urlaub zu planen?"

„Seine Mutter und seine Großeltern werden doch auch da sein, oder? Was kann da schon passieren?"

Ich denke einen Moment darüber nach. „Stimmt."

„Du solltest mich unbedingt in deinem Gepäck verstecken."

Ich schnaube. „Du bist klein, aber *so* klein auch wieder nicht."

Cam keucht. „Unerhört!"

Ich richte meinen Twizzler auf sie. „Genug von mir. Was läuft da zwischen dir und diesem Hayden?"

Ihr Kopf fällt mit einem Stöhnen nach unten. „Er ist *solch ein* Arschloch. Er ist immer so selbstgefällig, so nach dem Motto ‚Seht mich an, ich bin unglaublich heiß. Alle Mädchen sollten den Boden anbeten, auf dem ich gehe. Und ich bin nicht nur ein Gott auf dem Fußballfeld. Ich bin anscheinend auch ein Genie – der Beste in meiner Klasse'. Meine Mutter hört nicht auf zu jammern, was für ein perfektes Kind Hayden ist und dass ich noch einiges von ihm lernen könnte. Igitt! Das macht mich wütend!"

Ich versuche, mir ein Grinsen zu verkneifen, aber ich glaube, es gelingt mir nicht so recht.

Cams Brauen runzeln sich. „Was? Was ist das für ein Blick?"

„Ach, nichts." Ich winke mit der Hand. „Ich kann nur nicht umhin, zu bemerken, dass eines der ersten Dinge, die du über ihn sagst, ist, wie *unglaublich heiß* er ist."

„Ach, komm schon, Syd. Du hast ihn gesehen. Ich bin nicht blind. Aber wie ich schon sagte, seine Persönlichkeit zerstört alles. Ich wünschte, unsere Eltern würden aufhören, so zu tun, als wären wir eine große, glückliche Familie. Sie haben gerade erst angefangen, miteinander auszugehen, aber sie tun schon so, als würden sie bald heiraten oder so.“

„Hast du nicht gesagt, dass sie sich schon länger kennen?“

„Ja, seit etwa elfzig Millionen Jahren. Ich muss zugeben, dass Archie – das ist Haydens Vater – abgesehen von seinem bescheuerten Namen gar nicht so schlimm zu sein scheint. Er tut mir sogar leid, weil er mit meiner verrückten Mutter zusammen ist. Aber selbst wenn sie in der Highschool ein Paar waren, können sie unmöglich dieselben Menschen sein, die sie damals waren. Zumindest meine Mutter ist das nicht mehr. Sie nimmt mit jedem Kerl, den sie sich angelt, eine neue Persönlichkeit an. Seit ich geboren wurde, hat sie über ein Dutzend davon durchgemacht. Diesmal ist sie total auf Stepford getrimmt. Das ist echt gruselig.“

„Vielleicht ist es das, worauf er steht.“ Ich zucke mit den Schultern. „Jemand, der hübsch aussieht und den Mund hält.“

Cam schnaubt. „Wenn das so ist, bin ich mir sicher, dass sie in kürzester Zeit einen Ring am Finger haben wird.“

Ich stupse sie in die Seite, sodass sie sich windet. „Oh, und wenn sie heiraten, wirst du davon träumen, deinen Stiefbruder zu ficken. Abartig.“

Sie schubst mich und stößt mich dabei fast von der Bank des Whirlpools. „Ekelhaft. Ich fantasiere *nicht* über Hayden-Scheißkopf-Knight.“

„Ich glaube, die Dame widerspricht zu viel.“ Ich kichere, als Cameron mir einen Klaps verpasst.

„Leck mich, Alte.“ Sie wirft ein Stück Lakritze nach mir,

das von meiner Nase in das sprudelnde Wasser abprallt. „Außerdem würden unsere Eltern es nicht einmal bis zum Altar schaffen. Meine Mutter kann die Fassade nur eine gewisse Zeit aufrechterhalten. Deshalb war sie auch fünfmal verlobt und nullmal verheiratet.“

Ich zucke mit den Schultern. „Ich denke, das wird sich zeigen.“

Sie rollt mit den Augen. „Wie auch immer … können wir bitte aufhören, über das Liebesleben meiner Mutter zu reden? Ich will mehr über dein Leben hören. Ich stelle mir lieber vor, wie du und Bentley es treibt, als ein paar Oldies.“

Ich werfe ihr einen schiefen Blick zu. „Und *mir wäre* es lieber, du würdest dir *nie* vorstellen, *wie* Bentley und ich Sex haben. Du hast ernsthafte Probleme mit Grenzen, Cameron.“

Cam lacht. „Wie soll ich denn mit dir mitfiebern, wenn du mir keine Details verrätst? Es ist ja nicht so, dass ich in nächster Zeit welchen haben werde. Sag mir wenigstens das: Weiß er, wie man sein großes, schönes P benutzt?“

Ich zucke mit den Schultern. „Ich habe zwar niemanden, mit dem ich das vergleichen könnte, aber ja … ich würde sagen, er weiß definitiv, wie man ihn benutzt. Letzte Nacht bin ich ohne jegliche äußere Stimulation gekommen. Ich dachte wirklich, vaginale Orgasmen seien ein Mythos. Ich habe es weiß Gott oft genug mit all den Bobs versucht.“

Cameron hält einen Zeigefinger hoch. „Weißt du, ich habe einen Artikel in Cosmo gelesen, in dem stand, dass deine Klitoris wie ein Eisberg ist.“

„Was?!“, stottere ich.

„Weißt du, dass etwa neunzig Prozent eines Eisbergs unter Wasser sind?“ Sie taucht den größten Teil ihres Arms unter Wasser, um es zu demonstrieren. „Das ist das Gleiche. Wenn du über Mythen reden willst, dann ist der G-Punkt ein Mythos. Das ist eigentlich der innere Teil deiner Klitoris, den du nicht sehen kannst, daher der Eisberg. Es gibt also keinen vaginalen Orgasmus, denn es ist deine innere Klitoris, die stimuliert wird. Ob innerlich oder äußerlich, es sind beides klitorale Orgasmen."

„Wow ..." Ich brauche einen Moment, um mein Lachen zu unterdrücken. „Danke für die Biologiestunde, Professor Pryce. Was hast du für die Nachhilfe geplant? Soll ich eine Banane aus der Küche holen, damit du mir zeigen kannst, wie man ein Kondom richtig aufrollt?"

„Pft! Vergiss die Bananen." Sie grinst breit. „Wir wissen beide, dass es in deinem Schrank jede Menge phallusförmige Objekte gibt, zwischen denen du wählen kannst. Apropos ... ist Bentley bewusst, dass er Konkurrenz hat? Hast du vor, ihn deinen *anderen* Freunden vorzustellen?"

Meine Wangen werden warm, als ich mir vorstelle, wie ich genau das tue. „Ja, er weiß, dass ich ein paar Vibratoren besitze."

„*Ein paar?*" Ihr fällt die Kinnlade herunter. „Wenn du ein *paar* batteriebetriebene Freunde hast, dann habe ich ein *paar* Liebesromane auf meinem Kindle."

Cameron *lebt* für ihre Bücher. Dank der milliardenschweren Industrie hat das Mädchen völlig unrealistische Erwartungen an Männer. In letzter Zeit steht sie auf den Mist über sexy und barbarische Aliens. So wie sie es beschreibt, ist es gleichermaßen faszinierend und erschreckend.

„Also, ich mag Abwechslung." Zumindest die aus Silikon. „Verklag mich."

Sie hält ihre Hände in die Höhe und ergibt sich. „Ich verurteile dich nicht, *chica*. Aber wenn du und Bentley euch entschließt, die Spielzeuge rauszuholen, will ich einen Videobeweis, sonst glaube ich es nicht."

„Grenzen, Cameron. Grenzen." Ich schüttle den Kopf.

„Du und deine verdammten Grenzen, die mir immer den Spaß verderben." Sie streckt ihre Zunge heraus. „Dann muss ich mich wohl auf meinen guten Freund Pornhub verlassen."

„Das machst du doch ohnehin schon, Süße. Halt nur mein Sexleben da raus." Sie zeigt mir den Finger, also erwidere ich die Geste.

Cameron verengt ihre Augen. „Du hast Glück, dass ich dich liebe, Schlampe. Gott, ich brauche dringend Sex haben. Was glaubst du, wie viel ein Flugticket nach Brasilien kostet? Ich wette, Paulo wäre sofort dabei."

„Du weißt schon …" Ich reibe mein Kinn in gespielter Nachdenklichkeit. „Ich wette, Hayden würde dir gerne bei deinem kleinen Problem helfen. Wo, sagtest du, wohnt er? In Beverly? Das ist *viel* näher als Südamerika."

Sie lacht. „Das hätte er wohl gerne."

Oh, daran habe ich keinen Zweifel. Ich habe gesehen, wie er meine beste Freundin beäugt hat. Die Sache ist die … ob sie es nun zugeben will oder nicht, Cameron hat ihn genau so beäugt. Ich würde sagen, es ist nur eine Frage der Zeit, bis Cam und Hayden die Energie, mit der sie sich früher gestritten haben, in etwas viel Lustigeres stecken. Und ich kann es kaum erwarten, sie deswegen zu verarschen.

Was wäre ich für eine beste Freundin, wenn ich das nicht täte?

KAPITEL VIERUNDDREISSIG

Bentley

„Warum bringst du mich immer wieder hierher?" Ich zeichne mit der Fingerspitze ein hellblaues Schildchen nach.

Ich schmunzle, als ich den Namen des Künstlers lese: Misfit. Wie passend, dass ich mir diesen Platz ausgesucht habe, um darauf zu sitzen. Oberflächlich betrachtet würden die meisten Menschen dieses Wort wahrscheinlich nicht mit mir in Verbindung bringen, aber an manchen Tagen habe ich das Gefühl, nirgendwo mehr hinzugehören.

Carissa stützt sich auf ihre Hände und hält ihr Gesicht in die Sonne. Ihr goldenes Haar fällt ihr den Rücken hinunter und berührt fast den Beton. Ich war besessen davon, mit meinen Fingern durch diese dicken Strähnen zu fahren, aber seit Kurzem bevorzuge ich dunklere Locken. „Warum sollte ich nicht? Es ist unser Platz."

Wir sind immer gerne hierhergekommen, um einfach nur zu

entspannen. Die Aussicht ist unglaublich, mit endlosem Blick auf die Berge hoch über dem Red Rock Canyon Park und einem Hauch von Meer in der Ferne. Die Leute meckern gerne über die Graffiti, die diesen alten Feuerausguck verschandelt haben, aber Rissa und ich fanden das eigentlich immer ziemlich krass. Ein Haufen wahlloser Kunstwerke, die eigentlich keinen Sinn ergeben sollten, vor allem, wenn sie von so viel natürlicher Schönheit umgeben sind.

„Es war unser Platz", korrigiere ich. „Jetzt nicht mehr so sehr."

„Komm schon, Bentley, sei kein Spielverderber." Carissa krabbelt auf Händen und Knien auf mich zu, mit einem verruchten Blick, den ich nur zu gut kenne. „Wir haben den ganzen Platz für uns allein. Ich finde, das sollten wir ausnutzen."

Ich halte ihre Arme fest, als sie versucht, auf meinen Schoß zu klettern. „Carissa, was machst du da?"

„Wonach sieht es denn aus?" Als ich mich weigere, sie noch näher heranzulassen, verziehen sich ihre glänzenden Lippen zu einem Schmollmund. „Seit wann lehnst du Muschis ab? Besonders meine?"

„Seit ich eine Freundin habe." Ich schlucke. „Ich werde nichts tun, was das versauen könnte."

Sie wirft den Kopf zurück und lacht. „Glaubst du nicht, dass es dafür zu spät ist? Du hast es doch schon versaut. Was kann ein kleiner Nostalgie-Fick schon schaden, wenn du deiner sogenannten Freundin die ganze Zeit ins Gesicht gelogen hast? Der Schaden ist angerichtet, Bent; du hast ihr Vertrauen gebrochen. Sie weiß es nur noch nicht." Carissa zwinkert. „Aber keine Sorge, das wird sie noch früh genug."

Meine Augen verengen sich. „Was soll das denn heißen? Was hast du vor?"

Jetzt gackert sie geradezu. „Ich muss gar nichts tun, Loverboy. Du bist derjenige, der alles in Bewegung gesetzt hat. Und wenn alles in Flammen aufgeht, kannst du niemandem außer dir selbst die Schuld geben. Wann wirst du es endlich lernen, Bentley?"

Ich schüttle den Kopf und fahre mit dem Finger über ein neues Design. „Du irrst dich. Ich werde einen Weg finden, damit Sydney mir verzeiht."

„Unmöglich."

Mein Kopf schnellt hoch, als ich die raue, aber weibliche Stimme höre. Ich schaue mich um und versuche, Carissa zu finden, aber sie ist nirgends zu sehen. Sydney sitzt jetzt an der Stelle, an der vor wenigen Sekunden noch Rissa stand.

„Syd. Wie kommst du hierher?" Ich versuche, näher an sie heranzukommen, aber ich klebe am Zement fest.

Scheiße. Nicht das schon wieder.

Als Sydney aufsteht, strecken sich ihre langen Beine mit einer Anmut, wie sie nur eine Tänzerin haben kann, eines nach dem anderen in Richtung Abgrund. Meine Augen weiten sich vor Panik, als sie die Kante erreicht und sich auf die Zehenspitzen stellt. Ich versuche, mich wieder zu bewegen, aber es ist, als wäre mein Körper in den Zement eingegossen.

„Syd. Beweg dich nicht. Um Himmels willen, geh bitte von der Kante weg." Mein Herz schlägt so wild, dass ich das Gefühl habe, ich würde platzen.

Sie dreht sich zu mir um, mit dem Rücken zum Tal. Jetzt schweben ihre Fersen in der Luft, während ihre Zehen auf der Plattform balancieren. Wenn du vorsichtig bist und es ganz langsam angehst, kannst du von der Plattform bis ganz nach unten klettern. Aber wenn du nicht so vorsichtig bist, kann der steile Abhang in Kombination mit großen, zerklüfteten Felsbrocken tödlich sein.

„Du hattest deine Chance, Bentley, und du hast die falsche Wahl getroffen. Jetzt musst du mit den Konsequenzen deines

Handelns leben." Eine starke Brise weht durch das Tal und spielt mit Sydneys dunklen Locken. Während sie sich ein paar Haare aus dem Gesicht streicht, fügt sie hinzu: „Ich werde dir nie verzeihen, Bentley."

Bevor ich ein weiteres Wort sagen kann, streckt Sydney ihre Arme aus und fällt rückwärts. Ich schreie ihren Namen und sehe hilflos zu, wie sie fällt. Ihr Körper prallt gegen einen Felsblock und krümmt sich in einem unnatürlichen Winkel, bevor er abrollt und ganz hinab ins Tal stürzt.

„Nein!"

Ich weiß nicht, ob es göttliche Intervention oder schiere Willenskraft ist, aber ich kann mich endlich bewegen. Ich hänge mich über die Kante der Plattform und klettere abwärts, weil ich Sydney unbedingt erreichen will. Ich rutsche aus und falle auch ein paar Mal fast hin, bevor ich sie endlich erreiche. Ich falle auf die Knie und wiege sie in meinen Armen.

„Ich bin bei dir, Baby. Ich bringe dich in ein Krankenhaus. Du wirst wieder gesund."

Als ich die dunkle, klebrige Pfütze unter ihrem Kopf und ihren keuchenden wahrnehme, weiß ich, dass ich nicht viel Zeit habe. Ihre Augenlider schließen sich, kurz bevor sich ihr Brustkorb mit einem Schaudern ausdehnt und sie anfängt, große Mengen Blut zu spucken.

„Fuck!" Ich kippe sie zur Seite, damit sie sich nicht verschluckt, und passe auf, dass ich sie nicht zu heftig bewege. „Halt dich fest, Syd. Halt dich einfach fest. Gib mir eine Sekunde, um herauszufinden, wie ich dich hier rausbringen kann, ohne es noch schlimmer zu machen."

Sydneys lange Wimpern heben sich und ein Blick aus blauen Augen trifft auf meinen. „Es ist ... zu ... spät."

„Nein!"

Ich halte sie in meinen Armen und versuche, ihren Körper anzuheben. Blut spritzt mir ins Gesicht, als sie wieder anfängt zu husten, und etwas davon gerät in meine Augen und verursacht einen roten Schleier. Ich blinzle hektisch und versuche, wieder klare Sicht zu bekommen, damit ich uns irgendwie hier rausbringen kann.

„Halt dich fest, Syd." Ich versuche, sie hochzuheben. „Ich habe es fast geschafft."

„Bentley ..." Wieder ein ersticktes Keuchen. „Hör auf. Du bist ... zu ..."

Mein Körper versteift sich, als ich spüre, dass ihrer schlaff wird. Sie hängt einfach so in meinen Armen, ohne zu keuchen oder zu husten.

Oder zu atmen.

„Nein, nein, nein, nein, nein!" Ich setzte sie vorsichtig ab und streiche ihr die blutgetränkten Haare aus dem Gesicht. „Sydney, Baby, bleib bei mir." Tränen rinnen über mein Gesicht und trüben meine Sicht fast vollständig. „Bleib bei mir, verdammt!"

Als ich ihr die Locken aus den Augen streiche, schießen mir ihre letzten Worte durch den Kopf.

Es ist zu spät.

Ihre Augenlider sind leicht geöffnet, aber die Energie, die sie einst ausstrahlte, ist vergangen. Ihre schönen blau-grünen Augen sind völlig leblos.

Genau wie sie.

Ich beuge mich über ihren bewegungslosen Körper und klammere mich an sie, als ob ich ihr dadurch wieder Leben einhauchen könnte. Als sich ihr Brustkorb nicht hebt und senkt, hallt ein ohrenbetäubender Schrei durch den Canyon. Es dauert einen Moment, bis ich merke, dass das Geräusch von mir selbst kommt. Ich schreie und weine, bis meine Kehle wund ist. Bis die Sonne über *dem Meer untergeht und uns in die Dunkelheit stürzt. Bis ich schließlich, wie viele Stunden später auch immer, vor Erschöpfung aufgebe.*

Kurz bevor ich in die Bewusstlosigkeit hinübergleite, flüstere ich: „Es tut mir so leid, Sydney. Es tut mir so verdammt leid.“

~

Ich fahre in die Parklücke direkt neben Sydneys Audi und steige sofort aus, nachdem ich den Motor abgestellt habe.

Sie lächelt, als sie mich sieht. „Hey, du.“

Ich fasse sie am Handgelenk und ziehe sie in Richtung Jefferson Hall. „Komm schon.“

Sydney geht im Laufschritt, um mit mir Schritt zu halten. „Whoa, Bentley. Was ist denn hier los? Wohin gehen wir?“

„Auditorium“, sage ich ihr.

Die Jefferson Hall ist das Gebäude für den Kunstunterricht. Dort gibt es eine Aula, und ich weiß zufällig aus Erfahrung, dass es dort keinen Vormittagsunterricht gibt und mehrere angenehm dunkle Ecken.

„Was? Warum?“

„Ich brauche dich.“

Ich kämpfe und versuche so verzweifelt, nicht wegen des schlimmsten Albtraums, den ich je hatte, auszuflippen, dass ich nicht in der Lage bin, mehr zu sagen. Das Bild von Syds Tod hat sich in mein Gehirn eingebrannt und ich brauche eine körperliche Verbindung zu ihr mehr als meinen nächsten Atemzug. Ich brauche den festen Beweis, dass es ihr gut geht. Dass sie zu mir gehört, zumindest im Moment.

Da ich Jazz' Drohung im Hinterkopf habe und nicht weiß, wie ich das Problem lösen soll, weiß ein Teil von mir, dass ich Sydney eher früher als später verlieren werde. Sie ist einfach zu gut für mich; sie wird mir meine Lügen niemals verzeihen. Offensichtlich hat mich mein Unterbewusstsein auf eine Art und Weise daran erinnert, dass meine Zeit abgelaufen ist, die man nur schwer ignorieren kann.

Ich reiße die Tür zur Aula auf und ziehe Syd den schrägen Gang hinunter, bis wir die Bühne erreichen. Ich springe auf und drehe mich um, um ihr die Hand zu reichen und ihr ebenfalls aufzuhelfen. Sie schaut mich zweifelnd an, aber sie wehrt sich nicht. Ich schiebe den schweren schwarzen Vorhang beiseite, sodass wir dahinter kriechen können. So sind wir ungestört, auch wenn jemand den Raum betreten sollte. Ich bezweifle zwar, dass das passieren wird, aber ich habe das Gefühl, dass ich alles tun muss, um ihre Würde zu schützen, wenn man bedenkt, wie spektakulär ich bei unserem ersten Treffen versagt habe. Natürlich wäre es am besten, sie *überhaupt* nicht in der Öffentlichkeit zu ficken, aber verzweifelte Zeiten erfordern verzweifelte Maßnahmen und so weiter.

„Bentley, was ist los?" Sydney entzieht sich meinem Griff. „Was ist los?"

„Ich brauche dich", wiederhole ich und drücke sie gegen die Rückwand.

Ihre Augen verdrehen sich, als ich ihre Oberschenkel von hinten packe und anhebe, bis sie sich um meine Taille legen. Zum Glück gibt es in Windsors Uniform keine Hosen für die Damen. Das mag zwar verdammt sexistisch sein, aber ich werde mich sicherlich nicht über den leichten Zugang beschweren, schon gar nicht jetzt. Mein Puls pocht in meinen Ohren, als meine Hand ihren Weg unter ihren Rock findet. Ich schiebe Sydneys Höschen beiseite und bringe ihr

Stöhnen mit einem Kuss zum Schweigen, während ich einen Finger in ihre enge Möse schiebe.

„Warte", keucht sie. „Das ist verrückt. Wir sind in der Schule. Jemand könnte uns sehen."

„Das wird nicht passieren." Ich küsse die schlanke Kurve ihres Halses, während mein Daumen Kreise um ihre Klitoris reibt. „Vor dem Mittagessen gibt es hier keinen Unterricht."

„Woher weißt du das?" Sie stöhnt, als ich einen zweiten Finger hinzufüge.

„Glaub es einfach. Mach dir keine Sorgen, ich passe auf dich auf." Ich pumpe meine Finger rein und raus und stelle mir vor, wie unglaublich sie sich an meinem Schwanz fühlen wird. „Jetzt mach mir die Hose auf, Syd, denn ich muss in den nächsten dreißig Sekunden in dich rein und meine Hände sind ein bisschen beschäftigt."

„Das ist verrückt", wiederholt sie und greift zwischen uns, um meinen Gürtel zu öffnen. Sydney verschwendet keine Zeit, kaum hat sie meinen Hosenstall geöffnet, greift in meine Boxershorts und legt ihre zarte Hand um mein Rohr.

„Egal." Ich drücke mich an den klatschnassen Eingang meines bildhübschen Mädchens.

Sie wimmert, als ich mit einem einzigen, sanften Stoß zum Höhepunkt komme. „Gott, Bentley."

Mit einem Stöhnen fällt mein Kopf in ihre Halsbeuge. „Scheiße. Nichts fühlt sich besser an als das."

Das Geräusch von Haut, die auf Haut trifft, und schweres Atmen erfüllen den sonst so stillen Raum, als ich anfange, mich ernsthaft zu bewegen. Ich knurre zustimmend, als Sydney ihre Hüften anwinkelt und mir Stoß um Stoß entgegenkommt. Sie fasst mir in die Haare und treibt mich damit noch mehr und schneller an. Ich packe ihren runden Hintern mit voller Wucht und genieße den Gedanken, dass ich blaue Flecken in Form von Fingerspitzen hinterlasse.

Ich war noch nie ein besonders besitzergreifender Typ – nicht einmal bei Rissa – aber diese Frau macht mich wahnsinnig. Alles an Syd ruft meinen inneren Neandertaler auf den Plan. Das Bedürfnis, sie zu beanspruchen, sie zu besitzen, überwältigt mich. Der Gedanke, sie zu markieren, und sei es an einem Ort, den nur wir sehen können, macht mich so verdammt heiß, dass ich weiß, dass ich nicht mehr lange durchhalte.

„Bentley …“ Sydneys Griff um mein Haar wird fester. „Scheiße. Ich komme gleich.“

„Komm schon, Baby. Gib's mir.“

Ich verbreitere meinen Stand und benutze die Wand, um ihr Gewicht zu stützen. Ich lege meinen Unterarm unter ihren Hintern und greife mit meiner jetzt freien Hand in ihren Nacken. Unsere Blicke treffen sich, als ich ein wenig zudrücke – nicht genug, um ihr die Luftzufuhr abzuschneiden, aber genug, um meinen Standpunkt klarzumachen. Diese Frau gehört mir. Sie weiß es, ich weiß es, und wenn es nach mir ginge, sollte es jeder verdammte Mensch auf der Welt wissen.

Jedenfalls, bis sie die Wahrheit herausfindet.

Als sich Syds Muschi um mich herum zusammenzieht, spannen sich meine Eier an und ein Blitz schießt mir durch den Rücken. Ein paar Stöße später folge ich ihr in die glückselige Vergessenheit, in der nichts außer uns existiert. Wir sehen uns in die Augen, als ich mich widerwillig zurückziehe, Sydney wieder auf die Füße stelle und ihn in meine Hose stecke, während sie ihr Kleid zurechtrückt. Erst als wir wieder bei Sinnen sind, merke ich, dass wir nicht verhütet haben. Plötzlich kommt mir der Vortrag meiner Mutter über Babys mit voller Wucht in den Sinn. Ich hatte noch *nie* Sex ohne Kondom.

„Scheiße.“

Sydney runzelt die Stirn. „Was?“

„Kein Kondom.“

Sie greift hoch und legt ihre Hand um mein Kinn. „Ich bin mir dessen bewusst. Mein unangenehm feuchtes Höschen ist eine deutliche Erinnerung daran.“

Ich grinse. „Bin ich ein totales Arschloch, weil ich mich über diese Tatsache freue? Und hast du gerade wirklich ‚feucht‘ gesagt? Ich dachte, alle Frauen hätten eine seltsame Abneigung gegen dieses Wort.“

„Es ist ein *schreckliches* Wort, es sei denn, du sprichst von Kuchen.“ Sie rümpft die Nase. „Wenn du dich dadurch besser fühlst, ich nehme die Pille. Schon seit Jahren, um meinen Zyklus zu regulieren, und du weißt, dass ich außer mit dir mit niemandem zusammen war, also … wenn es für dich passt, tut es das auch für mich.“

„Alles. Ich bin vorher noch nie ohne Sattel gefahren und habe einen Bluttest gemacht, kurz bevor du im Windsor aufgetaucht bist.“ Ich lehne mich gegen sie und küsse ihre Handfläche. „Tut mir leid, aber. Ich habe vorher nicht wirklich nachgedacht … ich *musste* einfach in dir sein.“

Ihre Zähne knabbern an ihrer vollen Unterlippe. „Was ist passiert, Bentley?“

Ich schlinge meine Arme um ihren Rücken und drücke mein Gesicht in ihren Nacken. „Mach dir keine Sorgen. Jetzt geht es mir besser.“

„Sprich mit mir, Bentley. Irgendetwas hat dich offensichtlich aufgebracht, bevor du zur Schule gekommen bist.“

Sie drückt gegen meine Brust, um sich aus meinem Griff zu befreien. „Vertraust du mir nicht?“

Ich lache fast über die Ironie. „Natürlich vertraue ich dir.“

„Und?“ Syds Augenbrauen heben sich erwartungsvoll. „Willst du mir nicht sagen, was dich bedrückt?“

Ich schüttle den Kopf. „Ich kann nicht.“

Sie runzelt die Stirn. „Warum nicht?“

Ich gehe ein paar Schritte zurück und knete die plötzlich angespannten Muskeln an der Basis meines Halses. „Weil.“

„*Warum?*“

Ich schaue ihr direkt in die Augen. „Denn wenn du es wüsstest, würdest du mich verachten!“ Ich senke meine Stimme und füge hinzu: „Ich habe mehr als genug Selbsthass für uns beide. Ich kann nicht zulassen, dass du mich auch noch hasst.“

Sydneys Gesicht verzieht sich. „Bentley …“

„Nein.“ Ich zeige auf sie. „Tu das nicht. Kein Mitleid.“

„Ich habe kein *Mitleid* mit dir. Ich will dir *helfen*.“ Sie wirft ihre Hände hoch. „Aber das kann ich nicht, wenn du mich außen vor lässt. *Lass mich rein*, Bentley!“

Mein Kiefer krampft sich zusammen, während ich wie ein eingesperrter Löwe hin und her laufe. Sydney wartet, sagt kein Wort, während ich das Chaos in meinem Kopf ordne. Scheiße, ich brauche eine Pille, damit ich klar denken kann. Ich kann mich nicht konzentrieren, wenn das Chaos so ohrenbetäubend ist. Ich greife in meine Tasche und taste nach dem kleinen Tütchen, das ich dort versteckt habe. Ich weiß, wenn ich sie vor ihr einnehme, wird das viele Fragen aufwerfen und sie noch mehr beunruhigen. Und das will ich nicht. Sie sollte sich keine Sorgen um ein Stück Scheiße wie mich machen müssen.

Aber ich kann nicht atmen. Die Enge in meiner Brust ist unerträglich. Schweißperlen stehen auf meiner Stirn und ich werde von Sekunde zu Sekunde nervöser. Ich habe das Gefühl, ich verliere meinen verdammten Verstand.

„Scheiß drauf", murmle ich, nehme die Pille und stecke sie mir in den Mund. In dem Moment, in dem ich sie herunterschlucke, spüre ich eine kleine Erleichterung, weil ich weiß, dass es bald wieder besser wird. Bis ich Sydneys Gesichtsausdruck bemerke.

„Was war das?! Was hast du gerade eingenommen?" Sie zerrt an meinem Arm. „Bentley, antworte mir."

„Scheiße!" Ich schlage meine Faust durch die Leinwand, die an der Seite aufgehängt ist. Ich bin mir sicher, dass die Theatergruppe nicht begeistert sein wird, wenn sie das klaffende Loch sieht, das ich hinterlassen habe.

Sie springt auf. „Bentley, beruhige dich. Du machst mir Angst."

Unsere Blicke treffen sich, und ich sehe die Wahrheit hinter ihrer Aussage.

„Scheiße." Ich fahre mir mit einer Hand durch die Haare und atme tief durch.

„Bentley." Sie ergreift meine Hand und verschränkt unsere Finger miteinander. „Was hast du gerade geschluckt?"

Verdammt noch mal. Warum konnte ich nicht warten, bis sie in den Unterricht ging?

Ich atme heftig aus. „Das ist keine große Sache. Nur ein paar Schmerztabletten."

Technisch gesehen ist das keine Lüge.

Ihre blauen Augen verengen sich. „Wie Tylenol?"

„Nicht ganz." Ich zucke mit den Schultern. „Eher die verschreibungspflichtige Variante."

„Ein Rezept auf *deinen* Namen?"

Ich zucke zusammen, weil ich weiß, dass es keinen Ausweg gibt. Es ist ja nicht so, dass mein Drogenkonsum ein großes Geheimnis wäre, aber abgesehen von der gelegentlichen Einnahme von E sind Pillen etwas Neues für mich, und ich will nicht, dass Syd mich für einen Junkie oder so hält.

„Sie helfen, den ganzen Scheiß, der mir durch den Kopf geht, zu beruhigen."

Sydney seufzt. „Bentley, es gibt andere Wege, mit dem fertig zu werden, was du gerade durchmachst. Ich wünschte, du würdest einfach mit mir reden. Oder überhaupt mit *jemandem* reden. Du wirst überrascht sein, wie heilsam das sein kann."

Ich muss mir meine bissige Antwort verkneifen. Wenn ich Syd oder jemandem, der mir wichtig ist, erzählen würde, was ich getan habe, würden sie mich so schnell vor die Tür setzen, dass mir schwindlig würde. Sie zu verlieren, würde ich kaum als Therapie bezeichnen.

„Es ist nicht so, dass ich süchtig bin; ich kann jederzeit aufhören. Ich nehme sie nur, weil das Gras nicht mehr wirkt. Es ist keine große Sache, Sydney. Ich habe mich unter Kontrolle."

Sie denkt darüber nach und ihre Skepsis ist deutlich sichtbar. „Okay."

Meine Augenbrauen heben sich. „Okay? Wirklich? Lässt es darauf beruhen?"

„Ja." Sydney nickt. „Du sollst nur wissen, dass ich für dich da bin, wenn du das Gefühl hast, dass du nachlässt, oder wenn du dich entscheidest, dass du reden musst. Okay?"

Meine Worte bleiben mir in der Kehle stecken. Ich ziehe sie an mich und lege meine Lippen auf ihre Schläfe. „Ich habe dich nicht verdient, Syd."

Sie schlingt ihre Arme um meine Taille und drückt zu. „Vielleicht schätzt du dich selbst nicht hoch genug ein. Denn so wie ich das sehe, verdienst du die Welt, Bentley."

Gott, wenn dem nur so wäre.

KAPITEL FÜNFUNDDREISSIG

Sydney

„Mann, Alte, du lebst meinen Traum. Wenn ich dich nicht so sehr lieben würde, würde ich dich hassen."

Ich lache, als ich den säuerlichen Blick auf Cams Gesicht sehe. „Wovon redest du?"

„Heute Morgen mit Bentley." Cameron greift unter den Empfangstresen, um den kleinen Mülleimer zu leeren. Ich hatte den ganzen Nachmittag hintereinander Kurse unterrichtet, also war die erste Gelegenheit, meiner besten Freundin alles zu erzählen, nachdem ich das Studio abgeschlossen hatte. „Ich würde einiges anstellen, damit mich ein Typ so *braucht*. Besonders bei jemandem, der so heiß ist wie Bentley. Du bekommst nicht nur tollen Sex, sondern auch das Wissen, dass du so wichtig für ihn bist, dass er sich so sehr nach dir sehnt, dass er keine Sekunde länger warten kann, um dich zu haben. Das ist verdammt heiß und gut für dein Ego."

Ich werde rot, wenn ich an unseren morgendlichen Quickie denke. Ich schwöre, jedes Mal, wenn Bentley und ich zusammen sind, wird heißer als das letzte Mal, aber heute hatte es etwas Urtümliches an sich. Etwas, das unser Zusammensein in neue Höhen trieb. Ich habe im Laufe der Jahre schon einiges an Aufmerksamkeit vom anderen Geschlecht bekommen, aber so eine … Ehrfurcht habe ich noch *nie* verspürt. So viel *Erleichterung*, einfach nur in meiner Nähe zu sein. Bentley tat so, als wäre ich ein magischer Balsam, der jeden Schmerz, der ihn quält, lindern kann.

„Ich wünschte nur, er würde mit mir reden, Cam. Er hält an etwas fest, das ihn ziemlich verwirrt." Ich seufze und überlege, ob ich den nächsten Teil mit ihr teilen soll oder nicht. Ein Teil von mir hat das Gefühl, dass ich Bentleys Privatsphäre verletze, aber der andere Teil muss unbedingt mit meiner besten Freundin darüber reden. „Es gibt etwas, das ich vorhin ausgelassen habe … etwas, das mich stört. *Und zwar sehr.*"

Sie runzelt die Stirn. „Was?"

„Bentley raucht also Gras und … nimmt auf Partys auch andere Sachen, richtig?"

„Und?" Cameron zuckt mit den Schultern. „Nicht viele Leute in unserem Alter tun das nicht."

„Was ist, wenn es mehr ein *Bedürfnis ist,* als sich auf einer Party auszutoben?"

Sie neigt ihren Kopf fragend zur Seite. „Wie eine Sucht?"

Ich nicke bestätigend.

„Ist es nicht super selten, von Mary Jane abhängig zu werden?"

„Ich rede nicht von Gras." Ich schlucke den Kloß in meinem Hals hinunter. „Ich habe gesehen, wie Bentley zweimal eine Pille geschluckt hat, wollte aber nicht, dass ich es sehe. Und beide Male war er wirklich erregt, als ob er es unbedingt brauchte."

„Hast du eine Ahnung, was er genommen hat?"

Ich lasse mich in einen der Stühle in der Lobby fallen. „Heute Morgen sagte er, es sei ein verschreibungspflichtiges Schmerzmittel, aber er hat nicht gesagt, welches. Ich weiß nicht, was es beim ersten Mal war."

Cam setzt sich neben mich. „Glaubst du, er ist süchtig nach Tabletten?"

Meine Schultern heben sich. „Ich weiß es ehrlich gesagt nicht. Er sagt, er sei es nicht. Und ich glaube, er glaubt das auch."

„Aber?" Ihre Augenbrauen steigen in Richtung ihres Haaransatzes.

„Aber … manchmal gibt er mir diese kleinen Einblicke in den Schmerz, den er in sich trägt. Ich glaube, er hat lange Zeit eine Maske getragen, um ihn zu verbergen, aber was auch immer es ist, es muss ziemlich intensiv sein."

„Und das ist die gleiche Sache, über die er sich weigert zu reden?"

„Ja." Ich atme tief ein und aus.

Cam stupst mich mit der Schulter an. „Syd, du weißt, dass ich dir nicht wehtun will, wenn ich das sage, aber warum lässt du dich auf diese Geheimniskrämerei ein? Du hast Besseres verdient."

Ich denke einen Moment darüber nach. „Weil ich nicht glaube, dass seine Geheimnisse irgendjemandem außer ihm wehtun."

„Glaubst du das wirklich?", fragt sie. „Was ist mit dem seltsamen Moment mit Jazz im Café? Du sagtest, du hättest das Gefühl, dass sie ihn deckt."

„Das glaube ich immer noch. Aber … ich denke, wenn es etwas Böses wäre, würde sie das nicht tun. Es ist ziemlich offensichtlich, dass Jazz niemandes Fußabtreter ist, meinst du nicht? Wir wissen beide, dass Bentley ein echtes Arschloch sein kann, aber mein Bauchgefühl sagt mir, wenn er sich so verhält – zumindest gegenüber Leuten, die es nicht verdienen – dann liegt das an dem, was ihn verfolgt. Ich glaube, es frisst ihn lebendig auf, Cam. Manchmal, wenn er denkt, dass die Leute nicht hinsehen, hat er diesen Ausdruck von purer, unverfälschter Qual auf seinem Gesicht."

„Ich hoffe, er bringt seinen Scheiß in Ordnung, Syd. Ich will nicht, dass du zum Kollateralschaden wirst."

Ich halte meinen Finger hoch und halte inne, als mein Handy mit einer SMS-Benachrichtigung brummt. Ich krame es aus meiner Hosentasche und runzle sofort die Stirn, als ich sehe, von wem die Nachricht ist.

„Oh, was zum Teufel will denn der?", murmle ich und zeige Cam mein Handy, bevor ich Zachs Nachricht öffne.

Zach: Ich glaube, ich war mehr als geduldig mit dir, Syd. Es ist an der Zeit, zu zahlen.

„Was zum Teufel soll das bedeuten?", fragt Cam.

„Würde ich auch gerne wissen."

Ich sollte ihn wahrscheinlich einfach blockieren, aber ich bin neugierig genug, um zu antworten.

Ich: Ich habe keine Ahnung, wovon du redest.

Er muss auf meine Antwort gewartet haben, denn er antwortet sofort.

Zach: Aber sicher doch.

Ich: Äh, nein, tue ich nicht.

Ich beobachte, wie die Punkte hüpfen, während er sich mit dem Tippen einer Antwort Zeit lässt.

Zach: Du willst, dass ich es dir buchstabiere? Na gut. Ich habe lange genug darauf gewartet, dich zu ficken, und ich warte nicht länger. Und bevor du versuchst, die Karte der errötenden Jungfrau zu ziehen, vergiss nicht, mit wem du hier redest und was ich weiß. Der unschuldige Akt mag deinen neuen Fickjungen hart machen, aber mir wäre es lieber, wenn du es wie die Hure nimmst, die du bist.

Cam keucht, als sie über meine Schulter liest. „Dieses Arschloch!"

Ich habe das Gefühl, dass mir gleich Dampf aus den Ohren kommt. „Für wen hält sich dieser Idiot?"

Wütend hämmere ich meine Daumen auf den Bildschirm, während ich ihm meine Meinung sage.

Ich: Da du offensichtlich Schwierigkeiten hast, dich daran zu erinnern, dass wir nicht mehr zusammen sind, lass es mich noch einmal sagen. Ich habe Schluss gemacht, ZACH, weil du ein lügendes, betrügendes Stück Scheiße bist. Ich werde dich NIEMALS ficken. Wenn es nach mir ginge, würde ich dein selbstgefälliges Gesicht nie wieder sehen. Aber da ich großzügig bin und mir jedes Mädchen leid tut, das du ins Bett kriegst, gebe ich dir einen Tipp. Dein Bleistiftschwanz beeindruckt NIEMANDEN. Wenn du eine Chance haben willst, ein Mädchen zu halten, solltest du lernen, wie man Muschis leckt, denn deine derzeitigen Fähigkeiten sind ein Witz. JEDES MAL, wenn du mich geleckt hast, habe ich es dir vorgespielt, und danach habe ich mir einen runtergeholt, während ich an jemand

anderen als dich gedacht habe. Also, verpiss dich, Zach. Versuch nicht, mich noch einmal zu kontaktieren, denn ich blockiere deine Nummer.

Zach: Das wirst du noch bereuen, Schlampe. Sag nicht, ich hätte dich nicht gewarnt.

Ich schreie, als ich seine Kontaktkarte aufrufe und ihn blockiere.

„Das ist kaum zu glauben.", höhnt Cameron. „Ich meine, vielleicht schon, wenn man bedenkt, dass es Zach ist, aber dieser Idiot hat Wahnvorstellungen."

Ich werfe mein Handy auf den leeren Stuhl neben mir. „Kein Scherz."

Cam steht auf und reicht mir die Hand. „Komm schon. Lass uns den Laden abschließen und auf dem Heimweg noch einen Milchshake holen. Ich zahle."

Ich lächle, denn meiner Meinung nach gibt es nicht viel, was ein Milchshake nicht wiedergutmachen kann. „Abgemacht."

Nach einer unruhigen Nacht, in der ich über Jungs nachgedacht habe, habe ich beschlossen, mich nicht mehr von negativen Gedanken leiten zu lassen. Ich werde diesen neuen Tag als Chance nutzen, um über meinen Arschloch-Ex hinwegzukommen. Ich werde mich auf die Dinge konzentrieren, die ich kontrollieren kann, wie mein Vortanzen auf der LASPA oder die Zeit mit Bentley und meinen Freunden zu genießen. Wenn Bentley sich eines Tages so weit ist, über seinen seelischen Ballast zu sprechen, werde ich für ihn da sein. Aber ich werde ihn nicht dazu zwingen,

Dämonen auszugraben, denen er sich nicht stellen will, auch wenn ich ihm noch so gerne jetzt schon helfen würde.

Apropos, mein unglaublich sexy Freund … Ich lächle, als ich Bentley und seine Freunde auf dem Windsor-Parkplatz an Jazz' Geländewagen lehnen sehe. Ich fahre auf den leeren Platz neben ihnen, schalte in die Parkstellung und stelle den Motor ab. Noch bevor ich dazu komme, öffnet Bentley meine Tür und zieht mich in einen Kuss.

„Dir auch einen guten Morgen", sage ich.

Seine braunen Augen funkeln zu gleichen Teilen amüsiert und lustvoll. „Hi."

„Hey, Syd", ruft Jazz hinter Bentley. Sie ist so winzig, dass er sie komplett verdeckt.

Bentley tritt zur Seite, damit ich sie endlich sehen kann. „Hey."

Kingston und Reed nicken mir zu, während Ainsley sagt: „Morgen, Sydney".

„Morgen", wiederhole ich. „Habt ihr auf mich gewartet?"

Bentley zeigt sein unanständiges Lächeln. „Ich habe ihnen gesagt, sie sollen verschwinden, aber sie wollten nicht hören. Na ja, Jazz und Ainsley zumindest, und die anderen beiden Verlierer gehen, wohin sie wollen, also …"

„Verpiss dich, Fitzgerald", murmelt Kingston.

Zur gleichen Zeit zeigen Reed und Jazz Bentley den Mittelfinger.

Ainsley rollt mit den Augen. „Ach, halt die Klappe."

„Kannst du dir vorstellen, was für einen Scheiß ich mir dauernd gefallen lassen muss?" Bentley nickt mit dem Kopf in Richtung der Gruppe. „Ich brauche neue Freunde."

Ich lache. „Nun, ich finde sie ziemlich großartig."

Jazz und Ainsley lächeln, bevor sie Bentley die Zunge

herausstrecken. Ihre Freunde sind immer noch still und grüblerisch, aber ich weiß, dass sie sich innerlich auch freuen.

Bentley legt einen Arm um meine Schultern und neigt seinen Kopf in Richtung des Gebäudes, in dem unsere ersten Kurse stattfinden. „Wollen wir?"

Als wir zu sechst den Parkplatz überqueren, lächle ich und denke darüber nach, wie ich an diesen Punkt in meinem Leben gekommen bin. Als mein Vater zum ersten Mal erwähnte, dass er wollte, dass ich nach Windsor wechsle, habe ich mich mit aller Macht dagegen gewehrt. Ich hatte kein Interesse daran, die zweite Hälfte meines Abschlussjahres an einer neuen Schule zu absolvieren. Aber so wütend ich auch war, als er mir sagte, dass das nicht zur Diskussion stehe, glaube ich jetzt fast, dass es vielleicht so sein sollte.

Wenn ich nicht nach Windsor gekommen wäre, wäre Bentley vielleicht nie wieder in mein Leben getreten. Er wäre nur eine verschwommene, aber liebevolle Erinnerung geblieben. Vielleicht hätte ich mich immer gefragt, ob er der Eine gewesen wäre. Und ich hätte nie Jazz oder Ainsley kennengelernt, mit denen ich mich sofort so verbunden gefühlt habe, so wie Cam und ich in der dritten Klasse. Es könnte nur noch besser werden, wenn Cameron auch hier wäre.

Gerade als wir die Abzweigung erreichen, an der Ainsley zu einem anderen Gebäude abbiegen muss, ertönt eine Reihe von SMS-Tönen in der Schülermenge, sodass die meisten stehen bleiben, auch wir. Mein Gesichtsausdruck spiegelt wahrscheinlich die Verwirrung in den Gesichtern aller wider, die sich fragen, warum wir alle gleichzeitig eine

Nachricht erhalten. Während ich in meiner Tasche krame, beschleicht mich eine seltsame Vorahnung.

„Oh, Scheiße", murmeln Kingston und Reed, als sie auf ihre Handys schauen.

Jazz schaut auf ihr Telefon, Tränen bilden sich in ihren Augen. „Oh mein Gott."

Ainsley stöhnt auf, als sie auf den Bildschirm ihrer Freundin schaut.

„Was steht da?", frage ich und krame in meiner Tasche.

Bentley erstarrt neben mir, als er seine Nachrichten öffnet. „Sydney. Lass das. Lass uns einfach hier rausgehen, okay? Wir müssen reden."

Ich runzle die Stirn. „Was? Warum?"

Bentley zupft an meinem Arm. „Ich erkläre es dir im Auto. Los geht's."

Ich entziehe mich seinem Griff. „Bentley, hör auf. Was ist hier los? Warum verhältst du dich so seltsam?"

Gerade als ich mein Handy entsperre, werde ich von einer Welle von Buhrufen, Beleidigungen und Gelächter umgeben. Als ich aufschaue, sehe ich Dutzende von Augen in meine Richtung gerichtet. Barbie, alias Rebecca, steht mit einem selbstgefälligen Lächeln im Gesicht in der Mitte.

Was zur Hölle?

Bentley greift nach meinem Handy, aber mein Griff ist fest, also bleibt es in meiner Hand. „Sydney, im Ernst. Lass das. Lass uns einfach abhauen." Sein panischer Blick wandert zu Kingston. „Kumpel."

Kingston nickt. „Ich rufe meinen Techniker an und lasse es löschen."

Jazz tritt vor und umfasst meine Hand mit ihrer eigenen. „Sydney. Du musst von hier verschwinden. Lass sie deine

Reaktion nicht sehen. Wir werden uns darum kümmern." Sie deutet auf die Menge.

„Wovon redet ihr?" Meine Stimme wird in meiner Panik immer lauter. Ich weiß, dass das, was auf diesem Telefon ist, nichts Gutes bedeutet und ich vermute, dass es irgendwie mit mir zu tun hat. Ich nehme Jazz' Hand sanft weg und schaue auf mein Handy. Vor Schreck lasse ich es fast fallen und Tränen steigen sofort in meine Augen. „Was ist das?! Wo kommt das denn her?"

Auf meinem Handy – und wohl auch auf dem aller anderen – ist ein Bild von Bentley und mir von dem Abend, an dem wir uns kennengelernt haben. Mir wird übel, als es eine Erinnerung von später am Abend auslöst.

„Komm schon, Baby", sagt der erste Kerl und streichelt mich, wobei er meine schwachen Versuche, ihn wegzustoßen, völlig igno-riert. „Du weißt, dass du mir einen blasen willst, und zu deinem Glück bin ich heute in Geberlaune."

„Nein", murmle ich. „Ich ... will ... das nicht. Wo ist ... Linz?"

„Schatz, du schuldest uns was. Du hast uns so hart gemacht, als du dem Typen vorhin einen geblasen hast. Du kannst uns nicht einfach so zurücklassen", sagt der Zweite und streichelt sich, während er auf mich herabschaut. „Wir haben nicht viel Zeit, Süße, also sei ein gutes Mädchen und benutze deinen hübschen Mund für etwas Besseres als zum Reden."

Ich versuche mich abzuwenden, als er sich auf das Bett kniet und mit seiner Erektion in der Hand näher kommt, aber ich kann keinen Muskel bewegen. Ich bin zu müde. Mir ist schwindelig.

„Nein", wimmere ich und bringe sie damit beide zum Lachen.

„Mach dir keine Sorgen, Babe. Wir werden es dir richtig gut besorgen."

Ich löse mich aus der Erinnerung und die Tränen laufen

mir über das Gesicht. Das Bedürfnis zu fliehen ist überwältigend, also tue ich genau das. Ich höre, wie jemand hinter mir herläuft und meinen Namen ruft, aber ich schenke ihm keine Beachtung. Ich will einfach nur zu meinem Auto und von hier verschwinden.

„Sydney, warte!" Bentley zieht mich am Arm und wirbelt mich herum, als ich meine Autotür öffne. „Ich komme mit dir."

Ich falle fast um, wenn ich daran denke, was Zach auf der Party in Malibu zu mir gesagt hat, und mir wird klar, was dieses Bild bedeutet. Der Stich des Verrats ist so scharf, dass er mir den Atem raubt.

„Wie konntest du nicht leicht zu haben sein, nachdem du gesehen hast, was du mit ihm *mitten in einem überfüllten Raum gemacht hast? Ich meine, wenn du so etwas in der Öffentlichkeit machst,* musst du doch auch *im Bett ein Freak sein, oder? Ich schätze, bei der Geschichte bin ich wohl der Angeschmierte."*

Bentley versteift sich an meiner Seite und *ich frage mich, was das zu bedeuten hat, aber ich habe im Moment Wichtigeres zu tun.*

„Ich bin verwirrt. Wovon redest du eigentlich? Ich habe noch nie etwas mit *jemandem in der Öffentlichkeit gemacht. Und was sollen das für Beweise sein?"*

„Ach ja, richtig, du hast keine Ahnung, oder? Denn das war dieselbe Nacht, in der deine Cousine deine Drinks aufgemischt hat. Vielleicht ist das mein Problem. Vielleicht kommt deine innere Schlampe nur zum Vorschein, wenn du unter Drogen stehst."

Bentley stürzt sich auf ihn. „Du Scheißkerl."

Ich stelle mich zwischen die beiden Arschlöcher und bin fest entschlossen, herauszufinden, was zum Teufel hier los ist. Das Publikum, das wir in diesem Moment versammelt haben, ist mir völlig egal.

„Bentley, halt dich da raus. Das ist mein Problem, nicht deins."

Bentleys Kiefer verkrampft sich vor Verärgerung, aber er ist klug genug, den Mund zu halten.

„Erklär mir das, Zach."

Er lacht. „Nein, ich glaube nicht, dass ich das werde. Du wirst es früh genug herausfinden und ich werde es verdammt genießen, wenn du es tust. Bis später, Syd. Ich werde mal sehen, was Liv so treibt."

Bentley stürzt sich wieder auf ihn, als Zach weggehen will, aber ich halte mich an der Rückseite seines Hemdes fest. „Das ist er nicht wert."

Bentleys Nasenlöcher blähen sich. „Einen Scheiß ist es."

Ich verenge meine Augen. „Warum habe ich das Gefühl, dass du weißt, wovon Zach gesprochen hat?"

„Das weißt du nicht?" Er starrt mich einen Moment lang an. „Ernsthaft? Du hast keine Ahnung?"

Bentleys Reaktion auf Zachs Aussage bestätigt, dass er schon damals davon wusste. Sicher, wir wurden kurz danach unterbrochen, also könnte ich vielleicht darüber hinwegsehen, dass er es mir an diesem Abend nicht gesagt hat. Aber … seitdem hatte er *jede Menge* Gelegenheiten, es zuzugeben. Der Bastard hat mir die ganze Zeit ins Gesicht gelogen und mich für dumm verkauft, während ich mich in ihn verliebt habe.

Ich werfe meine Tasche ins Auto und stoße Bentley mit so viel Kraft wie möglich von mir, ohne mich um unser Publikum zu kümmern. „Den Teufel wirst du tun!"

Er hält seine Handflächen nach außen. „Ich bin nicht dafür verantwortlich, dass das Bild geteilt wurde! Ich schwöre bei Gott, Syd."

Ich schniefe und wische mir die restlichen Tränen mit dem Ärmel ab. „Das bist doch *du* auf dem Bild, oder nicht?"

Bentley schließt kurz die Augen. „Offensichtlich."

Mein Blick schweift zu Kingston und Reed. „Woher kommt das überhaupt? Hat es einer deiner Kumpels aufgenommen? *Hast du sie darum gebeten?*" Kingstons Kiefermuskeln zucken, als wäre er sauer, dass ich ihn beschuldige, aber das ist mir im Moment scheißegal.

„Nein!", beharrt Bentley hartnäckig. „Ich wusste nicht einmal, dass es Bilder gibt, bis ich sie von irgendwelchen Leuten zugeschickt bekommen habe!"

Oh Gott, es gibt mehr davon?

„Aber du wusstest es doch, oder? Um das klarzustellen, das *ist es*, was du sagst, richtig?"

Er nickt ernst und krächzt: „Ja."

„Und du dachtest nicht, dass *ich* das irgendwann auch wissen sollte? Als ich dir sagte, dass ich mich an diese Nacht kaum noch erinnern kann, hattest du die *perfekte* Gelegenheit, mir reinen Wein einzuschenken! Du hättest mir sagen sollen, dass wir es schon einmal so getrieben haben, und das auch noch in aller Öffentlichkeit! Du hättest mich warnen können, dass es Bilder von uns gibt, von mir, von dem *hier*, aber das hast du nicht getan. Warum, Bentley?"

Ich zwinge mich, die Tränen in seinen Augen zu ignorieren. „Ich weiß es nicht."

„Wie konntest du mir das antun? Bist du wirklich so grausam? Weißt du, ich dachte, wir hätten hier etwas wirklich Gutes. Was für ein Dummkopf ich doch war, hm?"

Wie konnte ich mich nur so in ihm täuschen?

„Nein!", schreit er. „Syd, du bist das Beste, was mir je passiert ist. Ich wollte es dir sagen. Ich wollte nur …"

Ich hob meine Hand, um die Lüge zu unterbrechen, die er gerade ausspucken wollte. „War die ganze Sache Teil eines kranken Spiels? Haben du und die beiden Arschlöcher, die mich angreifen wollten, gemeinsame Sache geemacht? Ist das eine abgefuckte Version von 'Notches on a Bedpost'?"

Bentleys Espresso-Augen weiten sich. „Was?! Nein! Welche Arschlöcher? *Du wurdest in dieser Nacht attackiert?"*

„Stell dich nicht dumm, Bentley."

„Das tue ich nicht", beharrt er. „Ich schwöre, dass ich die Wahrheit sage, Syd."

Ich stoße ein hämisches Lachen aus. „Warum sollte ich dir glauben? Weil du bis jetzt immer so ehrlich warst?" Als er nichts sagt, schüttle ich den Kopf und setze mich hinter das Steuer. „Halt dich verdammt noch mal von mir fern. Du bist nicht der, für den ich dich gehalten habe."

Er hält meine Tür fest, als ich sie schließen will. „Nein! Du verstehst das nicht! Bitte, gib mir eine Chance, es zu erklären."

„Fahr zur Hölle, Bentley."

„Sydney, warte!", ruft Jazz.

Ich schüttle den Kopf. „Können wir das bitte nicht jetzt machen? Ich muss hier raus."

Jazz nickt. „Ich weiß, dass du hier rausmusst – glaub mir, ich weiß besser als jeder andere, was du gerade durchmachst. Ich bringe dich, wohin du willst, keine Fragen. Ich finde nur nicht, dass du dich jetzt hinters Steuer setzen solltest."

Ich weiß, dass sie recht hat. Ich sollte nicht fahren, wenn ich so erregt bin. Aber kann ich ihr wirklich vertrauen? Oder steckte sie in der ganzen Sache mit drin? Ich beschließe, auf Nummer sicher zu gehen. Was kann es schon schaden, wenn sie mich irgendwo hinfährt?

Ich seufze. „Gut.“

Ich entriegele die Türen auf und gehe vorn um mein Auto herum, um auf der Beifahrerseite einzusteigen. Als ich das tue, greift Bentley wieder nach mir, aber Jazz und Ainsley blockieren ihn, ihre Stimmen sind zu leise, um zu verstehen, was sie sagen.

Ainsley hüpft auf den Rücksitz, während Jazz den Sitz und die Spiegel einstellt. „Ist es okay, wenn ich mitkomme?“

„Das ist mir egal, solange wir hier rauskommen.“

Aus den Augenwinkeln sehe ich, wie sich die Jungs angeregt unterhalten, aber ich weigere mich, in Bentleys Richtung zu schauen.

Jazz legt den Rückwärtsgang bei meinem Audi ein. „Wo soll ich hin?“

„Cambridge Prep“. Ich gebe den Standort in mein Navi ein und greife dann nach meinem Handy, um meiner besten Freundin eine SMS zu schicken. „Bitte, bring mich zu Cameron.“

Das Navi zeigt an, dass wir etwa fünfundzwanzig Minuten entfernt sind, also lehne ich mich zurück, setze meine Sonnenbrille auf und hoffe, dass keiner der beiden versucht, mich auf der Fahrt dorthin anzusprechen.

KAPITEL SECHSUNDDREISSIG

Sydney

„Scheiße!" Jazz tritt so abrupt auf die Bremse, dass ich nach vorn fliege, bis der Sicherheitsgurt einrastet. „Wo zum Teufel kommt die denn her?"

Cam, die von der Treppe des Hauptgebäudes in Cambridge gesprungen ist und dabei fast überfahren wurde, sieht mich auf dem Beifahrersitz sitzen und macht sich auf den Weg zu mir. Ich glaube, Jazz hat nicht einmal die Chance, in den Parkmodus zu schalten, bevor ich aus dem Auto springe und zu ihr renne. Gott sei Dank findet gerade Unterricht statt, sodass wir nur zu viert sind.

„Pst, Syd." Cam streichelt mir über den Hinterkopf, als ich mich an ihrer Schulter ausheule. „Es wird alles gut. Wir werden herausfinden, wer die Bilder verschickt hat und dafür sorgen, dass er es bereut."

Warte mal kurz ...

Als ich Cam eine SMS schrieb, sagte ich ihr, dass ich sie brauche, und sie sagte, sie würde mich vor der Schule treffen. Ich bin *nicht* ins Detail gegangen, *warum* ich sie brauchte.

Ich ziehe mich zurück und wische mir über die Augen. „Du weißt es?! *Woher?*"

Sie runzelt verwirrt die Stirn. „Die gesamte Schülerschaft von Cambridge hat etwa zwei Minuten vor dem Läuten der Schulglocke eine SMS bekommen. Ich nehme an, dass alle sie bekommen haben, aber ich bin mir nicht sicher, denn nur ein paar Dutzend waren zu diesem Zeitpunkt noch draußen. Ich wollte dich gerade anrufen, als deine SMS ankam. Ich bin hier draußen geblieben, um zu warten, anstatt zur ersten Stunde zu gehen."

„Oh, Gott." Ich lasse mich auf den Bordstein sinken und habe ein mulmiges Gefühl in der Magengegend. In Cambridge beginnt der Schultag nur fünf Minuten nach Windsor, was bedeutet, dass die SMS nacheinander verschickt wurden.

Cam setzt sich neben mich. „Das ist *nicht der* Grund?"

Jazz und Ainsley gesellten sich zu uns, nachdem Jazz mein Auto an die Seite gezogen hatte.

„Alle bei Windsor haben es zuerst bekommen." Ich bedecke mein Gesicht mit meinen Händen. „Ich schäme mich so. Ich kann nicht glauben, dass ich das getan habe. Ich bin für sexuelle Freiheit und so, aber das ist so … nichts, was *ich* tun würde. Und die Tatsache, dass es Fotos gibt, die beweisen, dass ich offensichtlich darauf stand, egal, ob jemand zusieht? *Oh Gott.* Wer weiß, wie viele Leute dieses Bild in den letzten zwei Jahren in irgendeiner Form gesehen haben?"

Cam reibt mir den Rücken. „Schatz, du wurdest unter Drogen gesetzt. Und nicht nur irgendwelche Drogen. Sondern solche, die deine Hemmschwelle ziemlich hoch angesetzt haben. Mach dir deswegen keine Vorwürfe."

Ich werfe ihr einen Seitenblick zu. „Das hast gut reden, wenn du nicht diejenige bist, die unfreiwillig zum Amateur-Pornostar wurde. *Tausende von* Menschen haben mich mit einem Schwanz im Mund gesehen, Cameron." Ich stöhne. „Oh Gott."

Sie schenkt mir ein sanftes Lächeln. „Wenigstens sahst du dabei verdammt heiß aus."

Ich schnaube und schniefe gleichzeitig. „Sowas kann auch nur von dir kommen."

Cam zuckt mit den Schultern. „Ich meine ja nur. Du musst die positiven Seiten sehen."

Ich seufze. „Ich verstehe nicht, was daran positiv sein soll."

Jazz kommt zu mir. „Sydney, erinnerst du dich daran, dass ich gesagt habe, ich wüsste, was du durchmachst?" Sie wartet auf meine Bestätigung, bevor sie fortfährt. „Als ich das erste Mal nach Windsor kam, gab es eine Party. Ich unterhielt mich mit einem Typen von der UCLA, der etwas in mein Getränk getan hat, während ich auf der Toilette war. Ich hätte es besser wissen müssen, dass ich nicht aus einem unbeaufsichtigten Becher trinken sollte. Ich meine, ich *wusste* es besser, aber ich war in dieser Nacht nicht ganz klar im Kopf." Sie schenkt mir ein reumütiges Lächeln. „Ich war wütend auf Kingston und konnte an nichts anderes denken. Er hatte damals eine Art, meine Gedanken vollkommen für sich zu vereinnahmen."

Ainsley schnaubt. „*Nur* damals, hm?"

Jazz zeigt ihr den Mittelfinger. „Wie auch immer … Ich habe dann mit zwei Typen gleichzeitig rumgemacht und … ich war dabei vielleicht sogar oben ohne. Sie wussten nicht, dass ich unter Drogen stand, als es passierte, aber das ist nebensächlich. Aus dem Video, das am darauffolgenden Montag an die gesamte Schülerschaft von Windsor verschickt wurde, geht hervor, dass ich verdammt gut drauf war. Und zwar so richtig, *richtig gut*. Wie du dir vorstellen kannst, hat das die Gerüchteküche und die bösen Mädchen ganz schön in Wallung gebracht."

Meine Augen weiten sich. „Was hast du getan? Hast du jemals herausgefunden, wer dafür verantwortlich war?"

Wenn ich mich nicht täusche, zucken Jazz und Ainsley kurz zusammen. „Ich glaube, ich sollte vorausschicken, dass er einen Grund dafür hatte. Einen *törichten* Grund, wohlgemerkt, ausgelöst von einem Rachefeldzug. Das macht mich bis heute wütend, aber ich verstehe jetzt, warum er das getan hat, und er hat es seitdem wieder gutgemacht."

Ich schüttle den Kopf. „Ich kann dir nicht folgen."

Jazz knabbert an ihrer Unterlippe. „*Kingston hat* das Video und ein paar Standbilder veröffentlicht. Er und … äh, Bentley waren die Jungs, mit denen ich rumgemacht habe. Und Reed hat die ganze Sache gefilmt."

„Whoa", murmelt Cameron. „Damit habe ich nicht gerechnet."

Mir fällt die Kinnlade runter. „Ähm … Ich weiß nicht so recht, was ich dazu sagen soll."

Ich wusste bereits, dass Jazz und Bentley früher herumgemacht haben, womit ich mich abgefunden hatte, aber die Tatsache, dass es fotografische Beweise dafür gibt *und dass es* mit einem Plan zu tun hatte, Jazz weh zu tun? Das ist ein ziemlich starker Tobak.

„Das ist ziemlich schwer zu verdauen." Sie rümpft die Nase und ringt die Hände. „Und ich habe eine Weile gebraucht, um darüber hinwegzukommen. Ich vertraue Menschen nicht blind, und wenn jemand mein Vertrauen missbraucht, gebe ich ihm normalerweise keine zweite Chance. Die Jungs mussten *hart* arbeiten, um es wiedergutzumachen, aber sie haben es geschafft. Manchmal tun gute Menschen schlechte Dinge, Syd. Ich weiß, dass Bentley in letzter Zeit einige wirklich beschissene Entscheidungen getroffen hat, aber er ist immer noch einer der besten Menschen, die ich je getroffen habe. Das meine ich wirklich ernst."

Ich schüttele den Kopf. „Das spielt keine Rolle. Was auch immer Bentley und ich hatten, ist vorbei."

Jazz zieht eine Augenbraue hoch. „Glaubst du das wirklich? Du musst doch wissen, dass Bentley nichts mit dem Versand dieser Bilder zu tun hatte."

„Wie kannst du dir so sicher sein?", frage ich. „Er hatte kein Problem damit, intime Fotos von *dir* zu verschicken."

Jazz schüttelt den Kopf. „Das war damals voll und ganz Kingstons Werk. Ja, Bent und Reed sind schon große Jungs, die durchaus in der Lage wären, Nein zu sagen, aber zu dem Zeitpunkt waren sie Kingston hundertprozentig treu. Sie waren vielleicht nicht mit allem einverstanden, aber sie wussten, dass Kingston glaubte, einen triftigen Grund zu haben, und das war ihnen gut genug. Zumindest sind die drei sehr loyal. Wenn sie dir einmal treu ergeben sind, wirst du sie nicht mehr los. Sydney, ich habe keinen Zweifel, dass

Bentley starke Gefühle für dich hat. Er würde dich nie absichtlich verletzen."

Ich runzle die Stirn. „Er hat mir absichtlich etwas Wichtiges vorenthalten. Meiner Meinung nach ist ein Verschweigen immer noch eine Lüge, vor allem wenn es um etwas geht, das jemand wissen müsste. Und ich habe *verdammt noch mal* einen Anspruch darauf, zu wissen, was an diesem Abend passiert ist. Jeder Kontakt, den ich mit Bentley hatte, seit ich nach Windsor gekommen bin, ist nun mit einem Fragezeichen versehen. Ich habe ihn ganz offen gefragt, woran er sich an erinnert an dem Abend, an dem wir uns getroffen haben. *Ich sagte ihm, dass* ich unter Drogen stand und fast gar nichts mehr weiß. Er hatte *die perfekte Gelegenheit, die Wahrheit zu sagen,* aber er tat es nicht. Ich kann das nicht einfach verzeihen *oder* vergessen, Jazz. Ich kann nicht mit jemandem zusammen sein, dem ich nicht vertraue."

„Wir sagen nicht, dass das, was er getan hat, richtig war", mischt sich Ainsley ein. „Aber ich denke, du solltest mit ihm reden. Es steht mir nicht zu, dir Einzelheiten zu erzählen, aber in der Nacht, in der du und Bentley euch kennengelernt habt, ist etwas passiert. Etwas *Schreckliches, das sein Leben verändert hat,* und seit er es am nächsten Morgen erfahren hat, ist er völlig durcheinander. Wir waren alle betroffen, aber Bentley hat es härter getroffen als den Rest von uns. Wenn du die Wahrheit wüsstest … wenn du wüsstest, was ihn antreibt … Ich glaube, du würdest anders denken."

„Ich weiß, *dass* ihn etwas bedrückt", gebe ich zu. „Und ich habe versucht, ihn zum Reden zu bringen, weil ich ihm helfen wollte. Aber Bentley hat sich geweigert, mit mir zu reden, und ich kann es nicht aus ihm herauspressen. Du kannst niemandem helfen, der sich nicht helfen lassen will. Ich weiß, dass er dein Freund ist und ich schätze, was du versuchst zu tun, aber ich muss mich jetzt auf mich selbst konzentrieren."

Jazz stupst mich mit der Schulter an. „Wir sind auch *deine* Freundinnen, Sydney. Weder Ainsley noch ich sind hier auf einer Seite. Wir wollen, dass ihr *beide* glücklich seid. Ihr müsst nur herausfinden, wie ihr das schaffen könnt.

„Wie soll ich mich jemals wieder in Windsor blicken lassen?" Ich stöhne und drehe meinen Kopf in Richtung der Schule hinter mir. „Und da sie es auch bekommen haben, ist es auch keine Option, hierher zurückzukommen. Scheiße, was ist, wenn das Bild an die Schulleitung geschickt wird?"

Der Gedanke, dass mein Vater das sieht, lässt mir die Galle hochkommen.

„Syd, wenn dein Vater nicht gerade dein Telefon in die Finger bekommt, wird die Fakultät auf keinen Fall Wind davon bekommen", mischt Cam sich ein.

Ich seufze erleichtert, weil ich weiß, dass sie recht hat. „Es ändert trotzdem nichts an der Tatsache, dass mich jeder einzelne Schüler so gesehen hat. *In beiden Schulen.*"

Jazz nimmt meine Hand und drückt sie. „Ich weiß, dass es nicht leicht sein wird, aber du musst morgen früh erhobenen Hauptes in die Schule gehen, als wäre nichts passiert. Lass nicht zu, dass diese Arschlöcher Macht über dich haben. Ainsley und ich werden die ganze Zeit bei dir sein."

Ich drücke ihre Hand ebenfalls und bin dankbar für das Angebot. „Ich verstehe immer noch nicht, warum mir jemand so etwas antun würde. Was wollte der- oder diejenige damit erreichen?" Ich balle meine Fäuste, als mir ein Gedanke kommt. Es *gibt* jemanden, der ein Motiv hat, so etwas zu tun, und er ist ein so großes Arschloch, dass er es tatsächlich durchziehen würde. „Zach."

„Dieser Scheißkerl!", schreit Cam. „Er muss es sein! Nach den SMS, die er dir gestern Abend geschickt hat … was sonst könnte er damit gemeint haben?"

„Welche SMS?" Ainsley und Jazz fragen beide.

„Dieses Arschloch hat Sydney gestern Abend ein paar kryptische Nachrichten geschickt, in denen er versucht hat, sie zu erpressen, damit sie mit ihm schläft. Er hat ihr gesagt, dass sie es bereuen wird, wenn sie ihn abweist." Cameron steht auf, als ob sie sich darauf vorbereiten würde, in das Gebäude zu marschieren. „Ich bringe ihn um. Oder ich trete ihm zumindest so fest in die Eier, dass er seine Hoden zum Abendessen isst."

Ich stehe auf und ziehe sie an ihrem marineblauen Blazer zurück. „Bleib stehen, Killer. Ich werde nicht zulassen, dass du suspendiert wirst oder noch Schlimmeres, weil du dich für mich einsetzt." Die Glocke läutet und zeigt damit an, dass der Unterricht zu Ende ist.

Cam wirft ihre Hände in die Höhe. „Es ist mir scheißegal, ob ich suspendiert werde. Lass mich zu ihm, Syd. Ich wette, ich kann ihn finden."

Ich ziehe fester, als sie wieder versucht, loszustürmen. „Setz dich hin, Cameron. *Wenn* es Zach war, werde *ich* einen Weg finden, ihn dafür bezahlen zu lassen."

„Also gut." Sie lässt sich ärgerlich auf den Boden plumpsen.

Kurz bevor ich wieder Platz nehmen kann, öffnen sich die Eingangstüren der Schule und kein Geringerer als der Arsch selbst kommt mit einem süffisanten Grinsen heraus.

„Sieh an, sieh an, sieh an. Schau mal, wen wir hier haben:

LAs neuester Pornostar." Zach kommt auf uns zu und ignoriert das Feuer in meinen Augen. „Du bist heute die angesagteste Geschichte in Cambridge. Ich nehme an, das gilt auch für deine neue Schule. Das verdanke ich meiner lieben Freundin Rebecca, die mir dankenswerterweise als Büroassistentin Zugang zu ihrem Verzeichnis verschafft hat. Ich wette, du wünschst dir jetzt, du hättest mein Angebot angenommen, nicht wahr, Syd?"

Ich höre hinter mir ein Scharren und Cameron flucht wie ein Hafenmeister, aber ich beachte sie nicht, denn ich konzentriere ausschließlich mich auf das Arschloch vor mir. Als er nur noch einen Meter von mir entfernt ist, bin ich so wütend, dass ich sofort mit der Faust aushole und sie ihm mit einem herrlichen Knirschen direkt auf die Nase schlage.

„Du verdammte Schlampe!", schreit er und hält sich die Hände über die Nase, während Blut über sein Gesicht läuft.

„Fick dich!", schreie ich und schüttle meine Hand aus. *Autsch.* „Ich hoffe, sie ist gebrochen, du Mistkerl!"

Hinter mir ist noch mehr Gescharre zu hören, bis Cam an mir vorbeirennt, ihre Hände auf Zachs Schultern stützt und ihr Knie direkt in seine Eier stößt, sodass er sich vor Schmerzen krümmt. Als er sich auf dem Bürgersteig in die Fötusstellung kauert, tritt Cam ihm zur Sicherheit noch gegen das Schienbein, sodass er aufjault.

„Du dummer, mikroskopisch kleiner Wichser!" Sie knallt ihren spitzen Schuh gegen sein anderes Schienbein. „Wie fühlt es sich an, von einem Mädchen verprügelt zu werden?"

Die anderen Schüler müssen den Aufruhr von drinnen gehört haben, denn auf einmal strömen Dutzende von ihnen aus den Eingangstüren. Cameron ist wie ein Wirbelwind, mein ganz persönlicher kleiner blonder tasmanischer Teufel, der um sich tritt und schreit, während Zach wie ein erbärmliches Stück Scheiße auf dem Boden liegt. Sie schlägt ihm erneut in die Eier, was ein kollektives *„Oof!"* von unserem versammelten Publikum hervorruft. So befriedigend das auch anzusehen ist, ich will nicht, dass meine beste Freundin von der Schule fliegt, also muss ich das hier unterbrechen.

„Lass uns gehen, Cam." Ich packe ihren Arm und ziehe sie von ihm weg. „Wir müssen hier raus."

„Damit kommst du nicht durch, du Schlampe." Zach stöhnt und starrt meine beste Freundin an. „Du weißt, dass Schulleiter Aldridge bei Gewalt keine Toleranz zeigt."

„Nur zu, du Arschgesicht. Wenn du dafür sorgst, dass ich von der Schule fliege, finde ich leicht eine andere Schule, an der ich meinen Abschluss machen kann. Aber was glaubst du, was mit *dir* passiert, wenn ich dich wegen der Verbreitung von Rachepornos mit einer Minderjährigen anzeige? Dir ist doch klar, dass sie minderjährig war, als die Bilder gemacht wurden, oder?" Zach wird blass, was Cameron zum Lächeln bringt. „Ich glaube nicht, dass die Polizei so etwas gerne sieht, und ich bin mir sicher, dass es kein Problem sein wird, diese Bilder zu dir zurückzuverfolgen. Und da du volljährig bist, würde die Staatsanwaltschaft sicher *gerne* ein Exempel an dir statuieren, meinst du nicht? Ehe du dich versiehst, bist du die selbst die Gefängnisschlampe von jemand anderem.

Wenn du nicht willst, dass das passiert, schlage ich vor, dass du jegliche Beteiligung von uns verleugnest." Cam wirft ihr blondes Haar über die Schulter und gestikuliert in meine, Jazz' und Ainsleys Richtung. Sie blickt in die Menge. „Und du solltest dir auch überlegen, wie du *sie* davon überzeugen kannst, dass sie auch nichts gesehen haben. Cheerio!" Sie zeigt ihm noch einmal den Stinkefinger, bevor sie meinen Arm nimmt und mit mir zu meinem Auto geht.

Als wir losfahren, lege ich meinen Kopf an Cams Schulter und bin dankbar für ihre Freundschaft. Ich denke darüber nach, was Jazz darüber gesagt hat, dass Bentley und seine Freunde einander bedingungslos treu ergeben sind. Das ist es, was Cameron und ich haben. Sie ist das Mädchen, das ich anrufen würde, um eine Leiche zu verstecken. Und sie würde helfen, ohne Fragen zu stellen. Auch die beiden Mädchen auf den vorderen Plätzen haben dieses Potenzial und ich glaube ihnen, dass sie in dieser Sache keine Partei ergreifen wollen. Aber kann ich wirklich meine Freundschaft mit Jazz und Ainsley aufrechterhalten, wenn Bentley und ich nicht mehr zusammen sind? Werden sie meine Entscheidung, einen ihrer besten Freunde aus meinem Leben zu streichen, respektieren?

Ich denke, das wird sich bald zeigen.

KAPITEL SIEBENUNDDREISSIG

Bentley

„Ich habe es total vermasselt." Ich nehme einen Schluck Beluga, ein Hauch von Vanille und Salbei rinnt meine Kehle hinunter. „Ich wette, das überrascht dich kein bisschen, oder? Mir geht das ständig so, weil ich ein Versager bin. Keiner weiß das besser als du, was, Riss? Du hast dafür mit deinem Leben bezahlt." Ich zeichne die Buchstaben und Zahlen nach, die den Tag bezeichnen, an dem sie uns für immer verlassen hat, und hebe die Flasche zu einem morbiden Trinkspruch. „Es gibt keinen höheren Preis als das."

Ich schlucke den restlichen Wodka hinunter, lege die Flasche auf den glatten schwarzen Granit und sehe zu, wie sie über die Oberfläche rollt, bevor sie in den perfekt gepflegten Rasen fällt. Ein gewöhnlicher Grabstein war nicht gut genug für Carissa Marquart. Ihre Eltern haben stattdessen einen voll verzierten Stein gewählt, auf dem ihr sechzehnjähriges Gesicht direkt über einem banalen Gedicht prangt, das sie gehasst hätte.

Ich lege mich zurück auf den Boden und starre den Mond an, der immer wieder vor meinen Augen verschwimmt. „Warum hörst du nicht auf, mich zu verfolgen? Ich kann so nicht mehr weiterleben, Rissa.“

Ich schaue auf mein Handy, als es zum millionsten Mal klingelt, seit ich hier bin. Es ist nicht die eine Person, mit der ich sprechen will, also lege ich es wieder zur Seite. Ich habe Sydney den ganzen Tag über angerufen und SMS geschrieben, aber es geht immer nur die Mailbox ran, als hätte sie ihr Telefon ausgeschaltet. Ich wünschte nur, sie würde mir eine Chance geben, ihr alles zu erklären. Jazz hat mich vorhin angerufen, um mir zu sagen, was passiert ist, als Syd ihrem Ex begegnet ist und meinen Verdacht bestätigt hat, dass er hinter der Verbreitung des Fotos steckt. Sie wollte mir aber nichts weiter sagen, als dass ich Sydney etwas Zeit lassen soll.

Scheißzeit.

Mehr Zeit bedeute doch nur, dass Sydney mehr Gründe finden wird, warum sie sich von mir fernhalten sollte. Und es ist ja nicht so, dass sie nicht recht hätte. Aber wenn sie mir nur die Chance geben würde, ihr zu erklären, warum ich mich so verhalten habe … vielleicht kann sie einen Weg finden, mir dann zu verzeihen. Ich kann sie verdammt noch mal nicht verlieren. Ich kann es einfach *nicht*.

Daran hättest du denken sollen, bevor du ihr ins Gesicht gelogen hast, Arschloch.

Mein Handy klingelt wieder und dieses Mal ruft Davenport an, anstatt eine bunte SMS zu schicken. Er droht damit, meine Mutter zu bitten, mein Telefon zu orten, wenn ich nicht antworte. Guter Witz, denn ich habe die Funktion „Find My Phone" deaktiviert. Der Anruf geht auf die Mailbox, aber zwei Sekunden später klingelt es schon wieder.

Herrgott, hör auf damit, ja? Kann ein Mann nicht in Ruhe über dem Grab seiner toten Ex trauern?

Ich stöhne auf, als er zum dritten Mal in Folge anruft und beschließe, es hinter mich zu bringen. Ich könnte es einfach abschalten, aber ich will nicht riskieren, einen Anruf von Sydney zu verpassen.

„Bleib mal locker, Mann." Ich beuge meine Beine, die Knie zeigen in den Nachthimmel.

„Wo bist du?"

„Ist doch egal", lalle ich und lasse meinen Blick ziellos umherschweifen.

Verdammt, Friedhöfe sind nachts verdammt gruselig.

Es ist so lange still am anderen Ende, dass ich nachsehen muss, ob er noch dran ist.

„Gibt es einen Grund, warum du mich angerufen hast, Kumpel, oder wolltest du dir nur zum Klang meines Atems einen runterholen? Denn wenn das der Fall ist, muss ich sagen, Kumpel, ich liebe dich, aber ich stehe viel zu sehr auf Muschis, als dass ich …"

„Bent. Du bist seit über zwölf Stunden verschwunden. Ich denke, du hattest ausreichend Zeit, um dich in Selbsthass zu suhlen, oder?"

Ich stoße ein spöttisches Lachen aus. „Ich mache das schon viel länger als zwölf Stunden, Kumpel."

Kingstons rauer Atem ist durch das Telefon zu hören. „Du bist auf dem Friedhof, nicht wahr?"

Fuck.

Ich wusste, dass es nicht lange dauern würde, bis sie es herausfinden würden, aber ich hatte gehofft, dass ich noch ein bisschen mehr Zeit hätte, bevor sie mich finden und mir den Spaß verderben. Wie soll ich meinen Kummer mit erstklassigen Spirituosen und dem besten Oxy ertränken, das man für Geld kaufen kann, wenn meine wohlmeinenden, aber völlig durchgeknallten Freunde über mir schweben und darauf warten, dass ich ausraste?

Wow, das echt gut.

Meinem Lieferanten waren die üblichen dreißig Milligramm ausgegangen, aber ich kann nicht sagen, dass ich den verstärkten Kick der sechzig, die er mir stattdessen gegeben hat, hasse. Er sagte mir, ich solle sie halbieren, aber nach dem heutigen Morgen brauchte ich einfach mehr. Außerdem glaube ich, dass ich inzwischen eine Toleranz gegen die niedrigere Dosis entwickelt habe, also ist es sowieso an der Zeit, die Dosis zu erhöhen. Deshalb habe ich vor etwa dreißig Minuten auch eine weitere Pille geschluckt.

„Bent. Hast du gehört, was ich gesagt habe?“

„Hm?“ Ich brauche eine Sekunde, um mich daran zu erinnern, was das war.

„Was hast du genommen? Und versuch gar nicht erst, mich für dumm zu verkaufen, indem du mir sagst, dass du nicht völlig im Arsch bist.“

„Mach dir keine Sorgen um mich, Bruder. Es ist alles gut.“ Ich bin mir ziemlich sicher, dass ich all diese Worte zu einem einzigen verschmolzen habe. Egal, er wird es schon kapieren.

„Bentley“, sagt Davenport mit mehr Nachdruck. „Was zum Teufel hast du genommen, und *wo zum Teufel bist du?*“

Ich höre ein paar Sekunden lang Stimmen im Hintergrund, bevor eine viel weiblichere Stimme das Wort ergreift.

„Bentley. Sag mir, wo du bist, und wir kommen dich holen."

„Nein, Jazzy Jazz. Alles ist cool. Ich schwöre es."

Ich höre das deutliche Geräusch eines startenden Motors; ich vermute, dass es Jazz' Fahrzeug ist und nicht Kingstons, denn dessen Geräusch würde meine Ohren klingeln lassen.

„Komm schon, Bentley." Ihr Tonfall ist flehend und ängstlich. „Bist du an Carissas Grab? Kingston sagt, dass wir in höchstens zwanzig Minuten dort sein werden. Wir brauchen nur die Bestätigung."

Ich setze mich auf, oder zumindest versuche ich es. Ich schließe meine Augen und drücke mein Gesicht gegen den kühlen Marmorsims. Ich brauche nur eine Minute, um einen klaren Kopf zu bekommen.

„Ja, ich bin hier. Aber ich wollte gerade gehen."

„Was?!" Verdammt, war das laut. „Nein, Bentley. Bleib, wo du bist. Wir kommen und holen dich. Warte, ich schalte auf Freisprechen."

Ich schüttle langsam den Kopf. „Ich lege jetzt auf. Ich muss hier raus."

„Fitzgerald, rühr dich keinen Zentimeter von der Stelle!" Kingstons Ton ist teils ärgerlich, teils besorgt. Ich bin sicher, letzteres wäre nicht der Fall, wenn er die ganze Wahrheit wüsste.

„Ich bin der Grund, warum sie tot ist", murmle ich.

Ich höre Kingston ausatmen. „Kumpel. Wir haben das schon mehrfach durch. Du kannst dir nicht die Schuld geben. Es *ist nicht* deine Schuld."

Ich will nicken, überlege es mir aber anders, als mich ein

heftiges Schwindelgefühl überkommt. „Du hast ja keine Ahnung, Mann. Was auch immer in dieser Nacht mit S-Sydney passiert ist, es ist auch meine Schuld. Vielleicht hat R-Rissa recht. Ich kann niemandem wehtun, wenn ich nicht mehr da bin.“

Irgendwie schaffe ich es, aufzustehen und über das Gras zu meinem Porsche zu gehen.

„Bentley, hast du gerade angefangen, dich zu bewegen? Bleib auf dem Friedhof, verdammt noch mal!“

„Bentley …“ Jazz' Tonfall ist viel weicher. *Hat sie gerade geschnieft? Oder war ich das?* „Bleib bitte genau da, wo du bist. Wir sind gleich da und klären alles.“

„Da gibt's nichts zu klären, Jazzy Jazz. *Ich bin der* Grund, warum es Roofies auf der Party gab. Das heißt, *ich bin der Grund,* warum diese verdammten Verbindungsjungs sie in die Finger bekommen haben, um Riss zu betäuben. So hat Syds Cousine sie auch bekommen, da bin ich mir sicher. Daran ist nichts verwirrend, Baby Girl.“ Meine Lippen verziehen sich, als ich am anderen Ende völlige Stille höre. „Das hast du jetzt nicht erwartet, oder? Jetzt weißt du also, warum ich keine Vergebung verdiene. Ihr seid alle besser dran ohne mich.“

Ich öffne meine Autotür und lasse mich auf den Fahrer-sitz fallen. *Verdammt,* mein Kopf dreht sich wie verrückt.

Kingston räuspert sich. „Ich weiß nicht, was das genau heißen soll, aber das ist auch egal, Bruder.“

„Ein Scheiß ist es.“

„Warum erklärst du es mir dann nicht? Damit ich es verstehen kann.“

Ich drücke den Startknopf an meinem Auto und lasse den Motor hochdrehen.

„Steig aus deinem verdammten Auto aus, Fitzgerald", bellt Kingston. „Wir sind schon fast da. Jazz und ich bringen dich überallhin, wo du hinwillst."

Warum sollte ich das tun, wenn ich hier ein perfektes Auto zur Verfügung habe?

„Nein, Kumpel. Es ist alles in Ordnung." Ich beende den Anruf und schalte mein Telefon aus, bevor ich es auf den Beifahrersitz werfe.

Ich blinzle ein paar Mal, um meine Sicht zu klären, bevor ich den Gang einlege, losfahre und auf den alten Feuerausguck zusteuere. Wenn Carissa im Grab nicht mit mir spricht, ist sie vielleicht an dem Ort gesprächiger, den sie für all meine Albträume der letzten Zeit gewählt hat. Es muss doch einen Grund geben, warum sie uns immer wieder dorthin bringt, oder?

Ich schüttele den Kopf.

Verdammt, ich verliere langsam den Verstand.

Oh, seht mich an. Ich versuche, mit einem toten Mädchen zu reden, als wäre ich ein Hellseher oder so ein Scheiß. Dabei glaube ich noch nicht einmal an diesen Mist. Oder vielleicht doch. Ich weiß gar nichts mehr, außer, dass ich ein wertloses, egoistisches Stück Scheiße bin. Ich muss über die schmerzhafte Wahrheit hinter dieser Aussage lachen. Ich hänge jetzt schon so verdammt lange in den Seilen, dass ich um mich herum nichts mehr wirklich wahrnehme. Ich bin nur noch eine Platzverschwendung. Ich meine, das Einzige, was ich anscheinend noch schaffe, ist, Menschen zu verletzen. Sieh dir an, was ich Sydney angetan habe. Ich hatte jede Gelegenheit, ihr die Wahrheit zu sagen, aber ich habe mich für den einfachen Ausweg entschieden.

Gott, Sydney.

Ich weiß nicht, ob ich jemals vergessen werde, wie sie mich ansah, als sie herausgefunden hat, dass ich sie angelogen habe. Die völlige Verzweiflung in ihren Augen spiegelte das wider, was ich in meinem Inneren gefühlt habe. Was ich in meinem Inneren noch immer *fühle*. Warum schmerzt es so sehr, Sydney zu verlieren, obwohl wir doch erst so kurz zusammen waren?

Mein Porsche fährt sich wunderbar und passt sich in jeder Kurve dieser dunklen und windigen Straße dem Asphalt an.

Scheiße, bin ich müde.

Ich kurble die Fenster herunter, um eine frische Brise hereinzulassen, in der Hoffnung, dass sie mich ein wenig aufweckt. Ich klatsche mir ein paar Mal selbst auf die Wangen, um den Prozess zu beschleunigen. Dieser Abschnitt von Mulholland ist glücklicherweise leer, also kann ich das Pedal ein bisschen stärker durchtreten. Ich frage mich, was Sydney gerade macht. Ist sie wütend? Ist sie traurig? Oder schlimmer noch, ist sie der Typ Mädchen, der auf Rachesex aus ist? Ich glaube das zwar nicht, da sie vor mir noch Jungfrau war, aber wer weiß? Es wäre auf jeden Fall das ultimative *„Fuck you"*, um sich an mir für meine Unehrlichkeit zu rächen.

Ich wische mir mit der Hand über das Gesicht und stöhne bei dem Gedanken, dass Syd mit jemand anderem zusammen sein könnte. Warum macht mich das so verrückt? Nach dem, was ich ihr angetan habe, könnte ich es ihr nicht wirklich verübeln. Ich muss mir überlegen, wie ich sie dazu bringe, mir zu verzeihen. Vielleicht sollte ich zu ihr gehen und mich weigern, zu gehen, bis ich meine Seite der Geschichte erklären kann. Oder bis ihre Eltern die Bullen rufen, je nachdem, was zuerst kommt. *Ach, was soll's.* Ich werde es nicht wissen, wenn ich es nicht probiere, richtig? Ich muss es verdammt noch mal wenigstens versuchen.

Ich recke meinen Nacken von einer Seite zur anderen und habe ein gutes Gefühl bei dieser Entscheidung. Verdammt, in meinem Kopf dreht sich alles. Ich blinzle ein paar Mal schnell hintereinander und versuche, mich zu konzentrieren, als ich mich einer u-förmigen Kurve nähere. Ich nehme die Kurve etwas zu eng. Meine Zähne schlagen aufeinander, als meine Niederquerschnittreifen über den schmalen Seitenstreifen holpern. Ich reiße das Lenkrad nach links und gehe vom Gas, als ich ins Schlingern gerate, aber ich steuere weiter direkt auf eine steile Böschung zu, also bleibt mir nichts anderes übrig, als zu bremsen. Der Geruch von verbranntem Gummi steigt mir in die Nase, als ich über die doppelten gelben Streifen der Fahrbahnbegrenzung rutsche. Das Kreischen von knirschendem Stahl und der lauteste Knall, den ich je gehört habe, schallt mir in die Ohren. Ich stöhne und reiße den Kopf nach hinten, als mich der Airbag ins Gesicht trifft. Das Letzte, was ich wahrnehme, bevor ich das Bewusstsein verliere, ist Carissa, die völlig unverletzt auf dem Beifahrersitz sitzt und der die Verzweiflung ins Gesicht geschrieben steht.

KAPITEL ACHTUNDDREISSIG

Sydney

Ich sage mir, dass ich nicht nach einem bestimmten silbernen Porsche Ausschau halten soll, als ich durch die Tore von Windsor fahre, aber ich tue es trotzdem. Und runzle die Stirn, weil ich enttäuscht bin, dass er noch nicht da ist. Dann kommt es mir wieder: Bentley Fitzgerald hat seine letzte Chance bei mir, also brauche ich ihn sowieso nicht zu sehen. Wenn ich es mir nur oft genug einrede, fühlt es sich vielleicht nicht mehr so falsch an. Ich fahre über den Parkplatz und parke neben Jazz' Range Rover. Als ich einparke, bin ich überrascht, dass Ainsley auf dem Beifahrersitz sitzt und Jazz hinter dem Steuer. Aha. Kingston kommt wohl aus irgendeinem Grund heute nicht zur Schule, denn normalerweise sitzt er am Steuer und Ainsley auf dem Rücksitz.

Ich atme ein paar Mal tief durch und spreche mir selbst

Mut zu. Ich bin ein paar Minuten früher dran als sonst, aber mich in meinem Auto zu verkriechen, ist sinnlos, wenn ich hier etwas erreichen will. Ich muss den Arschlöchern, die mich ausgelacht und beschimpft haben, zeigen, dass ich mich von ihnen nicht unterkriegen lassen werde. Ein Haufen elitärer Arschlöcher, die mich nicht einmal kennen, wird mich nicht dazu bringen, mich zu schämen für etwas, bei dem ich unwissentlich unter Drogen stand.

Ich wünschte, ich könnte sagen, dass ich mein Verhalten auf der Party, den Akt mit Bentley, bereue, aber das kann ich nicht. Sicher, ich wünschte, es wäre nicht gar so öffentlich abgelaufen. Ich wünschte, es gäbe keine fotografischen Beweise dafür. Auf der anderen Seite hat das Bild auch neue Erinnerungen wachgerufen. Meine Begeisterung ist offensichtlich. Ich könnte die Schuld darauf schieben, dass ich high war, oder auf die Tatsache, dass überall im Verbindungshaus Live-Pornos zu sehen waren, aber das wäre eine Lüge. Vielleicht war meine Hemmschwelle durch die Drogen etwas gesunken, aber ich erinnere mich jetzt tatsächlich wieder daran, dass ich mich in diesem Moment unglaublich zu Bentley hingezogen fühlte. Dass ich mehr als alles andere eine körperliche Verbindung mit ihm eingehen wollte, ungeachtet der Konsequenzen. Es war genau das gleiche Gefühl, das ich an dem Tag hatte, an dem er mir im Tanzstudio einen geblasen hat, und das war ich stocknüchtern. Zweifellos war ich diejenige, die den jetzt so berühmten Blowjob veranlasst hat. Ich glaube sogar, dass Bentley versucht hat, es mir auszureden, aber das weiß ich nicht mehr so genau.

Ich hatte das Gefühl, dass ich mit dem, was später in der Nacht passierte – nachdem meine Cousine mich allein und hilflos zurückgelassen hatte, damit sie mit einem anderen

Kerl vögeln konnte – meinen Frieden geschlossen hatte. Aber gestern ist mir klar geworden, dass ich es noch nicht so gut verarbeitet hatte, wie ich dachte. Jedes Mal, wenn ich letzte Nacht die Augen schloss und versuchte, etwas Schlaf zu finden, sah ich die beiden Kerle vor mir, wie sie meine Brüste betatschten und die all die abscheulichen Dinge sagten, die sie mir noch antun wollten. Ich konnte die Erinnerung an das Gefühl ihrer Hände auf meinem Körper nicht abschütteln.

Weiter waren sie nicht gekommen, bevor die Schwester meiner Cousine hereinkam und sie davonliefen, aber das hielt meine Fantasie nicht davon ab, die Szene trotzdem in Gedanken fortzusetzen und alle möglichen schrecklichen Möglichkeiten in einer Dauerschleife durchzuspielen. Mir war übel und ich lag fast die ganze Nacht wach, weil ich immerzu daran denken musste. Ich denke, es ist an der Zeit, den Therapeuten aufzusuchen, zu dem mich Cam immer wieder drängt. Ich glaube aber nicht, dass ich das durchziehen kann, ohne meinen Eltern zu sagen, warum, denn ich bin über sie versichert. Aber wenn das nötig ist, damit mich das nicht für den Rest meines Lebens verfolgt, muss ich das wohl in Kauf nehmen. Nächstes Erntedankfest könnte es unangenehm werden, aber was habe ich sonst für eine Wahl?

Die Mädchen verlassen ebenfalls ihr Fahrzeug aus, als sie sie mich aus meinem Audi aussteigen sehen. Ich sehe auf den ersten Blick, dass etwas nicht stimmt. Nicht nur, dass sie keine Uniform tragen, sie haben auch beide dunkle Augenringe, als hätten sie kein Auge zugetan.

Ich runzle die Stirn. „Hey. Was ist los?"

Ainsley befreit ihre Unterlippe von ihren Zähnen. „Wir

haben versucht, dich zu erreichen, Sydney, aber bei dir ging immer nur die Mailbox ran."

Ach, Mist.

Bentley hatte nicht aufgehört, mich über mein Telefon erreichen zu wollen, also habe ich es schließlich ausgeschaltet und tief in meinen Rucksack gesteckt, um nicht in Versuchung zu kommen, zu antworten. Ich sollte seine Nummer einfach sperren, aber dazu bin ich aus irgendeinem Grund trotz allem noch nicht bereit.

Ich krame in meiner Tasche herum, um mein Handy zu finden. „Was ist los? Geht ihr heute nicht in die Schule?"

Das ist eine dumme Frage, denn es angesichts ihrer Kleidung offensichtlich.

Jazz schüttelt den Kopf. „Nein. Wir müssen zurück ins Krankenhaus."

„Krankenhaus? Warum?"

Sie schluckt. „Bentley hatte letzte Nacht einen Autounfall. Einen ziemlich schlimmen."

Meine Tasche rutscht mir aus der Hand und fällt auf den Boden. „Was?!"

„Es geht ihm gut", versichert mir Jazz. „Das heißt ... er wird wieder *gesund*, körperlich zumindest. Er ist ziemlich ramponiert, aber er hat Glück gehabt, denn er hat sein Auto ist ein Totalschaden."

„Was ist passiert?", krächze ich.

Ainsleys haselnussbraune Augen beginnen sich mit Tränen zu füllen, als sie sieht, dass es mir genauso geht. „Er ist zu schnell in eine Kurve gefahren, hat die Kontrolle verloren und ist mit seinem Porsche in einen felsigen Hügel am Straßenrand gerast. Zum Glück wurden die Airbags ausgelöst, sodass die meisten seiner Verletzungen davon stammen. Er hat Kingston erzählt, dass er noch auf die Bremse treten und dadurch seine Geschwindigkeit vor dem Aufprall deutlich reduzieren konnte. Wenn er das nicht getan hätte, wäre er wahrscheinlich nicht mehr am Leben, sagte der Beamte am Unfallort."

Mein Magen krampft sich zusammen. „In welchem Krankenhaus liegt er?"

Ich weiß nicht einmal, warum ich das gefragt habe. Der Gedanke ist mir einfach so rausgerutscht.

„Das direkt bei deinem Haus, in der Nähe von Mulholland Drive." Jazz räuspert sich. „Hast du … willst du mit uns kommen? Er würde sich sicher freuen, dich zu sehen. Ich weiß, wir haben gesagt, dass wir heute für dich da sein würden, aber …"

„Ich verstehe schon. Ihr solltet im Krankenhaus sein." Ich winke ab. „Danke, dass du es mir gesagt hast, aber ich denke, es wäre wohl das Beste, wenn ich nicht hingehe. Ich kann nicht …" Ich schüttle den Kopf. „Bitte denkt nicht schlecht von mir, aber ich kann einfach nicht."

„Wir verstehen das vollkommen, Syd." Ainsley lächelt und nickt beschwichtigend. „Im Ernst."

„Danke." Ich hebe meine Tasche vom Boden auf und hänge sie mir über die Schulter.

Ich spüre die Blicke, die mich durchbohren, als weitere Schüler eintreffen, aber ich will ihnen nicht die Genugtuung, darauf einzugehen.

Jazz deutet mit dem Daumen über ihre Schulter. „Wir sollten los. Ruf an oder schreib eine SMS, falls du es dir anders überlegst."

Ich nicke. „Mach ich."

Ich warte, bis sie weggefahren sind, bevor ich wieder in

mein Auto steige. Ich schreibe meinem Vater eine kurze SMS, in der ich ihm sage, dass es mir nicht gut geht, was nicht unbedingt eine Lüge ist. Dann schicke ich eine weitere an Cam und bitte sie, mich auf dem Parkplatz in Cambridge zu treffen, in der Hoffnung, dass sie meine Nachricht erhält, bevor sie zu ihrem ersten Kurs geht. Ich habe ein schlechtes Gewissen, weil ich sie bitte, einen zweiten Tag in Folge wegen mir zu schwänzen. Aber ich brauche meine beste Freundin gerade wirklich und es ist nicht so, dass ihre Mutter sich jemals wirklich Gedanken um ihren Schulbesuch gemacht hätte.

Als Cam mir mit einem Daumen nach oben antwortet, starte ich mein Auto und fahre zu ihr. Ich weiß nicht, wohin wir fahren oder was wir machen sollen, aber ich weiß, dass ich mich heute nicht auf den Unterricht konzentrieren könnte. Ich muss einfach nur hier raus.

„Bist du sicher, dass du das tun willst?"

Ich nicke, als wir den Krankenhausaufzug im fünften Stock verlassen, und bereite mich mental auf das vor, was kommt. „Ich weiß, du denkst, dass er mein Mitgefühl nicht verdient."

Cameron wölbt die Brauen. „Aber?"

„Aber … Ich muss immerzu daran denken, dass Bentley gestern hätte *sterben* können. Und wenn das passiert wäre … Ich glaube nicht, dass ich mir jemals verziehen hätte, die Dinge zwischen uns nicht geklärt zu haben." Ich atme tief ein und wieder aus. „Ich kann die Verbindung zwischen uns nicht leugnen. Ich fühle es in meinen Knochen, Cam. Unabhängig davon, ob Bentley weiter ein Teil meiner Zukunft sein wird oder nicht, habe ich keinen Zweifel daran, dass die gemeinsame Zeit mit ihm – egal, wie kurz sie auch war – mich verändert hat. Außerdem … spüre ich ganz tief in mir drin, dass Bentley ein guter Mensch ist. Das heißt nicht, dass ich über seine schrecklichen Entscheidungen einfach so hinwegschauen kann, aber ich glaube Jazz und Ainsley, wenn sie sagen, dass er mich nie absichtlich verletzen würde."

Cameron packt mich am Arm und zieht mich an die Seite des Flurs. „Wow, dich hat es echt erwischt, oder?"

Ich zucke mit den Schultern. „Ich glaube nicht, dass ich es hätte vermeiden können, egal, was ich versucht hätte."

Sie zieht mich in eine Umarmung. „Schatz, es tut mir so leid."

„Es ist, wie es ist." Ich blinzle die Tränen weg und löse mich von ihr. „Okay. Genug davon. Ich muss jetzt da reingehen und mit eigenen Augen sehen, dass es ihm gut geht. Vielleicht kann ich dann alles hinter mir lassen."

„Bist du sicher, dass du nicht willst, dass ich mit dir reingehe?"

Ich schüttle den Kopf. „Ich muss da alleine durch."

Als ich Jazz per SMS nach Bentleys Zimmernummer gefragt habe, erwähnte sie zum Glück, dass sie und Kingston auf dem Weg nach Hause waren, um das Kindermädchen abzulösen. Ainsley und Reed wollten etwas essen gehen, also sollten wir unsere Ruhe haben.

Cam deutet mit dem Kopf in Richtung des Warteraums zu unserer Linken. „Ich bin gleich hier, wenn du mich brauchst."

„Danke, Boo."

Ich melde mich in der Schwesternstation an und gehe in

die Richtung, in die sie mich schicken. Kurz bevor ich mich Zimmer fünf-zehn nähere, kommt Bentleys Mutter heraus und schließt die Tür hinter sich. Sie sieht müde, aber immer noch umwerfend aus.

Ihre whiskeyfarbenen Augen weiten sich vor Überraschung. „Sydney, hallo.“

„Hi.“ Ich trete unbeholfen von einem Fuß auf den anderen. „Ist es okay, wenn ich Bentley für ein paar Minuten besuche?“

„Natürlich.“ Sie lächelt sanft. „Er ruht sich gerade aus, aber er hat schon ganz oft nach dir gefragt, also solltest du gleich reingehen. Wundere dich aber nicht, wenn er ein biss-chen neben der Spur ist. Die Krankenschwester hat ihm gerade eine neue Dosis Morphium gegen die Schmerzen gegeben.“

„Oh. Ähm … okay. Ich werde nicht zu lange bleiben.“

Lani drückt mir sanft die Schulter. „Nimm dir so viel Zeit, wie du brauchst. Ich muss nach Hause, um ein paar Sachen zu holen, die es Bentley den Aufenthalt hier ange-nehmer machen, also werde ich ein, zwei Stunden weg sein.“

„Wie lange …“ Ich räuspere mich. „Ich meine, wenn ich fragen darf … was glauben sie, wie lange er hier bleiben muss?“

„Wahrscheinlich nicht mehr als ein paar Tage. Er hat nur eine leichte Gehirnerschütterung, aber zwei seiner Rippen sind gebrochen und er hat eine geprellte Lunge, also wollen sie ihn im Auge behalten, um sicherzustellen, dass es Komplikationen gibt.“

Mein Herz verkrampft sich. „Oh, Gott.“

„Alles in allem haben wir Glück, dass das seine einzigen Verletzungen sind.“ Sie wirft sich ihre Designertasche über die Schulter. „Ich gehe jetzt besser. Ich hoffe, wir sehen uns bald, Sydney."

„Okay. Tschüss." Ich ignoriere den Schmerz in meiner Brust, als ich daran denke, dass das wahrscheinlich nicht der Fall sein wird.

Ich warte, bis Bentleys Mutter außer Sichtweite ist, bevor ich mich der Tür zu seinem Zimmer nähere. Ich halte mir eine Faust vor den Mund und unterdrücke ein Schluchzen, als ich durch das winzige Fenster einen ersten Blick auf ihn erhaschen kann. Bentleys massiver Körper liegt ausgestreckt auf dem für ihn viel zu kleinen Bett. Sein Oberkörper ist auf eine Reihe von Kissen gestützt. Er hat dunkle Blutergüsse um beide Augen und sein Nasenrücken ist bandagiert. Seine Augenlider sind geschlossen, aber er kneift die Augenbrauen zusammen, als ob er Schmerzen hätte.

Er ist an eine Reihe von Monitoren angeschlossen, hat eines dieser Plastikdinger in der Nase und eine Infusionsnadel auf dem Handrücken, während die andere Hand in einen Verband eingewickelt ist, der bis zur Hälfte seines Unterarms reicht. Die wenigen Male, in denen er mir einen Blick in sein Innerstes gewährte, ließ mich erahnen, wie sehr Bentley mental zu kämpfen hatte. Jetzt scheint sein Äußeres zu seinem Inneren zu passen. Ich hätte nie gedacht, dass jemand, der körperlich so imposant ist, so zerbrechlich wirken kann, aber es ist nicht zu leugnen, wie gebrochen er gerade aussieht. Ich zucke zusammen, als die Tür beim Öffnen knarrt, aber das Geräusch lässt ihn nicht aufschrecken.

Bentleys Augenlider flattern, als ich mich dem Bett nähere. Er braucht einen Moment, aber seine Augen verdrehen sich leicht, als er mich bemerkt. „Ich hätte nicht gedacht, dass du kommst.“

„Da sind wir schon zwei.“ Ich will es mir nicht zu bequem machen, denn ich will nicht lange bleiben, also stelle ich mich hinter den Plastikstuhl, der ihm am nächsten steht, und stütze mich mit den Händen auf die Lehne. „Wie fühlst du dich?“

„Wahrscheinlich so gut, wie ich aussehe.“ Bentley spricht etwas langsamer als sonst, aber angesichts der Schmerzmittel, die seine Mutter erwähnt hat, wirkt er erstaunlich klar.

Meine Finger krampfen sich um das harte Plastik, als mir klar wird, dass das wahrscheinlich daran liegt, dass er eine Toleranz gegenüber Opioiden entwickelt hat. „Was ist passiert, Bentley?“

„Oh, nichts Neues.“ Er kichert, und zuckt dann zusammen. „Nur, dass ich wieder einmal die falschen Entscheidungen getroffen habe.“ Als ich nichts sage, seufzt er und fügt hinzu: „Es hat sich herausgestellt, dass Perc, Wodka und deutsche Sportwagen keine gute Kombination sind.“

„Wurde noch jemand … verletzt?“

Bitte sag nein.

Bentleys Kopf neigt sich langsam nach links. „Nein. Nur die Böschung und ich.“

Ich schwöre, dass mein Herz für eine Sekunde stehen blieb, als ich daran denke, wie katastrophal das hätte enden können. „Ich habe auf dem Weg nach draußen mit deiner Mutter gesprochen. Sie sagte, du hättest eine Gehirnerschütterung und ein paar gebrochene Rippen?“

„Außerdem ein verstauchtes Handgelenk, blaue Augen, eine geschwollene Nase und ein paar fiese blaue Flecken. Keine große Sache. Ich bin bald wieder so gut wie neu.“

„Spiel das nicht runter“, schnauze ich. „Du hättest *sterben* können, Bentley. Was hast du dir dabei gedacht?“

Ich will auf niemanden eintreten, der bereits am Boden liegt, aber ich muss es wissen. Bentley ist nicht dumm; ich *weiß*, dass er weiß, dass er nicht hätte fahren sollen.

Sein schokoladenbrauner Blick bohrt sich für einige lange Sekunden in meinen. „Warum bist du hier, Sydney? Ich dachte, du wärst fertig mit mir.“

„Nur weil ich wütend auf dich bin, heißt das nicht, dass du mir egal bist. Ich bin kein verdammter Roboter.“

„Ich weiß, dass du kein Roboter bist. Aber du *bist* fertig mit mir, oder?“

Ich seufze und schließe kurz die Augen, um die Tränen zu unterdrücken. „Ja.“

„Das ist auch besser für dich. Es war dumm von mir zu glauben, ich hätte eine Chance.“ Ein schmerzhaftes Stöhnen entweicht seinen Lippen, als er sich im Bett bewegt. „Es ist ja nicht so, als ob ich noch eine Weile hier wäre.“

Ich runzle die Stirn. „Was soll das heißen?“

Bentleys volle Lippen lächeln, aber es steckt keine Fröhlichkeit dahinter. „Das Komische am Fahren im Vollrausch ist, dass die Bullen das nicht mögen, vor allem, wenn man einen Unfall baut.“

Ich halte den Atem an und warte auf weitere Informationen. Ich weiß nicht, warum ich die Möglichkeit rechtlicher Konsequenzen nicht in Betracht gezogen habe, aber es ist logisch, dass es welche geben wird.

„Was wird mit dir passieren?“

„Mein Anwalt sagt, dass der Richter einen Deal akzeptieren sollte, da niemand sonst beteiligt war. Reha, gemeinnützige Arbeit und so ein Scheiß. Wahrscheinlich werde ich eine Weile keinen Führerschein haben. Meine Mutter hat ein Institut in Ojai gefunden, das ein dreißigtägiges Entzugs-Programm anbietet. Sie versucht, mich dort unterzubringen." Er räuspert sich. „Ich bin mir sicher, dass der Entzug eine verdammte Katastrophe sein wird und ich mir einen Haufen Psychogeschwätz anhören muss, aber vielleicht ist es gar keine so schlechte Idee. Besser als im Knast oder unter der Erde zu sein, oder?"

Ich schlucke hörbar. „Meinst du, du *brauchst* eine Reha? Du hast gesagt, du hättest es unter Kontrolle."

Bentley starrt mich ein paar Sekunden lang an. „Ich dachte, das wäre der Fall."

„Aber jetzt nicht mehr?"

Seine Schultern heben sich leicht. „Ich kann mich nicht erinnern, wann ich das letzte Mal einen ganzen Tag völlig nüchtern war. Ich glaube … vielleicht war das zum Schluss einfach normal für mich oder was auch immer. Also ich hatte wirklich nicht das Gefühl, *dass* ich ein Problem habe. Aber der Autounfall hat mich wachgerüttelt, weißt du?"

„Kann ich mir vorstellen." Ich nicke. „Also … wenn du hier rauskommst, gehst du für einen Monat in Reha?"

„Wenn alles klappt, ja." Bentleys Augenlider schließen sich.

Ich deute mit meinem Daumen über meine Schulter. „Ich sollte jetzt gehen, damit du dich ausruhen kannst. Ich bin froh, dass du wieder in Ordnung kommst."

Ich mache mich auf den Rückweg aus dem Zimmer, halte aber inne, als er sagt: „Syd. Warte!" Seine Augen sind jetzt weit aufgerissen. „Kann ich … während ich in der Reha bin

… wenn sie mir mein Telefon lassen … kann ich dich anrufen? Oder eine SMS schreiben?“

Ich seufze und meine Augen füllen sich mit Tränen. „Ich glaube nicht, dass das eine gute Idee ist, Bentley. Du solltest dich darauf konzentrieren, gesund zu werden.“

Ich kämpfe gegen den Drang an, das zurückzunehmen, als ich den niedergeschlagenen Blick auf seinem Gesicht sehe. „Genau. Ja. Blöde Idee. Tut mir leid.“

„Es ist keine dumme Idee“, sage ich. „Aber … ich glaube, ich brauche auch etwas Zeit. Ich muss mit meinen eigenen Problemen fertig werden.“ Ich bleibe an der Türschwelle stehen. „Pass gut auf dich auf, Bentley.“

Er neigt den Kopf. „Du auch, Syd.“

Als Cameron und ich zu meinem Auto gehen, rede ich mir selbst ein, dass es so das Beste ist. Bentley und ich müssen beide etwas klären, und wir können uns nicht richtig auf uns selbst konzentrieren, wenn wir versuchen, gleichzeitig diesen Riss zwischen uns zu kitten. Ich weiß nicht, was die Zukunft bringt, aber ich weiß, dass es für uns beide nicht gesund ist, so weiterzumachen wie bisher.

KAPITEL NEUNUNDDREISSIG

Bentley

Ich sollte jetzt auf Hawaii sein, mit dem Mädchen meiner Träume. Stattdessen habe ich meinen letzten Tag in diesem protzigen Wellness-Spa, was eigentlich nur ein anderes Wort für *Reha für Reiche* ist. Ich will gar nicht wissen, wie viel Geld meine Eltern bezahlen mussten, um mich hier unterzubringen. Ich habe schon einige Prominente getroffen, die durch den Meditationsgarten spaziert sind oder an der Saftbar abgehangen haben, also weiß ich, dass es nicht billig ist. Aber ich beschwere mich nicht. Ich bin sogar dankbar, dass ich diese Chance bekommen habe. Ich wusste, dass ich Drogen und Alkohol konsumiert hatte, um mit meinen Dämonen fertig zu werden, aber ich glaube nicht, dass mir das Ausmaß wirklich klar war, bevor ich hierhergekommen bin.

Die erste Woche war die Hölle. Die Entgiftung war ganz

anders, als ich es erwartet hatte, und ich kam mir vor wie ein Vollidiot. Sie hatten von einer medizinisch überwachten Entgiftung gesprochen, also nahm ich an, dass sie mir ein Medikament geben würden, um Entzugserscheinungen zu lindern. Ich bekam zwar tatsächlich Medikamente, um die Schwere meiner Symptome zu verringern, aber ich hatte trotzdem noch genug davon. Ich kann mir nicht vorstellen, wie schlimm es gewesen wäre, wenn ich versucht hätte, es allein zu schaffen. Wenn mir nicht gerade übel war oder ich kotzen musste – was zehnmal schlimmer ist, wenn man gebrochene Rippen hat – hatte ich Schweißausbrüche, massive Angstzustände und litt unter Schlaflosigkeit. Ich habe fast sechs Kilo abgenommen, weil ich so gut wie keinen Appetit mehr hatte.

Ich wünschte mir nichts sehnlicher, als eine Pille schlucken oder ein paar Pfeifen rauchen zu können, um alles zu vergessen. Ich war dutzende Male bereit, mich selbst aufzugeben, aber habe ich mich an den entsetzten Ausdruck auf den Gesichtern meiner Eltern erinnert, als sie mich zum ersten Mal nach dem Unfall gesehen haben. Oder die Enttäuschung und Sorge auf den Gesichtern meiner Freunde, während sie praktisch an meinem Bett Wache hielten. Den Ausdruck von Verrat in Sydneys Augen, als ihr klar wurde, wie oft ich sie angelogen habe, oder das Mitleid, das sie bei ihrem kurzen Besuch im Krankenhaus für mich empfand.

Ich wusste, dass ich mir verdammte Eier wachsen lassen und darüber hinwegkommen musste, egal, wie schwer es war. Und das war es. Es gab so viele Höhen und Tiefen, dass mir manchmal schwindelig wurde, aber ich habe es geschafft. Einen Monat später bin ich hier und fühle mich wie ein völlig neuer Mensch. Ein besserer Mensch. Natürlich war da noch das alte Verlangen, und mein Suchtberater sagte, dass das auch noch eine Weile so bleiben wird. Ich müsse mich aber nur darauf konzentrieren, meine Medikamente zu nehmen, Trigger zu vermeiden und die Therapie fortzusetzen, um einen Rückfall zu verhindern.

Mein Arzt hat mir eine Kombination aus Anti-Angst- und Antidepressiva verschrieben, die ich wahrscheinlich schon eine Weile hätte nehmen sollen. Als er es zum ersten Mal vorschlug, dachte ich, dass nur Weicheier diesen Scheiß brauchen, aber ich habe meinen Fehler eingesehen. Ich kann nicht leugnen, wie viel besser ich mich fühle, seit es sich durch meinen Körper gearbeitet hat. Ich bin zwar noch nicht darüber hinweg, aber das ständige Kribbeln unter meiner Haut, das mich so nervös gemacht hat, ist nicht mehr da. Mein Therapeut erinnert mich gerne daran, dass Angst und Depression echte chemische Reaktionen im Körper sind und keine Schwäche oder Einbildung. Nur weil man psychische Krankheiten nicht sehen kann, heißt das nicht, dass sie nicht real sind.

Mit dem 12-Schritte-Programm ist auch nicht zu spaßen, das ist schon mal sicher. Während meines Aufenthalts hier habe ich viel über mich selbst gelernt, und ich kann nicht behaupten, dass mir alles gefallen hat. Der Verlust von Carissa hat das Gift nicht aus meinem Leben entfernt, wie ich gedacht hatte. In Wirklichkeit hat die Wunde geeitert und sich in etwas viel Schlimmeres und Zerstörerisches verwandelt. Ich musste erst ganz unten ankommen, um zu erkennen, wie viel Schmerz meine Ängste und mein

Egoismus anderen zugefügt haben. Ich habe wirklich eine ganze Menge wieder gutzumachen.

Auf der anderen Seite kann ich jetzt die Vergangenheit aus einer anderen Perspektive betrachten. Schon vor Carissas Tod hatte ich Drogen und Alkohol – und auch Sex – als Bewältigungsmechanismen benutzt und meine Tage in einem permanenten Nebel verbracht. Ich habe mich so sehr auf Drogen verlassen, dass sie für mich zur Normalität wurden. Carissas Tod und meine daraus resultierende Trauer verschlimmerten die Situation nur noch. Das Rauchen von Gras oder ein paar Drinks beruhigten das Chaos in meinem Kopf nicht mehr, also probierte ich immer härtere Drogen aus. Ich trank immer mehr Alkohol. Und so weiter und so fort, bis ich zu dem Wrack wurde, als das ich hier gelandet bin.

Lena, eine der Krankenschwestern, klopft an den offenen Türrahmen zu meiner Suite. „Bentley, du hast Besuch, der im vorderen Aufenthaltsraum auf dich wartet."

Ich runzle verwirrt die Stirn. „Wer ist es?"

Meine Eltern haben mich die letzten drei Sonntage besucht, aber heute ist Freitag. Kingston, Reed, Jazz und Ainsley sind auch ein paar Mal vorbeigekommen, aber sie kommen morgen anderthalb Stunden zu meiner offiziellen Entlassungsfeier hier, also wüsste ich nicht, warum sie heute auch kommen sollten.

„Ich war selbst nicht am Check-in, aber ich habe da draußen eine hübsche junge Dame sitzen sehen. Sie ist die einzige Person in der Lounge, also nehme ich an, dass sie wegen dir hier ist."

Ich springe aus dem Stuhl, auf dem ich saß. „Hat sie dunkles, lockiges Haar und helle Augen?"

Lena lächelt. „In der Tat."

„Heilige Scheiße."

„Ich nehme an, das ist die junge Frau, die du so sehr vermisst hast?"

Ich nicke. „Ja, ich glaube schon."

Lena ist eine dieser Persönlichkeiten, bei der man sich automatisch wohlfühlt, die einen aber auch dazu bringt, alle seine tiefsten und dunkelsten Geheimnisse zu beichten. Tolle Eigenschaften, die man aber vermutlich braucht, wenn man an einem Ort wie diesem arbeitet. Diese Frau hat in den letzten Wochen die Hauptlast meiner rührseligen Jammertiraden über sich ergehen lassen müssen.

Sie streckt die Hand aus und drückt mir im Vorbeigehen die Schulter. „Viel Glück, Süßer."

„Danke, Lena."

Ich atme tief durch, als ich den langen Korridor entlang gehe, der zum Aufenthaltsraum führt. Mir fällt auf, dass ich mir nicht einmal einen Moment Zeit genommen habe, um mich im Spiegel zu betrachten, also nutze ich die leichte Reflexion in den bodentiefen Fenstern mit Blick auf einen Olivenhain. Ich schätze, mit einem einfachen weißen T-Shirt und einer Jogginghose mache ich nicht viel her, aber es muss reichen. Ich werde ganz sicher keine Zeit damit, in mein Zimmer zu gehen und mich zurechtzumachen, nur um meine Eitelkeit zu befriedigen.

Einer der Schritte zur Genesung ist, sich bei denen zu entschuldigen, denen man Unrecht getan hat. Da Sydney mich ausdrücklich gebeten hatte, sie nicht anzurufen, während ich hier bin, habe ich ihr stattdessen einen Brief geschrieben. Ich habe ihr erzählt, was in der Nacht der Verbindungsparty mit Carissa passiert war und wie all das in ihrem Selbstmord endete. Ich erklärte ihr, dass ich Angst hatte, sie würde mich als Betrüger entlarven, weil ich annahm, dass sie wusste, dass Grady wegen mir auf der Party gewesen war. Deshalb war ich ihr gegenüber auch so ein Arschloch, als sie nach Windsor kam.

Ich erzählte Sydney, warum ich mich sowohl für ihre als auch für Carissas Drogenerlebnis verantwortlich fühlte und wie sehr mich diese Schuldgefühle quälten. Ich schrieb auch, dass ich inzwischen akzeptiert habe, dass ich nicht wirklich schuldig war. Grady war letztendlich selbst für sein Handeln verantwortlich und er war wahrscheinlich nicht der einzige Dealer auf der Party. Und obwohl ich Carissa an diesem Abend ärgern wollte, habe ich diese Wichser nicht dazu ermutigt, Drogen zu benutzen und sich ihr aufzuzwingen. Ich habe Carissa definitiv nicht gezwungen, zu glauben, dass Sterben eine bessere Option ist, als einen Weg zu finden, mit ihrem Trauma fertig zu werden.

Ich erzählte ihr alle Albträume, die ich hatte, bis ins kleinste Detail. Ich erzählte Sydney sogar, warum ich sie angelogen hatte und dass meine Scham der letzte Strohhalm war, der zu meinem Untergang führte. Nach zwölf doppelt beschriebenen Seiten kam ich endlich zu der Nacht des Unfalls. Ich erzählte ihr, wie ich stundenlang neben Carissas Grab lag, betrunkener, als ich es wahrscheinlich je vorher war, bevor ich mich hinter das Steuer meines Porsche setzte. Ich wiederholte ihr gegenüber, was ich meiner Therapeutin gesagt hatte – dass ich nicht glaube, dass ich aktiv versucht habe, mich umzubringen. Ich wusste allerdings sehr wohl in dem Moment, dass ich nicht fahren sollte. In diesem Moment hatte ich jeglichen Lebenswillen verloren, also war es mir egal, was passiert.

Es ist zehn Tage her, seit ich den Brief in die Post geworfen habe, aber ich habe seither nichts von Sydney gehört. Nicht, dass sie mir etwas schuldig wäre, aber ich möchte wirklich unbedingt wissen, was sie denkt, nachdem sie all die blutigen Details gelesen hat, die jahrelang mietfrei in meinem beschissenen Kopf gelebt haben.

Ich schätze, das werde ich gleich herausfinden.

Sydney sieht auf, als ich den Raum betrete, und ich schwöre bei Gott, es verschlägt mir den Atem. Ich hätte es nicht für möglich gehalten, aber sie ist noch schöner als das letzte Mal, als ich sie gesehen habe. Ihre Haut wirkt weicher, ihre Augen unglaublich hell, und ihr Körper … verdammt, diese Kurven könnten einen Mann in den Wahnsinn treiben. Wenn sie die ganze Zeit so ausgesehen hat, bin ich noch wütender auf mich, weil ich dauernd high war. Und ich spreche nicht nur über ihr Äußeres. Ich glaube, ich habe das Licht, das sie ausstrahlt, noch nie richtig wahrgenommen. Es ruft nach mir wie eine Sirene und zwingt mich, so schnell wie möglich zu ihr hinüberzugehen, damit ich mich in ihrer Wärme sonnen kann.

Sydneys meerblauer Blick mustert mich von Kopf bis Fuß, als ich näher komme. „Hi, Bentley.“

„Hey.“ Der Druck in meiner Brust lässt nach, als sich ihre vollen Lippen zu einem sanften Lächeln verziehen. „Das ist eine Überraschung.“

„Ich hoffe, es ist in Ordnung. I-“

„Natürlich, ist schon okay.“ Instinktiv trete ich näher, um sie in meine Arme zu ziehen, aber ich fange mich in letzter Sekunde und setze mich stattdessen auf den Stuhl gegenüber von ihr. „Ich bin froh, dass du hier bist.“

Ich sehe wie gebannt, als sie sich über die Lippen leckt. „Du siehst gut aus.“

„Ich *fühle mich* gut“, sage ich. „So gut wie schon lange nicht mehr.“

Ihre dunklen Wimpern bewegen sich auf und zu, während sie tief einatmet. „Ich bin froh, das zu hören, Bentley. Ehrlich.“

Ich lehne mich nach vorn und stütze die Ellbogen auf meine Knie. „Ich bin dankbar, dass du den ganzen Weg hierhergekommen bist, aber darf ich fragen, warum? Du hast gesagt, dass du nicht mit mir reden wolltest, während ich in der Reha bin. Was hat sich geändert?“

Als Sydney ihre Augen öffnet, sind sie voller Tränen. „Ich habe deinen Brief bekommen. Es tut mir leid, dass es so lange gedauert hat, zu reagieren. Das war … schwer zu verdauen. Ich brauchte Zeit, um ihn zu verarbeiten.“

Ich schüttle den Kopf. „Du schuldest mir keine Entschuldigung für irgendetwas, Syd. Ganz im Ernst.“

Sie denkt einen Moment lang darüber nach. „Na ja … egal. Ich glaube, ich wollte dich mit meinen eigenen Augen sehen. Jazz sagte, du würdest morgen nach Hause kommen, aber ich konnte nicht warten. Ich wollte sicher sein, dass es dir gut geht.“

Na, das klingt doch vielversprechend, oder?

„Ich schaffe das schon.“ Ich lächle.

Sie knabbert an ihrer Unterlippe. „Wenn du mich fragst … Ich bin stolz auf dich. Dass du durchgehalten hast.“

„Danke. Ich hatte hier drin viel Zeit, mich selbst nachzudenken. Das hat mir ganz schön die Augen geöffnet. Ich habe noch einen langen Weg vor mir, aber … Ich bekomme viel

Unterstützung. Ich bin optimistisch. Genug von mir. Wie geht es *dir*?“

„Ich habe in letzter Zeit auch viel nachgedacht.“ Ihr Gesicht errötet. „Ich habe mit einem Therapeuten darüber gesprochen, was in dieser Nacht mit mir passiert ist. Besser spät als nie, oder?“

Ich schlucke den Kloß hinunter, der sich plötzlich in meinem Hals festgesetzt hat. „Wirst du ... wirst du mir irgendwann davon erzählen? Ich weiß, dass ich es nicht verdiene, aber es nicht zu wissen, bringt mich um. Ich stelle mir dauernd die schlimmsten Dinge vor.“

„Es ist nicht so schlimm, wie das, was mit Carissa passiert ist, Bentley.“ Sydney schüttelt den Kopf. „Nicht einmal annähernd. Ich bin noch rechtzeitig rausgekommen. Ich werde dir später mehr dazu sagen.“

„Scheiße sei Dank.“ Ich atme heftig aus.

„Ich sollte jetzt gehen.“

Ich bekämpfe den Drang, die Hand auszustrecken, als sie aufsteht. „Jetzt schon?“

„Ja.“ Sie nickt. „Ich weiß nicht genau, wie die Regeln für die Genesung sind, aber wenn du dich zu Hause eingelebt hast ... wenn du willst ... würde ich mich freuen, wenn du mich anrufst. Wenn du dafür offen bist, würde ich gerne versuchen, dass wir Freunde sind.“

Ich weiß ehrlich gesagt nicht, ob ich jemals nur mit Sydney befreundet sein könnte, aber ich bin klug genug, es wenigstens zu versuchen.

„Das würde ich auch gerne, Syd.“

Ihr schönes Gesicht erstrahlt in einem Lächeln. „Pass auf dich auf, Bentley. Wir sehen uns.“

Sosehr es auch schmerzt, sie gehen zu sehen, grinse ich

wie ein Depp und habe ein ganz warmes Gefühl in meiner Brust. Da ist etwas, das ich schon so lange nicht mehr gefühlt habe, dass es mir fast fremd ist, aber es gibt keinen Zweifel daran, woher es kommt.

Hoffnung.

KAPITEL VIERZIG

Sydney

Am ersten Tag nach den Frühlingsferien sehne ich mich
normalerweise nach mindestens einem weiteren freien Tag,
aber dieses Jahr bin ich aufgeregt … aber nicht unbedingt auf
eine negative Art. Bentley ist am Wochenende nach Hause
gekommen und zu meiner großen Überraschung geht er
schon wieder zur Schule. Ainsley hat mir erzählt, dass er mit
meinem Vater vereinbart hat, dass er alle seine Kurse
während der Reha online absolvieren kann, damit er seinen
Abschluss nicht verpasst. Ich bin ein bisschen schockiert,
dass mein Vater mir das nie erzählt hat, weil er weiß, dass
wir zusammen waren, aber vielleicht gibt es ja eine Art
Geheimhaltungsvereinbarung, an die er sich halten muss.

Ich bin ehrlich beeindruckt, dass Bentley sein Studium
während der Reha fortgesetzt hat. Die Entschlossenheit, die
dazu notwendig ist, zeigt, dass er wirklich gesund werden

will. Ich hoffe nur, dass das so bleibt, jetzt, wo er wieder in der realen Welt angekommen ist. Unabhängig davon, ob Bentley und ich in einer Beziehung sind oder nicht, wünsche ich ihm wirklich alles Gute und hoffe, dass wir zumidnest Freunde bleiben können. Jazz und Ainsley waren in den letzten Monaten ein Fels in der Brandung für mich, weil sie mir in der Schule zur Seite gestanden sind, wenn Cameron nicht konnte, und ich möchte die Zeit mit ihnen nicht missen. Es ist für alle viel einfacher, wenn Bentley und ich friedlich miteinander umgehen können.

Ich werde hellhörig, als ich Jazz' Geländewagen auf den Parkplatz fahren sehe. Sie hatte erwähnt, dass Bentleys Führerschein für ein Jahr eingezogen wurde und er deshalb für eine Weile auf andere angewiesen ist. Da sie das geräumigste Fahrzeug hat, nahm ich an, dass er mit ihnen fahren würde. Deshalb bin ich etwas verwirrt, als nur Kingston, Jazz und Ainsley aus dem Range Rover steigen und auf mich zukommen.

„Hey, Syd." Jazz streicht eine Strähne ihres dunklen Haares hinter ihr Ohr.

„Hey." Ich versuche, nicht zu offensichtlich zu zeigen, nach wem ich suche, aber sie liest meine Gedanken schnell.

„Reed holt ihn ab, da ihre Häuser näher beieinander liegen", erklärt Kingston und legt einen Arm um seine Freundin.

Okay, anscheinend kann er auch meine Gedanken lesen. Das wundert mich nicht. Der Junge ist ein wahnsinnig guter Beobachter. Und besitzergreifend. Ich schwöre, Kingston könnte nicht noch besessener sein, selbst wenn er es wollte. Ich habe in den letzten Monaten viel Zeit mit ihnen verbracht, und mit jeder seiner Bewegungen erhebt

Anspruch auf Jazz. Dabei scheint es keine Rolle zu spielen, ob sich eine Bedrohung in der Nähe befindet oder nicht.

Ich glaube, er merkt gar nicht, dass er es tut, es sei denn, Jazz schimpft mit ihm, weil er sich wieder einmal wie ein Höhlenmensch aufführt, was im übrigen ziemlich oft passiert. Ich finde die ganze Sache urkomisch, während Cam sie verdammt heiß findet. Ich werde nie den Gesichtsausdruck von Kingston vergessen, als meine beste Freundin ihn gefragt hat, ob sie jemals darüber nachgedacht haben, einen OnlyFans-Account zu gründen, und nicht ganz so subtil andeutete, dass sie in dem Fall gerne ihre Seite abonnieren würde.

„Schau!" Ainsley nickt mir über die Schulter zu. „Da sind sie schon."

Ich drehe mich um und beobachte, wie Reeds auffälliges Auto durch die Tore rollt und zwei Plätze weiter auf einen Parkplatz fährt. Als Bentley aussteigt und seine schwarze Sportjacke mit dem Windsor-Wappen anzieht, richten sich alle Augen auf ihn. Die versammelte Menge redet durcheinander, zweifellos über die Rückkehr eines ihrer Könige. Ich unterdrücke zum millionsten Mal ein Augenrollen, weil es an dieser Schule dieses blöde Königs-Getue gibt. Ich muss zugeben, dass es den Jungs nicht sonderlich zu Kopf gestiegen ist, aber diese Whitney ist eine totale Schlampe und ihr königliches Gegenstück, Imogen, ist auch nicht besser. Ainsley sagt, dass sie sauer auf uns sind, weil sie glauben, wir hätten ihnen die Männer weggenommen, aber sie sagt auch, dass Bentley und Reed sich nie auf diese Mädchen eingelassen haben, also reden sie nur Scheiße. Außerdem gehört Bentley technisch gesehen nicht mehr mir, also sollte das kein Thema sein.

Bentley hebt den Kopf und sieht sich die Menge an. Ich kann sehen, dass er nervös ist, aber er versteckt es sehr gut. Ich glaube ehrlich gesagt nicht, dass jemand außerhalb seines inneren Kreises es überhaupt bemerkt. Als Bentley mich bei seinen Freunden sieht, scheint sich seine Nervosität zu verflüchtigen und ein echtes Lächeln, das seine Grübchen zum Vorschein bringt, breitet sich auf seinem Gesicht aus.

Verdammt, warum muss er so attraktiv sein?

Jazz stupst mich mit ihrer Schulter an. „Bist du okay?"

Ich nehme einen tiefen Atemzug. „Ja. Warum sollte ich das nicht sein?"

Ainsley steht zu meiner Linken. „Das musst du nicht tun, Syd."

Ich fühle mich ehrlich gesagt nicht wohl dabei, das vor ihrem Bruder zu besprechen, da er und Bentley sich so nahestehen.

Ich stelle mich aufrecht hin und schiebe den Riemen meiner Tasche höher auf meine Schulter. „Mir geht's gut. Wirklich."

Denke ich.

Natürlich ist es seltsam, Bentley wieder hier zu haben, vor allem, wenn man bedenkt, dass er das letzte Mal an dem Tag hier war, an dem wir genau auf diesem Parkplatz Schluss gemacht haben. Aber seine Nahtoderfahrung und meine laufenden Therapiegespräche haben meine Sichtweise inzwischen etwas verändert. Ganz zu schweigen von dem, was er mir in seinem Brief während der Reha geschrieben hat. Ich weiß vielleicht nicht aus erster Hand, wie sich der Kampf gegen eine Sucht anfühlt, aber ich glaube, ich kann mir jetzt viel besser vorstellen, womit Bentley es tagtäglich zu tun hatte. Sein Verrat hat mich tief getroffen, aber ich kann jetzt erkennen, dass er es nicht mit böser Absicht getan hat. Er war einfach nur verängstigt und sehr, sehr traurig.

Ich wäre ein furchtbarer Mensch, wenn ich kein Mitgefühl für jemanden hätte, der so gelitten hat wie Bentley, aber gerade weil es um ihn ging, hat es mich noch mehr mitgenommen. Als ich neulich von Ojai nach Hause fuhr, ist mir klar geworden, dass wir uns beiden keinen Gefallen tun, wenn ich ihm unsere gemeinsame Vergangenheit vorhalte. Ich glaube, dass Bentley seine Taten bereut und in Zukunft ein besserer Mensch sein will. Vielleicht werden wir eines Tages wieder mehr als nur Freunde. Im Moment jedoch denke ich, dass es für uns beide das Beste ist, diese Erwartung beiseitezuschieben.

Als Bentley sich unserer Gruppe nähert, umarmt er Kingston mit einem Schulterklopfen, gefolgt von kurzen Umarmungen mit Ainsley und Jazz. Bentley begrüßt zwar die anderen, aber seine Augen sind die ganze Zeit auf mich gerichtet. Ich bekomme kaum mit, wie die vier sich auf den Weg in Richtung Schule machen, denn ich bin in Bentleys Blick gefangen und kann mich auf nichts anderes konzentrieren. Als wir nur noch zu zweit sind, spricht er endlich.

„Hey, Syd.“

„Hey.“ Verdammt, ich spüre, wie meine Wangen rot werden. „Ich meine … willkommen zurück. Wie geht es dir?“

„Mir geht's gut. Wie ist es dir ergangen?“

„Äh … genauso. Gut, meine ich, zum größten Teil.“ Ich erschrecke, als die Schulglocke läutet.

Seine Lippen zucken, wahrscheinlich, weil ich so unglaublich unbeholfen bin. „Kann ich dich zu deiner ersten

Klasse begleiten? Das machen Freunde doch so, oder? Es sei denn, du hast dir das mit der Freundschaft anders überlegt."

„Nein." Ich schüttele den Kopf. „Ich habe meine Meinung darüber definitiv nicht geändert."

„Na gut, also dann." Bentley reibt mit dem Daumen über seine Unterlippe.

Igitt. Warum ist es so verdammt sexy, wenn ein Typ das macht? Bentley macht mir die Sache mit der Freundschaft nicht gerade leicht, so viel steht fest.

Oh, bitte, Sydney. Als ob das jemals *einfach gewesen wäre.*

Ich neige meinen Kopf in Richtung des mittleren Gebäudes. „Ich schätze, wir sollten da reingehen, was? Bist du bereit?"

Er lächelt. „Los geht's."

Gott sei Dank hatte ich meine Nervosität überwunden, als die zweite Stunde begann und Bentley sich im Psychologie-Unterricht an den Tisch neben meinem setzt. Ich will nicht behaupten, dass ich ihn nicht genauestens beobachtet habe – und okay, vielleicht habe ich ihn auch mal beschnuppert – aber die meiste Zeit habe ich die Coole gespielt. Ich sage mir immer wieder, dass ich mich wie ein großes Mädchen verhalten soll – schließlich bin ich diejenige, die dieses Freundschaftsding vorgeschlagen hat -, aber mein Körper spielt nicht mit. Er erinnert sich nur zu gut daran, warum Bentley Fitzgerald mit einer massiven Schwanz-Energie herumläuft, anders als alle anderen, die ich je kennengelernt habe. Er weiß auch, dass meine Vibratorensammlung ein miserabler Ersatz ist. Ich habe mich innerhalb von null Komma fünf Sekunden von der Jungfrau zur Sexbesessenen entwickelt, und das ist alles seine Schuld.

Blöde Hormone.

„Ich weiß es nicht. Ich dachte an einen rosa Farbton. Welche Farbe nimmst du, Syd?"

Ich war während des ersten Teils des Gesprächs nicht ganz bei der Sache, deshalb habe ich keine Ahnung, was Ainsley wissen will. „Farbe?"

Jazz lächelt vielsagend. „Für den Abschlussball. Ich habe Ainsley gesagt, dass ich ein schwarzes Kleid anziehe, und sie will Rosa tragen. Hast du eine bestimmte Farbe im Sinn? Wir gehen dieses Wochenende shoppen, damit wir den anderen zuvor kommen. Du kannst dich uns gerne anschließen, wenn du möchtest."

Oh.

„Ähm … Ich habe noch nicht wirklich darüber nachgedacht. Ich bin mir nicht sicher, ob ich überhaupt zum Abschlussball gehe."

Ainsley verschluckt sich fast an ihrem Schluck Eistee. „Was?! Warum nicht? Du kannst doch deinem Abschlussball nicht fernbleiben!"

„Das hatten wir doch schon mal", murmelt Jazz. „Das ist wie bei Homecoming Two-Point-Oh."

Die Jungs kichern, während Ainsley ihrer besten Freundin den Stinkefinger zeigt.

„Um was geht es hier?", frage ich Jazz.

Sie grinst und zieht eine Pommes durch das Ketchup. „Zu Beginn des Schuljahres hatte ich die *Frechheit-*" sie rollt mit ihren großen braunen Augen, als wolle sie sagen: „*Achtung, Sarkasmus*" – „den Jungs zu sagen, dass ich nicht zum

Abschlussball gehe. Es wird dich wahrscheinlich nicht überraschen, dass das für die Zwillinge inakzeptabel war." Jazz wirft den Zwillingen einen spitzen Blick zu.

Kingston packt Jazz im Nacken und zieht sie zu sich her. Was auch immer er ihr ins Ohr flüstert, sie seufzt und bekommt einen ganz verträumten Gesichtsausdruck.

Bentley räuspert sich auf dem Stuhl neben mir. „Willst du gehen? Ich meine, würdest du gehen, wenn dich jemand fragt?"

Verdammt, warum habe ich das nicht kommen sehen?

Gott, ich hoffe, er fragt mich nicht, denn der Abschlussball ist eine ziemlich große Sache und ich will ihm keine falschen Hoffnungen machen.

„Äh …"

„Wir sollten gemeinsam als Gruppe hingehen", schlägt Ainsley begeistert vor.

Ich schnippe mit dem Finger zwischen ihr und Reed hin und her. „Wie soll das funktionieren, wenn vier von uns sechs Pärchen sind?"

Ich möchte wirklich nicht auf den Abschlussball verzichten, aber ich weiß nicht, wie das funktionieren soll, wenn Bentley und ich die einzigen Singles in der Gruppe sind. Wir würden automatisch zusammengesteckt werden, und das widerspricht direkt unserer Idee, ohne Druck die Freundschaft zwischen uns aufzubauen.

Bentley rutscht auf seinem Stuhl hin und her, weil er offensichtlich mein Zögern bemerkt hat und weiß, warum. „Vielleicht könntest du Cameron fragen, ob sie mitkommen will?"

Ich überlege einen Moment lang. „Sie hatte vor, den Abschlussball in Cambridge zu schwänzen, aber ich bezweifle, dass sie etwas dagegen hätte, zu unserem zu gehen." Ich ziehe mein Handy heraus und schreibe meiner besten Freundin eine entsprechende Nachricht. Es dauert keine fünf Sekunden, bis sie antwortet.

GBOAT: *Snoop Dogg *HELL YEA!* GIF*

GBOAT: *Jersey Shore *You can't do a party without the most valuable players* GIF*

GBOAT: *Napoleon Dynamite tanzt mit Deb GIF*

Ich: Habe ich dir in letzter Zeit gesagt, wie dämlich du bist?

GBOAT: *Loki *You know you love me* GIF*

Bentleys Lippen zucken, während er über meine Schulter mitliest. „Ihre Fähigkeiten als GIF-Gesprächspartnerin sind top. Ehre, wem Ehre gebührt."

Ich stecke mein Handy zurück in die Innentasche meines Blazers und schüttle den Kopf.

Ich zeige mit einem Finger auf ihn. „Wiederhole das *nicht* vor ihr. Das Mädchen braucht nicht noch ermutigt zu werden."

Er hält seine Hände hoch und seine Augen leuchten vor Vergnügen. „Du hast mein Wort."

Mir entgeht nicht, wie leicht uns die Kabbelei fällt, fast so, als hätte es den letzten Monat nie gegeben. Auch nicht, wie aufmerksam uns die anderen vier Leute an diesem Tisch beobachten. Es fühlt sich gut an, in Bentleys Nähe zu sein. Sein Charme hat in der Zeit, in der er weg war, sicher nicht gelitten. Aber ich muss daran denken, mich davon nicht in ein falsches Gefühl der Sicherheit locken zu lassen.

„Dann ist es also offiziell." Ainsley klatscht aufgeregt in die Hände. „Wir gehen alle zum Abschlussball!"

Ich starre auf mein Essenstablett und versuche, mir klar-
zuwerden, was ich davon halte.

Bentley stößt mich mit der Schulter an und flüstert: „Wir
finden eine Lösung, Syd. Denn dich ganz zu verlieren,
kommt für mich nicht infrage.“

Ich lächle sanft und liebe es insgeheim, wie gut er mich
lesen kann. „Für mich auch nicht.“

Aus dem Augenwinkel kann ich sehen, wie er grinst. „Ich
würde sagen, das ist ein guter Anfang.“

Gott, dieser Junge.

KAPITEL EINUNDVIERZIG

Bentley

Da ich mit zwei eingefleischten Ballerinas in meinem engsten Freundeskreis aufgewachsen bin, habe ich schon viele Tanzvorführungen besucht, und meistens sind sie alle gleich. Du sitzt drei bis vier Stunden lang auf einem unbequemen, winzigen Stuhl und schaust dir Aufführungen verschiedener Leistungsklassen an – von kleinen Vorschulkindern, die noch über ihre eigenen Füße stolpern, bis hin zu älteren Teenagern, die mit unglaublicher Anmut über die Tanzfläche gleiten. Die Schritte und die Musik mögen sich ändern, aber wenn du eine gesehen hast, kennst du sie alle.

Zumindest dachte ich das, bevor ich Sydney Carrington auf der Bühne sah.

Ich habe schon früher gesehen, wie großartig dieses Mädchen sich auf einer Tanzfläche bewegen kann, aber so etwas wie hier habe ich noch *nie* erlebt. Hoziers „Take Me to

Church" dröhnt aus den Lautsprechern des Auditoriums. Die stimmungsvolle Melodie ist der perfekte Soundtrack zu den Bewegungen ihres Körpers. Ich bin so fasziniert von Sydneys Darbietung, dass ich das enge Trikot und den durchsichtigen Rock, den sie trägt, kaum wahrnehme. Wenn man bedenkt, wie oft ich sie heimlich beobachte, ist das schon ein verdammtes Wunder.

Sydney ist ein wahrer Tornado aus Drehungen, Sprüngen und Wirbeln. Ihre langen Gliedmaßen wirken irgendwie noch länger, wenn sie sie anmutig ausstreckt und mühelos von einer Bewegung in die nächste übergeht. Die schiere Athletik, die sie ausstrahlt, ist verblüffend. Aber noch bemerkenswerter ist ihre Fähigkeit, unendlich viel Emotionen in dieses Stück zu legen. Sie ist die personifizierte Leidenschaft. Ihr Herz blutet bei jedem ihrer Schritte. Ich wusste ja, dass Sydney Talent hat, aber das hier ist absolute Spitzenklasse. Die Tatsache, dass sie diese Nummer selbst choreografiert hat und sie derart intensiv umsetzen kann, dass das halbe Publikum weint, ist überwältigend. Es ist daher kein Wunder, dass sie nur wenige Tage nach ihrem Vortanzen die Zusage der Los Angeles School of Performing Arts erhielt. Die Jury hätte sie wahrscheinlich auf der Stelle angenommen, wenn sie damit durchgekommen wäre.

Ich muss blinzeln, als das Lied zu Ende ist und bin zu fassungslos, um mehr zu tun, als Sydney hinter der Bühne verschwindet

„Sie ist ziemlich beeindruckend, oder?"

Ich nicke stumm. „Unglaublich."

„Ich glaube, das liegt ihr im Blut. Immerhin ist sie das Kind einer der weltweit besten Ballerinen." Ich zucke zusammen, als Ainsley ihre Nägel in meinen Unterarm gräbt. „Oh, apropos … da kommt sie ja!“

Sydneys Mutter stellt sich mit dem Mikrofon in der Hand in die Mitte der Bühne. „Meine Damen und Herren, bevor wir zu unserem Finale kommen, möchte ich mich kurz bei jedem von Ihnen für Ihr Kommen bedanken …“

Ainsley kichert. „Als ob ich mir die Chance entgehen lassen würde, *die* Daphne Reynolds in natura zu sehen.“

Ich verkneife mir ein Lachen, als Daphne ihre Rede beendet. Syd hat mir erzählt, dass Ainsley in der Nähe ihrer Mutter total nervös ist, aber das hatte ich vor heute noch nicht in natura erlebt. Jedes Mal, wenn die Frau auf die Bühne kam, um sich an das Publikum zu wenden, lehnte sich Ainsley nach vorn und starrte so angestrengt, dass ihre Augen tränten.

Liebenswerter kleiner Psycho.

Ein paar Minuten später ist das Finale zu Ende und die Tänzerinnen und Tänzer verbeugen sich gemeinsam, bevor der Vorhang fällt. Baby Davenport und ich bleiben hier, während alle anderen aufbrechen. Wir müssen noch ein bisschen warten, bis Sydney aus dem Backstage-Bereich kommt. Sie hat uns gebeten, hier oben auf sie zu warten, während sie den Rest des Publikums nach draußen komplementieren.

„Ich finde es wirklich cool, dass du heute gekommen bist, Bent. Ich weiß, dass das wahrscheinlich einige schwierige Erinnerungen wachruft.“

Überraschenderweise ist es nicht annähernd so schlimm, wie ich erwartet hatte. Ich hatte durchaus die Befürchtung gehabt, dass der Besuch einer Tanzvorführung ein Trigger für mich sein könnte, da die letzten Veranstaltungen dieser Art, die von Carissa waren. Ich wollte Sydney jedoch so gerne auftreten sehen, dass ich mir diese Gelegenheit auf keinen Fall entgehen lassen konnte. Außerdem ist es fast unmöglich, jeden Trigger zu vermeiden. Und wenn ich einem begegne, muss ich mich auf das konzentrieren, was mein Berater Expositionstherapie nennt.

„Ich hatte keine andere Wahl. Ich wollte nicht verpassen, wie du zum Groupie wirst!" Ich drücke eine offene Handfläche gegen meine Brust und schnappe übertrieben nach Luft.

„Ha ha, sehr witzig." Sie rollt mit ihren haselnussbraunen Augen. „Aber im Ernst. Ich weiß, dass Sydney es zu schätzen weiß."

Ich zucke mit den Schultern. „Möglich."

„Sie merkt, wie sehr du dich um sie und deine Genesung bemühst, Bentley. Wir sind stolz auf dich. Wir alle."

Ich winke sie ab. „Das ist keine große Sache."

„Ach, halt die Klappe. Seit wann bist du so bescheiden?" Sie gibt mir einen spielerischen Schubs. „Steh zu dem Scheiß. Du bist jetzt seit ein paar Wochen zu Hause und du bist nüchtern geblieben. Das ist großartig!"

Ich nehme meine Kappe ab und drehe sie um. „Es war nicht einfach. Ich würde am liebsten immerzu high sein, Ains."

Vor ein paar Monaten hätte ich das nie zugegeben. Ich hätte den ganzen Scheiß unter Verschluss gehalten und den Schlüssel weggeworfen. Aber mein Therapeut sagt, dass es eine Lüge ist, wenn man seine Sucht vor den Menschen, denen man vertraut, verbirgt, weil das zu destruktivem Verhalten führen kann. Wenn ich niemanden habe, mit dem ich über diese Dinge reden kann, ist die Wahrscheinlichkeit größer, dass ich rückfällig werde.

Ainsley lehnt ihren Kopf an meine Schulter. „Ich weiß, Bent. Aber du machst gerade alles richtig. Du gehst zu einem Therapeuten. Du gehst zu den Treffen der Anonymen Alkoholiker. Das sind alles Dinge, auf die du stolz sein solltest, egal, wie schwierig es ist."

Ich bin mir nicht sicher, ob stolz das Wort ist, das ich für meinen Kampf gegen die Sucht benutzen würde. Ehrlich gesagt, weiß ich aber auch nicht, wie ich es sonst nennen sollte. Denn es ist zweifellos ein harter Kampf. Ich versuche einfach, einen Tag nach dem anderen – oder besser gesagt, eine Minute nach der anderen – zu nehmen und mich nicht von dieser Last erdrücken zu lassen, die ich ständig mit mir herumschleppe. Ich muss sagen, dass die letzten Wochen mit Sydney definitiv dazu beigetragen haben, meine Ängste in den Griff zu bekommen. Wir sind zwar nur innerhalb des Freundeskreises zusammen, aber das ist okay für mich, denn so fühlt sich Syd wohler. Ihre beste Freundin ist nun auch Teil unserer Gruppe, was ich toll finde, denn die Kleine ist echt witzig. Abgesehen davon ist jeder, der Sydneys beschissenen Ex in den Arsch tritt, in meinen Augen total okay.

Ich schrecke aus meinem Stuhl hoch, als ich sehe, wie Sydney und Cameron hinter dem Vorhang hervortreten, schnappe mir den Strauß, den ich auf dem Stuhl neben mir liegen hatte. Ains und ich gehen die Treppe hinunter, bis wir vor der Bühne auf sie treffen.

Ich reiche Sydney den Strauß aus Casablanca-Lilien und Rosen. „Du warst unglaublich, da oben, Syd."

Sie schnuppert lächelnd an den Blumen. „Danke."

„Verdammt, Playboy, du trägst heute ganz schön dick auf, was?", stichelt Cameron. „Ich frage mich, was hier sonst noch dick ist?" Sie tippt sich nachdenklich ans Kinn.

Sydneys Augen weiten sich und sie schlägt ihrer Freundin auf den Arm. „Mein Gott, Cameron!"

Ainsley und ich müssen beide lachen. Mit ihr wird es nie langweilig, das steht fest.

„Oh mein Gott, flipp nicht aus", murmelt Ainsley. „Bitte. Flipp. Nicht. Aus."

Ich sehe sie mit zusammengezogenen Augenbrauen an. „Wovon redest du?"

„Hey, Schatz." Sydneys Mutter geht auf sie zu und drückt sie kurz. „Das hast du heute toll gemacht."

„Danke, Mama."

Ah, jetzt ergibt Ainsleys Verhalten einen Sinn.

Feine Linien bilden sich um Daphnes Augen, als sie lächelt. „Ainsley, schön, dich wiederzusehen. Ich habe gehört, dass du auch in die LASPA aufgenommen worden bist. Herzlichen Glückwunsch!"

Ainsley starrt gut fünf Sekunden lang, bevor sie antwortet. „Äh … du auch. Sehr sogar. Ich meine … ja. Ja, total." *Verdammt, warum bin ich so verdammt unbeholfen?* Mist. Lass es mich noch einmal versuchen. Was ich sagen wollte, war: *„Danke."*

Sydney und Cameron grinsen breit, als sie sehen, wie Baby Davenport sich zum Deppen macht.

„Und Bentley", fährt Syds Mutter fort und ignoriert Ainsleys Schwärmerei gnädig. „Schön, dich auch wiederzusehen. Danke, dass du zur Aufführung gekommen bist."

Ich neige meinen Kopf. „Es war mir ein Vergnügen."

Ich frage mich, wie viel Sydney ihr über mich anvertraut hat, so wie sie mich ansieht. Andererseits weiß Syds Vater, warum ich einen Monat lang nicht auf der Schule war, denn er ist der

Schulleiter von Windsor. Heißt das aber, dass Daphne es auch weiß? Ich kann mir nicht vorstellen, dass sie begeistert wäre, wenn ihre Tochter mit einem Süchtigen abhängen würde.

Einem ehemaligen Süchtigen erinnere ich mich.

Daphne schaut zwischen ihrer Tochter und mir hin und her. „Nun, ich wollte nicht stören. Wir sehen uns dann zu Hause, Syd."

„Tschüss, Moms", sagt Sydney.

„Bis später, Mama C." Cam klatscht in die Hände. „Wer hat Hunger? Ich schon."

Ainsley und Sydney heben ihre Hände, und ich sage: „Zu Essen kann ich niemals nein sagen."

Cam hakt sich bei Syd unter. „Wie wäre es mit dem Retro-Diner auf der Ventura? Die haben tolle Shakes."

Ich nicke. „Hört sich gut an."

„Gut. Wir treffen euch dann dort", lächelt Syd.

Fünfzehn Minuten später parken Ainsley und ich vor Mac's Diner und Sydneys Audi fährt neben uns ein. Gerade als wir hineingehen wollen, hält Cameron kurz an und flucht.

„Was ist los?", fragt Syd.

Cam seufzt. „Mir ist gerade eingefallen, dass ich meiner Mutter versprochen habe, nach der Aufführung sofort nach Hause zu kommen. Sie sagte, sie wolle etwas mit mir besprechen."

Sydney beäugt ihre beste Freundin misstrauisch. „Wirklich? Kann das nicht eine Stunde warten?"

„Nö." Cameron schüttelt den Kopf. „Sie geht heute Abend mit Archie weg. Sie hat gesagt, es muss *gleich* nach der Arbeit sein."

„Weißt du was?", meldet Ainsley sich zu Wort. „Ich bin nicht sehr hungrig. Ich kann dich zu Hause absetzen, Cam."

„Wirklich?", lächelt Cam. „Das wäre fantastisch. Ich wollte schon immer mal in einem Lambo fahren."

„Äh …" Sydneys blaugrüne Augen flackern in meine Richtung. Ihre Vorbehalte, mit mir allein zu sein, könnten nicht deutlicher sein.

„Es ist alles in Ordnung", versichere ich ihr. „Wir können das ein anderes Mal machen."

Syds Blick flackert zwischen ihrer besten Freundin und mir hin und her, bevor sie sich wieder auf mich konzentriert. „Nein. Weißt du was? Es ist in Ordnung."

„Syd, ich will nicht …"

Sie schüttelt ihren Kopf, dass ihre dunklen Locken fliegen. „Ich meine es ernst, Bentley. Wir sind doch Freunde, oder? Es gibt keinen Grund, warum wir nicht zusammen einen Happen essen gehen sollten. Und nun sind wir schon mal hier, also …"

„Bist du sicher?"

„Positiv." Sie nickt. „Wenn es für dich okay ist, ist es das auch für mich. Ich kann dich nachher nach Hause fahren."

Ainsley wirft mir einen Blick zu, der sagt: *Bist du damit einverstanden?"*

Ich nicke und antworte den beiden Mädchen. „Okay."

Ains öffnet die Tür ihres gelben Lamborghini und sagt: *„Viel Glück"*, als Syd sich abwendet, um hineinzugehen. Cameron zwinkert mir frech zu, bevor sie ebenfalls ins Auto steigt, und ich frage mich, ob das alles eine Falle war. Wenn ja, bin ich einerseits dankbar, denn das bedeutet mehr Zeit mit dem Mädchen meiner Träume, aber andererseits bin ich irritiert, denn ich will nicht, dass Sydney sich unter Druck gesetzt fühlt, Zeit mit mir verbringen zu müssen. Ich möchte, dass sie Zeit mit mir verbringen möchte.

Fuck.

Seit wann ist der Umgang mit Mädchen so kompliziert? Früher war ich ein verdammter Weltmeister, was diesen Scheiß anbelangt. Aber es stand auch noch nie so viel auf dem Spiel. Außerdem haben die ganzen Drogen in meinem Blut wahrscheinlich dazu beigetragen, meine Angst zu dämpfen.

„Hey, willkommen bei Mac's." Eine brünette Frau mittleren Alters – Barb, so steht es auf ihrem Namensschild – schnappt sich zwei Speisekarten vom Hostessenstand. „Für zwei?"

„Ja, bitte", antworte ich.

Als Barb uns zu einem Tisch im hinteren Bereich führt, erinnere ich mich daran, dass ich auf dem Weg dorthin nicht auf Sydneys perfekten Hintern starren sollte, aber was soll's. Sie hat eine Yogahose an, und es ist schwer, dem zu widerstehen. Schließlich weiß ich, wie sich diese runden Backen in meinen Händen anfühlen. Es ist jetzt fast zwei Monate her, dass ich diese umwerfende Frau zuletzt berührt habe. Aber wenn man bedenkt, wie viel in den letzten zwei Monaten passiert ist, fühlt es sich eher wie zwei *Jahre an.* Wichsen ist im Vergleich dazu so unbefriedigend, dass ich mich manchmal frage, warum ich mir überhaupt die Mühe mache. Aber dann mache ich mir Sorgen, dass meine Eier vor lauter aufgestautem Frust explodieren könnten. Google sagt, dass das eigentlich nicht passieren kann, aber ich will nichts riskieren.

Sydney und ich sehen uns die Speisekarte an – ein

Bacon-Cheeseburger für sie und Hähnchenstreifen für mich – und geben unsere Bestellung auf.

„Warst du schon mal hier?" Syd nimmt einen Schluck Wasser.

„Ziemlich oft. Ainsley und Jazz lieben die Milchshakes hier."

„Ich weiß nicht, wie die beiden so schlank bleiben können, bei der Menge, die sie essen. Cam auch. Wenn ich auch nur an einen Milchshake *denke*, schwöre ich, dass mein Arsch noch dicker wird."

„Ich sehe da kein Problem", grinse ich.

Syd lacht. „Ah, da ist er ja wieder."

Ich neige meinen Kopf zur Seite. „Was soll das denn heißen?"

„Flirty Bentley", erklärt sie. „Ich habe mich schon gefragt, wann er ein Comeback feiert."

Ich räuspere mich. „Tut mir leid, es ist mir einfach rausgerutscht."

Sie tippt mich mit dem Fuß unter den Tisch an. „Ich habe mich nicht beschwert, Bent. Ehrlich gesagt, wenn du dich noch länger wie ein richtiger Gentleman benimmst, mache ich mir Sorgen, dass mit dir etwas nicht stimmt."

Ich lächle, als sie die verkürzte Version meines Namens benutzt. Ich bin mir ziemlich sicher, dass sie das zum ersten Mal tut.

„Wenn wir schon so offen sind … darf ich etwas sagen?"

Sydney neigt ihren Kopf. „Mach schon."

Ich fummel an der Krempe meiner Kappe herum, bevor ich ihr direkt in die Augen schaue. „Ich bin mir nicht sicher, ob ich weiß, wie ich dein Freund sein kann, Syd. Ich versuche es. Ich versuche es *wirklich*, verdammt. Aber kein Teil von mir will *nur* dein Freund sein."

„Ich weiß, dass du dir Mühe gibst, Bentley. Und ich weiß es wirklich zu schätzen." Sie neigt ihr Kinn für einen Moment und ein Grinsen huscht über ihr Gesicht. „Und da du so durchschaubar bist, denke ich, dass es nur fair ist, wenn ich sage, dass du nicht der Einzige bist, dem es so geht." Syd hebt einen Zeigefinger, als meine Augen sich bei ihrem Geständnis weiten. „Das heißt aber *nicht*, dass ich mich einfach wieder in eine Beziehung mit dir stürzen kann. Und sind neue Beziehungen im ersten Jahr der Abstinenz nicht ein großes Tabu? Ich dachte, ich hätte das irgendwo gelesen."

Meine Augenbrauen heben sich. „Du hast dich darüber erkundigt?"

„Ja." Syd zuckt mit den Schultern. „Ich war neugierig, was du durchgemacht hast."

„Das bedeutet mir sehr viel, Syd. Wahrscheinlich mehr, als ich es jemals ausdrücken könnte. Und zufälligerweise haben mein Therapeut und ich gerade gestern darüber gesprochen."

„Wie das?"

Ich setze mich aufrechter hin. „Nun … sie weiß eine Menge über unsere Vergangenheit. Du weißt ja, dass Offenheit und Ehrlichkeit zu den 12-Schritte-Regeln gehören. Um deine Frage zu beantworten: Nein, es wird nicht empfohlen, eine neue Beziehung einzugehen, bevor man nicht mindestens ein Jahr lang nüchtern war."

„Warum habe ich das Gefühl, dass da ein *Aber* kommt?"

„*Aber* …" Meine Lippen verziehen sich. „Da wir eine gemeinsame Vergangenheit haben und du nicht … äh, zu meiner Sucht beigetragen hast … denkt sie, dass es in Ordnung ist, vorausgesetzt, es gibt keine Lügen mehr zwischen uns.“

Sie kaut auf ihrer Unterlippe. „Das war bei mir nie ein Problem.“

Autsch.

„Ich weiß.“ Ich zucke zusammen. „Ich weiß auch, dass Taten mehr sagen als Worte, also muss ich mir dein Vertrauen erst wieder verdienen, aber ich kann mit Sicherheit sagen, dass das auch für mich kein Problem mehr sein wird. Ich meine … du hast mich doch schon von meiner schlechtesten Seite gesehen, oder? Was gibt es da noch zu verbergen?“ Ich knete die angespannten Muskeln in meinem Nacken. „Ich will nie wieder dieser Typ sein, Sydney.“

Sie denkt einen Moment darüber nach und seufzt. „Ich glaube dir, Bentley.“

„Und was bedeutet das jetzt für uns?“

„Ich denke … wir nehmen einen Tag nach dem anderen. Ich möchte mit niemandem sonst zusammen sein und ich genieße es, Zeit mit dir zu verbringen. Das möchte ich fortsetzen.“ Sie hakt ihren Fuß bei meinem ein. „Ich bin nur … Ich bin im Moment nicht bereit für *mehr*. Und ich weiß nicht, wann das sein wird. Kannst du mit einer unbestimmten Wartezeit umgehen?“

Für dieses Mädchen? Auf sie würde ich ein verdammtes Leben lang warten.

Ich nicke. „Du bist es wert, Syd. Immer.“

Ein strahlendes Lächeln breitet sich auf ihrem schönen Gesicht aus. „Na denn …“

KAPITEL ZWEIUNDVIERZIG

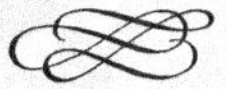

Sydney

„Oh, Schatz, ihr Mädels seht so schön aus!" Meine Mutter legt eine Hand auf ihr Herz. „Sehen sie nicht wunderschön aus, Tim?"

Mein Vater lächelt, als Cameron und ich uns vor dem Spiegel über meiner Kommode drehen und wenden. „Und wie. Obwohl ihr für meinen Geschmack ein bisschen zu erwachsen ausseht. Und ich will noch nicht einmal davon anfangen, was ist, wenn die Jungs euch so sehen können."

Ich werfe ihm einen schiefen Blick zu. „Papa, fang nicht damit an."

Er hält die Hände hoch und lacht. „Hey, gib mir nicht die Schuld. Das ist die DNA meines Vaters in Aktion. Dagegen bin ich machtlos."

„Oh mein Gott, ihr seid so kitschig." Ich rolle mit den Augen.

Er zeigt auf mich. „Wissenschaft ist kein Mythos, Sydney.“

„Mama“, jammere ich. „Mach, dass er aufhört.“

„Wenn du nicht so viel Aufhebens um meine Teilnahme gemacht hättest, wäre ich vielleicht nicht so beunruhigt.“ Er zieht eine Augenbraue hoch.

„Äh ... die Sorgen nehme ich gerne in Kauf.“

Als Schuldirektor geht mein Vater normalerweise immer zum Abschlussball. Er und meine Mutter ziehen sich jedes Jahr schick an und gehen hin, denn sie nennen es ihren „jährlichen schicken Abend“. Aber dieses Jahr, da es *mein* Abschlussball ist, habe ich ihn gebeten, seinen Assistenten an seiner Stelle zu schicken. Er hat sich heftig darüber beschwert, aber meine Mutter hat ihn schließlich überredet. Ich will gar nicht wissen, was sie ihm alles versprechen musste, denn es wurde viel geflüstert und gekichert, und ich bin mir sicher, dass ich es eigentlich gar nicht so genau wissen will.

„Geht ins Wohnzimmer, damit ich Fotos von euch beiden vor dem Kamin machen kann, bevor eure Freunde kommen.“ Sie fuchtelt mit ihren Händen, um uns etwas anzutreiben.

„Nur noch eine Minute, dann kommen wir.“

Meine Mutter nickt, bevor sie die Hand meines Vaters ergreift und ihn aus dem Zimmer führt. Sie schreit auf, als sie weiter den Flur entlang gehen, und ich bin mir ziemlich sicher, dass das daran liegt, dass mein Vater sie gerade in den Hintern gekniffen hat.

Cam macht ein würgendes Geräusch. „Sie sind sooo süß, aber gleichzeitig möchte ich auch brechen.“

Ich schnaube. „Versuch mal, mit ihnen zusammenzuleben.“

„Äh … das mache ich praktisch schon seit zehn Jahren“, sagt sie. „Ich *kenne mich mit den* übertriebenen Gefühlsausbrüchen deiner Eltern *gut aus*.“

„Touché.“

„Okay, Schlampe, genug von den rasenden Hormonen deiner Eltern.“ Cam lacht, als ich eine Grimasse schneide. „Lass uns noch schnell die Lippen schminken und dann rausgehen.“

Ich lächle, als ich unsere Spiegelbilder betrachte. Cameron trägt ein kanariengelbes Chiffonkleid, das bis zum Boden reicht und mit einem Spitzendekolleté versehen ist. Ihr langes blondes Haar ist professionell frisiert und sitzt in einem Stapel eleganter Locken oben auf ihrem Kopf. Mein Kleid ist ähnlich, allerdings in Aqua – einem Farbton, der meinen Augen verblüffend ähnlich ist – und mit Strasssteinen anstelle von Spitze besetzt. Ich strecke mein Bein aus und entblöße den dramatischen Schlitz, der bis zur Mitte des Oberschenkels reicht und meine vom Tanzen trainierten Waden und die silbernen Riemchensandalen zur Geltung bringt. Meine Haare sind zu einer halben Hochfrisur mit Strassklammern hochgesteckt, aber vor allem sind sie glatt wie ein Brett, was ihnen einige Zentimeter mehr Länge verleiht. Ich glätte meine Haare nur selten, weil es so lange dauert, aber heute Abend wollte ich etwas anderes.

Cameron schmatzt mit ihren Lippen, nachdem sie das rosa Gloss aufgefrischt hat. „Ich muss etwas sagen, bevor alle hier sind. Aber du musst mich aussprechen lassen, bevor du die Idee abtust.“

Mein Blick wandert zu ihr in den Spiegel. „Nun, ich hoffe, da kommt jetzt nichts Unheilvolles oder so.“

Sie legt ihre Hände auf meine Oberarme und dreht mich

zu sich. „Sydney, als deine beste Freundin fühle ich mich verpflichtet, dich zu zwingen, dir nicht selbst im Weg zu stehen.“

Ich runzle die Stirn. „Hör endlich auf, in Codes zu reden. Spuck es aus!“

„Okay. Ich bin nicht beleidigt, wenn du den Großteil der Nacht mit Bentley verbringst. Oder … wenn du dich für die ganze Nacht in eines der Zimmer im Hotel schleichen willst. Ich will nicht, dass du dir wegen mir Gedanken machst.“

„Cam. Ich bin nicht …“

Sie hält ihre Hand hoch. „Nee, nee. Lass mich ausreden.“

Ich verschränke meine Arme vor der Brust. „Lass hören.“

„Wie ich schon sagte … Ich bin ein großes Mädchen. Ich weiß die Einladung zu schätzen und ich bin sicher, dass ich heute Abend viel Spaß haben werde, aber ich will nicht, dass du denkst, du müsstest ständig an meiner Seite kleben.“

Ich setze mich auf die Kante meines Bettes. „Wie kommst du darauf?“

Cam lässt sich neben mir auf die Matratze sinken. „Die letzten Wochen waren toll, oder? Vor allem mit Bentley, seit ihr euch im Diner unterhalten habt?“

„Ja. Und?“

„*Und* … du hast gesagt, ihr seid euch wieder nähergekommen, weil ihr mehr Zeit alleine miteinander verbringt.“

Ich schüttle den Kopf. „Wir sind nicht …“

„*Ich sagte*, lass mich ausreden.“ Ihre blauen Augen verengen sich. „Ich weiß, dass ihr nur Freunde seid.“ Die letzten beiden Wörter setzt sie in Anführungszeichen. „Und du hältst es gerade jugendfrei. Aber denkst du nicht, dass es an der Zeit ist, euch beide aus eurem Elend zu befreien? Es sind jetzt fast drei Monate vergangen, Syd. Und sieh dir an, wie weit ihr beide in dieser Zeit gekommen seid."

Sie hat Recht. Bentley und ich sind in den letzten Monaten so sehr gewachsen als Individuen und gemeinsam. Die Therapie hat uns beiden geholfen, und Bentley ist nüchtern geblieben. Wir reden viel – manchmal stundenlang – und er könnte nicht offener über seine Gedanken und Gefühle sprechen. Kein Thema ist tabu. Wenn Bentley etwas loswerden will, tut er es. Unsere Unterhaltungen sind nicht immer einfach, aber sie sind *produktiv*. Sie haben uns definitiv mehr zusammengeschweißt.

„Ich weiß. Aber wir nehmen einen Tag nach dem anderen, Cam. Auf diese Weise gibt es keinen Druck."

„Oh, nicht doch …"

„Mädels", ruft mein Vater. „Die Limousine fährt vor."

Cams blaue Augen verengen sich. „Wir sind noch nicht fertig, Lady."

„Für den Moment schon", sage ich frech und gehe aus meinem Zimmer.

Als wir unten ankommen, ist unser winziges Wohnzimmer voller formell gekleideter Menschen. Jazz und Ainsley lächeln, als sie uns sehen. Beide sehen in ihren schicken Kleidern umwerfend aus, wie immer. Auch ihre Partner sehen nicht übel aus in ihren schwarzen Smoking. Als jedoch Bentley hinter Kingston hervortritt, hätte ich mich mit einem unangemessenen Kommentar beinahe vor der versammelten Mannschaft in Verlegenheit gebracht.

Heilige Scheiße, sieht er gut aus!

Es sollte verboten werden, so klasse auszusehen. Wie seine Freunde trägt Bentley einen eleganten schwarzen Smoking, aber während Reed und Kingston sich für Standard-Krawatten und -Westen entschieden haben, hat Bentley eine traditionelle Fliege und einen Kummerbund gewählt. Er sieht sehr nach Alt-Hollywood aus, und ich muss zugeben, dass mir das sehr gefällt. Wenn er lächelt – mein Gott, *wenn er lächelt* – explodiert mein Intimbereich auf wie ein Feuerwerk am Unabhängigkeitstag. Das muss an seinen Grübchen liegen. Ach, wem mache ich was vor? Bentley Fitzgerald wäre ohne sie genauso cool.

Aber sie schaden auch nicht.

Aus dem Augenwinkel sehe ich Camerons vielsagendes Lächeln und ich schwöre, ich höre ihre Stimme in meinem Kopf, die sagt: „Nimm ihn dir, Mädchen!"

Bentleys Adamsapfel wippt, während der Blick aus seinen braunen Augen meinen Körper entlang wandert. Er reibt sich mit der Hand über den Kiefer und sagt: „Wow, Syd, du siehst … umwerfend aus."

Ich grinse. „Danke. Du siehst auch toll aus."

Die Untertreibung des Jahres.

„Äh … hallo?" Cam winkt mit den Händen. „Warum fühle ich mich plötzlich unsichtbar? Könnt ihr mich noch sehen?"

Bentley gluckst, während ich sage: „Ach, halt die Klappe. Du weißt, dass du gut aussiehst. Es ist nicht unsere Aufgabe, ständig dein Ego zu streicheln, Cameron."

Sie streckt ihre Zunge heraus. „Nun, das sollte es aber."

„Du siehst wunderschön aus, Cam", mischt Bentley sich ein.

Ich strecke ihm die Zunge raus. „Leck mich."

„Okay, Kinder", schimpft meine Mutter. „Stellt euch alle vor den Kamin, damit ich euch noch mit Fotos nerven kann, bevor ihr geht."

„Wenn ich dir die Nummer meiner Mutter gebe, könntest

du ihr dann ein paar davon zuschicken?", fragt Bentley. „Sie würde mich umbringen, wenn sie das hier verpasst."

„Das mache ich gerne. Wir Mütter müssen zusammenhalten", meint meine Mutter augenzwinkernd.

„Oh mein Gott", stöhne ich. „Hast du ihm wirklich gerade zugezwinkert?"

Meine Mutter, mein Vater und Bentley lachen alle.

„Mach dir keine Illusionen, junger Mann." Mein Vater hebt seinen Zeigefinger. „Die ist schon vergeben."

Bent hält beide Hände hoch und grinst. „Das würde mir im Traum nicht einfallen."

„Ich habe die peinlichsten Eltern aller Zeiten", murmle ich.

„Ach, sei doch still", sagt meine Mutter. „Auf jetzt, alle zusammenstehen und lächeln."

Wir erlauben meiner Mutter ein paar Dutzend Fotos, bevor wir uns in die Limousine setzen und zum Hotel fahren, in dem der Abschlussball stattfindet. Mir fällt die Kinnlade runter, als wir den großen Ballsaal betreten. Jede einzelne Wand ist mit einem dicken Vorhang aus Eiszapfenlichtern bedeckt. Von der Decke hängen Bänder aus weißem und goldenem Tüll, die mit noch mehr Lichtern bestückt sind. Die große Tanzfläche ist bereits voll, umgeben von Dutzenden von runden Tischen mit weißen Tischdecken, goldenen Stühlen und kunstvollen Blumenarrangements. Der ganze Raum strahlt eine stilvolle Eleganz aus, wie ich es vermutlich von einem Windsor-Ball hätte erwarten sollen.

Ainsley schnappt nach Luft. „Es ist unglaublich schön."

„In der Tat", stimme ich zu.

Cam kreischt auf, als „Best Friend" von Saweetie und Doja Cat aus den Lautsprechern schallt.

Sie kugelt mir fast den Arm aus. „Alte, sie spielen unser Lied. Lass uns mit den Ärschen wackeln."

„Oh … ähm, okay." Ich stolpere fast, als ich versuchte, mit ihr Schritt zu halten.

„Später, Jungs!", ruft Ainsley, während sie eine verwirrte Jazz auf die gleiche forsche Art wie meine beste Freundin hinter sich herzieht.

Wir vier bewegen uns zum Beat und rappen den Text mit, während Cam versucht, in ihrem Kleid zu tanzen. Mein ganzes Gesicht tut weh, weil ich so viel lachen muss, während ein Song in den nächsten übergeht. Die Mädchen und ich tanzen, was das Zeug hält, und ich spüre Bentleys Blick auf mir. Er macht allerdings keine Anstalten, zu uns zu stoßen, bis der DJ das Tempo mit Andy Grammer's „I Am Yours" verlangsamt.

Mit meinen Absätzen bin ich fast so groß wie Bentley, und als er mich in seine Arme zieht, sind unsere Münder nur wenige Zentimeter voneinander entfernt. Ich lege meinen Kopf auf seine Schulter, um der Versuchung zu widerstehen, den winzigen Abstand zwischen unseren Lippen zu schließen. Ich seufze, als Bentleys starke Arme mich fester umarmen, während Andy davon singt, dass er sich im freien Fall durchs Leben bewegt, bis er die Frau trifft, die er liebt. Gegen Ende des Liedes drückt mein schöner, gebrochener Junge seinen Mund an mein Ohr und singt davon, dass er verloren war, aber gefunden wurde. Er weiß jetzt, wer er ist. Er gehört zu mir und er würde im Leben nichts anderes mehr sein wollen.

Tränen treten mir in die Augen, als ich mich nach hinten lehne und ihn ansehe. Der Strauß an Emotionen, der in Bentleys Blick liegt, raubt mir den Atem. Er hat zwar gerade den Text von jemand anderem zitiert, aber es steht außer Frage, dass seine Gefühle echt sind.

„Bentley." Meine Stimme zittert.

Ich halte den Atem an, als er meinen Kiefer umfasst, sich annähert. „Syd, ich …"

Ich hasse mich selbst, als ich den Schmerz sehe, den ich ihm verursache, weil ich mich abrupt zurückziehe. „Ich brauche frische Luft."

Mehr sage ich nicht. Ich mache mich auf den Weg zu den Flügeltüren am hinteren Ende des Raumes und schnappe mir Cam auf dem Weg. Als wir draußen sind, lehne ich mich gegen das Marmorgeländer und atme mehrmals tief durch, um die Panik in mir zu beruhigen.

„Sydney." Sie streichelt mir beruhigend über den Rücken. „Schatz, was ist los?"

Ich fächle mir das Gesicht und schaue auf, um die Tränen zu unterdrücken. „Ich hätte ihn fast geküsst, Cameron."

„Bentley?"

„Natürlich, Bentley!" Ich drehe mich um und werfe meine Hände hoch. „Wen denn sonst?"

„Moment mal, *chica*. Mach mal langsam. Ich wollte mich nur vergewissern, weil ich nicht verstehe, warum dich der Beinahe-Kuss von Bentley so sehr aufregt."

„Weil Cameron! Wenn ich das zulasse … gibt es kein Zurück mehr. Nicht nach allem, was wir durchgemacht haben."

„Und was ist daran schlecht?", fragt sie behutsam.

„Ich weiß es nicht!"

Meine beste Freundin holt tief Luft, quasi als Gegenpol zu meinen aufgewühlten Emotionen. „Okay … lass mich dich das fragen. Magst du Bentley? Verbringst du gerne Zeit mit ihm? Gefällt dir, wie er dich behandelt?"

„Du weißt, dass ich das tue." Das *„Bist du doof oder was"* ist meinem Tonfall deutlich zu entnehmen. „Ich mag ihn *mehr* als gerne, Cam. Und er behandelt mich, als wäre ich das Zentrum seines Universums."

„In Ordnung. Ich will gar nicht erst fragen, ob du dich zu ihm hingezogen fühlst, denn die Antwort darauf ist ein klares Ja. Wenn du ihn also mehr als nur magst, er dich wie eine Königin behandelt, du gerne Zeit mit ihm verbringst und du am liebsten sofort über ihn herfallen würdest, wo ist dann das Problem?"

„Ich habe Angst."

„Oh, Babe, ich weiß, dass du das hast. Aber weißt du, was mir das sagt?"

„Was?", schniefe ich.

Sie lächelt sanft. „Dass er das Risiko wert ist."

Ich denke einen Moment lang darüber nach. „Du hast Recht. Gott, du hast *so* recht. Was würde ich nur ohne dich tun?"

Cam schlingt ihren Arm um mich. „Keine Ahnung, und du wirst es auch nie herausfinden, weil ich nirgendwo hingehen werde."

Ich lehne mich an sie. „Ich liebe dich, Süße."

„Ich liebe dich auch, Babe."

Cameron und ich schrecken auf, als jemand in einer dunklen Ecke zu klatschen beginnt.

Was zur Hölle?

Als die große Gestalt aus dem Schatten auftaucht, erstarrt Cam sofort. „Was zum Teufel machst *du* hier?!"

Hayden, der Junge, den sie so am liebsten hasst, trägt ein

Hemd mit Kragen und eine dunkle Jeans, also bezweifle ich, dass er für den Abschlussball hier ist.

Er grinst. „Ein paar bescheuerte Girls belauschen, wie es scheint."

Cameron gibt ein knurrendes Geräusch von sich, das wahrscheinlich noch bedrohlicher wirken würde, wenn sie nicht eine schlanke, kleine Blondine in einem Abendkleid wäre. „Du bist so ein Arschloch!"
Genau mein Gedanke.

„Und was machst *du* hier?", kontert er. „Auf dem Schild vor dem Ballsaal steht, dass das nicht dein Abschlussball ist."

Cam blinzelt. „Nicht, dass es dich etwas angeht, aber ich bin als Sydneys Begleitung hier."

Sein Blick wandert kurz zu mir. „Hm. Ich hätte dich nicht für eine Lesbe gehalten. Normalerweise liege ich in diesen Dingen richtig."

„Oh mein Gott, du dummes Stück Sch …"

Ich halte Cams Arm fest, als sie sich auf ihn stürzen will. „Warte mal, Scrappy. So gerne ich dir auch dabei zuschauen würde, wie du diesem Schwachkopf in den Arsch trittst, aber du bist nicht dafür angezogen." Ich werfe Hayden einen Blick zu, in der meine ganze Verachtung deutlich wird. „Und dieser Typ ist es nicht wert, dein schönes Kleid zu ruinieren."

„Nur ein Schlag", bettelt Cam und versucht, sich wie eine wilde Katze aus meinem Griff zu befreien. „Mehr brauche ich nicht."

Hayden streckt seine Arme aus, die personifizierte Arroganz. „Lass sie los. Das will ich sehen."

Ich überlege es mir tatsächlich einen Moment lang.

„Alles in Ordnung hier draußen?"

Mein Kopf dreht sich nach rechts, als ich Bentleys tiefe Stimme höre. Er schaut sich prüfend um. Ganz offensichtlich hält er Hayden für eine Bedrohung, denn er stellt sich direkt zwischen uns. Wenn er Cam nur einmal in Aktion gesehen hätte, wüsste er, dass sie seinen Schutz nicht braucht.

„Kein Problem, Playboy." Cameron knackt ihre Fingerknöchel. „Ich will nur diesem hübschen Jungen in den Arsch treten, das ist alles."

Hayden grinst breit über Cams Aussage, was Bentley sehr verwirrt. Mich auch, wenn ich darüber nachdenke.

Bent dreht sich zu mir um. „Syd, kannst du mir erklären, was zum Teufel hier gerade los ist?"

„Dieses Arschloch" – ich zeige auf Hayden – „ist der Sohn des Freundes von Cams Mutter. Offensichtlich verstehen sie sich nicht besonders gut, aber ich bin mir ziemlich sicher, dass er harmlos ist."

Als wollte er mir recht geben, lehnt Hayden sich lässig gegen die Reling. Seltsamerweise scheint das meine beste Freundin nur noch mehr zu reizen.

„*Schwanzlos* trifft es wohl eher", murmelt Cam.

Das Arschloch kneift die Augen zusammen. „Ein Wort und ich beweise dir das Gegenteil."

Cam spottet. „Wunschdenken."

„Syd?", fragt Bentley. „Ich muss ehrlich sagen, ich weiß nicht genau, was ich von dieser Situation halten soll. Soll ich dem Kerl in den Arsch treten, oder ..."

Cameron grinst, als sie sieht, wie Haydens Gesichtsausdruck von eingebildet zu besorgt wechselt. Obwohl beide Jungs ziemlich gleich groß sind, schätze ich, dass es ein ziemlich ungleicher Kampf wäre.

Cam schaut auf ihr Handgelenk. „Du kannst loslassen, Sydney. Ich werde ihm nicht in den Arsch treten." Ich ziehe meine Hand zurück, passe aber weiter auf, falls sie ihre Meinung doch ändert. „Und Bentley, mach dir keine Sorgen. Syd hat Recht. Der Schwanzlose da drüben ist zwar ein Arschloch, aber er würde mich nicht anfassen. Warum geht ihr zwei nicht wieder rein, während ich mich um ihn kümmere?"

Meine und Bentleys Blicke wechseln zwischen Cameron und Hayden hin und her. Letzterer scheint wieder cool wie eine Gurke, während Hayden aussieht, als würde sie gerade die Weltherrschaft übernehmen wollen.

„Bist du sicher?", fragen Bentley und ich zur gleichen Zeit.

Cam nickt. „Ganz sicher. Geht und genießt den Abschlussball. Ihr beide müsst sowieso reden. Ich komme gleich nach."

„Syd?" Bentley streckt seine Hand aus. „Ist das okay für dich?"

Ich nehme zögernd seine Hand. „Ja."

„Los jetzt, Leute. Ganz im Ernst. Ich komme schon klar. Ich möchte nur ein paar Worte mit meinem Kumpel Hayden hier wechseln."

Oh, Mann. Arschloch hin oder her, der Typ tut mir irgendwie leid.

Als Bentley und ich reingehen, fragt er: „Was zum Teufel war das?"

Ich schaue über meine Schulter und sehe, dass Cam keine Zeit verschwendet, um besagte *Worte* zu wechseln. „Ich weiß es nicht. Aber da war auf jeden Fall *etwas*."

Er folgt meinem Blick und seine Lippen verziehen sich

zu einem Lächeln, als er zwischen den Zeilen liest. „Ist es seltsam, dass er mir fast leid tut?"

Ich zucke mit den Schultern. „Vermutlich nicht. Denn ich habe gerade genau das Gleiche gedacht."

Er neigt seinen Kopf in Richtung Tanzfläche. „Willst du noch ein bisschen tanzen, oder …?"

Cameron hatte mit einer Sache recht. Ich muss aufhören, ein Angsthase zu sein, denn Bentley *ist* das Risiko wert.

Ich nicke. „Sehr gerne."

Da sind sie wieder, Bentleys Grübchen. „Nun, okay dann. Lass uns schnell rübergehen, bevor du deine Meinung änderst."

Ich lache und bemühe mich, mit ihm Schritt zu halten. Das wird auf keinen Fall passieren.

KAPITEL DREIUNDVIERZIG

Sydney

„Wo ist Cameron eigentlich hin verschwunden?", fragt Jazz und lehnt ihren Kopf an Kingstons Schulter.

„Offensichtlich hat ihre Mutter mit ihrem Freund und seinen Söhnen im Steakhouse des Hotels zu Abend gegessen", erkläre ich. „Als ihre Mutter herausfand, dass sie im selben Hotel sind, bestand sie darauf, dass Cameron sich ihnen anschließt."

„Das ist doch komisch, oder?" mischt sich Ainsley ein. „Ich meine, wen kümmert es, dass es nicht der Abschlussball ihrer eigenen Schule ist? Sie war trotzdem auf *einem* Ball."

Ich lächle, als Bentley auf der Sitzbank ein wenig näher rückt und unsere Schenkel sich berühren. Er hat nicht versucht, mich noch einmal zu küssen, aber er war den Rest des Abschlussballs über deutlich zärtlicher. Nicht, dass mich das gestört hätte.

„Cam und ihre Mutter haben eine … schwierige Beziehung. Das hatten sie schon immer. Ehrlich gesagt, kann ich Chelsea – so heißt ihre Mutter – nicht besonders gut leiden. Sie ist unglaublich egoistisch und ignoriert Cam die meiste Zeit. Aber aus irgendeinem Grund hofft Cam immer noch, dass ihre Mutter sich irgendwann ändert. Sie denkt, wenn sie auf die Launen ihrer Mutter eingeht, wird das vielleicht helfen.“

„Das ist scheiße“, sagt Ainsley stirnrunzelnd. „Was ist mit ihrem Vater?“

„Sie hat ihn noch nie getroffen.“ Ich zucke mit den Schultern. „Ihre Mutter wurde nach einer Nacht mit einem Typen schwanger, den sie danach nie wieder gesehen hat.“

Normalerweise würde ich Cams persönliche Angelegenheiten nicht so breittreten, aber ich weiß, dass es ihr nichts ausmacht, dass ich es hier erzähle, weil unsere Freunde aus Besorgnis und nicht Neugierde nachfragen. Abgesehen davon hat Cam noch nie wirklich ein Geheimnis aus ihrem gestörten Verhältnis zu ihrer Mutter gemacht, auch wenn sie nicht ständig öffentlich darüber redet.

„Das ist Scheiße“, sagt auch Reed. „Wir können alle ein Lied von beschissenen Eltern singen, das ist sicher.“ Er nickt Bentley zu. „Nun, außer Fitzgerald. Seine Eltern sind völlig normal.“

„Nur kein Neid.“ Bentley zeigt seinem Freund den Stinkefinger. „Außerdem … soweit ich weiß, sind Sydneys Eltern noch deutlich normaler als meine. Sie sind sogar ständig anwesend.“ Er reißt übertrieben die Augen auf. „Stell dir das mal vor.“

Die Hälfte der Insassen der Limousine kichert, obwohl ich mir nicht sicher bin, warum. Ich wäre traurig, wenn meine Eltern nicht oft da wären. So kitschig und ekelhaft verliebt sie manchmal auch sein mögen, sie sind gute Menschen.

„Wie ist es denn so, die Tochter des Schulleiters zu sein?“, fragt Kingston. „Seltsam?“

„Ich bin daran gewöhnt.“ Ich zucke mit den Schultern. „Mein Vater ist, ehrlich gesagt, ziemlich cool für einen Oldie. Er kann streng oder auch gelegentlich stur sein, aber meistens ist er entspannt. Und in den seltenen Fällen, in denen er irrational ist, hält meine Mutter ihn in Schach. Sie hat definitiv keine Angst, sich mit ihm anzulegen.“

Bentley stupst mich mit der Schulter an. „Da hast du es also her.“

Ich rolle spielerisch mit den Augen.

„Er scheint ziemlich entspannt zu sein.“ Kingston beugt sich vor und küsst Jazz’ Schläfe. „Es ist seltsam, einen Schulleiter auf dem Campus zu haben, der nicht ständig mit einem Stock im Arsch herumläuft. Das hatten wir bisher immer.“

„Toll.“ Ich zucke zusammen. „Danke für das Kopfkino. Das hätte ich nicht unbedingt gebraucht.“

Das bringt alle zum Lachen.

Das Auto kommt zum Stehen und als ich durch die getönten Scheiben schaue, sehe ich, dass wir bei ihrem Haus in Malibu angekommen sind. Jazz und Kingston mussten zu ihrer Schwester zurück, also setzen wir sie zuerst ab, obwohl ihr Haus am weitesten vom Ballhotel entfernt ist.

„Nacht, Leute.“ Jazz schnallt sich ab und steigt hinter ihrem Freund aus der Limousine aus.

„Nacht“, ruft Ainsley, als auch sie aus dem Fahrzeug steigt.

Als Reed ebenfalls aussteigt, bin ich etwas überrascht, da

er in der Nähe von Bentley wohnt. Auf der anderen Seite wohnt seine Freundin hier, also hätte ich das wohl erwarten müssen.

„Nacht, Bruder." Bentley gibt Reed die Faust, was dieser mit einem Nicken erwidert.

Ich habe noch nie jemanden getroffen, der so wenig redet. Mir gefällt das allerdings tausendmal besser, als wenn jemand nie die Klappe halten kann.

Meine Nerven sind zum Zerreißen gespannt, als sich die Tür schließt und Bentley und ich in der viel zu geräumigen Limousine allein zurückbleiben. Ich weiß nicht, warum. Wir haben in letzter Zeit ja durchaus Zeit nur zu zweit miteinander verbracht. Aber heute Abend fühlt es sich … anders an. Die Atmosphäre in diesem Auto ist auf einmal voller sexueller Spannung.

Bentley nimmt meine Hand, als die Limousine aus der Einfahrt fährt. „Entspann dich, Syd."

Sag das dem Schauer, der mir gerade über den Rücken läuft.

Er zieht sein Handy aus der Innentasche seines Mantels und überprüft die Uhrzeit. „Wir haben die Limousine noch zwei Stunden. Willst du nach Hause … oder lieber noch ein bisschen herumfahren?"

„Ich habe kein Problem damit, eine Zeit lang zu cruisen."

Bentley drückt den Knopf, um die Trennwand herunterzulassen. „Hey, Eddie. Macht es dir was aus, ein bisschen über die PCH zu fahren?"

Unser Chauffeur nimmt durch den Rückspiegel Blickkontakt mit Bentley auf. „Kein Problem."

„Danke, Mann." Bentley fährt die Trennwand wieder hoch, bevor er seinen Oberkörper so verlagert, dass er mir zugewandt ist. „Hattest du einen schönen Abend?"

Ich ziehe eine Augenbraue hoch. „Der Abend ist noch nicht vorbei.“

„Klugscheißerin.“ Ein Lächeln huscht über sein Gesicht. „Hattest du *bis jetzt* einen schönen Abend?“

„Ja, Bent. Das hatte ich.“ Ich ziehe meine Unterlippe zwischen die Zähne. „Abgesehen von meinem kleinen Ausraster beim Tanzen.“

Er nimmt eine Strähne meines geglätteten Haares und lässt sie durch seine Finger gleiten. „Das hat mich schon den ganzen Abend beschäftigt.“

Ich streiche mir unsicher über den Kopf. „Gefällt es dir nicht?“

„*Ich liebe es*“, versichert er mir. „Aber es ist auch in seinem natürlichen Zustand wunderschön. Aber mal ehrlich, du könntest dir den Kopf rasieren und ich würde dich immer noch verdammt heiß finden.“

„Ich glaube nicht, dass das in nächster Zeit passieren wird.“ Ich lache und brauche einen Moment, bevor ich weiterspreche. „Danke, dass du vorhin keine große Sache daraus gemacht hast. Ich wollte nicht unhöflich sein – ich schwöre. Und es ist nicht so, dass ich dich nicht küssen wollte. Ich bin nur in Panik geraten.“

Er neigt seinen Kopf zur Seite. „Warum? Ich habe dich doch nicht zu sehr bedrängt, oder?“

„Gott, nein.“ Ich schüttele den Kopf. „Ich habe nur mal wieder zu viel nachgedacht, so wie immer.“

„Worüber nachgedacht?“

„Ich habe das Gefühl, dass so viel davon abhängt, weißt du? Ich will es nicht vermasseln.“

Bentley lächelt sanft. „Ja, ich weiß genau, was du meinst.“

„Aber dann hat Cam etwas gesagt, das mich sehr beeindruckt hat."

„Was hat sie gesagt?"

Los geht's.

Ich schaue ihm direkt in die Augen. „Sie sagte, es ist okay, Angst zu haben, denn das bedeutet, dass du das Risiko wert bist."

„Ja?" Mein Blick fällt auf Bentleys Mund, während er mit dem Daumen über seine Unterlippe reibt. „Und was meinst du dazu?"

„Ich finde, sie hat recht."

„Was heißt das, Syd?"

Ich nehme einen tiefen Atemzug. „Ich sage, dass ich mehr ‚nur Freunde' sein will, Bentley. Wenn du bereit bist – und es deine Genesung nicht gefährdet – dann bin ich bereit. Ich will mit dir zusammen sein."

Mein Herz fühlt sich an, als wolle es mir aus der Brust springen, während ich darauf warte, dass er etwas sagt. Meine Nerven liegen blank, als er einfach nur dasitzt und mich ansieht, offensichtlich in Gedanken versunken.

Ich stöhne. „Du hast nichts dazu zu sagen? Echt jetzt?"

„Ich würde es dir lieber zeigen."

Ich habe keine Zeit, ihn um eine Erklärung zu bitten, denn im nächsten Moment ist sein Mund auf meinem. Ich stöhne und fummele an meinem Sicherheitsgurt herum, während er über meine Lippen leckt.

Bentley reißt seinen Mund weg. „Warte. Lass das."

„Hm?" Ich blinzle durch die Wolke der Lust.

„Dein Sicherheitsgurt. Nimm ihn nicht ab, während das Auto fährt. Ich … äh …" Er greift sich in den Nacken. „Nach meinem Unfall habe ich …"

„Genug gesagt. Tut mir leid, ich habe nicht nachgedacht."

Shit.

Ich hätte es besser wissen müssen. Er hat mir schon gesagt, dass er beim Autofahren immer an den Unfall denken muss und froh ist, dass es noch eine Weile dauert, bis er selbst wieder hinter einem Steuer sitzen kann.

Bentleys Körper entspannt sich augenblicklich, als ich meinen Gurt wieder anlege. „Das heißt aber nicht, dass wir nicht auch im Sitzen gewissen Dinge tun können."

Meine Brustwarzen richten sich auf seinen anzüglichen Tonfall hin sofort auf. „Ach ja? Und was?"

Bentley packt mich im Nacken und zieht mein Gesicht zu sich heran. „Nun, für den Anfang, *das hier.*"

Ich dachte, er würde mich noch einmal küssen, aber er wendet sein Gesicht in letzter Sekunde ab und küsst eine Spur an meinem Hals entlang.

Ich keuche und recke meinen Hals zurück, um ihm besseren Zugang zu verschaffen. „Das ist ein guter Anfang."

Bentleys Hand greift nach meinem Bein und sucht nach dem Schlitz in meinem Kleid. Sobald er ihn gefunden hat, taucht er unter den Chiffon und lässt seine Finger über meinen nackten Oberschenkel gleiten. „Ist das okay, Syd?"

Ich mache automatisch meine Beine breit. „Oh ja."

Wenn er noch ein Stück weitergeht, wird er sehr schnell herausfinden wie okay.

Er stöhnt auf, als seine Finger auf meiner Muschi landen, und befummelt das überaktive Nervenbündel durch das winzige Stück Satin mit seinem Daumen. „Verdammte Scheiße. Du bist so feucht."

„Bentley?"

Er hebt seinen Kopf. „Ja?"

Ich lächle. „Küss mich."

Er lässt sich lasziv lächelnd in unseren Kuss fallen, während er mein Höschen zur Seite schiebt und seine Finger über meine Schamlippen gleiten lässt. Bentley schiebt einen Finger in mich hinein und pumpt ihn ein paar Mal hin und her, bevor er einen zweiten Finger hinzufügt. Er bearbeitet mich gekonnt mit seiner Hand und krümmt seine Finger genau so, dass sie die perfekte Stelle an der Innenseite treffen, während er mit dem Handballen an meiner Klitoris reibt. Meine Hüften heben sich wie von selbst und ich reagiere auf jede Bewegung seiner Hand, ganz das schamlose Flittchen, das ich in diesem Moment sein will.

Es dauert nicht lange, bis ich mich keuchend winde und Bentleys Unterarme mit meinen Nägeln bearbeite, während sich in mir ein wahres Inferno aufbaut. Ich komme heftig, wenn auch leise, obwohl ich mich so sehr danach sehne, lauthals Bentleys Namen zu brüllen. Ich bin mir sicher, dass der Fahrer in seiner Karriere schon viel in dieser Richtung zu hören bekommen hat, aber ich weigere mich, seine Sammlung noch zu erweitern.

Bentley zieht seine Finger zurück, steckt sie in seinen Mund und saugt sie sauber. Gott, warum finde ich das so heiß? Ich packe sein Gesicht mit beiden Händen und ziehe ihn zu mir, um ihn zu küssen, wobei ich mich selbst auf seinen Lippen schmecke. Er stöhnt leise, bevor er sich zurückzieht und seine Stirn auf meine Schulter legt.

„Ich möchte so gerne in dir sein, Sydney."

„Dann lass uns zu dir gehen."

Bentley setzt sich auf und wischt sich mit einer Hand über das Gesicht. „Das geht nicht. Seit meinem Unfall verbringen meine Eltern viel mehr Zeit zu Hause. Vor allem meine Mutter, aber im Moment sind sie beide da."

„Mist. Mein Haus kommt definitiv nicht infrage. Meine Eltern sind da und es gibt nicht annähernd genug Platz, um dich hineinzuschmuggeln."

Seine whiskeyfarbenen Augen springen zwischen meinen hin und her. „Wir könnten uns ein Hotelzimmer nehmen."

Ich beiße mir auf die Lippe. „Meine Eltern glauben, dass ich die Nacht bei Cam verbringe."

Bentley rückt mein Kleid zurecht, damit ich anständig aussehe, bevor er die Trennwand ein wenig herunterlässt. „Hey, Eddie. Kannst du uns bitte zum Beverly Wilshire bringen?"

Eddie nickt. „Klar doch."

„Bentley, wir brauchen kein so schickes Hotel. Ich bin sicher, dass es sündhaft teuer ist."

„Das ist mir egal." Er nimmt meine Hand und drückt mir einen Kuss auf die Mitte der Handfläche. „Ich bringe dich nicht in irgendeine billige Absteige, wenn ich mir etwas anderes leisten kann. Du verdienst nur das Beste, Syd."

Mir gefällt der Gedanke zwar nicht, dass jemand so viel Geld für mich ausgibt, aber gebe mich geschlagen. Bentley kann es sich auf jeden Fall leisten, und es ist ja nur eine Nacht.

„Beverly Wilshire dann."

Ich habe kaum die Chance, den Raum auf mich wirken zu lassen, als er schon über mich herfällt. Wir stolpern über den

Boden, während wir uns küssen, und versuchen, uns Stück für Stück unserer Kleidung zu entledigen. Als wir nur noch unsere Unterwäsche anhaben, lehne ich mich ein wenig zurück, um ihn richtig ansehen zu können.

„Gott, du bist so schön."

„Ist das nicht normalerweise mein Satz?", gluckst er. „'Schön' ist nicht annähernd männlich genug, um mich zu beschreiben."

„Schade auch." Ich schüttle den Kopf und kichere. „Hast du jemals deinen Körperbau genauer betrachtet?"

Er muss laut loslachen, was mich kurz aus dem Konzept bringt. Ich dachte früher schon, dass Bentleys Lachen unwiderstehlich wäre, aber seit er nüchtern ist, ist es noch strahlender. Noch echter.

Meine Hände erkunden seine Brust mit den harten Muskeln und breiten Schultern und fahren leicht die Schrift über seinem Herzen nach. Bentleys Augen verdunkeln sich vor Lust, während sie jede meiner Bewegungen verfolgen. Seine Pupillen weiten sich, als ich die dünne Haarlinie unterhalb seines Bauchnabels erreiche.

Er stöhnt auf, als ich ihn durch seine Baumwollboxershorte hindurch streichle. „Scheiße, Syd. Ich brauche dich."

Ich stelle mich auf Zehenspitzen und knabbere an seinem Kinn. „Dann nimm mich."

Bentley lässt mir keine Zeit, meine Meinung zu ändern. Er stürzt sich direkt auf mich und küsst mich voll Lust, während ich rückwärts auf weiche Matratze falle. Unsere Zungen duellieren sich, während unsere geteilte Lust zu einem wahren Inferno entflammt. Geschickt öffnet er meinen BH und stöhnt, als er meine Brüste sieht.

„Ich habe dich so sehr vermisst", flüstert er, bevor er eine Brustwarze in seinen Mund nimmt.

Ich schnappe nach Luft, als er mit seinen Fingern die andere bearbeitet. „Redest du mit mir oder mit meinen Brüsten?"

Ich kann spüren, wie er lächelt. „Beides."

Ich reibe meine Schenkel aneinander, während Bentley sich wechselweise jeder Brust widmet und an den Nippeln leckt und saugt. Meine Wirbelsäule biegt sich, als er meinen Oberkörper küsst und jede meiner Brüste mit der Hand berührt und mit seiner Zunge meinen Bauchnabel umkreist. Als er meinen Slip erreicht, zögert er und fordert mich auf, mich auf meine Ellbogen zu stützen.

„Was ist los?"

Da ist es wieder, dieses atemberaubende Lächeln. „Nichts. Ich will mir nur Zeit nehmen."

„Oh, mein *Gott*", keuche ich, als er mit seinem Nasenrücken über meine Muschi fährt, bevor er seine Finger unter die dünnen Träger klemmt und sie herunterzieht.

Kaum bin ich entblößt, fährt seine Zunge auch schon aus seinem Mund und folgt dem Weg seiner Nase. Ich stöhne auf, als mein hübscher Junge einen Finger in mich einführt und meine Hüften heben sich ihm entgegen. Bentleys Blick erfasst meinen, während er mich verschlingt und meine Knie über seine Schultern hängt. Er reizt mich gnadenlos und küsst mich überall, nur nicht auf meine empfindlichste Stelle. Meine Finger krallen sich in das Bettzeug und ich erschaudere, als er endlich – endlich – einmal lange über meine Mitte leckt und seine Zunge dorthin steckt, wo ich sie am meisten brauche.

„Ich schwöre bei Gott, ich könnte diese Muschi den ganzen Tag lang lecken, jeden Tag", murmelt er gegen mich.

„Oh fuck, genau da." Meine Brust hebt sich, als er träge Muster auf meine Klitoris zeichnet. Warte mal kurz … *„Schreibst du gerade deinen Namen?!"*

Sein kehliges Glucksen lässt mir die Haare zu Berge steigen. „Überrascht dich das etwa?"

„Oh mein Gott", stöhne ich. „Ich dachte, Kingston wäre der einzige Höhlenmensch in eurem Trio."

„Kannst du dir Gespräche über einen anderen Kerl für eine Zeit aufsparen, in der ich dich nicht gerade vernasche?" Die Fingerspitzen von Bentleys freier Hand kneifen in meinen Innenschenkel. „Oder lass es lieber ganz bleiben."

„Ach, was ist denn los? Fühlst du dich in deiner Männlichkeit angegriffen?", grinse ich.

Er kneift mir so in den Hintern, dass ich aufschreie. „Du weißt genau, dass ich in diesem Bereich keine Komplexe habe."

Ich verdrehe die Augen, als er unten mit seinem Mund zu saugen beginnt. „Mein Gott. Machen Sie bitte weiter, verehrter Herr."

Bentley fügt einen weiteren Finger hinzu und winkelt ihn in mir an. „Gefällt dir das?"

„Oh, genau so!" Mein Körper ist völlig verkrampft und meine Wirbelsäule biegt sich immer weiter durch.

„Komm schon, Syd. Gib ihn mir, damit ich in dich eindringen kann."

Ich weiß nicht, ob es seine Aufforderung oder reiner Zufall ist, aber im nächsten Moment explodiert eine Supernova hinter meinen Augenlidern und ich schreie seinen Namen. Bentley leckt mich weiter sanft, und ich komme ganz langsam wieder herunter, bis ich schließlich ganz aufhöre, zu zittern. Meine Glieder fühlen sich and wie Wackelpudding an, während er langsam an meinem Körper hochkriecht und seine Küsse unterwegs Spuren hinterlassen.

Ich spreize meine Schenkel, als er sich zwischen sie schiebt. Ich habe irgendwie nicht mitbekommen, dass er seine Boxershorts ausgezogen hat, aber ich beschwere mich nicht wirklich, als er sein gutes Stück in die Faust nimmt und durch meine empfindlichste Körperpartie zieht. Gerade als ich ihm sagen will, dass ich es nicht mehr viel länger aushalte, richtet Bentley sich an meinem Eingang auf und stößt zu.

„Fuck", stöhnt er. „Das ist so gut."

„*Unendlich* gut", stimme ich zu.

Seine großen Hände umklammern meine Hüften, als ich ihn küssen will. Ich sauge an seiner vollen Unterlippe, und er erwidert mir den Gefallen. Bentleys Hände wandern zu meinem Hintern, er zieht meine Hüften nach oben, seine Stöße sind lang und sicher. Ich bin so feucht, dass er mit Leichtigkeit in mich hineinstoßen und eine neue Art von Feuer entfachen kann. Die Suite ist erfüllt von den Geräuschen unseres Atems, der Berührung unserer Körper, geflüsterten Versprechen und Schreien der Ekstase.

Bentley wird langsamer, umfasst mein Gesicht und beugt sich zu einem sanften, sinnlichen Kuss herunter. Als sich unsere Münder voneinander lösen, bin ich überwältigt von meinen Gefühlen. Ich habe mich einem anderen Menschen noch nie so nahe gefühlt, wie in diesem Moment und ich weiß, dass Bentley das auch spürt. Dieser Mann hat die Macht, mich zu zerstören, aber ich weiß tief in mir drin, dass er alles tun wird, um das zu verhindern. Der Weg, der uns hierhergeführt hat, mag mit Schlaglöchern gespickt gewesen sein, und ich weiß, dass Bentley noch einen langen Weg der Genesung vor sich hat. Ich glaube aber nicht, dass unsere Verbindung auch nur annähernd so stark wäre, wenn es für uns einfach gewesen wäre.

„Ich habe Angst", flüstere ich und drücke meine Handfläche gegen seine Brust, um seinen gleichmäßigen Herzschlag zu spüren.

„Ich auch." Er küsst die empfindliche Stelle hinter meinem Ohr, bevor er seine Hand auf meine legt. „Aber du bist hier drin, Sydney. Am Anfang habe ich das nicht verstanden, aber ich glaube, ich war vom ersten Moment an in dich verliebt."

Ich schließe kurz die Augen und genieße seine Worte. „Bentley …"

„Ich erwarte nicht, dass du darauf antwortest. Ich *will nicht,* dass du es jetzt tust." Er drückt seine Handfläche auf mein rasendes Herz. „Aber ich weiß, dass ich hier bin. Du hast mich in der absolut schlimmsten Phase meines Lebens gesehen und mich nicht aufgegeben. Ich brauche keine Worte, Sydney, denn du *zeigst es mir* jeden einzelnen Tag." Ich stöhne auf, als er schneller wird und genau die richtige Stelle trifft. „Und solange du mich willst, werde ich das auch tun."

Ich fahre mit meinem Zeigefinger über seinen Kiefer. „Zeig es mir, Bentley. Liebe mich."

Mein wunderschöner, gebrochener Junge versteht sofort, was ich von ihm will, und zieht meine Beine über seine Hüften. Bentley fängt an, sich heftiger zu bewegen, und der Druck wird immer stärker, bis wir beide mit dem Namen des anderen auf den Lippen in einen Abgrund tauchen. Als das Zittern endlich nachlässt, liegen wir Brust an Brust, schläfrig und gesättigt und unendlich glücklich, einander nahe zu sein. Ich war noch nie so zufrieden in meinem Leben.

Meine Augenlider flattern, als er seinen Mund an mein Ohr presst und flüstert: „Für immer."

KAPITEL VIERUNDVIERZIG

Bentley

„Was ist das für ein Ort?"

Meine Handflächen schwitzen, als ich Sydney den Feldweg hinunterführe, und das hat nichts mit den Temperaturen Ende Mai zu tun.

„Das ist ein alter Feuerausguck." Ich zeige auf den kegelförmigen Hügel vor uns. „Er ist gleich da oben. Von hier aus sieht man es nicht, aber es gibt eine große Aussichtsplattform auf der Spitze."

Die Übelkeit in mir nimmt zu, je näher wir kommen. Ich weiß aber, dass ich das tun muss. Jackie, meine Therapeutin, sagt, dass ich an diesem Ort neue Erinnerungen schaffen muss. Gute Erinnerungen. Ich muss mir selbst beweisen, dass meine Albträume nicht meine Realität im Griff haben.

Als ich Sydney fragte, ob sie mitkommen wolle, sagte sie begeistert zu, bevor ich ihr überhaupt sagen konnte, warum ich sie dabeihaben möchte. Ich weiß nicht, womit ich so viel Glück verdient habe, aber Sydney könnte mich nicht mehr unterstützen. Ich habe darauf geachtet, sie nicht als Krücke zu benutzen – das ist etwas, auf das Jackie mich aufmerksam gemacht hat, als ich ihr sagte, dass Syd und ich zusammen sind. Es ist ein ständiger Balanceakt zwischen der Abhängigkeit von Sydney und ihrer Ermutigung, aber ich glaube, bisher haben wir es ganz gut geschafft.

Wir haben gelernt, dass der Schlüssel zu diesem Gleichgewicht unsere offene Kommunikation ist. Ich schwöre, ich habe noch nie so viel Zeit mit einer Frau verbracht, um einfach nur zu reden, aber mein Mädchen macht es mir leicht. Außerdem führen unsere tiefgründigen Diskussionen normalerweise dazu, dass ich am Ende tatsächlich tief *in ihr drin bin*, wovon ich schließlich nie genug bekommen kann. Als Syd und ich die Stelle erreichen, an der wir halb senkrecht nach oben klettern müssen, gehe ich voraus und strecke meine Hand aus, um ihr zu helfen, sobald meine Füße die Plattform berühren.

Sie keucht, als sie den ersten Blick auf den bunten Beton über dem Canyon erhascht. „*Oh mein Gott*! Wie kann es sein, dass ich mein ganzes Leben lang so nah an diesem Ort gelebt habe und keine Ahnung hatte, dass es ihn gibt? Das ist unglaublich, Bentley."

Ich versuche, es mit ihren Augen zu sehen und muss zugeben, dass es ziemlich spektakulär ist. Man hat wirklich das Gefühl, auf dem Dach der Welt zu sein, obwohl der Hügel in Wirklichkeit nur etwa vierhundert Meter hoch ist.

„Es ist ein gut verstecktes Juwel." Ich zeige mit der Hand auf den Rand der Plattform. „Sollen wir uns da drüben hinsetzen und den Sonnenuntergang beobachten?"

Sydney folgt meinem Blick und erfasst es sofort. Das ist genau die Stelle, an der ich in meinen Albträumen saß, als erst Carissa und dann Sydney in den Tod sprangen.

Sie zieht eine Grimasse. „Nur, wenn du dich dabei wohlfühlst.“

Ich schlucke schwer. „Ich habe irgendwie das Gefühl, dass ich das muss.“

Sie streckt ihren Arm aus. „Dann lass uns gehen.“

Wir gehen Hand in Hand den leichten Abhang hinunter und bleiben kurz vor dem erhöhten Abschnitt stehen. Sydney drückt meine Hand und gibt mir damit den Mut, aufzustehen und über die rechteckige Plattform zu gehen, bis wir das Ende erreichen. Langsam lassen wir uns beide zu Boden sinken und hängen die Beine über den Vorsprung. Mein Blick fällt auf den riesigen Felsbrocken rechts von uns, halb in der Erwartung, einen toten Körper daneben liegen zu sehen. Ich atme scharf aus, als ich stattdessen lediglich Dreck und Gestrüpp entdecke und die Landschaft in mich aufnehme.

Unzählige Bäume umgeben die weit verstreuten Felsbrocken, und die Häuser weiter unten sind bereits in Schatten getaucht. Die untergehende Sonne wirft einen gold-rosafarbenen Schein über die Berge und verleiht dem Ganzen eine fast spirituelle Note. Unter uns befinden sich gesprühte Motive von wirklich talentierten Künstlern in allen Farben des Regenbogens. Jedes Mal, wenn ich hierherkomme, sieht die Plattform anders aus. Es ist nur eine Frage der Zeit, bis der nächste Künstler sie mit seinen Motiven übermalt, aber ein Teil des Reizes ist genau die Vorfreude auf neue Kunstwerke, die einen hier erwarten.

„Geht es dir gut?“

Ich schaue nach links und schaue direkt in Sydneys meer-grüne Augen, die wirken, als würden sie in Tränen schwimmen. „Was ist los? Warum siehst du so aus, als würdest du gleich weinen?"

Sie lächelt und schüttelt den Kopf, dass ihre Locken fliegen. „Es ist alles in Ordnung, Bentley. Nachdem, was du mir über deine Albträume erzählt hast … kann ich mir kaum ausmalen, wie schwer das für dich sein muss. Ich bin so stolz auf dich, dass du das tust. Ich bin dankbar, dass du mich gebeten hast, mit dir zu kommen."

Dieses Mädchen.

Ich greife ihr in den Nacken und ziehe ihre Lippen auf meine. „Ich habe dich nicht verdient."

„Du verdienst die Welt, Bentley."

Sydney hat das schon einmal zu mir gesagt, aber da war ich nicht in der richtigen Stimmung, um es zu verstehen. Aber als das schönste Mädchen, das ich je getroffen habe, mich anlächelt, umrahmt von dem Besten, was Mutter Natur zu bieten hat, bin ich so voller Hoffnung wie schon lange nicht mehr. Vielleicht *bin* ich ihrer ja doch würdig. Eines weiß ich ganz sicher: Ich werde es auf jeden Fall versuchen.

Und einfach ist es, eine gute Erinnerung zu schaffen. Topanga Lookout ist mit einem Mal nicht mehr so unheimlich.

„Bentley!"

Ich grunze, als ein Tornado mit Zöpfen über mich herfällt, als Syd und ich Kingstons Haus betreten, um an der kleinen Abschlussparty teilzunehmen. Ich hebe Jazz' kleine Schwester hoch und stupse sie auf die Nase.

„Wie geht es meiner liebsten Achtjährigen heute?"

Belle rollt mit den Augen, genau wie ihre ältere Schwester. „Ich bin mir ziemlich sicher, dass ich die *einzige* Achtjährige bin, die du kennst."

Sydney lacht. „Oh, sie hat es dir erzählt."

„Ermutige sie nicht." Ich kneife die Augen zusammen und kitzle Belle an der Seite, was sie in mädchenhaftes Kichern ausbrechen lässt. „Sie braucht nicht noch frecher zu werden. Es reicht schon jetzt für ein ganzes Leben."

„Kingston!", schreit Belle. „Bentley ist böse zu mir!"

Meine Kinnlade fällt herunter. „Du kleiner Sat …"

Kingston stürzt sich wie Belles persönlicher Ritter in glänzender Rüstung auf sie und nimmt sie in seine Arme. „Nur zu, Fitzgerald. Trau dich, den Satz zu beenden."

Belle klammert sich mit einem süffisanten Lächeln an Kingston fest.

„Belle", mischt Sydney sich ein. „Ich liebe dein hübsches rosa Kleid!"

Belle zappelt, bis Kingston sie absetzt, und ergreift dann Sydneys Hand. „Komm mit!"

„Oh!" Sydneys Augen weiten sich, als Belle sie vor sich her schiebt. „Okay, dann. Ich schätze, ich muss mit dem Zwerg mitgehen."

Kingston und ich lachen und sehen zu, wie Belle Sydney auf die hintere Terrasse schleppt, wo ich Jazz und Ainsley auf Liegestühlen liegen sehe.

„Kumpel, zwischen Jazzy und dem kleinen Mädchen hast du keine Chance."

„Nicht die geringste." Er lächelt. „Aber ich würde es nicht anders haben wollen."

Reed kommt zu uns und reicht mir eine Flasche Wasser. „Was geht?"

„Danke, Mann." Ich öffne die Flasche auf und nehme einen großen Schluck. „Geht es nur mir so, oder war der Abschluss nicht so eine große Sache? Ich dachte immer, auf die Bühne zu gehen und den Hut in die Luft zu werfen, würde sich viel wichtiger anfühlen, als es tatsächlich der Fall war."

„Nicht nur du." Kingston schüttelt den Kopf. „Aber um fair zu sein, das war ein verdammt gutes Jahr für uns alle. Unsere Abschlüsse zu bekommen, war im Vergleich dazu ziemlich unbedeutend."

„Stimmt", nicke ich.

Es war wirklich ein verrücktes Jahr. Nach allem, was Kingston und Jazz in der ersten Hälfte unseres Abschlussjahres durchgemacht haben, und meiner Abwärtsspirale in der zweiten Hälfte, bedeutet ein Stück Papier, auf dem steht, dass wir die High School geschafft haben, einen Scheißdreck.

„Aber wenn wir es nicht durchgezogen hätten, würden wir im Herbst nicht an die UCLA gehen", fügt Reed hinzu.

Ich erhebe meine Flasche auf ihn. *Ihr Jungs* und Jazz würdet nicht zur UCLA gehen."

Reed zuckt mit den Schultern. „Das schaffst du auch noch, Kumpel."

„Vielleicht."

Die Jungs und ich haben schon seit Jahren darüber gesprochen, zusammen auf die UCLA zu gehen, aber leider sind meine Noten schlechter geworden und ich habe zudem die Bewerbungsfrist verpasst, weil ich zu sehr mit meinem Elend beschäftigt war, um mich darum zu kümmern. Deshalb habe ich mir vorgenommen, erst einmal Vorbereitungskurse am Community College zu besuchen. Ich finde das aber nicht wirklich von Nachteil, denn die Partys auf der UCLA sind berüchtigt. Selbst wenn ich nicht auf dem Campus wohnen würde, glaube ich nicht, dass das zum jetzigen Zeitpunkt schon bereit dafür wäre. Ich gebe zu, dass ich etwas neidisch bin, weil fünf von uns sechs an unseren Traumunis einen Platz bekommen haben, aber ich glaube auch, dass nichts ohne Grund geschieht. Und wir bleiben alle in L.A., das ist ja schon einmal was.

„Sind wir fertig damit, uns gegenseitig die Eier zu streicheln?", fragt Davenport. „Denn ich will zurück zu Jazz. Ich habe es satt, von ihr getrennt zu sein."

Ich lache. „Wann bist du jemals von ihr getrennt? Ich glaube, deine Besessenheit von Jazzy ist grenzwertig ungesund, Bruder."

Er zieht seine hellbraunen Augenbrauen hoch. „Ach, verpiss dich. Willst du so tun, als würdest du für Sydney nicht dasselbe empfinden?" Als Reed lacht, wandert Kingstons Blick zu meinem anderen besten Freund. „Oder du für meine Schwester?"

„Nein", antworten Reed und ich gleichzeitig.

„Ganz genau", sagt Kingston. „Also, was stehen wir hier noch rum?"

„Keine Ahnung", gebe ich zu.

Wir gesellen uns zu den Mädels nach draußen und lassen die Sau raus, während Kingston den Grill bedient. Als ich mir all die lächelnden Gesichter ansehe, muss ich denken, wie verdammt richtig sich das anfühlt. Diese Menschen sind meine Familie. Mein Fundament. Sie haben ihre Liebe und Loyalität immer wieder unter Beweis gestellt, und dafür bin ich unendlich dankbar. Ich habe im Moment eine Menge, wofür ich dankbar sein kann. Ich bin trocken. Ich bin gesund. Ich fühle mich besser als je zuvor, und ich könnte mir nicht mehr wünschen.

Ich ergänze einen Gedanken, als sich das schöne Mädchen auf meinem Schoß zu mir dreht und mich anlächelt. Eines Tages werde ich diese Frau fragen, ob sie mich heiraten will. Und wenn dieser Tag kommt, hoffe ich, dass sie Ja sagt.

Sydney tippt mit dem Finger gegen meine Schläfe. „Woran denkst du gerade?"

„An dich."

„Ach ja?" Ihre Augen strahlen vor Vergnügen, während sie ihre Stimme senkt. „Ist es etwas Schmutziges?"

Ich lache. „Das war ja klar. Aber nein, nicht im Moment."

Sie mustert mich intensiv. „Hast du mir etwas zu sagen?"

„Nein, es ist nichts", winke ich lässig ab. „Ich denke nur darüber nach, wie ich den Rest meines Lebens mit dir verbringen werde."

Sydney ist von meiner Erklärung nicht im Geringsten überrascht. Ich verstecke meine Gefühle nicht mehr vor ihr. Aber was sie als Nächstes tut, überrascht *mich*.

„Ich liebe dich." Ich muss ihr nur in ihre Augen sehen, um die Wahrheit hinter ihrer Aussage zu erkennen.

Ich weiß nicht, warum ich so überrascht bin; ich spüre Syds Liebe jeden Tag. Aber das ist das erste Mal, dass sie diese drei kleinen Worte tatsächlich gesagt hat. Vielleicht bin ich eher überrascht, wie sehr sie mich berühren.

Ich drücke meine Stirn an ihre. „Ich werde dir jeden

verdammten Tag zeigen, wie glücklich ich bin, dass du in mein Leben zurückgekommen bist.“

„Ich kann es kaum erwarten.“ Sie streichelt meine Wangen und lässt einen Seufzer los. „Und ich werde das Gleiche tun.“

„Aber nur um das klarzustellen … ein Teil dessen, was ich dir zeigen will, wird unglaublich schmutzig sein. Und ich spreche von *wirklich* schmutzig, Syd.“

Sydney wirft lachend den Kopf zurück und zieht damit die Aufmerksamkeit der anderen auf sich. „Ich freue mich schon darauf, Playboy.“

Ich auch, Baby. Ich auch.

EPILOG

Sydney – Drei Monate später

„So! Alles erledigt." Ainsley dreht sich zu mir und fragt: „Was denkst du?"

Ich verziehe die Lippen und verkneife mir ein Lachen. „Ich finde es wirklich komisch, dass ein Poster von meiner Mutter in unserem Schlafsaal hängt."

Ainsleys Kinnlade fällt herunter. „Komisch?! Warum ist das komisch? Sie ist eine Ballettlegende, und das hier ist eine legendäre Tanzakademie! Das ergibt absolut Sinn."

Daran habe ich sicher nicht gedacht, als wir ein gemeinsames Zimmer im Studentenwohnheim der LASPA beantragt haben. Sosehr ich das Mädchen auch liebe, ein altes Werbeposter aus dem Internet von einer der alten Produktionen meiner Mutter zu bestellen, ist mir doch ein bisschen viel. Ich frage mich, ob es zu spät ist, die Zimmergenossin zu wechseln.

„Weil sie meine *Mutter* ist?" Ich reiße meine Augen auf. „Ainsley, versetz dich in meine Lage. Was ist, wenn Bentley vorbeikommt? Würdest du mit deinem Freund Sex haben wollen, während dieses Ding dich von der anderen Seite des Raumes anstarrt?"

Sie schüttelt den Kopf, als ob ich dämlich wäre. „Ach, komm schon, Sydney. Du weißt genau, wenn du mit Bentley *Sex* hast, dann wahrscheinlich in seiner Wohnung."

Bentley und Reed haben eine Wohnung, die etwa fünfzehn Minuten von hier entfernt ist, was sehr gut funktioniert, weil sie zentral zwischen unseren jeweiligen Schulen liegt. Kingston und Jazz werden jeden Tag von Malibu aus pendeln, weil sie auf Belle Rücksicht nehmen müssen, aber es gab keinen Grund, warum der Rest von uns nicht näher am Campus wohnen sollte. Und so sehr ich meine Eltern auch liebe, ich möchte die Erfahrung machen, in einem Studentenwohnheim zu leben. Dass ich mich nach einem anstrengenden Unterrichtstag nicht durch den Stau kämpfen muss, ist ebenfalls ein Vorteil.

„Das ist wahr", stimme ich zu. „Aber es ist trotzdem verdammt komisch."

„Stell dich nicht so an." Ainsley streckt mir die Zunge raus und bringt mich damit zum Lachen.

„Wo wir gerade von den Jungs sprechen … wir sollten uns auf den Weg machen, wenn wir es noch rechtzeitig zum Film schaffen wollen."

Sie schaut auf die Uhr an der Wand über unseren kleinen Zwillingstischen. „Oh Mist. Du hast recht."

Als ich nach meiner Handtasche greife, hämmert jemand an unsere Tür. Ich erschrecke mich fast zu Tode.

Was zur Hölle?

„Sydney!", schreit Cameron von der anderen Seite der Tür. „Bist du da drin? Mach auf!"

Ains und ich schauen uns verwirrt an, während ich in Richtung Tür eile und sie öffne.

„Oh mein Gott, das ist ein echter Albtraum!" Cameron stößt mich beiseite, als sie in unser Zimmer stürmt und sich auf das Ende meines Bettes plumpsen lässt. „Wie kann sie mir das nur antun?"

Oh-oh. Es bedeutet nie etwas Gutes, wenn meine beste Freundin so aufgebracht ist.

Ainsley und ich nehmen beide auf ihrem Bett gegenüber von meinem Platz.

„Cam, was ist los?", frage ich behutsam. „Wie kann *wer was* mit dir machen?"

„Meine Mutter!" Sie wirft ihre Hände hoch. „Meine egoistische Scheißmutter! Ich kann es nicht glauben!"

„Was hat sie jetzt getan?" Ainsley lehnt sich mit dem Rücken an die Wand und zieht ihre Beine an.

Cams wilde Augen finden meine. „Sie hat geheiratet!"

Ainsley und ich glotzen sie beide an.

„Ähm …" Ich räuspere mich. „Einen Moment mal. Ich wusste nicht einmal, dass sie verlobt sind."

„Das waren sie auch nicht!", ruft meine beste Freundin. „Aber sie und Archie sind übers Wochenende nach Vegas gefahren und haben geheiratet! Kannst du das glauben? Und jetzt, wo sie im siebten Himmel schwebt, ziehen wir in seine Villa in Beverly Hills. *Seine Villa, Syd!* Weißt du, was das bedeutet?"

„Äh …"

Sie lässt mir keine Chance, überhaupt darüber nachzudenken. „Es bedeutet, dass Hayden-freaking-Knight jetzt mein neuer Stiefbruder ist! *Und ich werde mit ihm zusammenleben müssen!*“

„Oh, Scheiße“, murmle ich.

Der Streit zwischen Cam und Hayden hat sich bei den wenigen Malen, die sie im Sommer zusammen waren, nur noch verschlimmert. Wenn man sie unter ein Dach zwingt, ist Ärger vorprogrammiert. Ich würde auch einen Mord nicht ausschließen.

„Genau!“ Cam wirft sich rückwärts auf die Matratze. „Was soll ich nur tun? Das ist das Schlimmste, was mir meine beschissene Mutter je angetan hat.“

„Ähm …“ Ainsley hebt ihre Hand. „Darf ich für einen Moment den Advokaten des Teufels spielen?“

Cam schreit in mein Kissen, bevor sie sagt: „Oh, warum zum Teufel nicht?“

„Glaubst du nicht, dass deine Mutter und Archie wirklich ineinander verliebt sind? Dass sie dir nichts antun will, aber in diesen Mann verliebt ist und wirklich nur eure beiden Familien zusammenführen will?“

„Nein“, antwortet Cam.

„Das bezweifle ich“, antworte ich fast gleichzeitig.

Ainsley hat Chelsea noch nie getroffen, also ist es verständlich, dass sie nicht versteht, was hier gerade passiert.

„Ich *glaube,* dass meine Mutter nur scharf ist auf sein Geld. Sie kann sich nicht vorstellen, ohne einen Mann zu sein, und sie hat sich nach vielen gescheiterten Versuchen endlich einen großen Fisch an Land gezogen. Ich glaube auch, dass sie *in keinster Weise* an mich gedacht hat, als sie beschloss, zu heiraten. Auch nicht, als sie sagte, dass ich für mein letztes Schuljahr auf die Beverly Prep wechseln soll, sodass ich dem Stiefbruder aus der Hölle nicht einmal tagsüber entkommen kann!" Sie wirft einen Arm über ihr Gesicht und stöhnt. „Was soll ich nur tun, Syd?"

Ich seufze und bereite mich darauf vor, ihr die Wahrheit zu sagen. „Es gibt nicht viel, was du tun kannst, Cameron. Du bist noch nicht achtzehn und selbst wenn du es wärst, kannst du es dir nicht leisten, dir eine eigene Wohnung zu nehmen und trotzdem zur Schule zu gehen. Ich denke, du musst irgendwie das Beste daraus machen."

Sie wimmert. „Könnt ihr mich nicht einfach hier verstecken? Ich habe kein Problem damit, auf dem Boden zu schlafen."

Ainsley schüttelt den Kopf. „Ich bin mir ziemlich sicher, dass weder die Staatsanwaltschaft noch die Schule damit einverstanden wären."

„Scheiße!" Cam rollt sich auf die Seite und sieht uns an. „Das ist das Allerschlimmste! Wie soll ich nur mein letztes Schuljahr überleben?"

Ich habe keinen Schimmer. Aber es wird interessant sein zu sehen, wie sich das alles entwickelt, so viel steht fest!

Du hast doch nicht gedacht, dass dies der Abschied ist, oder? Klar, die Windsor Academy-Reihe könnte zu Ende sein, aber dafür gibt es ja Spin-offs, oder? Ich konnte mein Mädchen Cam nicht einfach hängen lassen, also kommt nun die

Geschichte von Cameron und Hayden, Buch 1 der „Boys of Beverly Prep"-Reihe! FILTHY KNIGHT erscheint 2023!

Haben Sie die Geschichte von Jazz & Kingston verpasst? Schauen Sie sich WICKED LIARS an, für weitere Informationen über die Trilogie, mit der alles begann!

ÜBER DEN AUTOR

Laura Lee ist USA-Today-Bestsellerautorin von manchmal pikanten, manchmal schreiend komischen Liebesromanen. Ihren ersten Schreibwettbewerb gewann sie im zarten Alter von neun Jahren, was ihr eine Reise in die Landeshauptstadt einbrachte, um dort ihr Manuskript vorzustellen. Zum Glück für sie werden diese frühen Werke nie wieder das Licht der Welt erblicken!

Laura lebt im pazifischen Nordwesten mit ihrem wunderbaren Ehemann, zwei großartigen Kindern und drei der am schlechtesten erzogenen Katzen, die es gibt. Sie mag ihre Frucht-Smoothies am liebsten mit Rum, ihre Schränke mit Cadbury's-Schokolade gefüllt und ihre Musik laut aufgedreht. Wenn sie nicht gerade mit den Kindern herumjagt, schreibt oder Fernsehen schaut, liest sie alles, was sie in die Finger bekommt. Sie hat eine Schwäche für pikante Liebesromane, hauptsächlich für solche, die sie zum Lachen bringen!

Weitere Informationen über die Autorin findest du auf ihrer Website unter: www.LauraLeeBooks.com

Du kannst sie auch gelegentlich in den sozialen Medien „arbeiten" sehen.

Facebook: @LauraLeeBooks1
Instagram: @LauraLeeBooks
Twitter: @LauraLeeBooks
TikTok: @AuthorLauraLee
TikTok: @BookTokSmuthouse
FB-Gruppe: Laura Lee's Lounge